엘러리 퀸 Ellery Queen

20세기 미스터리를 대표하는 거장. 작가 활동 외에도 미스터리 연구가, 장서가, 잡지 발행인으로 잘 알려져 있다. 또한 '엘러리 퀸'은 그의 작품 속에 등장하는 탐정 이름이기도 한데, 셜록 홈스와 명성을 나란히 하는 금세기 최고의 명탐정이다.

엘러리 퀸은 한 사람의 이름이 아니라 만프레드 리(Manfred Bennington Lee, 1905~1971)와 프레더릭 다네이(Frederic Dannay, 1905~1982), 이 두 사촌 형제의 필명이다. 둘은 뉴욕 브루클린 출신으로 각각 광고 회사와 영화사에서 일하던 중, 당시 최고 인기 작가였던 밴 다인(S. S. Van Dine)의 성공에 자극받아 미스터리 소설에 도전하기로 마음먹는다. 그들의 계획을 현실로 만든 것은 〈맥클루어스〉 잡지사의 소설 공모였다. 탐정의 이름만 기억될 뿐 작가의 이름은 쉽게 잊힌다고 생각한 그들은, '엘러리 퀸'이라는 공동 필명을 탐정의 이름으로 삼았다. 그들이 응모한 작품은 1등으로 당선됐으나, 공교롭게도 잡지사가 파산하고 상속인이 바뀌어 수상이 무산된다. 하지만 스토크스 출판사에 의해 작품은 빛을 보게 되는데, 이것이 바로 엘러리 퀸의 역사적인 첫 작품 《로마 모자 미스터리》(1929)였다.

이후 엘러리 퀸은 논리와 기교를 중시하는 초기작부터 인간의 본성을 꿰뚫는 후기작까지, 미스터리 장르의 발전을 이끌며 역사에 길이 남을 걸작들을 생산해냈다. 대표작은 셀 수 없을 정도이나, 그가 바너비 로스 명의로 발표한 《Y의 비극》(1932)은 '세계 3대 미스터리'로 불릴 만큼 높은 평가를 받고 있으며 중편 〈신의 등불〉(1935)은 '세계 최고의 중편'이라는 별칭을 가지고 있다. 이외 《그리스 관 미스터리》(1932), 《이집트 십자가 미스터리》(1932), 《X의 비극》(1932), 《재앙의 거리》(1942), 《열흘간의 경이》(1948) 등은 미스터리 장르에서 언제나 거론되는 걸작들이다. '독자에의 도전'을 비롯해서 그가 작품에서 보여준 형식과 아이디어는 거의 모든 후대 작가들에게 영향을 미쳤으며 특히 일본의 본격, 신본격 미스터리의 기반이 됐다.

작품 외에도 엘러리 퀸은 미스터리 장르의 전 영역에 걸쳐 두각을 나타냈다. 비평서, 범죄 논픽션, 영화 시나리오, 라디오 드라마 등에서도 활동했으며, 미국미스터리작가협회 회장을 역임했다. 또 현재에도 발간 중인 〈EQMM 엘러리 퀸 미스터리 매거진〉(1941년 시작됨)을 발간해 앤솔러지 등을 출간하며 수많은 후배 작가를 발굴하기도 했다. 미국미스터리작가협회는 이런 엘러리 퀸의 공을 기려 1969년 '《로마 모자 미스터리》 발간 40주년 기념 부문'을 제정하기도 했으며, 1983년부터는 미스터리 분야에서 두각을 나타낸 공동 작업에 '엘러리 퀸 상'을 수여하고 있다.

SIGONGSA *design* 홍지연
photo © Eric Schaal

미국 총 미스터리

The American Gun Mystery
Copyright ©1933 by Frederick A. Stokes Co. Copyright renewed by
Ellery Queen.
Korean Translation Copyright ©2012 by Sigongsa Co., Ltd.

Korean edition is published by arrangement
with The Frederic Dannay Literary Property Trust,
The Manfred B. Lee Family Literary Property Trust and their agent JackTime.

· 이 책은 《The American Gun Mystery》(1946, The World Publishing Company)를
토대로 번역하였습니다.
· 옮긴이 주를 제외한 작품 속 모든 주는 원주입니다.

미국 총 미스터리

엘러리 퀸 지음
김예진 옮김

A Problem in Deduction

*한 가지 이유로
C. 레이먼드 에버릿과
또 다른 이유로
앨버트 포스터 주니어에게*

차례

준비 단계: 스펙트럼 ································· 13

1 사건이 시작되다 ································· 17
2 말에 탄 남자 ··································· 53
3 망자를 위한 기도 ································ 76
4 몇 개의 단서 ··································· 82
5 언론계의 신사 ································· 119
6 알아낸 사실 ··································· 128
7 45자루의 권총 ································· 148
8 탄도학의 문제 ································· 163
9 아무것도 없음 ································· 179
10 두 번째 총 ··································· 189
11 불가능한 일 ·································· 202
12 개인 상영회 ·································· 224
13 중요한 방문 ·································· 237
14 안건 ·· 252
15 검투사의 왕 ·································· 273
16 차용증서 ···································· 286

17 축하 파티 ········· 301
18 또다시 죽음이 오다 ········· 307
19 앞에서 언급한 바와 같은 ········· 312
20 녹색 상자 ········· 319
21 스크린에서 ········· 326
22 사라진 미국인 ········· 337
23 기적 ········· 349
24 평결 ········· 358

삽입 독자에의 도전 ········· 368

25 진실이 드러나기 전 ········· 370
26 진실 ········· 377
27 아킬레스의 발뒤꿈치 ········· 384

최종 장: 스펙트럼 분석 ········· 392

역자후기 ········· 438

서문

사 년에 걸쳐, 내가 친구 엘러리 퀸의 펜 끝에서 탄생한 새로운 작품들을 소개하는 영광스러운 일을 맡게 된 것도 이것으로 벌써 여섯 번째이다. 나의 강요로 인해 엘러리가 처음으로 소설로 써낸 저 역사적인 작품,《로마 모자 미스터리》의 서문을 쓰려고 책상에 앉았던 일이 마치 어제 일처럼 느껴진다. 하지만 엘러리 퀸의 첫 번째 모험이 최초로 책의 옷을 입고 세상에 나온 지는 벌써 사 년이나 지났던 것이다!

그 진정한 재능은 마치 전염병처럼 이곳저곳으로 퍼져나갔다. 이것이 새로운 '주의'의 탄생인지 아니면 새로운 범죄소설 거장의 탄생인지는 모르겠으나, 엘러리 퀸은 미국 탐정소설 역사상 유례없는 상징적인 존재가 되었다. 영국에서는 '셜록 홈스의 논리적인 후예'라는 〈런던 타임스〉의 평과 함께 그 이상의 환대를 받았고 프랑스에서는 (비부데르의 우아하고도 솔직 담백한 찬사에 따르면) '*M. Queen a pris d'assaut les remparts des cyniques des cyniques lettres*(무슈 퀸은 냉소적인 비평들의 굳건한 성벽을 완전히 무너뜨렸다).'고 평했다. 엘러리 퀸의 작품들은 다국어를 사용하는 국가의 언어로도 번역이 되었다(심지어 스칸디나비아 반도에서도). 엘러리 퀸의 책장에는 낯선 제목의 책들이 가득했다. 주고받은 서신들 덕분에, 미래에 그의 자손들 중에 희귀한 우표를 즐겨 모으는 수집가가 나온다면 아마 수많은 외국 우표들을 보고 몹시 기뻐하게 될지도 모르겠다.

엘러리가 이렇게 여러 곳에서 인정받고 있기에(나는 감히 '명성을 드날리고 있다.'라고 쓰고 싶지만 그러다가 아마 친구를 잃게 될지도 모른다.) 내가 거기에 무슨 찬사를 더 얹든, 전부 이미 누군가가 했던 말의 반복에 지나지 않을 것이다.

찬사보다도 엘러리 퀸의 독자들에게는 이번 책의 기조를 이루는 사건에 대한 작가 본인의 개인적인 시각을 알게 되는 것이 더 반가울지도 모르겠다.

그래서 몇 달 전 엘러리에게서 받은 편지의 전문을 여기에 인용한다.

늘 고생이 많은 J. J.에게

그 골치 아팠던 이집트 미라도 지금은 얌전하게 제 석관 속으로 돌아가서 팔다리를 얌전히 뉘었으니, 이제부터는 새로운 사건의 시작과 그 해결에 착수할까 합니다. 이걸 보고 나면 당신은 틀림없이 과거의 사건과 우리가 나누었던 중요한 대화를 떠올리게 되겠지요. 여러 가지 이유 때문에 나는 몇 년 동안 쭉 혼 사건에 대해 쓰고 싶었습니다. 몇 년 전 수많은 사람들의 두뇌를 괴롭혔던, 유쾌한 늙은이 벅 혼을 둘러싸고 벌어졌던 그 사건 말입니다!

그리 어려운 작업은 아닐 겁니다. 이번 대작을 집필할 때는 제가 가진 모든 지혜를 동원하여 범죄를 듬뿍 적신 환상의 붓을 휘두를 생각이니까요. 네, 그래요. 논리도 충분히 흥미로웠고, 경찰 수사도 그리 꾸무럭대지 않았다는 사실은 인정합니다. 하지만 그게 전부가 아니었죠. 그 배후에 있었던 이상하기 짝이 없는 사건의 배경을 생각하면 말이죠.

당신도 알다시피 나는 오로지 도시에서 나고 자란 생명체입니다. 현실적으로 생각했을 때 잔디 깔린 흙바닥보다는 아스팔트를 밟고 서 있어야 맞지요. 하지만 '콜로세움' 경기장에서 일어난 저 드라마틱한 사태는 친숙한 대도시의 가솔린과 아스팔트로 가득한 공기 속에서 나를 끄집어내 그 놀라운 모험 속으로 던져 넣었습니다. 그것은 너무나 강렬하고도 향기로웠지요! 마구간, 경주마, 알칼리, 가축, 낙인 도구, 목장 오두막의 냄새란······.

요컨대 J. J., 당신 친구는 백 년쯤 전에 옛 텍사스나 음, 와이오밍 주 같은 곳에서 일어났어야 할 살인 사건을 수사했다는 겁니다. 주요 인물들도 그 시대 사람들 같았죠. 왁자지껄한 경기장 속에서 고함을 지르는 파이우트 족(아니 '사이와시'라고 해야 맞던가요?)이 눈에 선합니다. 말을 타고 피에 굶주린 도끼를 치켜든 채 나를 향해 전속력으로 달려오는군요.

아무튼 J. J., 이 사건에 대한 현란한 설명은 내 새로운 *chef-d'oeuvre*(불후의 명작) 앞에 놓일 것입니다. 카우보이, 6연발 권총, 밧줄, 말, 알팔파, 가죽바지······ 에 관한 이야기죠. 그리고 혹시나 당신이 내가 로키 산맥 서쪽으로 가버렸다고 생각할까 봐 미리 말해두겠는데, 이 장대한 서사시의 무대는 여태껏 늘 그래 왔듯이 바로 뉴욕 시의 심장부입니다. 우리의 거대한 도시는 소총 난투극을 그리스 비극의 코러스로 받아들이는 데 별반 거부감이 없었던 모양입니다.

충실한 친구로부터, 기타 등등, 기타 등등

나는 이전 원고와 마찬가지로 《미국 총 미스터리》 역시 몹시 탐욕스럽게 읽었다. 한동안 이 용맹스러운 무구에 새로운 윤기를 덧칠하지 않았는데도, 엘러리 퀸의 방패는 여전히 영광스럽게 빛나고 있었다. 내 친구의 지적 모험 중 가장 최근에 일어난

이 이야기는 《그리스 관 미스터리》 《네덜란드 구두 미스터리》 혹은 그 어떤 엘러리 퀸의 작품 못지않게 한 문장 한 문장이 모두 독자들을 흥분시킨다. 물론 작품 특유의 짜릿한 뒷맛과 독특한 풍미 또한 놓치지 않았다.

J. J. 맥
뉴욕에서

"······이제 갓 만들어진 바퀴의
날카로운 움직임을 느끼는 데 전념하라."

준비 단계: 스펙트럼

"나한테는 말이죠, 바퀴란 실제로 구르기 전까지는 바퀴가 아닙니다."

엘러리 퀸이 말했다.

"그거 상당히 실용주의적인 말 같은데."

내가 말했다.

"마음대로 부르시죠."

엘러리는 코안경을 벗어서 반짝반짝 빛나는 렌즈를 열심히 문질러 닦았다. 생각에 잠길 때면 늘 나오는 버릇이었다.

"바퀴라는 물건 자체를 알아볼 수가 없다는 뜻이 아닙니다. 그저 바퀴가 바퀴로서 '기능'하지 않으면 내게는 아무런 의미가 없다는 말이죠. 범죄가 실제로 어떻게 이루어졌는지, 그 과정을 내가 늘 마음속으로 그려보려고 노력하는 것도 사실 그 때문입니다. 나는 브라운 신부처럼 직관적인 인물이 아니거든요. 아, 그 양반 참 좋은 신부님이셨죠. 그의 영혼에 신의 은총이 깃들기를. 여하간 그 사람은 무슨 말 한마디 할 때마다 눈을 사팔뜨기처럼 뜨는 게……. 지금 내가 무슨 말하는지 알겠습니까, J. J.?"

"아니."

나는 솔직하게 대답했다.

"그럼 명확한 예를 들어보죠. 여기 황당하지만 매력적인 캐릭터, 벅 혼을 둘러싸고 벌어진 한 가지 사건이 있습니다. 자, 사건 그 자체가 일어나기 전에도 여러 가지 일들이 발생했겠죠. 그 이야기는 나중에 하겠습니다. 하지만 내가 하고 싶은 말이 무어냐면 말이죠, 만일 내가 어떤 초자연적인 기회를 얻어서 눈에 보이지 않는 관찰자가 되어 그런 자잘한 해프닝들을 미리 볼 수 있었다 해도 아마 내게는 아무런 의미도 없었을 거라는 얘깁니다. 바퀴를 굴리는 힘, 즉 범죄 자체가 결여되어 있으니까요. 바퀴는 그냥 멈춘 상태란 거죠."

"아직도 아리송하군. 하지만 자네가 무슨 말을 하고 싶은지는 어렴풋이 알 것 같아."

내가 말했다.

엘러리는 반듯한 눈썹 사이로 주름을 잡더니, 갑자기 웃음을 터뜨리면서 길고 호리호리한 다리를 난롯가로 쭉 뻗었다. 그는 담배에 불을 붙이고 천장을 향해 뻐끔뻐끔 연기를 내뿜었다.

"자꾸만 은유를 사용하는 제 몹쓸 버릇이 튀어나오는 것을 용서해주시기 바랍니다……. 혼 사건을 바퀴라고 치죠. 그리고 그 각각의 바퀴살마다 컵이 하나씩 끼워져 있습니다. 각각의 컵들은 그 안에 든 액체 때문에 서로 색깔이 다르고요.

검은색 컵이 있습니다. 이건 벅 혼 본인입니다. 그리고 금색 컵은 키트 혼이고요. 아, 키트 혼."

엘러리가 한숨을 쉬었다.

"밋밋한 회색 컵은 늙은 와일드 빌입니다. 와일드 빌 그랜트 말입니다. 밝은 갈색 컵은 그의 아들 컬리, 독살스러운 라벤더색은 마라 게이라고 할까요. 어……, 타블로이드 신문에서 그녀를 뭐라고 불렀죠? 아, 맞아요. 할리우드의 난초! 나 원 참.

……그리고 그 남편 줄리안 헌터. 그 사람을 분광기로 비춰 보면 진녹색이 나오겠군요. 그리고 토니 마스는…… 흰색? 프로 권투 선수 토미 블랙은 매우 진한 붉은색. 외팔이 우디는…… 뱀처럼 아주 샛노란 색깔이 좋겠네요. 이게 전부인가?"

엘러리는 천장을 올려다보며 씩 웃었다.

"이것 참, 오색찬란한 은하수가 되었군요! 그리고 그 각각의 색깔과 각각의 요소, 각각의 양, 각각의 무게를 아주 세밀한 단위까지 차분히 관찰해봅시다. 틀림없이 차이가 나겠죠. 하지만 꼼짝도 하지 않고, 죽은 것처럼 가만히 있어서야…… 제게는 아무런 의미가 없어요. 지금까지는 아무것도 아닙니다."

"그러면 도대체 그 바퀴는 언제부터 돌기 시작하는 건가?"

내가 물었다.

"그런데 마침 그때, 아주 작은 폭발이 일어나면서 우주의 소립자들이 연기처럼 피어오릅니다. 무언가가 동기가 되어 움직임의 주된 동력을 제공하고, 바퀴가 돌기 시작하는 거죠. 아주 빠르게 말입니다. 이제 무슨 일이 일어나는지 잘 관찰해보세요."

왠지 별로 만족스러워 보이지 않는 표정을 지으며, 엘러리가 나른한 동작으로 담배를 피웠다.

"기적입니다! 각각의 색깔과 각각의 요소, 각각의 양, 각각의 무게를 아주 세밀한 단위까지 차분히 관찰해보았을 때 고정된 우주 안에서 서로 다른 항성들처럼 명백히 달랐던 그 작은 색색의 컵들이 서로 뒤섞이게 되는 거죠. 각자의 고유한 성질을 잃고 반짝반짝 빛나는 전체로 환원되는 겁니다. 이제 보시다시피 각각의 차이점은 사라지고, 대칭으로 빙빙 돌며 흘러가는 패턴이 나타납니다. 혼 사건 전체를 아우르게 되는 거죠."

나는 두통을 느끼며 머리를 감싸 쥐었다.

"그러니까 자네 말은, 희생자의 죽음에 얽힌 그 모든 것들이 전부……."

엘러리가 우아한 이목구비를 날카롭게 찌푸리며 대답했다.

"요컨대 이제 불필요한 색깔들은 전부 사라졌다는 겁니다."

그러고는 입 속으로 중얼거렸다.

"난 가끔 브라운 신부나 셜록 홈스 옹이 이 사건을 맡았더라면 어떻게 해결했을까 가끔 궁금한데요. 당신 생각은 어떤가요, J. J.?"

1:
사건이 시작되다

거대한 지하실은 말의 살덩어리가 내뿜는 코를 찌르는 독한 냄새와 말들이 콧김을 내뿜는 소리, 요란하게 발을 굴러대는 소리로 가득했다. 단단한 콘크리트 벽의 움푹 들어간 한쪽 구석에는 대장간이 있었다. 풀무는 무시무시하리만큼 새빨갛게 달아올라 있었고, 불티들이 반딧불처럼 이리저리 마구 튀어 올랐다. 매끈한 검은색 피부를 지닌, 피그미 원주민처럼 몸집 작은 남자가 반쯤 벌거벗은 채 무시무시한 이두박근을 과시하며 토르 신의 막내 동생인 양 규칙적으로 망치를 휘둘러 금속을 구부렸다. 나지막하고 편편한 천장과 골조가 다 드러나 보이는 벽이 그 석조 지하실을 감싸고 있었다. ……갓 태어났을 때부터 마구간을 한 번도 벗어난 적 없는, 여물을 씹고 있는 저 목이 굽은 준마 녀석은 어쩌면 페가수스인지도 몰랐다. 하렘의 암말들이 히힝 울고 교태를 떨면서 그의 주위에 모여들었다. 놈이 가끔씩 그 새빨간 눈빛을 빛내며 밀짚이 깔린 바닥을 앞발로 긁어대고 있을 때는, 마치 아라비아의 아득한 조상들을 생각하고 있는 것만 같았다.

　수없이 많은 말들이 있었다. 잘 길든 말, 교활한 말, 난폭한 말, 안장을 얹은 말, 안장이 없는 말. 말똥과 땀, 날숨에서 발산된 악취들이 서로 뒤섞여 형형색색의 빛깔을 띤 공기를 이루며 지하실 안을 강렬한 분위기로 가득 채웠다. 마구간 앞에서는 온갖 도구들이 번쩍이고 있었다. 기름 먹인 가죽 마구에 달린 황동의 장식패, 광택이 고운 갈색 안장, 백금처럼 반짝반짝 빛나는 고삐, 동그란 모양에 흑단처럼 새까만 등자, 둘둘 말아둔 올가미 밧줄, 인디언 담요…….

이곳은 왕의 마구간이었다. 그의 왕관은 납작한 카우보이 모자였으며 홀은 총신이 긴 콜트 권총이고, 영토는 드넓은 미국 서부의 거칠고 먼지 자욱한 황야 전체를 아울렀다. 근위병들은 마치 켄타우로스처럼 말을 타고 달렸고 말씨는 예스럽고 부드러웠으며 잎담배를 몹시 능숙하게 말 줄 알았다. 그들은 주름이 진 갈색 눈으로 하늘의 둥근 천장 아래로 광활하게 펼쳐진 수많은 별들을 전부 볼 수 있었다. 궁전은 끝없이 넓은 목장이었으나, 이곳으로부터는 수천 킬로미터나 떨어져 있는 곳에 있었다.

이렇듯 기이한 왕관과 이상한 홀 그리고 독특한 근위병을 소유한 왕의 마구간은 사실 완만한 구릉 위의 초원에 있어야 했으나 그렇지 못했다. 여기는 텍사스도, 애리조나도, 뉴멕시코도 아니었으며 그러한 왕이 지배하기에 적합한 어떤 신비한 땅 위에도 위치하지 않았다. 이곳은 미국을 상징하는 거대한 무언가의 바로 발밑에 있었다. 그러나 그 상징은 미국 대륙의 산과 언덕, 골짜기와 나무, 덤불, 평원을 지칭하는 것이 아니었다. 그보다는 미국의 마천루, 지하철, 루주를 바른 코러스 걸, 호텔, 극장, 실업자들을 위한 무료 급식 줄, 나이트클럽, 슬럼, 싸구려 술집, 라디오 송전탑, 먹물들, 타블로이드 신문에 더 가까웠다. 영국의 양 우리나 일본의 논 못지않게 본래 있어야 할 자리에서 멀리 떨어져 있었다. 돌을 던지면 닿을 정도로 가까운 곳에, 마찬가지로 독특한 장소인 브로드웨이가 뉴욕의 건조한 웃음 사이를 뚫고 일직선으로 뻗어 있었다. 위로 10미터, 남쪽과 동쪽으로 각각 15미터 정도 되는 구조물이 대도시를 호령했다. 바로 이 지하실 위로 솟아오른 거대한 건축물의 입구로, 분당 천여 대의 자동차들이 정신없이 오갔다.

뉴욕의 최신 제도와 관습 그 자체이며 가장 큰 규모를 자랑하는 스포츠의 전당, 콜로세움······.

야외 활동에서 결코 빠뜨릴 수 없는 요소인 말들이 토끼처럼 거대한 상자에 가득 담긴 채 어마어마하게 멀리 떨어진 곳에서 운반되어 와서는, 동서의 만남을 이루게 됐다······.

이러한 일은 모든 시설들이 적절한 토양에 뿌리를 박고 자란 뒤, 뿌리째 뽑혀 죽음을 맞이하는 영국에서는 결코 벌어질 수 없는 일이었다. 신성한 강의 분수들은 오로지 미국에서만 위쪽으로 치솟아 흘렀다. 옛날 서부의 억센 남자들은 때때로 축제 분위기에 젖은 채 먼 곳에서 모여들어 말을 타고 밧줄을 돌리며 말 모는 기량을 서로 선보이곤 했다. 그것은 서부의 즐거움, 오로지 서부만을 위한 즐거움이었다. 오늘날 그것은 알칼리성의 토양에서 추출돼 모습을 바꾸었다. 말, 밧줄, 말 타는 솜씨, 카우보이. 그 모든 것들이 돌이 많은 동부의 흙 속으로 전부 이식되었다. '로데오'라는 이름은 남았으나 순수한 즐거움만을 추구했던 목적은 사라졌다. 관중들은 강철 칸막이가 설치된 통로에 겹겹이 줄을 서서 영리한 공연 기획자들에게 입장료를 지불했다. 그리고 서부의 문화를 동부로 이식하면서, 최고의 원예학적 절정기를 맞이하여 가장 큰 열매를 맺은 것이, 바로 와일드 빌 그랜트의 로데오였다.

자, 다시 마구간으로 돌아오자. 왕자 같은 준마의 마구간 근처에 두 남자가 서 있었다. 둘 중에 키가 작은 쪽은 유난히 근육이 발달한 오른팔을 가지고 있지만, 화려한 싸구려 술이 달린 어깨 밑으로 왼팔이 절단되고 없어서 몹시 기이해 보이는 체형의 남자였다. 야윈 얼굴에는 음침한 표정이 깃들어 있었는데, 불타는 태양이 그 얼굴을 검은 붓으로 칠해놓아서 그런 건지, 아니면 아직 밝혀지지 않은 그의 본성 속에서 무언가 뜨거운 감정이 솟아올라서 그런 건지는 알 수 없었다. 그의 자세에는 말의 오만함이 배어들었고, 얇은 입술에서는 말 다루는 사람의 자연스러운 태도가 느껴졌다. 성격 까다로운 '외팔이 우디' - 별명 한번 고상하기도 하지! - 는 그들의 카스트 제도 속에서 가장 말을 잘 타는 사내로 알려져 있었다. 요컨대 와일드 빌 그랜트가 자랑하는 간판스타인 셈이었다. 황금색 눈동자에서 무시무시한 눈빛을 쏘아내는 우디는 마치 신화 속 인물처럼 결코 늙지 않는 근육을 가지고 있는 듯했다.

다른 남자의 모습은 상당히 달랐지만, 그 역시 독특하긴 마찬가지였다. 그는 소나무처럼 키가 크고 비쩍 마른 카우보이였는데, 마치 거친 바람에 휜 소나무처럼 허리가 살짝 굽어 있었다. 저 네바다의 언덕처럼 늙고 참을성 있어 보이는 얼굴이었다. 머리털은 희고 덥수룩했으며 피부는 진한 갈색이었고, 날카롭고 신선한 공기와 시간의 풍파에 시달리며 쌓아온 힘이 그 몸 전체를 휘감고 있는 듯했다. 특별한 곳 하나 없는 얼굴이었으나 그 또한 강건하고 늙은 육체의 일부였기에, 마치 시대의 안개 속에서 희미하게 모습을 드러내는 고대 석상처럼 장대한 존재 같아 보였다. 그가 때때로 눈을 깜박거릴 때 짙은 갈색의 눈꺼풀은 완전히 덮이지 않고 아주 가느다란 틈을 남겨, 그 사이로 냉랭하고 투명한 눈동자가 끊임없이 밖을 내다볼 수 있었다. 마치 다른 세상의 존재 같은 이 남자는 참으로 어울리지 않게도 동부의 가장 전형적인 복장을 갖추고 있었다.

늙은 벅 혼! 말똥 냄새 나는 초원과 할리우드의 총아. 그랬다, 마치 몰록어린이를 제물로 바치고 제사 지낸 고대 페니키아 인의 신—옮긴이의 손아귀에 완전히 사로잡힌 듯한 그 할리우드 말이다. 전설 속의 카우보이 버펄로 빌이 지난 시대의 청소년들을 지배했듯, 지금 청소년들은 마음속에는 온통 할리우드 생각밖에 없었다. 그리고 이 남자는 바로 옛 서부를 그대로 재현해놓은 듯한 존재였다. 포드 자동차와 트랙터 그리고 가솔린펌프의 서부가 아니라, 1870년대의 묵직한 6연발 권총과 제임스 보이스, 빌리 더 키드, 말 도둑과 술 취한 인디언들, 소도둑, 술집, 영화 세트 건물, 판자로 된 길, 싸우는 보안관과 목장 전투로 대표되는 서부 말이다. 벅 혼은 이 부활의 기적을 영화 속에서 이루어냈다. 마치 과거 속에서 고스란히 빠져나온 듯한 그 모습은, 은막 위에서 과거를 재현하기에 아무런 손색이 없었다. 혈기 왕성한 젊은이라면, 깜박이는 영상 속에서 말을 타고 밧줄을 휘두르며 총을 쏘는 벅 혼의 힘찬 모험에 전율하고 매료되지 않을 수가 없었다. 그의 모습을 상영하는 영화관은 온 나라 전체로 수천 개에 달했다.

두 개의 색깔. 외팔이 우디, 늙은 벅 혼. 그리고 바퀴는 여전히 멈추어 있다.

외팔이 우디가 구부정한 다리로 걸어와서는 도끼처럼 뾰족한 얼굴을 혼의 다갈색 얼굴 가까이 들이밀었다.

"벅, 이 늙어빠진 영감탱이. 당신은 그냥 다른 녀석들하고 같이 영사기 속으로 들어가는 게 좋을 텐데."

벅 혼은 아무 말도 하지 않았다.

"딱한 벅 영감님. 다리도 제대로 못 써서 질질 끌고 다니는 주제에."

우디는 잘려나간 왼팔의 남은 부분을 내밀어 그를 가리켰다.

"무슨 뜻이지?"

벅이 차갑게 대꾸했다.

외팔이의 눈에서 불꽃이 번쩍 튀더니, 오른손으로 벅 혼이 두른 혁대의 놋쇠 장식을 움켜쥐었다.

"빌어먹을, 이쪽 참견 그만하고 지옥에나 떨어지란 말이야!"

말 한 마리가 소리 높여 울었으나 아무도 그쪽을 돌아보지 않았다. 키 큰 늙은이가 부드러운 말투로 몇 마디 내뱉었다. 우디는 다섯 손가락을 움찔거렸고, 입가를 찡그렸다. 오른팔의 근육이 팽팽하게 당겨졌고, 늙은이가 몸을 웅크렸다······.

"아버지!"

그 순간 그들은 마치 조종하는 손가락에 놀아나는 꼭두각시 인형들처럼 바짝 굳어서, 똑같은 동작으로 재빨리 뒤를 돌아봤다. 우디의 팔이 옆으로 내려갔다.

키트 혼이 마구간의 문가에 서서 침착한 눈빛으로 그들을 바라보고 있었다. 벅의 딸! 고아 출신이었기에 그의 더러운 피를 이어받지는 않았으나, 벅은 키트를 입양하고 키웠으며 그의 아내는 풍만한 가슴으로 직접 키트에게 젖을 물렸다. 벅의 아내는 죽었으나 키트는 남았다.

키트는 거의 벅만큼이나 키가 크고 피부는 햇볕에 잘 그을렸으며 야생마처럼 강단이 있었다. 눈동자는 회색에 가까운 파란색이었는데, 작은 콧구멍이 가볍게 떨렸다. 옷차림은 최신 유행을 그대로 따랐다. 가운은 세련된 뉴욕 스타일이었으며, 경쾌한 터번 모자는 5번가에서 지금 한창 유행 중이었다.
"아버지, 부끄러운 줄 알아요. 우디랑은 왜 싸우고 그래요!"
우디는 잠시 얼굴을 찌푸렸으나 곧 미소를 지었다. 그러다 이내 자신의 카우보이모자 챙을 한 번 톡 치면서 다시 인상을 썼다. 그는 아무 말 없이 구부정한 다리로 성큼성큼 걸어 밖으로 나가더니 대장간 뒤로 사라져버렸다.
"저놈이 나보고 늙었다고 했어."
늙은 벅 혼이 우물우물 말했다.
키트는 아버지의 단단한 다갈색 손을 꼭 잡았다.
"신경 쓰지 말아요, 아버지."
"감히 나한테 그런 말을 하다니……."
"신경 쓰지 말라니까요, 아버지."
벅 혼은 금세 미소를 짓고는 딸의 허리에 팔을 둘러 그녀를 안았다.

키트 혼은 젊은이들 사이에서는 꽤 유명했다. 양아버지가 십 년에서 십오 년쯤 전 당시 젊은 세대들 사이에서 유명했던 것과 비슷했다. 그녀는 목장에서 태어나 끝없이 넓은 목장 언덕을 놀이터삼아 말 등에서 어린 시절을 보내고, 카우보이들과 어울리며 유치를 뺄 때는 보위나이프를 썼다. 또 양아버지가 영화배우였으니 그녀의 주위에는 이 빛나는 전설을 취재하기 위한 할리우드 신문기자들이 북적였다. 벅의 프로듀서가 한 가지 아이디어를 생각해냈다. 벅은 늙어 갔다. 여자보다는 남자에 가까웠지만 키르케보다는 훨씬 인간 여성에 가까웠던 키트는 제안을 받아들여 영화에 출연하기로 했다. 그게 벌써 구 년 전, 키트가 말괄량이 열여섯 소녀였던 때의 일이었다……. 그녀는 이제 더 이상 어린아이가 아니었다. 말을 타고 달리며 총을 쏘고, 밧줄을 돌리고, 욕설도 퍼부을 줄 알게 됐다. 남자 주인공과 함께한 이후로는 키스하고 포옹하는 법도 배웠다. 그리하여 소녀는 키트 혼, 저 유명한 카우걸 스타가 되었으며 사진은 비싼 값에 팔렸고 늙은 벅은 사람들의 기억 속에서 조용히 잊혀져 갔다.

부녀는 마구간을 나와 경사진 길을 따라 올라가서, 좁은 콘크리트 통로를 걸어 거대한 건물 안으로 들어갔다. 거기에는 여러 개의 탈의실이 있었는데, 그중 하나의 문 위에는 금속으로 된 별이 붙어 있었다. 벅은 그 문을 발로 걷어차 열었다.

"별, 스타란 말이지!"

벅이 우렁차게 고함을 질렀다.

"들어와라, 키트. 들어와. 그리고 문 닫고……. 아무래도 그 말 도둑 같은 놈의 입을 닥치게 해야 분이 풀릴 것 같구나! 거기 앉으렴, 얘기 좀 하자."

벅은 다갈색 손을 쥐었다 폈다 하면서, 골이 난 소년처럼 찌푸린 얼굴로 의자에 털썩 주저앉았다. 키트는 양아버지의 흰머리를 다정하게 헝클어뜨리면서 미소를 지었다. 그러나 청회색 눈동자 깊은 곳에서는 곧 불안이 떠올랐다.

"워, 워! 그러지 말아요."

키트가 부드럽게 말했다.

"아버지, 화를 가라앉혀요. 정신 좀 차리라고요. 그렇게 으르렁거리지도 말아요, 무슨 스라소니도 아니고! 이렇게 너무 흥분하면 건강에도 좋지 않아요."

"사람을 바보 취급하면 못 쓴다, 키트."

"정말 괜찮으세요?"

"잔소리 좀 그만해라, 키트! 나는 괜찮아."

"로데오 의사 선생님한테 좀 봐달라고 할까요, 우리 영감님?"

"오늘 나는 멀쩡해."

키트는 양아버지의 조끼 주머니에서 기다란 성냥을 뽑아들고 의자 등받이에 비벼 능숙하게 불을 켠 뒤, 그가 열심히 말아놓은 가느다란 담배 끄트머리에 불을 붙였다.

"아빠 벌써 예순다섯이라고요."

벅은 우스꽝스러운 표정을 지으며 눈을 가늘게 뜨고 향긋한 담배 연기 너머로 딸을 쳐다보았다.

"그러니까 내가 지금 퇴물이라는 게냐. 키트, 비록 요 삼 년간 영화 일을 안 하긴 했지만……."

"구 년이에요."

키트가 상냥하게 말했다.

"삼 년이야."

벅이 응수했다.

"지난번에 내셔널에서 한 번 복귀하지 않았니. 뭐, 나는 지금도 팔팔하단다. 이 근육을 좀 보라고!"

벅이 굵은 오른팔을 들고 힘을 주자, 키트는 순순히 그 이두박근을 콩콩 두드렸다. 돌처럼 단단했다.

"어때, 키트. 정말 별것 아니란다. 말 좀 타고, 총 좀 몇 번 쏘고, 밧줄 좀 그럴 듯하게 돌리면 되는 거지. 너도 지난 십구 년 동안 내가 목장을 어떻게 관리해왔는지 잘 알지 않니? 와일드 빌과 함께 일하면 묶어놓은 말에 낙인을 찍는 것보다 일이 더 쉽게 잘 풀릴 게다. 빌이 모든 일을 봐줄 테고, 그러면 나한테도 곧 괜찮은 영화 제의가 들어올 테고……."

키트는 아버지의 이마에 키스했다.

"알았어요, 아버지. 그러니까…… 조심하세요. 아셨죠?"

그녀는 문을 나서려다 돌아보았다. 벅은 긴 다리를 테이블 위에 올려놓은 채, 자욱한 진주 빛깔 연기 너머 거울에 비친 자신의 모습을 찌푸린 얼굴로 뚫어져라 바라보고 있었다.

키트는 문을 닫으며 한숨을 쉬었다. 그것은 성숙한 여인의 한숨이었다. 키가 큰 그녀는 남자처럼 성큼성큼 걸어 통로를 지나서 다른 경사로를 따라 내려갔다.

팡 하는 소리가 어렴풋하게 들려왔다. 키트의 얼굴에 약간의 흥분이 피어올랐고, 소리가 들린 방향으로 서둘러 몸을 돌렸다. 사람들이 그녀를 스쳐 지나갔다. 오랫동안 친근하게 지낸 사람들이었다. 가죽바지를 입고 솜브레로를 쓴 카우보이들, 팔랑거리는 사슴 가죽 미니스커트를 입은 소녀들. 가죽 냄새, 느릿한 말투의 부드러운 이야기 소리, 손으로 말아 만든 담배의 어렴풋한 냄새…….

"컬리! 당신이 여긴 웬일이야?"

키트는 무기고 출입구 앞에 서서 꿈꾸는 듯한 미소를 지었다. 창고 안에는 총신이 긴 윈체스터 라이플, 푸른 강철 빛의 권총, 표적지 등이 선반 위에 가득 쌓여 있었다. 와일드 빌 그랜트의 아들 컬리는 어깨가 떡 벌어지고 엉덩이가 작은 청년으로 먼지투성이 코듀로이 바지를 입었다. 그는 연기가 피어오르는 총구를 바닥으로 향하며 키트를 바라보더니 탄성을 질렀다.

"키트! 이런 세상에, 맙소사! 당신을 여기서 보게 되다니!"

그녀는 다시 미소를 지었다. 한층 더 꿈을 꾸는 듯한 미소였다. 컬리는 키트와 마찬가지로 콜로세움과 브로드웨이에 있는 것이 어울리는 사람이었다. 아니, 전에는 그랬다. 그녀가 이미 몇 천 번이나 했던 생각이지만, 참 괜찮은 남자였다. 하지만 웬일인지 지금은 전혀 낭만적이지도 영웅 같아 보이지도 않았다. 컬리가 키트에게 달려와 손을 잡고 얼굴을 마주 보며 미소를 짓자, 그녀는 냄새 나고 더러운 이곳의 분위기가 그를 망친 게 아닐까 하고 생각할 정도였다. 미남과는 통 거리가 먼 모습이었다. 일반적인 로맨스의 남자 주인공이라 하기에는 그의 매부리코는 너무 뾰족했다. 하지만 머리 위에 매트처럼 놓인 곱슬곱슬한 갈색 머리는 눈길을 끌 정도로 햇빛에 반짝반짝 빛났고, 두 눈은 선량하고 정직했다.

"이것 좀 봐!"

컬리가 소리를 지르면서 뒤쪽으로 달려갔다.

키트는 여전히 엷은 미소를 띤 채 가만히 서서 지켜보았다.

컬리는 오른발을 작고 이상하게 생긴 기구의 페달 위에 올려놓았다. 투석기였다. 그는 발가락으로 페달을 몇 번 눌러보면서 손으로는 총신이 긴 리볼버의 탄창을 열어 약실에 큼직하고 번쩍번쩍 빛나는 시커먼 실탄을 재빠른 솜씨로 장전했다. 그러고는 실린더를 뒤로 제치고 투석기의 좁은 틈에 작고 동그란 물체들을 가득 채워 넣었다. 컬리는 몸에 단단히 힘을 주면서 빠른 속도로 페달을 밟았다. 허공이 작은 유리구슬로 가득 찼다. 컬리는 유리구슬이 떠오르자마자 유연하게 손목을 놀려 들고 있던 권총으로 전부 쏘아 맞혔다. 구슬이 연기와 작은 조각들만 남긴 채 전부 산산조각으로 부서져 사라졌다.

키트가 유쾌하게 박수를 치자, 컬리는 권총을 총집에 집어넣고 커다란 모자를 벗어 들며 허리를 숙여 답했다.

"멋지지 않아? 나는 이 작은 장난감을 가지고 놀 때마다 버펄로 빌을 떠올리곤 해. 아버지가 얘기를 참 많이 해주셨거든. 그 사람이 와일드 웨스트 쇼에 있었더라면 이런 묘기를 하지 않았을까. 다만 그 사람은 치사하게도 산탄을 썼으니, 결코 못 맞힐 리가 없겠지만……. 이렇게 전설 하나가 또 사라져 가는군!"

"당신도 우리 아버지만큼이나 솜씨가 좋은걸."

키트가 웃으면서 말했다.

컬리는 그녀의 손을 잡고 열정적인 얼굴로 눈을 바라봤다.

"키트, 난……."

"우리 아버지는 참 안쓰러워. 난 늘 아버지가 걱정이 되어서 견딜 수가 없어."

키트가 약간 얼굴을 붉히며 빠르게 말했다.

컬리는 키트의 손을 부드럽게 놓고는 미소를 지었다.

"그 늙은 황소가 걱정된다고? 당신 아버지는 아주아주 튼튼할걸, 키트. 옛날 사람들은 쇠가죽과 강철로 이루어진 것처럼 건강하잖아. 우리 아버지처럼. 가서 와일드 빌에게 말해줘. 당신 아버지는 노땅이 아니라고."

"노땅이 뭐야, 컬리. 노땅이."

"아, 미안."

컬리는 고분고분 말을 고쳤다.

"아무튼 너무 걱정하지 마, 키트. 지난 몇 달 전에 있었던 마지막 리허설 때 당신 아버님이 쇼를 하는 모습을 쭉 지켜봤는데……."

"다치진 않으셨고?"

키트는 다급하게 물었다.

"전혀. 그 장난꾸러기 같은 사람이 육십 대라니, 모르는 사람은 절대로 안 믿을걸! 꼭 붉은 인디언처럼 말을 타더라니까. 오늘 밤에도 분명 잔뜩 들떠 계실 거야, 키트. 그리고 관중들도……."

"관중들 따위는 아무래도 좋아."

키트가 부드러운 목소리로 말했다.

"그나저나, 혹시 우리 아버지가 전에 우디랑 싸운 적 있어?"

컬리가 눈을 끔벅였다.

"우디? 아니, 왜?"

그때 그들 뒤에서 가벼운 발소리가 들렸다. 뒤를 돌아보니 한 여인이 의미심장한 미소를 띤 채 무기고 입구에 서 있었다.

사슴 가죽 스커트 차림이 아니었다. 그녀가 몸에 걸친 것은 모두 비단과 털가죽 그리고 향수였다. 살쾡이처럼 날카로운 눈빛에 에나멜처럼 매끄러운 피부, 절묘한 허벅지와 가슴 곡선을 가진 이 아름다운 여인의 이름은 마라 게이였다. 할리우드의 연인, 수많은 도색영화의 스타 그리고 세 번의 이혼……. 수백만 여자들의 질투와 수백만 남자들의 달콤하고도 고통스러운 꿈을 한 몸에 받는 여성이었다.

마라 게이는 자신만의 왕국을 지배하고 있었다. 실질적인 국경은 존재하지 않으나 그 왕국의 백성들은 모두가 비굴한 노예였다. 그녀는 금지된 장밋빛 몽상을 그대로 현실에 구현해놓은 존재였다. 하지만 가까이 다가가서 보면 천박한 분위기도 풍겼다. 아니, 어쩌면 렌즈를 너무 가까이 들이댄 나머지 초점이 흐려지는, 아주 당연한 현상인지도 몰랐다……. 마라 게이는 수많은 영화를 찍은 뒤, 잠시 휴식을 위해 동부로 왔다. 캐벌의 작품에 등장하는 아나이티스_페르시아의 사랑의 여신-옮긴이_처럼 고혹적인 여인, 신화 속의 자연처럼 만족할 줄 모르는 불가해한 존재. 그녀는 언제나 사회적으로 성공을 거둔 남자다운 사내들을 차지하고 싶어 안달이 나 있었고 지금도 그녀의 뒤에는 흠잡을 데 없이 차려입고 깨끗이 면도한 남자 세 명의 모습이 어렴풋이 보였다. 그들 중 한 명의 품 안에는 포메라니안 한 마리가 캥캥 짖으며 안겨 있었다.

마라 게이가 돌바닥에 내려섰다. 침묵이 흐르는 가운데 그녀는 녹일 듯한 시선으로 컬리의 건장한 체구와 탄탄한 엉덩이, 넓은 어깨, 곱슬곱슬한 머리와 지저분한 옷차림을 뚫어지게 바라보았다. 키트의 작은 뺨은 팽팽하게 긴장되었다. 미소가 사라졌고 아주 약간, 소리 없이 조심스럽게 뒷걸음질을 쳤다.

"어…… 안녕, 마라."

컬리가 희미한 미소를 지었다.

"음…… 키트, 마라 알아? 마라 게이. 할리우드에서 같이 일하는 동종업계 종사자 말이야. 하하하!"

아무런 감정이 담기지 않은 날카로운 눈동자가 회청색 눈동자를 바라보았다.

"그럼, 당연히 게이 양을 알지."

키트는 다부지게 말했다.

"할리우드에서 여러 번 마주친 적이 있는걸. 하지만 컬리, 당신도 게이 양을 알고 있는 줄은 몰랐어. 그럼 나는 이제 가볼게."

그러고 나서 키트는 태연히 무기고를 떠났다.

다소 거북한 침묵이 흘렀다. 깔끔한 옷차림을 한 덩치 큰 남자 세 명은 여전히 여배우 뒤에 조용히 선 채로 눈만 깜박거렸다. 도시의 냄새에 익숙한 포메라니안은 마구간에서 풍기는 자극적이고 점잖지 못한 냄새를 견디지 못해 계속해서 깽깽 짖어댔다.

"저 고양이 같은 계집애. 나를 업신여기는 게 분명해! 겨우 삼류 서부극이나 찍는 주제에."

마라 게이는 아름다운 머리를 갸우뚱하며 컬리를 향해 황홀한 미소를 지었다.

"컬리, 내 사랑! 오늘도 아름답기도 하지! 그 대걸레 같은 머리는 대체 어디서 한 거야?"

컬리는 그녀를 쏘아보았다. 그의 눈은 키트 혼이 나간 방향에 못 박혀 있었다. 마라의 말은 제대로 머리에 들어오지도 않는 모양이었다.

"마라, 도대체 왜 일을 몽땅 다 망쳐놓는 거야?"

컬리는 투덜거렸다. 그에게 머리카락 이야기는 금기였다. 벌써 몇 년 동안 곧은 머리카락을 갖고 싶어서 무진 애를 썼는데도 모든 노력은 다 수포로 돌아가고, 굳건한 곱슬머리는 여전히 얄밉게도 제자리를 차지하고 있었다.

여배우는 조심스럽게 컬리의 팔에 몸을 비볐다. 그녀의 눈망울이 순진하게 커졌다.

"어머나, 무섭기도 해라! 이 끔찍한 권총이니 뭐니 하는 것 좀 봐……. 컬리, 자기는 여기 있는 것들 쏠 줄 알아?"

컬리가 환한 얼굴로 그녀에게서 민첩하게 물러났다.

"쏠 줄 아느냐고! 이봐, 마라. 지금 당신 눈앞에 있는 사람은 데드아이 딕이야!"

재빠르게 다시 권총을 장전한 컬리는 또다시 투석기를 조작하여 멋들어진 솜씨를 보여주었다. 구슬이 튀어 오르고 산산이 부서져 사라졌다. 여배우는 환성을 지르며 다가섰다.

키트 혼은 싸늘한 눈빛으로 밖에서 가만히 서 있었다. 평평 요란한 소리와 유리구슬 깨지는 소리, 마라의 즐거운 탄성이 들려왔다. 키트는 마치 주위에 아무것도 보이지 않는 것처럼 입술을 깨물고 달려갔다.

"컬리…… 너무 그렇게 수줍어하지 말고……."

무기고의 여배우가 말했다.

육식동물 같은 탐욕이 마라의 날카로운 눈빛에 스쳤다. 그녀는 뒤에 서 있던 세 명의 남자에게 말했다.

"밖에 나가서 기다리고 있어."

그들은 고분고분 밖으로 나갔다. 그녀는 컬리 쪽으로 돌아서서 로맨틱한 영토 전체에 군림하는, 그 화려한 명성의 미소를 지으며 속삭였다.

"키스해줘, 컬리. 자기, 나한테 키스해줘……."

컬리는 방금 전 키트의 행동처럼 아주 약간, 소리 없이 조심스럽게 뒷걸음질을 쳤다. 표정에는 미소가 사라지고 눈매도 가늘어졌다. 마라는 조용히 서 있었다.

"이봐, 마라. 당신이 누군지 잊었어? 난 남의 부인이나 가로채고 다니는 놈팡이가 아니야."

마라는 컬리에게 한 발짝 가깝게 다가섰다. 그녀의 향기가 코끝을 간질이는 것을 느낄 수 있을 정도의 거리였다.

"줄리안 말이야? 아, 우린 서로를 완벽하게 이해하고 있어, 컬리. 현대적인 결혼이라는 거야! 그렇게 화내지 마, 컬리. 나를 차지할 수만 있다면 열심히 일군 행복한 가정조차 버리고 뛰어들 남자가 세상에 5백만 명은 있고……."

마라가 부드럽게 속삭였다.

"나는 절대로 그 5백만 명 중 한 명이 아니야. 당신 남편은 지금 어디 있지?".

"아, 위층 어딘가에 토니 마스와 함께 있을 거야. 컬리, 제발……."

콜로세움이 스포츠의 전당이듯이, 그 창조주인 토니 마스는 스포츠 산업 기획계의 거물이었다. 벅 혼과 마찬가지로 마스 역시 살아 있는 전설이었으나 분야가 조금 달랐다. 그는 프로 권투 시합을 수백만 달러 단위의 사업으로 끌어올린 장본인이었다. 또한 레슬링 경기의 악습과 병폐를 전부 깨끗이 씻어내고 스포츠를 좋아하는 사람들 사이에서 레슬링의 인기를 다시 드높여 자금줄과 후원자들을 포섭했다. 물론 도덕적인 사명감 때문이 아니라 순수하게 하나의 큰 사업이 될 수 있다는 사실을 꿰뚫어보았기 때문이었다. 권투 역사상 가장 대규모의 헤비급 권투 시합을 뉴욕 주가 아닌 펜실베이니아 주에 넘겨서 권투 위원회를 처벌한 적도 있었다. 또한 아이스하키, 실내 테니스 경기, 자전거 6일 레이스 등을 세간에 널리 알려 인기 스포츠로 만든 사람이기도 했다. 콜로세움은 세상에서 가장 큰 스포츠 경기장을 만들고 싶었던 토니 마스 일생의 소망을 집대성한 산물이었다.

마스의 개인 사무실은 그 어마어마한 건물의 가장 꼭대기에 있었으며, 엘리베이터 네 대를 타야만 올라갈 수 있었다. 악명 높은 브로드웨이의 기생충 떼거지들이 접근하지 못하도록 조치한 일이었다. 자신의 성채 꼭대기에 올라앉은 토니 마스, 늙고 교활하며 까무잡잡한 얼굴에 매부리코를 지닌 토니 마스는 뉴욕에서 태어나 뉴욕에서 자란 인물이었다. '스포츠'라는 말을 가장 완벽하게 구현한 사람이기도 했다. 브로드웨이에서 '접촉'하기는 가장 쉬운 인물이지만, 그를 속이기란 세상에서 가장 어려운 일이었다. 중절모를 긴 콧날 위까지 푹 눌러쓰고 지저분한 신발을 근사한 호두나무 책상 다리에 문지르며 입에 2달러짜리 시가를 문 채 그는 방문자를 조심스럽게 관찰했다.

방문자는 이 근방에서 아주 유명한 사람이었다. 수수한 차림을 하고 단춧구멍에 꽃을 한 송이 꽂은 줄리안 헌터는 마라 게이의 남편이었다. 하지만 오로지 그 사실만이 그를 유명케 만든 것은 아니었다. 열두 개의 나이트클럽을 소유한 그는 번화가 최고의 플레이보이로, 여러 마리의 폴로용 조랑말과 경주용 요트를 가진 스포츠맨이기도 했다. 무엇보다 헌터는 백만장자였다. 상류사회의 문은 그에게 활짝 열려 있었으나, 그럴 것까지도 없이 그는 본래 상류사회 출신이었다. 하지만 순수 혈통의 귀족이라는 것 이외에도 그가 특이한 인물이라는 사실은 상류사회에 잘 알려져 있었다. 처진 눈매와 혈색 좋은 핑크색 뺨에는 그가 언제나 피곤한 바람둥이라는 사실이 잘 드러났다. 하지만 사교계 인사로 통하는 모습은 거기까지였다. 줄리안 헌터가 가진 이질성은 오히려 더 낮은(어쩌면 더 높은?) 사회 계층과 어울렸다. 마치 나무로 조각한 인디언 인형처럼 표정 없는 얼굴이 특히 그랬다. 그것은 상습 도박자의 얼굴이었다. 이 점에 있어서는 책상 너머에 앉아 있는 남자와 피를 나눈 형제나 다름없었다.

마스는 걸걸하고 낮은 목소리로 말했다.

"단도직입적으로 말하겠네, 헌터. 내 말 잘 듣게. 벅이 관여하고 있는 한……."

갑자기 마스가 말을 멈추고 바닥에 깔려 있던 중국제 양탄자 위로 발을 내려놓더니 입가에 부드러운 미소를 띠었다.

줄리안 헌터가 천천히 돌아보았다.

문간에 한 남자가 서 있었다. 온몸이 온통 가슴과 팔, 다리로만 이루어져 있는 듯한 모습이었다. 그는 키가 대단히 컸고 꽤 젊었다. 광대뼈가 툭 튀어나온 뺨 위로 푸른색을 띤 시커멓고 북슬북슬한 눈썹이 두 줄 그어져 있었다. 깨끗하게 면도한 턱은 파르스름했고, 작고 밝은 눈동자 역시 어두운 푸른색이었다. 거인이 미소를 지으며 흰 이를 드러냈다.

"들어오게, 토미! 어서 들어와!"

마스가 다정하게 말했다.

"혼자 왔나? 그 구두쇠 같은 매니저는 어쩌고?"

권투계의 떠오르는 샛별, 헤비급 선수 토미 블랙은 문을 조심스럽게 닫고 가만히 서서 웃기만 했다. 그 웃음 뒤에는 살인자의 흉포한 본성이 도사리고 있었다. 톨레도에서 잭 뎀프시가 제스 윌러드를 피떡이 될 때까지 두들겨 패서 쓰러뜨린 뒤에 지었던, 바로 그런 미소였다. 전문가들은 권투 선수로서 성공하기 위해서는 이러한 살인자의 자질이 반드시 필요하다고들 했는데, 토미 블랙은 그러한 잔혹성을 차고도 넘칠 정도로 가지고 있었다.

그는 양탄자 위를 마치 미끄러지듯 걸어왔다. 발치의 고양이 같았다. 그러고는 여전히 얼굴에 미소를 띤 채 의자에 앉았다. 마치 녹인 강철을 흘려 붓듯, 그의 커다란 덩치가 소리 없이 자리를 잡았다.

"안녕하세요, 마스 씨. 요즘 좀 어떻습니까? 뭐 그동안 마을에서 하루 쉬었죠. 의사가 이제 괜찮답니다. 실컷 두들겨 맞긴 했지만."

토미의 목소리는 매력적이었다.

"토미, 자네 줄리안 헌터 아나? 헌터, 토미는 '메너사의 살인자'*잭 뎀프시의 별명-옮긴이* 이후 최고의 싸움꾼이라네. 악수하지."

잘생긴 헌터와 인간 사냥꾼 토미는 서로 악수를 나누었다. 헌터는 귀찮아 보였고, 토미는 마치 사냥감을 죄어 바스러뜨리려는 아나콘다처럼 힘을 주었다. 서로 눈이 잠시 마주쳤다. 토미 블랙은 금세 다시 자리에 앉았다. 마스는 아무 말도 하지 않았다. 그저 시가 끄트머리에 온 정신이 다 쏠려 있는 듯했다.

"바쁘시면 다음에 다시 오죠."

권투 선수가 얌전히 말했다.

마스가 미소를 지었다.

"그냥 있게, 친구. 헌터, 자네도. 어이 미키!"

그는 소리를 질렀다. 덩치 큰 건달의 둥그런 머리 하나가 방 안으로 쑥 들어왔다.

"잠깐 조용히 회의를 해야 할 것 같으니까 주위에 아무도 못 오게 해. 내 말 알겠지?"

문이 철컥 소리를 내며 닫혔다. 토미와 헌터는 꼼짝도 하지 않고, 서로를 쳐다보지도 않은 채 가만히 앉아 있었다.

"이봐, 토미. 이번 챔피언 전에 대해서 할 말이 있네. 사실 내가 자네를 굳이 합숙소에서 불러낸 것도 그 때문이야."

마스는 천천히 시가를 피웠다. 헌터는 지루한 얼굴이었다.

"자넨 어떻게 생각하지?"

"누구요, 저 말입니까?"

권투 선수가 씩 웃으면서 멋진 가슴팍을 당당히 폈다.

"아주 팔팔해요, 마스. 이 이상 팔팔할 수가 없어요! 그런 얼간이 같은 놈은 한 방에라도 날려버릴 수 있다니까요!"
"그 친구도 꽤 실력이 괜찮다고 들었는데."
마스가 무심히 말했다.
"훈련은 어떻게 되어가고 있지?"
"아주 좋습니다. 의사가 이제 곧 완전히 회복될 거라고 하더군요."
"좋아, 좋아."
"스파링 파트너 때문에 약간 문제가 있습니다. 싸구려 신문 기자 놈들이 내가 지난주에 빅 조 페더슨의 턱을 부숴버린 사건을 냄새 맡았나 봐요."
토미가 다시 히죽 웃었다.
"그래, 〈저널〉지의 보차드한테서 그 얘기는 들었네."
마스는 시가 끝의 기다란 하얀색 재를 뚫어져라 응시하더니, 갑자기 몸을 앞으로 숙이고 책상 위에 놓여 있던 은제 재떨이에 시가를 털었다.
"토미, 난 분명 자네가 이길 거라고 믿어. 머리만 제대로 간수한다면 분명 자네가 새로운 챔피언이 될 수 있을 거야."
"고맙습니다, 마스!"
"난 말이야, 자네가 '꼭' 이겨야 한다고 말하고 있는 거야, 토미."
마스가 천천히 말했다.
그 순간 차갑고 어두운 침묵이 내려앉았다. 헌터는 옴짝달싹하지 않았고, 토니 마스는 아주 희미하게 미소를 지었다.
토미 블랙이 갑자기 자리에서 벌떡 일어나 그를 사납게 노려보았다.
"이런 망할, 그게 대체 무슨 소리요? 마스!"

"뭘 그렇게 흥분하는 건가? 자리에 앉게."

토미가 긴장을 풀었다. 마스는 차분한 목소리로 말을 이었다.

"주위에서 이런저런 소문이 참 많이 들려온다네. 자네도 이 바닥 돌아가는 사정은 잘 알겠지. 항상 남을 골탕 먹이고 싶어서 혈안이 된 놈들이 우글우글해. 그러니 자네에게는 내가 친형처럼…… 아니, 아버지처럼 충고를 좀 해줄 필요성이 있지. 누가 옆에서 한마디씩 거들어야 한단 말일세! 그 형편없는 매니저는 잘못된 조언으로 자네를 몰아가서는 끝내 배신할 수도 있단 말이야. 친구, 자넨 지금 중요한 시기야. 수많은 유망주들이 항상 중요한 시기에 현명하게 대처하지 못해서 오히려 타격을 더 입는 경우가 너무나 많았단 말이지. 알겠나? 내 말 무슨 말인지 알겠지, 토미? 공정하게 하자고. 그게 내 방식이야. 자네는 내 방식대로 따라줘야 하고, 그러면 우리는 함께 떼돈을 거머쥘 수 있을 거야. 그렇지 않을 경우……."

마스는 마치 말을 끝맺기라도 한 듯 입을 다물어버렸다. 바닥에 깔린 중국제 양탄자와 벽에 걸린 두꺼운 태피스트리도 그의 말 속에 담긴 뼈를 완전히 흡수하지는 못했다. 그는 차분하게 시가를 태웠다.

"좋습니다. 알겠습니다."

토미가 말했다.

"그러니까 어떻게 돌아가는 건지 알겠지, 토미? 자네의 승리에 엄청난 배당금이 걸려 있거든. 아주 순도 높은 돈이라네. 속임수나 협잡 같은 것과는 전혀 무관한 돈이지. 신체 조건, 힘, 젊음, 기록……, 어느 모로 보나 자네는 가장 유력한 다음 챔피언이야. 그러니 자네의 실력을 보이라고. 만약 조금이라도 실수한다면…… 챔피언을 때려눕히지 못한다면 어떻게 될지 잘 알고 있겠지?"

 마스의 말을 다 들은 토미가 자리에서 일어났다.

 "흥, 뭘 그렇게 독촉하는지 모르겠수다."

 상당히 자존심에 상처를 입은 말투였다.

 "그렇게 사람을 달달 볶지 않아도 돼요! 나도 토스트의 어느 쪽에 버터가 발려 있는지는 안단 말입니다. 날 좀 믿어봐요! ……아, 만나서 반가웠습니다. 헌터 씨."

 헌터는 그 말이 들렸다는 표시로 눈썹을 살짝 치켜세웠다.

 "잘 있어요, 마스. 두서너 주 있다가 보자고요."

 "살펴 가게."

 삐걱 소리가 작게 나며 문이 닫혔다.

 "당신 생각에, 저치가 별로 승승장구하는 것 같지는 않은가 보죠?"

 헌터가 약간 눈치를 보며 물었다.

 "내가 항상 생각하고 있는 건 내 사업이지 남 일이 아니라네. 하지만 딱 한 가지만은 단언할 수 있어. 그 누구도 '내' 입 안에서 금니를 빼갈 수는 없다는 거야."

 마스는 쾌활한 목소리로 말했다.

 "자, 그럼……."

 토니 마스의 날카로운 시선을 받은 헌터는 어깨를 으쓱했다.

 스포츠 기획자가 말투를 바꾸면서 반짝반짝 빛나는 호두나무 책상 위에 다시 다리를 올려놓았다.

 "그럼 벅 혼의 이야기로 돌아가지. 애들이 그렇게나 환장하는 벅 혼……. 말해두겠는데 헌터, 지금 자네 눈앞에는 엄청난 기회가 다가오고 있는 거야……."

 "입 꼭 다물고 있겠습니다, 마스."

헌터는 미소를 지으면서 우물우물 말했다.
"그런데 그랜트는 이 일에 대해 어떻게 생각한답니까?"
"와일드 빌?"
마스가 시가를 문 채 얼굴을 살짝 찡그렸다.
"도대체 뭘 기대하는 건가? 와일드 빌과 벅은 앉은황소가 커스터를 때려눕혔던 시절부터_{1876년 미국 커스터 중령의 기병대와 수우족 추장 앉은 황소의 인디언 전사들이 맞붙은 사건을 가리킴-옮긴이} 친구였다네. 다몬과 핀티아스_{우정으로 유명한 고대 그리스의 철학자들-옮긴이} 같은 사이야."
헌터가 신음했다.
"와일드 빌과 벅의 우정도 그에 비견할 수 있겠지. 그러니 그들 둘 중 하나를 떼어낼 수는 없는 노릇이야……."

와일드 빌 그랜트는 토니 마스가 마음대로 쓰라고 마련해준 거창한 사무실 안 책상에 앉아 있었다. 로데오의 모든 복잡한 과정을 움직이는 신탁 받은 언어들은 다 이 신전 태생이었다. 책상 위는 온통 지저분했다. 불 꺼진 담배꽁초와 담배 밑동들이 전사한 병사들처럼 팔다리를 늘어뜨린 채 널브러져 있었다. 마치 잘나가지 못했던 시절부터 책상 끄트머리에 무의식적으로 담배를 저축해온 듯한 모습이었다. 재떨이는 여섯 개나 있었지만 모두 깨끗했다.

그랜트는 말이라도 탄 듯한 자세로 회전의자에 앉아 있었다. 왼쪽 엉덩이는 공중에 떠 있고, 왼쪽 다리는 바깥쪽으로 뻣뻣하게 쭉 내뻗은 것이 마치 한쪽으로 다리를 모으고 말에 오른 것 같았다. 그는 어깨가 네모지고 땅딸막하며 회색빛 머리를 한 노인이었다. 험상궂은 얼굴은 벽돌처럼 붉었고 피부는 구멍이 숭숭 뚫린 바윗돌처럼 거칠었으며 곰보 자국이 가득했다.

드러낸 윗팔의 튼튼한 근육이나 군살이 전혀 붙지 않은 상체를 보면 강철처럼 강인한 것이 분명했다. 그는 수수한 무늬의 보타이를 맸으며, 쇳빛 머리 위에 마치 고대의 유물 같은 낡아빠진 카우보이모자를 비스듬히 얹었다. 바로 젊은 시절 인디언들의 땅에서 전투를 벌이며 젊은 시절을 보낸 미군 출신 와일드 빌 그랜트였다. 찻집에 들어간 에스키모처럼, 토니 마스의 반짝반짝 빛나는 사무실과는 통 어울리지 않는 분위기였다.

그랜트 앞에는 엉망진창으로 뒤섞인 계약서, 청구서, 주문서 등의 서류들이 잔뜩 놓여 있었다. 그는 초조한 듯 서류들을 부스럭거리면서 엉덩이를 반쯤 뗀 채 손을 뻗었다.

당돌하고 깔끔하며 예술적으로 단장한 소녀 하나가 사무실로 들어왔다. 뉴욕 속기사 속(屬)에 속하는 생물이었다.

"그랜트 씨, 어떤 신사 한 분이 뵙자고 하시는데요."

"와디카우보이를 가리키는 속어-옮긴이인가?"

"네?"

"펀처마찬가지로 카우보이를 가리키는 속어-옮긴이……. 그러니까 일 찾으러 온 사람인가?"

"예, 그렇습니다. 혼 씨에게서 소개장을 받았다고 하십니다."

"그래! 안으로 들어오라고 하게."

그녀는 날씬한 엉덩이를 살랑살랑 흔들며 나갔다. 잠시 후 문이 다시 열리고 지저분한 옷을 걸친 키 크고 건장한 카우보이 하나가 나타났다. 그는 높은 카우보이 부츠 뒷굽으로 바닥을 쿵쿵 울리면서 사무실 안으로 들어왔다. 더러운 솜브레로는 벗어서 손에 쥐고, 지저분하고 빗물에 절은 너덜너덜한 모직 반코트를 걸쳤다. 낡은 부츠는 굽이 다 닳아 있었다.

"들어오지!"

그랜트가 반갑게 맞았다. 그는 마치 값을 매기는 듯한 시선으로 방문자를 훑어보았다.

"벅에게서 소개장을 받아왔다고?"

깨끗하게 면도한 남자의 얼굴에는 문제가 하나 있었다. 그것도 아주 심각한 문제였다. 얼굴 왼쪽 전체가 푹 꺼져 있었던 것이다. 갈색과 보라색으로 얼룩진 그 얼굴은 완전히 핼쑥했다. 턱 아래쪽에서 눈썹 위 1센티미터 정도까지, 멀쩡한 얼굴과 일그러진 얼굴의 경계선이 쭉 이어져 있었다. 오른쪽 뺨에도 마치 불똥이나 황산 같은 것이 튄 듯 보라색 반점들이 점점이 박혀 있었다. 치아는 누렇고 더러웠다……. 와일드 빌 그랜트는 어깨를 살짝 으쓱한 뒤, 시선을 돌렸다.

"예, 그렇습니다."

남자는 거칠고 쉰 목소리로 대답했다.

"벅과 저는 오래 알고 지낸 동료입니다, 그랜트 씨. 이십 년 전에 텍사스에서 뿔소들을 같이 때려눕히고 지냈죠. 벅은 결코 친구를 저버리는 놈이 아니거든요."

남자는 모직코트 주머니를 뒤져 구깃구깃한 종이봉투를 하나 꺼내어 그랜트에게 건넨 뒤, 로데오 흥행사의 모습을 근심스럽게 바라보았다.

그랜트는 편지를 읽기 시작했다.

친애하는 빌. 이 사람은 벤지 밀러라네. 내 오랜 친구지. 일이 필요하다는군……

편지는 그 뒤로도 쭉 이어졌다. 그랜트는 편지를 끝까지 다

읽은 뒤 책상 위에 집어던지고 말했다.
"거기 앉지, 밀러."
"고맙습니다. 그랜트 씨."
밀러는 가죽의자의 끄트머리에 조심스럽게 앉았다.
"시가 피우겠나?"
그랜트의 눈빛에는 동정심이 어렸다. 남자의 모습은 그만큼 딱했다. 머리카락은 아직 모래색 금발이었고 회색으로 물들지도 않았으나, 외모는 충분히 중년 이상으로 보였다.
밀러가 갈색 얼굴에 미소를 지었다.
"참 친절하시네요, 그랜트 씨. 그러면 한 대 주십쇼."
그랜트는 시가 하나를 책상 너머로 던졌다. 밀러는 시가 냄새를 맡더니 모직코트 가슴팍 주머니에 집어넣었다. 그랜트가 책상 한쪽에 있는 버튼을 누르자 속기사가 다시 들어왔다.
"대늘 분보고 이리로 오라고 하지. 행크 분 말이야."
"누구 말인가요?"
그녀는 당황한 얼굴로 되물었다.
"분 말이야, 분. 땅딸막하고 항상 술에 절어 있는 그 와디 놈. 이 근처 어딘가 돌아다니다 보면 찾을 수 있을걸."
속기사는 다시 엉덩이를 실룩거리며 나갔다. 그랜트는 그녀의 뒷모습을 기분 좋게 바라보았다.
"로데오 서킷 돌아본 적 있나, 밀러?"
그랜트는 너덜너덜한 시가를 씹으며 물었다.
"아니오, 그랜트 씨! 전 한평생을 목장에서 구른 놈입니다. 그런 장난질 같은 건 안 했습지요."
밀러가 어깨를 으쓱했다.
"불도그뿔을 잡아서 소를 쓰러뜨리는 기술-옮긴이는?"

"조금 할 줄 압니다. 젊었을 때는 그럭저럭 솜씨가 좋았지요."

와일드 빌이 한숨을 쉬었다.

"자네 말은 탈 줄 아나?"

밀러의 얼굴이 시뻘게졌다.

"이것 보십쇼, 그랜트 씨……."

"아니, 자네를 모욕하려는 생각은 없네. 하지만 밀러, 우리는 이미 인원이 꽉 차 있어. 그리고 여긴 말떼가 바글바글한 목장이 아냐. 가축이나 치는 카우보이는 필요 없거든……."

그랜트가 천천히 말했다.

"그러면 제게 주실 일자리는 없다는 말씀이십니까?"

밀러가 느릿느릿 물었다.

"그건 아니야."

그랜트가 딱 잘라 말했다.

"자네가 벅 혼의 친구라면 당연히 자리를 내줘야지. 오늘 밤은 카우보이 패거리들과 함께 편하게 지내도 좋네. 짐은 어디 있나? 옷가지 같은 것은?"

"없습니다. 전부 투손의 전당포에 맡기고 왔습니다."

"으흠."

그랜트가 완전히 너덜너덜해진 시가 끄트머리를 노려보는데, 문이 열리고 쭈글쭈글한 얼굴의 덩치 작은 카우보이 하나가 구르다시피 들어왔다. O자로 휜 다리는 덜덜 떨렸으며 목에 맨 스카프 매듭은 삐딱했다.

"아, 대늘! 이 정신 나간 사팔뜨기 친구야. 이리로 들어오게."

작은 카우보이는 술에 잔뜩 취해 있었다. 그는 커다란 카우보이모자를 앞으로 살짝 기울이더니 갈지자로 비틀비틀 걸어 그랜트의 책상 쪽으로 다가왔다.
"와일 빌…… 와일 빌, 부르셔서 왔습니다……. 왜 부른 겁니까, 빌?"
"또 떡이 되도록 마셨구먼."
그랜트는 실망스러운 눈빛으로 그를 뚫어져라 쳐다보면서 말했다.
"대늘, 이쪽은 벤지 밀러라네. 벽의 친구라고 하는군. 자네들 패거리에 끼러 왔다네. 이 친구한테 마구간 보여주고, 잠잘 곳 알려주고, 경기장 보여주고……."
대늘 분의 흐릿한 눈이 지저분한 옷차림의 방문객 쪽으로 향했다.
"벽의 친구라굽쇼? 만나서 반갑소, 밀러! 우리 시설이 어떤지 보여줄 테니 따라오시오, 친구. 여기는……."
둘은 그랜트의 사무실을 나갔다. 그랜트는 끙 소리를 낸 뒤, 잠시 후 벽의 편지를 주머니에 쑤셔 넣었.

콜로세움의 심장부로 향하는 긴 길을 쭉 따라 걸어가면서 분은 계속해서 비틀거렸다.
"그런데 그랜트 씨가 왜 당신을 대늘이라고 부르는 거요? 그 아가씨는 행크라고 부르던데."
밀러라는 남자가 물었다.
분이 커다란 소리로 웃었다.
"그 계집애 참 눈치도 빠르고 얼굴도 반반한 게 쓸 만하구만! 역시 젊은 게 좋다니까. 뭐, 말 못 할 것도 없지. 내 이름은 원래 행크요, 밀러. 하지만 저 양반이 말하길 '이봐, 자네 이름은 자네 어머니 두 번째 남편의 남동생 이름을 딴 거라면서? 그딴 이름은 버려! 나는 자네를 대늘이라고 부르겠네. 붉은 인디언의 목을 땄으니 분 일가 중에서는 제일 쓸 만한 인간 아니겠나?' 그 뒤로는 내 이름이 대늘이 됐지. 하하하!"

"말투를 들으니 당신은 북서부 어딘가에서 온 것 같군."

몸집 작은 카우보이는 근엄하게 고개를 끄덕였다.

"그런가? 뭐 사실이긴 하지. 우리 아버지는 원래 와이오밍에서 소를 쳤거든. 샘 후커라는 아저씨가 자주 이런 말을 했지. '대늘, 어디 가서 네 고향의 아름다운 이름을 욕되게 하면 안 된다. 그렇지 않으면 나나 네 애비나 여하간 전부 너를 경멸할 거니까.' ……아, 밀러라는 양반. 이제 다 왔네. 괜찮지 않은가, 어때?"

그곳은 수천 개의 전구 불빛으로 밝혀진 거대한 원형 관람석이었는데 눈이 아플 정도로 밝았다. 경기장을 타원형으로 둘러싼 2만 개의 좌석은 모두 텅텅 비어 있었다. 타원형 경기장은 가로 길이가 세로 길이보다 세 배는 길었으며, 콘크리트 벽으로 가로막혀 있었다. 그 안쪽으로는 폭 4.5미터의 경주용 트랙이 시원스럽게 뻗어 있었다. 타원형의 트랙 안쪽으로는 넓고 평평하게 탁 트인 공간이 있었다. 경기장의 핵심부였다. 그곳에서, 달리는 말을 탄 선수들이 밧줄을 던져 성난 수소를 잡고 숙달된 기수들이 힘센 야생마들을 길들였다. 그 외에도 여러 가지 로데오 이벤트들이 그곳에서 벌어졌다. 타원형의 동쪽과 서쪽, 각각의 끝에는 경기장의 대기실로 통하는 거대한 게이트가 있었고, 밀러와 분이 서 있는 곳이 그중 하나였다. 그 외에도 말이 난동을 피울 때를 대비하여, 콘크리트 벽 곳곳을 뚫어서 자잘한 슈트 게이트철창으로 이루어진 여닫이문—옮긴이들을 설치해놓았다. 철제 대들보로 이루어진 거대한 천장 아래쪽에 일꾼들이 층층이 서서 오늘 저녁의 공연을 위해 스타디움을 점검하는 모습이 개미처럼 작게 보였다. 뉴욕을 대표하는 와일드 빌 그랜트의 로데오가 바야흐로 공식적인 막을 올리려는 참이었다.

단단하게 흙을 잘 다져놓은 경기장의 한가운데에는 서부식 복장을 차려입은 남자들이 담배를 피우고 잡담을 나누며 대기하고 있었다.

분이 비칠거리면서 경기장 쪽으로 걸어가다가 갑자기 작은 눈에 걱정스러운 눈빛을 띤 채 옆의 동료를 바라봤다.

"로데오 많이 해봤나, 밀러?"

"전혀."

"그럼 행운을 시험해보러 온 거로군?"

"요즘 카우보이들은 다들 힘들지."

"자네 말이 맞아! 자, 이 친구들하고 악수하면 자네도 기운이 나서 팔팔해질 거야. 다들 리우에서 막 돌아온 거나 마찬가지거든."

분과 그 친구들은 명랑한 태도로 인사를 나누었다. 모두가 지저분한 차림새에 솜브레로를 쓴 모습이었는데, 못생기고 몸집 작은 이 카우보이는 그룹 안에서 꽤 인기가 있는 모양이었다. 그들은 곧 거친 험담과 농담을 퍼부으며 이야기에 푹 빠졌고, 그 난리 속에서 밀러는 금세 잊혔다. 그는 뒤에 서서 조용히 기다렸다.

"아....... 젠장, 그러고 보니 완전히 깜박 잊고 있었구먼!"

잠시 후 분이 버럭 소리를 질렀다.

"이봐들, 오늘 벅 혼의 옛날 친구가 왔다네. 벤지 밀러라고 하는데 우리랑 같이 공연을 하게 될 거야."

열두 개의 또렷한 눈동자가 신참에게로 향했다. 잡담 소리와 웃음소리는 곧 사그라졌다. 그들은 밀러의 지저분한 옷차림과 굽이 부러진 신발, 망가진 얼굴을 주의 깊게 쳐다보았다.

"조크 램지."

분이 키가 크고 뚱한 얼굴에 윗입술이 갈라진 카우보이를 가리키며 소개했다.

"만나서 반갑소."

그들은 악수를 나누었다.

"텍사스 조 할리웰."

할리웰은 짧게 고개를 끄덕이고는 담배를 말기 시작했다.

"텍사스는 일하는 여자들한테는 축복받은 동네지. 이쪽은 슬림 허스."

허스는 땅딸막하고 쾌활한 얼굴의 카우보이였으나 눈은 웃지 않았다.

"레이프 브라운, 쇼티 다운스."

분은 차례차례 소개했다. 그들은 모두 유명한 로데오 선수들이었다. 손에 익은 장비를 갖추고 경기장의 커다란 원을 도는 남자들, 로데오에서 로데오로 전전하며 경기 상금을 받기 위해 일했고, 필요한 지출은 늘 사비로 충당했기 때문에 언제나 주머니에는 동전 한 닢 없었다. 거친 일 때문에 모두가 상처와 흉터투성이였다.

잠시 침묵이 흘렀다. 이윽고 화려한 옷차림의 강건한 남자, 레이프 브라운이 웃으면서 주머니에 손을 찔러 넣고는 담배를 한 줌 꺼내서 내밀었다.

"한 대 말겠나, 밀러?"

밀러가 얼굴을 붉혔다.

"고맙군."

그는 그것을 받아들고 무의식적으로 자연스럽게, 아주 능숙한 솜씨로 담배를 말았다.

그 순간 모든 사람의 말문이 터졌다. 밀러를 무리에 받아들였다는 뜻이었다. 누군가가 바지 허벅지 주머니에서 성냥을 꺼내어 밀러의 담배에 불을 붙여주었다. 그는 말없이 불붙은 담배를 천천히 피웠다. 모두가 가까이로 모여들고, 밀러는 카우보이 무리 속으로 녹아들었다.

"이제부터 이 코요테 같은 작자를 조심해야 할 거야. 이 친구가 자네 주위를 돌아다닐 때는 허리띠를 바싹 매야 할 걸. 말도둑이거든."

덩치 크고 충직한 얼굴의 쇼티 다운스가 뾰족한 손가락으로 분을 가리키며 말했다.

밀러는 살짝 미소를 지었다. 마치 집에 온 것 같았다.

"자네는 말고삐와 재갈 중 어느 쪽이 더 낫다고 생각하지? 천지개벽 이후로 카우보이라면 누구나 고민해봤을 그 질문 말이야. 그것부터 먼저 알고 들어가야겠군. 어때?"

슬림 허스가 진지하게 말했다.

"새 야생마들을 길들일 때는 항상 말고삐를 썼다네."

밀러가 씩 웃었다.

"이거 청교도는 아니구먼! 분명 권총도 아래쪽에 낮게 차고 있겠지."

커다란 웃음소리가 터져 나왔다.

"역시 보는 눈은 틀리지 않았어."

세 번째 목소리가 말을 시작하려는데, 그 옆에서 다운스가 한 손을 들었다.

"잠깐만, 대늘한테 뭔가 문제가 있는 것 같은데. 대늘, 자네 얼굴색이 좀 별로야. 입맛이 없나?"

"그런가?"

몸집 작은 카우보이가 한숨을 쉬었다.

"당연한 일이긴 해, 쇼티. 오늘 아침 '인전'*'인디언'을 서부식 방언으로 읽은 발음—옮긴이*의 화살촉이 부러졌거든."

갑자기 주위가 조용해졌다. 미소가 사라지고, 모두 어린애처럼 눈을 둥그렇게 떴다.

"빌어먹을 팔로미노 한 마리한테 밟혀서 부서졌다네. 좋지 않은 징조야, 친구들. 뭔가 무시무시한 일이 곧 닥쳐올 거야!"

"원, 세상에."

세 사람이 입을 모아 한숨을 쉬었다. 다운스는 재빨리 셔츠 안쪽을 더듬어 무언가를 확인했다. 어떤 이는 청바지 주머니에 손가락을 깊숙이 찔러 넣었다. 그 외에도 모두가 각자 믿는 미신의 부적을 손가락으로 더듬어 몰래 확인했다. 심각한 문제였다. 그들은 당황스러운 얼굴로 일제히 분을 바라보았다.

"이거 문제로군."

할리웰이 중얼거렸다.

"큰 문제야. 오늘 밤은 그냥 죽은 척하고 납작 엎드려 있는 게 좋겠는데, 대늘. 젠장, 내 바지 주머니에 부서진 부적이 들어 있다면 나는 무서워서 서커스 조랑말도 못 탈걸!"

램지가 자신의 뒷주머니에 손을 집어넣어 납작한 휴대용 술병을 꺼냈다. 그러고는 우울하고 동정 어린 표정으로 분에게 술병을 건넸다.

벤지 밀러의 보라색 뺨이 뒤틀렸다. 그는 경기장 건너편을 빤히 바라보았다. 전형적인 도시 스타일의 남자 여럿이 나무로

된 받침대에 세운 단 위에 서서, 독특한 장비들을 옆에 놓고 바쁘게 일하는 중이었다.

어느 모로 보나 그들은 영화 관계자들이었다. 삼각대, 카메라, 사운드박스, 기계 장치, 어지럽게 흩어진 크고 작은 여러 개의 상자 등. 이 모든 잡다한 것들이 경기장 바닥 3미터쯤 위에 설치된 나무 받침대 위에 놓여 있었다. 두껍고 유연한 고무 피복 케이블이 줄줄 풀린 채 크고 복잡한 기계들 사이를 뱀처럼 기어 다녔다. 모든 기계에는 유명한 뉴스 영화사의 이름이 흰 페인트로 적혀 있었다.

짙은 회색 옷을 입은 작고 여윈 남자 하나가 경기장 먼지 구덩이 속에 서서 방향을 지시하고 있었다. 윤기 있는 검은색 콧수염은 잘 손질돼 있었고 깔끔하게 빗질이 돼 있었다. 타원형 경기장 건너편에 모인 우스꽝스러운 서부극 복장 패거리들이 뭘 하건 신경도 쓰이지 않는 모양이었다.

"롱숏 준비되었습니다, 커비 소령님!"

받침대 위에 서 있던 남자 하나가 고함을 질렀다.

"소리는 어떻지, 잭?"

몸집 작은 남자가 위를 쳐다보며 말했다.

"그럭저럭 나쁘지 않습니다. 이제 시작하시죠, 소령님. 반향 좀 들어보세요!"

머리에 꽉 죄는 헤드폰을 끼고 있던 남자가 대답했다.

"할 수 있는 한 최선을 다하라고. 관중석이 사람으로 가득 차면 좀 나아지겠지……. 자, 이번 로데오 경기에서 벌어지는 다채로운 액션과 미칠 듯한 소음을 전부 담는 거다. 치프 사무실에서 특별히 언급이 있었으니까."

"알겠습니다."

커비 소령은 작은 눈을 반짝이며 텅텅 빈 좌석들과 그대로 드러난 콘크리트 벽을 바라보면서 담배에 불을 붙였다.

"그리고 아직까지도 바퀴는 멈춰 있습니다."

엘러리 퀸이 생각에 잠긴 얼굴로 천장을 향해 차분하게 담배 연기를 내뿜으며 말했다.

"자, 이제 바퀴가 돌아가기 시작하면 무슨 일이 일어나는지 잘 보세요."

2:
말에 탄 남자

적어도 퀸 일가에서, 가장 흥미진진한 인물은 그 집사(major-domo)였다. 형언할 수 없을 만큼 장대한 의미를 가진 이 단어는 북유럽 사람들이 표절의 재능을 발휘하여 스페인어에서 도용해 왔는데, 이 말을 들을 때면 언제나 제왕과도 같은 화려함과 근엄함 그리고 무엇보다도 거드름 피우는 모습이 생각나곤 한다. 진정한 집사는(오랜 세월 동안 쌓아온 그 '참담한 존엄성'으로 미루어 볼 때) 통통한 배와 납작한 평발, 죽은 대구 정도의 활발함과 황제의 눈빛 그리고 마치 교황의 행진과 폼페이로 돌아가는 개선 행렬 사이를 가로지르는 듯한 뒤뚱거리는 걸음걸이를 지녀야만 한다. 무엇보다도 집사에게는 미시시피 도박사처럼 잘 갈고 닦은 비열함과 파리 출신 흥정꾼의 에누리 본능 그리고 사냥개 같은 충성심이 필요하다.

퀸 일가의 흥미진진한 그 인물은 충성심을 제외하고는 그 어떤 집사와도 닮지 않았다. 제왕과도 같은 화려함과 근엄함 그리고 거드름 피우는 모습과는 거리가 멀었으며 오히려 대도시의 쓰레기 더미를 헤매고 다니는 부랑아들의 총집합체에 가까웠다. 통통한 뱃살이 있어야 할 곳에는 작고 납작한 배와 군살 없는 근육이 있었다. 발은 마치 무용수처럼 조그맣고 민첩했다. 눈은 한 쌍의 달처럼 밝고 총명했으며 몸동작은 마치 환상적으로 잔디밭 위를 가볍게 폴짝폴짝 뛰어다니는 장난꾸러기 요정 같았다. 그밖에 달리 묘사할 말은 없었다.

몇 년 간 그는 '어른과 아이 사이의 중간, 풋내기, 뚱뚱하고 체구가 작은 열여섯 살이 가질 법한 정확한 관심사를 가진' 소년이었다. 물론 바함리처드 해리스 바함, 젊음에 대한 격언으로 유명하다.-옮긴이에게는 미안하지만! 그는 뚱뚱하지도 몸집이 작지도 않았다. 반대로 팔다리가 거미처럼 가느다랗고 사춘기 시절의 카시우스처럼 비쩍 말랐다.

이것은 물론 주나의 이야기였다. 엘러리 퀸은 때때로 '위대한 주나 대왕'이라 불렀다. 퀸 가문의 집안일을 돌보는 젊은 집사, 주나는 일찍부터 요리에 재능을 발견하여 새롭고 맛있는 음식을 만드는 데 예술적인 솜씨를 보였으며 퀸 집안의 온갖 가정사를 해결하는 데 능수능란했다. 주나는 엘러리가 대학교에 다니느라 퀸 경감이 홀로 외로운 시절을 보내고 있을 무렵 어딘가에서 주워 온 고아로, 그 당시에는 가무잡잡한 피부에 집시 조상의 교활한 유전자를 물려받은 작고 힘없는 어린애였다. 심지어 제대로 된 성도 없었다.

주나가 집안일을 돌볼 때는 한 치의 빈틈도 없었다.

하지만 운명이란 알 수 없는 것이라, 이번에는 주나가 없었더라면 아무런 미스터리도 시작되지 않았을 것이다. 적어도 엘러리는 그렇게 느꼈다. 엘러리가 콜로세움으로 발길을 향하게 된 데에는 집시 주나의 순진한 손이 작용했다. 이 일이 어떻게 시작되었는지를 이해하려면 젊은이들이 보통 무엇에 관심을 갖는지를 알아야 한다. 주나는 열여섯 살이었고, 아주 평범한 소년이었다. 엘러리의 엄격한 지도 아래 주나는 자신의 집시 유전자를 두뇌 속의 서랍에 쑤셔 놓고 걸어 잠근 뒤 그것을 확장시켜 나갔다. 그리하여 주나는 품위 있는 소년, 아이러니하게도 '혈통 좋은' 소년의 모든 정수를 전부 소유하게 됐다. 클럽에 소속되어 야구, 핸드볼, 농구를 즐겼으며 영화를 너무 좋아한 나머지 가끔은 용돈이 부족하기도 했다. 만일 주나가 한 세대 전에 태어났더라면 닉 카터, 호레이쇼 앨저, 앨트셀러 _{주로 소년 탐정들의 모험을 다룬 이야기를 쓴 작가들—옮긴이}의 책을 읽으면서 모험에 대한 그 맹렬한 욕구를 채웠을지도 모를 일이다. 주나는 그 대신 자신이 숭배할 신을 살아 있는 인간들 속에서 찾아냈다. 그것은 은막 속의 영웅들, 특히 가죽바지와 카우보이모자를 쓰고 말을 달리며 올가미 밧줄을 휘두르고는 "꽉 잡아당기라고, 친구!"라고 외치는 영웅들이었다.

사건의 전개는 명확했다. 와일드 빌 그랜트 로데오의 홍보담당자는 자신들의 연혁, 목적, 목표, 매력, 스타들을 지겹도록 떠들어대서 뉴욕 신문들을 폭발시켰다. 서커스가 마을을 방문하면 커다란 텐트 안이 요란한 외침 소리와 땅콩 까는 시끄러운 소리 그리고 어린애들의 탐욕스러운 호기심으로 꽉 채워지듯, 보이지 않는 대중들을 겨냥한 작전이었다. 그때부터 주나의 새까맣고 반짝거리는 눈동자는 오프닝 쇼의 광고를 보고 활활 불타기 시작했고, 퀸 집안은 평화로운 날이 없었다. 주나는 자기 눈으로 직접 이 전설의 존재를 보고 싶어서 안달이 났다. 카우보이들을 보고 싶었다. '야생마 길들이기'도 보고 싶었다. 스타들도 보고 싶었다. 아무튼 모든 것을 전부 직접 보고 싶어서 죽을 지경이었다.

그리하여 앞으로 무슨 일이 벌어질지 전혀 모른 채, 자기가 기억하는 것보다 더 오랜 세월을 경찰청 강력계에서 보냈던, 작은 새 같은 노인 리처드 퀸 경감은 아주 약간의 친분이 있는 토니 마스에게 전화를 걸었다. 덕분에 주나가 모르는 사이에, 퀸 일가족은 문제의 콜로세움 이벤트 개막식 밤 행사를 마스의 개인 박스석에서 보게 되었다.

주나가 자꾸만 "빨리요! 어서요!" 하고 참을성 없이 재촉하는 통에 퀸 경감과 엘러리도 덩달아 정신이 없었다. 그래서 퀸 일가는 마스의 박스석에 함께 앉을 일행들 중 가장 먼저 경기장에 도착하고 말았다. 마스의 박스석은 경기장 남쪽에 있었으며 타원형의 동쪽 모퉁이에 가까이 위치하고 있었다. 콜로세움의 관중석은 절반쯤 차 있었으며 지금도 약 백여 명 정도가 쉴 새 없이 건물 안으로 들어오는 중이었다. 퀸 일가는 안락한 쿠션이 씌워진 의자에 편안히 앉았다. 하지만 주나는 긴장으로 잔뜩 얼굴이 굳은 채, 난간 너머 아래쪽으로 드넓게 펼쳐진 경기장에 완전히 정신을 빼앗겼다. 경기장 한가운데에서는 아직도 일꾼들이 흙바닥을 단단하게 다지고, 커비 소령이 이끄는 카메라맨들이 나무 단 위에서 바쁘게 장비들을 조작하는 중이었다. 어찌나 열심히 쳐다보고 있던지, 입구 쪽에서 깔끔한 중절모를 쓰고 갈색으로 물든 잇새에 새 시가를 문 토니 마스가 들어오는 줄도 몰랐다.

"만나서 반갑습니다, 경감님. 아, 퀸 씨!"

마스는 자리에 앉아, 마치 경기장 전체의 광대한 풍경 전부를 그 작은 눈으로 감시하기라도 하려는 듯 눈동자를 데굴데굴 굴렸다.

"이거 참, 브로드웨이에 나타난 새로운 짜릿함 아니겠습니까?"

"내가 보기에는 브루클린, 브롱크스, 스테이튼 아일랜드, 웨스트체스터까지는 어떨지 몰라도 브로드웨이에서는 별로인 것 같소이다."

경감은 코담배를 집으며 기분 좋게 말했다.

"관객들의 저 촌스러운 매너를 보면 말이죠, 마스 씨."

엘러리가 씩 웃었다. 이미 장사꾼들이 꽥꽥 소리를 지르며 간식거리를 팔고 다니기 시작했고, 관객석 곳곳에서는 땅콩 껍질 부서지는 소리가 정신 사납게 울려댔다.

"오늘 밤 이곳에는 브로드웨이의 떨거지라는 떨거지들은 다 몰려들 겁니다. 나는 내 쇼에 오는 관중들이 어떤 부류인지 잘 알죠. 브로드웨이 사람들은 비위 맞추기가 힘들다고나 할까, 뭐 그런 인종들이 많지만 알고 보면 땅콩이나 씹고 자극적인 볼거리들이나 제공해주면 좋아하는 촌뜨기들이 대부분입니다. 스테이트 극장에 걸린 옛날 서부극을 보려고 아침부터 몰려드는 대책 없는 인간들 보신 적 있습니까? 휘파람도 불고 발을 쿵쿵 굴러대면서 아주 좋아하지요. 아마 그걸 금지시키면 펑펑 울지도 모릅니다. 그러니 우리 늙은이 벅 혼은 굉장히 좋은 먹잇감 아니겠습니까?"

마스가 대답했다.

그 마법의 단어가 또렷하게 울린 순간, 주나는 천천히 두리번거리다가 토니 마스를 발견하고는 존경심 가득한 눈빛을 보냈다.

"벅 혼!"

경감이 꿈꾸는 듯한 미소를 지었다.

"그 어중이떠중이 같은 작자! 난 진작 죽어서 땅에 묻힌 줄 알았지. 곡예 부리러 오늘 여기 나오는 거요? 좋구먼."

"곡예가 아닙니다, 경감님. 이건 쇼지요."

"뭐라고요?"

"음, 보십시오."
마스가 신속하게 말을 이었다.
"벅은 구 년 내지는 십 년 동안이나 영화계를 떠나 있었습니다. 삼 년 전에 하나 하긴 했지만, 별로 대단한 성공을 거두진 못했죠. 하지만 지금은 소문이 일파만파 퍼져서 난리도 아닙니다……. 벅 혼과 와일드 빌 그랜트는 친구 사이입니다. 그랜트는 아주 괜찮은 사업가고요. 그러니 만약 벅이 이번 큰 기회를 잡아 뉴욕 전체에 이름을 떨치고 흥행을 일으키게 되면…… 아시다시피, 다음 시즌에는 스크린으로 돌아올지도 모른다는 소문이 퍼지게 되겠죠."
"그랜트가 벅 혼의 뒷배를 봐주게 된다는 말이오?"
스포츠 기획자는 경기장 쪽을 쳐다보았다.
"뭐…… 만약 나라도 그런 제의를 받았다면 거절하진 못했을 겁니다."
경감은 편하게 자세를 고쳐 앉았다.
"권투 시합 쪽은 어떻게 되어 갑니까?"
"권투 시합이오? 아, 권투! 아주 잘되고 있죠, 경감님. 예상보다 훨씬 예매율이 높다니까요. 그게 실은……."
박스석 뒤편에서 작은 소동이 벌어졌다. 모두 뒤를 돌아보다가 자리에서 벌떡 일어났다. 검은 이브닝드레스 차림에 족제비 모피를 두른, 사랑스러운 여성이 미소를 지으며 서 있었다. 날카로운 눈초리에 챙을 젖힌 모자를 쓴 젊은 기자들 한 무리가 그녀의 뒤에서 빠르게 말하고 있었다. 그들 중 몇 명은 카메라를 가지고 있었다. 여성은 박스석으로 들어왔고, 토니 마스는 정중한 태도로 그녀를 맨 앞자리로 안내했다. 잠시 소개가 이어졌다. 주나는 새로 들어온 사람을 흘낏 쳐다보고 다시 경기장 쪽으로 고개를 돌렸다가, 갑자기 움찔 놀라며 몸을 파르르 떨었다.

"혼 양, 이쪽은 퀸 경감님, 엘러리 퀸 씨······."

주나는 의자를 박차고 일어나 야윈 얼굴을 실룩거리면서 숨을 헐떡였다. 젊은 여성이 깜짝 놀랐다.

"키, 키트 혼?"

"네······ 마, 맞는데요."

"우와······."

주나는 떨리는 목소리로 말하면서 등이 난간에 닿을 때까지 뒤로 주춤주춤 물러났다. 그러다 갑자기 눈을 커다랗게 떴다. 주나는 입술을 적시고 나서 쉰 목소리로 물었다.

"그······ 그런데 6연발 권총이랑, 야생마는······ 어디 있죠?"

"주나."

경감이 당황했으나 키트 혼은 미소를 짓더니 매우 진지한 목소리로 말했다.

"정말 미안해요. 전부 집에 두고 왔어요. 무기를 가지고는 이 안에 들어올 수가 없거든요. 알겠죠?"

"아하."

주나가 대답했다. 그러고는 족히 오 분 동안이나 날카로운 눈빛으로 그녀의 빛나는 옆모습을 뚫어져라 쳐다보고 있었다. 딱한 주나에게는 아이돌을 이렇게나 가까이서 보는 것이 너무 큰 자극이었다. 저 유명한 키트 혼이, '위대한 주나 대왕'에게 말을 걸고 있다니······ 버, 버펄로 빌이시여! 영화관의 스크린 속을 종횡무진 오가며 발키리처럼 말을 타고 남자처럼 총을 쏘며 비겁한 악당에게 밧줄을 거는, 아름다운 유령이······. 이윽고 주나는 천천히 눈을 깜박이면서, 내키지 않는 얼굴로 박스석 뒤쪽으로 고개를 돌렸다.

그곳에는 토미 블랙이 있었다.

그리고 그 외에도 두 명이 더 있었다. 모든 남자들을 한눈에 사로잡는, 키트 혼 못지않게 아름다운 여성, 마라 게이와 흠 잡을 곳 없이 잘 차려입은 줄리안 헌터. 그러나 주나는 아무것도 눈에 들어오지 않았다. 심지어 키트 혼마저도 잊어버렸다. 불로장생의 영약이 그에게 콸콸 솟아오르고 있었다. 토미 블랙! 권투 선수 토미 블랙! 맙소사, 신이시여! 주나는 그 박력에 압도된 나머지 또다시 뒷걸음질을 쳤다. 그 순간부터 주나의 눈에는 시꺼먼 눈썹의 거인 한 명을 빼고는, 박스석에 있는 다른 사람들은 아예 존재하지 않는 것과 마찬가지였다. 문제의 거인은 이 사람 저 사람과 악수를 건네다가, 아주 자연스럽게 마라 게이의 옆으로 다가가서 그녀와 부드럽게 이야기를 하기 시작했다.

엘러리는 모든 것이 별 재미가 없었다. 시끄러운 기자들, 멍청한 숭배의 눈빛을 띤 주나, 냉정한 키트 혼 그리고 키트 혼을 향한 마라 게이의 '거만한 겸손', 줄리안 헌터의 말없는 미소와 꾹 다문 입, 관중들로 가득 찬 경기장을 바라보는 마스의 초조한 시선, 토미 블랙의 날렵한 움직임과 성난 몸짓……. 개성 있는 사람들이 모이면, 늘 그렇듯 그들 사이로 은밀하게 어두운 기류와 감정의 역류가 발생하게 된다. 엘러리는 왜 헌터가 저렇게 딱딱한 미소를 짓고 있는지, 또 키트 혼은 왜 저렇게 입을 꾹 다물고 조용히 있는지 궁금했다. 하지만 무엇보다도 가장 궁금한 사람은 마라 게이였다. 할리우드의 연인, 세계에서 가장 몸값이 비싼 영화배우, 그녀는 마법의 스크린에 등장하는 것보다는 덜 순진하고 덜 아름다워 보였다. 물론 평소처럼 사랑스러운 드레스를 입었고 눈빛은 영화 속에서 흔히 보이듯 너무나 명랑했으나, 실제로 보니 예전에는 미처 몰랐던 점을 발견할 수 있었다. 안색이 기묘할 정도로 수척해 보였으며 눈도 생각보다 그리 크지는 않았다. 게다가 엄격하게 감시하는 영화 감독의 눈이 없는 이곳에서는 행동거지가 몹시 신경질적이고 변덕스럽기까지 했다. 한 가지 생각이 떠올랐으나, 엘러리는 일단 그녀를 관찰하는 데 집중하기로 했다.

잠시 점잖은 대화가 오갔다.

심장이 터질 듯 두근거리다 못 해 목구멍으로 튀어나올 정도로 흥분한 주나는 고개를 이리저리 두리번거리며 박스석으로 모여드는 유명인들을 구경하느라 정신이 없었다. 물론 경기장 쪽에서도 무언가가 시작되었다. 그 순간 주나는 인위적인 현실에 무감각해졌고, 아래쪽에서 펼쳐지는 환상적인 광경에 모든 신경이 쏠렸다.

원형 경기장은 활기에 찬 사람들로 붐볐다. 상류사회도 총출동해서 모두 경기장을 빙 두른 난간을 잡고 있었는데, 그 때문에 경기장 가장자리는 반짝반짝 빛나는 보석으로 두른 것 같았다. 경기장은 화려한 활기로 넘쳤다. 붉은 두건, 가죽바지, 화려한 조끼, 갈색 카우보이모자, 체크무늬 셔츠, 은빛 박차. 가장 작은 입구에서 화려한 빛깔로 치장한 기수들이 등장했다. 그들은 밧줄을 휘두르고 천둥 같은 소리를 울리며 말을 몰고, 간헐적으로 총을 쏘아댔다. 카메라맨들은 나무 단 위에서 바쁘게 움직였다. 말발굽이 트랙에 부딪히는 소리가 경기장 전체를 채웠다. 엄청난 기세로 북을 두드리는 것 같았다. 키가 크고 늘씬하며 호화로운 카우보이 복식을 차려입은 젊은이가 경기장 한가운데에 서 있었다. 그 곱슬곱슬한 머리칼 위로 아크등이 눈부시게 빛났다. 카우보이 주위에 연기가 작게 피어올랐다. 컬리는 발로 투석기를 조작하여 작은 유리구슬들을 띄우고는 총신이 긴 권총을 빙빙 돌려 구슬들을 모두 쏘아 맞혔다. 환호성이 들렸다.

"컬리 그랜트다!"

그는 허리 숙여 인사를 한 뒤 카우보이모자를 벗고는 갈색 말을 한 마리 붙잡고는 안장 위로 가볍게 뛰어올라 마스의 박스석 쪽으로 천천히 말을 몰았다.

엘러리는 키트 혼 쪽으로 자리를 옮겼다. 마라 게이는 토미 블랙과 이야기를 나누는 중이었고 헌터는 아무 말 없이 맨 뒤에 조용히 앉아 있었다. 마스는 어디론가 사라지고 없었다.

"아버지가 걱정되나 보군요."

경기장 쪽을 열심히 쳐다보는 키트의 모습을 보고 엘러리가 나직하게 말을 걸었다.

"제가 정말 살 수가 없어요…… 아, 정말 설명하기 힘드네요."

키트는 미소를 지었지만, 곧 우울한 듯 눈썹이 축 처졌다.

"제가 아버지를 걱정하는 건…… 음, 아마 그분이 제 친아버지가 아니기 때문일 거예요. 저를 어린 시절에 입양해주셨거든요. 아버지로서 할 수 있는 가장 좋은 것들은 전부 해주셨죠……"

"아! 미안합니다. 저는 잘 몰라서……"

"사과하실 필요 없어요, 퀸 씨. 당신은 아무런 잘못 없어요. 전 아버지가 정말 자랑스럽거든요."

키트는 한숨을 쉬었다.

"하지만 저는 그리 좋은 딸이 되지 못했어요. 요즘은 만난 적도 별로 없고요. 로데오 덕분에 아버지랑 거의 일 년 만에 만나는 거예요……"

"당연한 일입니다. 당신은 할리우드에 있었고 혼 씨는 목장에 계셨으니까요."

"정말 쉬운 일이 아니에요. 전 캘리포니아에서 하루도 쉴 새 없이 계속 일을 하느라 벽을 와이오밍에 내버려 둘 수밖에 없었어요……. 하루, 몇 달에 한 번만이라도 아버지를 만나러 갈 수도 없었고요. 아버진 외로우셨을 거예요."

"그럼 혼 씨가 캘리포니아로 이사하면 되는 것 아닙니까?"

엘러리가 물었다.

키트가 작은 갈색 손으로 주먹을 꼭 쥐었다.

"아버지한테 그러자고 말씀드린 적은 있어요. 하지만 삼 년 전 아버지가 스크린으로 돌아오려고 한 적이 있는데…… 아시다시피 영화는 권투 시합이나 마찬가지로, 흥행하지 못하면 끝장이거든요. 아버진 그걸 너무 심각하게 받아들이고 그냥 은둔자처럼 목장에 틀어박혀 버리셨어요."

"그리고 눈에 넣어도 아프지 않은 딸은 목장 경영에는 별 관심이 없었던 모양이로군요."

엘러리가 점잖게 말했다.

"그래요. 아버지에게 다른 가족이나 친척은 없어요. 정말 끔찍하게 외로운 삶을 사셨지요. 집안일하는 황인종 소년 하나랑 옛날부터 몇 안 되는 가축을 돌봤던 하인 몇 명을 제외하면 아버지에겐 아무도 없어요. 그 목장에 찾아가는 것도 저랑 그랜트 씨 정도뿐이고요."

"아, 그 유명한 와일드 빌 말이군요."

엘러리가 중얼거렸다.

키트는 다소 이상하다는 시선으로 엘러리를 쳐다보았다.

"네, 그 와일느 빌 말이에요. 로데오 사이사이에 가끔 아버지

목장에 들러서 시간을 보내곤 하시죠. 전 정말 딸로서의 책임을 저버렸어요! 아버지는 딱히 병환이 없는데도 요 몇 년 간 계속 건강이 안 좋으셨어요. 당신 연세 탓일 거예요. 게다가 요즘 계속 살이 빠지고 있고……."

"안녕, 키트!"

그 순간 키트는 얼굴을 붉히며 몸을 앞으로 휙 내밀었다. 엘러리는 반쯤 감은 눈꺼풀 사이로 마라 게이의 입술이 바싹 당겨지는 모습을 봤다. 무슨 일이 벌어졌는지 파악한 순간, 키트의 목소리는 살짝 흐트러졌다. 유리구슬 곡예사의 곱슬곱슬한 머리가 난간 밑에서 그들을 향해 미소를 짓고 있었다. 컬리 그랜트는 안장 위에서 가볍게 뛰어올라 관중석 난간을 잡고는 경기장 위에 대롱대롱 매달렸다. 말은 밑에서 해탈한 자세로 기다리고 있었다.

"어머나, 컬리! 당신 그러다…… 빨리 내려가! 당장!"

키트가 당황해서 말했다.

"여자 곡예사인 당신에게 그런 말을 듣고 싶진 않거든. 키트, 실은 설명하고 싶은 게 있는데……."

컬리가 미소를 지었다.

친절한 엘러리는 다른 곳으로 시선을 돌렸다.

금세 다른 곳이 눈에 들어왔다. 박스석 입구 쪽, 토니 마스 옆에 커비 소령의 작은 몸집이 있었다. 그는 신경과민으로 위통이라도 일으킬 듯한 얼굴이었다. 소령은 느닷없이 나타난 컬리를 향해 가벼운 미소를 지어 보이고는, 구두 뒤축으로 딱 소리를 내며 숙녀들을 향해 허리를 숙여 인사하고는 남자들과 악수를 나눴다.

"저 그랜트라는 젊은이를 잘 아시오?"

박스석 밑으로 곱슬곱슬한 머리가 사라지고 키트가 얼굴을 붉히며 제자리에 앉자 경감이 물었다.

"물론입니다. 어딜 가나 친구가 있는, 명랑한 젊은이죠. 저는 이전에도 만난 적이 있습니다."

소령이 대답했다.

"군대에서 말인가요?"

"예, 제 휘하의 병사였습니다."

커비 소령이 한숨을 쉬고는 깔끔한 손톱으로 까만 콧수염을 매만지며 말을 덧붙였다.

"전쟁이란 건……. 아주 저질 음식만 취급하는 델리카트슨 같은 겁니다. 제 생각은 그랬습니다. '전쟁을 끝내기 위한 전쟁'제1차 세계대전-옮긴이이 일어났을 때, 컬리는 겨우 열여섯 살이었습니다. 그런데 뭐가 잘못되었는지 사병으로 징집되었고, 상 미엘 전투에서 기관총 한 정만 들고 돌격하다가 빌어먹을 제 목숨까지 잃을 뻔했죠. 그때는 그런 멍청한 젊은 놈들이 참 많았습니다."

"하지만 영웅이잖아요."

키트가 부드럽게 말했다.

소령은 어깨를 으쓱했고 엘러리는 웃음을 참느라 애를 먹었다. 전쟁 중에 혁혁한 공을 세운 커비 소령이 전투의 영광과 고지 2미터를 적에게서 빼앗기 위해 목숨을 거는 '특권'에 대해, 그리 대단한 환상을 품고 있지 않다는 것은 명확해 보였다.

"지금 치르는 것이 실은 더 큰 전쟁입니다."

소령은 험악하게 말했다.

"사진 몇 장으로 스토리를 만들어 특종을 잡는 데 얼마나 심한 경쟁이 있는지 당신네들은 모를 겁니다. 나는 오늘 밤 이 뉴스 영화팀의 책임잡니다. 독점 취재지요."

"저는……."

엘러리가 열심히 이야기에 끼어들려 했다.

"이제 제 부하들한테 가봐야겠습니다. 다음에 보세, 마스."

소령은 차분하게 말한 뒤 다시 허리를 숙여 인사하고는 재빨리 박스석을 떠났다.

"덩치는 작지만 참 대단한 친굽니다. 한눈에 봐서는 모르겠지만 저 친구는 미군 안에서도 손꼽히는 권총 사수입니다. 아, 예전에 그랬단 뜻이죠. 전쟁 중에는 보병대에 있었거든요. 그런데 갑자기 웬 '전문가'가 되어서 나타난 겁니다. 내 참, 뉴스 영화라니!"

토니 마스는 코웃음을 치고는 마치 떨어진 시계라도 찾으려는 듯 신경질적으로, 경기장을 눈으로 샅샅이 훑었다. 그때 그의 흐릿한 얼굴에 갑자기 엄청난 긴장이 감돌고, 사냥감을 찾은 개처럼 신속하게 자리에 앉았다. 모든 사람들이 앞을 향해 돌아앉아서 경기장으로 시선을 집중했다.

모두 물러났다. 카우보이와 카우걸들은 말을 타고 재빨리 출입구로 빠져나갔다. 눈 깜짝할 사이 타원형 경기장에는 먼지 피어오르는 트랙과 중앙에 구멍이 푹 파인 모래바닥 그리고 뉴스 영화 관계자들이 서 있는 나무 단만이 남았다. 반대편 게이트 쪽에서 허리를 꼿꼿하게 펴고 빠른 걸음으로 걷는 커비 소령의 모습이 나타났다. 뒤에서 문이 닫히고, 소령은 경기장을 가로질러서 원숭이처럼 나무 사다리를 타고 기어올라 나무 단 위 카메라맨들 사이에 자리를 잡았다.

관중들이 숨을 죽였다.

주나는 숨을 헐떡였다. 마치 음악 같은 신기한 소리였다.

커다란 서부식 문이 조용한 소리를 내며 열리고, 제복을 입은 남자가 커다란 문짝을 밀어제쳤다. 키가 작고 강건해 보이는 남자 한 명이 말을 타고 앞으로 걸어 나왔다. 너덜너덜하게 해진 코듀로이 바지와 꽤 낡은 카우보이모자를 썼으며 오른편 허리춤에는 권총을 넣은 총집을 둘렀다. 그는 망설임 없이 트랙을 가로질러 먼지가 피어오르는 타원형 경기장 한가운데를 향해 달려갔다. 그러고는 먼지구름 속에서 미끄러지듯 말을 세우고는 등자 위에 똑바로 섰다. 그는 모자를 벗어 왼손에 들고 한 번 흔들어 보인 뒤 다시 쓰고 미소를 지었다. 우레와 같은 박수! 천둥처럼 굴러대는 발소리! 간간이 주나가 발을 구르는 소리도 들렸다.

"와일드 빌."

토니 마스가 속삭였다. 그의 얼굴은 창백했다.

"뭐가 그렇게 초조합니까, 마스?"

토미 블랙이 킬킬 웃으면서 물었다.

"난 항상 오프닝 행사 때는 노인네처럼 마음이 불안해지곤 한다네. 이제 입 다물어!"

스포츠 기획자가 으르렁거렸다.

말에 탄 남자는 왼쪽 손으로 고삐를 쥐고, 오른손으로는 총집에서 권총을 꺼냈다. 검푸른 색의 긴 총신을 지닌 리볼버로, 아크등 불빛 밑에서 음산하게 빛났다. 그는 천장을 향해 팔을 뻗고는 리볼버의 안전장치를 풀고 천둥치는 소리와 함께 총을 발사했다. 그는 크고 주름진 입을 벌려 우렁차게 함성을 질렀다.

"이야아아아아아아!"

마치 늑대 울음소리 같은 그 고함의 메아리가 경기장 전체로 퍼져나갔고, 깜짝 놀란 관중들은 모두 조용해졌다.

리볼버를 도로 총집에 꽂은 와일드 빌은 안장에 앉아, 새들 혼카우보이용 안장 머리에 뿔 모양으로 툭 튀어나온 부분-옮긴이에 정성스럽게 한 손을 얹고는 다시금 입을 열었다.

"신사숙녀 여러분!"

그 목소리는 멀리까지 퍼져, 관중석 맨 뒷줄의 가장 높은 곳에서도 똑똑하게 들을 수 있었다.

"와일드 빌 그랜트 로데오의 오프닝 행사에 오신 것을 환영합니다! (박수) 세계에서 가장 큰 카우보이와 카우걸들의 모임! (환호성) 텍사스의 뜨거운 초원에서부터 와이오밍의 드넓은 목장까지! 애리조나의 광대한 벌판에서부터 몬태나의 산맥까지! 우리 용감한 카우보이들이 여러분께 즐거움을 드리기 위해 찾아왔습니다! (거칠게 발 구르는 소리) 목숨, 혹은 사지를 잃을지도 모르는 위험한 밧줄 돌리기, 말 타기, 불도그, 사격 등의 경기가 펼쳐집니다! 이 모든 스포츠들이 세계 제일의 묘기! 여러분들이 그리워하시던 바로 그 옛날의 로데오! 그리고 오늘 밤, 신사숙녀 여러분. 기존 스케줄의 쇼뿐 아니라, 우리 위대한 도시 뉴욕에 영광을 돌리기 위한 스페셜 쇼가 펼쳐집니다!"

와일드 빌은 의기양양한 얼굴로 말을 끝맺었다. 그 메아리가 위풍당당하게 앞으로 퍼져나가, 환호의 박수가 폭포수처럼 쏟아졌다.

그는 우람한 손을 들어올렸다.

"여러분, 이제부터 나올 친구는 길거리에서 흔히 볼 수 있는 싸구려 카우보이가 아닙니다! (폭소) 여러분, 나는 여러분이 그 친구가 나오기를 기다리고 있다는 사실을 잘 압니다. 그러니 더 이상 여러분의 시간을 빼앗지 않겠습니다. 신사숙녀 여러분, 세상에서 가장 훌륭한 카우보이를 소개하게 돼 대단한 영광입니다! 은막 위에 저 끝없는 옛 서부의 풍광을 재현한 사나이! ……미국 최고의 영화 스타, 유일무이한 바로 그 사람! 벅 혼의 등장입니다!"

지붕이 내려앉을 정도로 난리가 났다. 그리고 각양각색의 엄청난 함성, 고함, 천둥, 비명, 환호성 속에는 물론 사랑스러운 올리브색 얼굴을 잔뜩 일그러뜨리고 소리를 질러대는 주나 퀸의 목소리도 섞여 있었다.

엘러리는 씩 웃고 나서 키트 혼 쪽을 보았다. 그녀는 긴장한 듯 몸을 앞으로 기울인 채, 보드라운 갈색 얼굴에 신경질적인 기색을 띠고, 난처한 빛이 어린 청회색 눈동자로 경기장의 동쪽 게이트를 지켜보고 있었다.

멀리서 아주 작아 보이는 제복 차림의 도우미가 나타나 문을 조작했다. 문이 열리자 안에서 훌륭한 말 한 마리가 관중석 앞으로 뛰어나와 시선을 끌었다. 탄탄한 옆구리가 번들번들 빛났고, 힘차게 머리를 흔드는 힘센 말이었다. 그 등에는 한 남자가 타고 있었다.

"벅!"

"벅 혼!"

"달려라, 카우보이!"

늙고 씩씩한 카우보이, 혼은 안장에 앉은 채 몸을 앞으로 기울이고 아주 편안히 말을 달렸다. 밧줄로 칸막이를 친 공간에서 악단이 연주를 시작했다. 엄청나게 시끄러운 불협화음이었다. 마치 캥커키 서커스의 개막식 밤, 혹은 오하이오의 웨스트 태너빌 같았다. 주나는 미친 듯이 손뼉을 쳤다. 키트는 웃으면서 편안히 몸을 젖혔다.

엘러리는 몸을 앞으로 내밀고 그녀의 무릎을 쳤다. 키트가 깜짝 놀라서 돌아보았다.

"말이 멋지네요!"

엘러리가 소리를 질렀다.

그녀는 고개를 뒤로 빼고 시원스럽게 웃음을 터뜨렸다.

"당연하죠, 퀸 씨! 5천 달러짜리 말인걸요."

"휴우! 말 한 마리에요?"

"한 마리에요. 저 녀석은 사실 제가 제일 아끼는 명마, 로하이드예요. 벅이 오늘 밤 꼭 로하이드를 타고 나가고 싶다고 해서 빌려 드렸어요. 아버지에게 행운을 가져다줄 거래요."

엘러리도 편하게 앉아 희미하게 미소를 지었다. 말에 탄 남자는 챙 넓은 검은색 카우보이모자를 벗고는 좌우로 꾸벅꾸벅 인사를 하며, 양 무릎으로 말을 재촉해 트랙을 완전히 한 바퀴 빙 돌고는 다시 동쪽 게이트 근처로 향하다가 마스의 박스석 오른쪽 아래로 다가왔다. 그는 늙은 신처럼 아주 편안한 자세로 다리를 쩍 벌리고 앉아 있었다. 화려한 서부식 복장을 장식한 금속과 가죽들이 환한 불빛 밑에서 반짝거렸으며, 모자챙 밑으로 빠져나와 뒷목을 덮은 흰 머리칼도 함께 빛났다. 말은 모델처럼 멋진 자세를 취하며 매끈한 앞발을 앞쪽으로 쭉 뻗었다.

단정하게 가운을 입은 아름다운 젊은 여성, 키트가 자리에서 일어나 숨을 깊이 들이마시고는 빨간 입술을 열어 무시무시한 소리로 포효했다. 엘러리는 뒷목의 솜털들이 쭈뼛 일어서는 것을 느끼고는 눈을 깜박이며 자리에서 벌떡 일어섰다. 경감은 의자의 팔걸이를 꾹 움켜쥐었고, 주나는 펄쩍 뛰어올랐다. 키트는 조용히 자리에 앉아 미소를 지었다. 그 커다란 소리 속에서 말에 탄 남자는 누군가를 찾으려는 듯 고개를 반쯤 돌렸다.

엘러리 뒤의 누군가가 악의에 찬 고함을 질렀다.
"저런 잡년!"
엘러리가 서둘러 키트에게 말했다.
"야생의 외침이로군요?"
키트의 얼굴에서 미소가 사라졌다. 그녀는 유쾌하게 고개를 끄덕였지만 작은 입은 꼭 다문 채였고, 등은 마치 군인처럼 꼿꼿하게 펴고 있었다.

엘러리는 문득 고개를 돌렸다. 덩치 큰 토미 블랙이 앞에 앉아서 팔꿈치를 무릎에 괴고, 마라 게이에게 무어라 귓속말을 하는 중이었다. 줄리안 헌터는 뒤에 앉아 조용히 시가를 피웠다. 토니 마스는 혼이 쏙 빠진 얼굴로 경기장을 쳐다보고 있었다.

와일드 빌은 광란의 소용돌이에 빠진 관중석을 향해 고함을 버럭버럭 질러댔다. 악단은 아직도 연주 중이었다. 멋진 제복 차림의 지휘자가 간간이 지휘봉을 절망적으로 흔들어 포르티시모를 알렸다. 혼이 조용히 해달라는 뜻으로 손을 들자, 갑판 위까지 덮쳐온 미쳐 날뛰던 파도가 물러가듯 소음은 몇 초 만에 잦아들었다.

"신사숙녀 여러분!"
와일드 빌이 외쳤다.
"고맙습니다, 그리고 벅을 대신하여 여러분의 이러한 따뜻한 환영에 감사를 표합니다! 이제 첫 번째 순서가 시작됩니다! 벅이 이끄는 마흔 명의 기수들이 경기장 주위를 돌며 벌이는, 전력질주 추적 쇼! 영화 속에서 악당들에게 쫓기던 그 모습을 벅 혼이 재현하게 됩니다! 이것은 시작에 불과합니다. 앞으로 벅이 본격적으로 보여 드릴 기기묘묘한 승마술과 정확한 사격술의 곡예를 기대하십시오!"

벅 혼은 모자를 이마까지 꾹 눌러 썼다. 와일드 빌이 권총을 뽑아 천장을 향해 다시 한 번 방아쇠를 당겼다. 그것을 신호로 동쪽 게이트가 다시 한 번 힘차게 열리며 한 떼의 기수들이 쏟아져 나왔다. 남녀가 고루 섞인 그 무리는 튼튼한 서부의 말을 몰면서, 트랙을 달리고 함성을 지르며 모자를 흔들었다. 선두에는 컬리 그랜트가 있었다. 모자를 벗은 그의 고수머리가 반짝반짝 빛났다. 외팔이 우디가 등장한 순간 사람들의 눈이 모두 그리로 쏠렸다. 얼룩덜룩 멍이 든 한쪽 팔만 가지고도 우디는 놀라운 승마 솜씨를 선보여 관중의 시선을 사로잡았다. 목구멍이 터져라 고함을 질러댄 가죽바지 차림의 기수들은 비바람이 휘몰아치듯 한바탕 트랙을 돈 뒤, 북쪽 트랙을 넘어 서쪽으로 돌진했다.

"우리 친구 와일드 빌이 야외 활동에는 재능이 있는지 몰라도, 수학 실력은 형편없는 모양이로군요."

엘러리는 목을 꼬며 경감을 향해 말했다.

"무슨 소리냐?"

"지금 저 장대한 모험에 도전하는 벅 혼의 뒤를 따라 달리는 기수들이 전부 몇 명이라고 그랬죠?"

"음? 방금 마흔 명이라고 하지 않았더냐? 이번엔 또 뭐가 문제냐?"

엘러리가 한숨을 쉬었다.

"좀 이해하기 힘드시겠지만…… 그랜트가 워낙 그 수치를 구체적으로 말해서 제가 한번 세어봤거든요."

"그래서?"

"마흔한 명이던데요?"

경감이 코웃음을 치며 의자 등받이에 몸을 기댔다. 회색 콧수염이 어처구니없다는 듯 파르르 떨렸다.

"너, 이 녀석……. 이제 입 좀 다물어라! 엘, 너는 가끔 이 애비 속을 아주 뒤집는구나. 그게 마흔한 명이건 백아흔일곱 명이건 도대체 무슨 상관이란 말이냐!"

"아버지, 혈압 조심하세요. 동시에……."

엘러리가 차분하게 말했다.

"제발 좀, 쉿!"

주나가 거칠게 속삭이자, 엘러리는 입을 다물었다.

기수들이 다시 경기장 남쪽 트랙에서 고요하고 아름다운 모습으로 나타나자 또다시 침묵이 깃들었다. 그들은 두 줄로 줄을 지어 길게 서 있었다. 선두에 나란히 선 컬리 그랜트와 외팔이 우디는 홀로 외로이 서 있는 벅 혼의 뒤로 약 10여 미터 떨어져 있었다.

경기장 한복판에서 지위 높은 무대 감독처럼 말 위에 앉은 와일드 빌이 고삐를 쥐고 고함을 질렀다.

"벅, 준비됐나?"

커비 소령은 뒤의 높은 나무 단 위에서 장비를 배치하느라 정신이 없었다. 카메라맨들은 팽팽한 긴장 속에서 꼼짝도 하지 않고 지시가 떨어지기를 기다리고 있었다.

홀로 서 있던 벅 혼이 몸을 가볍게 흔들더니 오른편 허리춤에서 낡은 권총을 뽑아들고 천장을 향하여 똑바로 치켜든 뒤, 방아쇠를 당겼다. 그리고 폭발음이 울리는 동시에 외쳤다.

"발사!"

그 뒤에서 마흔한 개의 팔이 마흔한 개의 총집에서 마흔한 개의 권총을 뽑아들었다. 와일드 빌 역시 명령을 내리는 위치에서 허공에 딱 한 방을 쏘았다. 그러자 벅 혼이 넓은 어깨를 굽히고 앞으로 몸을 기울였다. 그러고는 여전히 총을 천장으로 향한 채, 말을 재촉하여 나무껍질을 채운 트랙으로 달려 나갔다. 그와 동시에 전체 말 대열이 카우보이 특유의 날카로운 함성과 함께 으르렁거리는 영화 음향 속으로 섞여들었다.

매혹적으로 유혹하듯 길게 꼬리를 빼는 시간의 흐름처럼 말들은 속도를 내 트랙을 돌면서 마스의 박스석 바로 밑을 스쳐지나갔다. 10미터가량 앞에서 그들을 이끄는 당당한 로하이드는 동쪽 트랙의 끄트머리를 달리는 중이었다.

기수들이 일제히 나아가면서 커다란 리볼버의 총구 또한 일제히 위를 향했고 마치 하나의 생물처럼 총을 쏘아 올리자, 그 순간 포연이 피어올라 수많은 말과 사람들을 뒤덮었다. 한참을 앞서 달려가는 벅 혼의 총 소리에 화답하는 단 한 번의 일제사격…….

2만 쌍의 눈동자가 맨 앞을 달려가는 남자에게 몰렸다. 2만 쌍의 눈동자가 그 직후에 일어난 일을 보았으나, 그들은 자신의 눈을 믿지 못했다.

사격 소리가 잠잠해진 바로 그 순간, 남쪽을 향해 달리던 벅 혼이 안장에 앉은 채 옆으로 몸을 기울였다. 리볼버는 오른손에 쥔 채 여전히 높이 치켜들고 있었고, 고삐를 잡은 왼손은 안장 앞으로 붕 떠 있었다. 로하이드의 보폭은 점점 빨라져 그대로 모퉁이를 돌아 기수들 그리고 마스의 박스석과 똑바로 직선상에 위치했다.

그 순간, 로하이드의 우람한 등에 앉아 있던 사내의 몸이 뒤로 확 젖혀졌다. 그러고는 금세 축 처져서 안장 밑으로 미끄러져 떨어지더니 트랙에 가득 깔린 나무껍질 위에 부딪쳤다……. 뒤따라오던 마흔한 마리 말들의 잔인한 발굽들이 그의 몸을 짓밟았다.

살인이 일어난 순간의 경기장 도식

북쪽

나무껍질 트랙

● A
경기장

B ⊠

C ▲

D

E

동쪽 게이트

서쪽 게이트

남쪽

A—와일드 빌 그랜트가 있던 위치   B—뉴스 영화 관계자들이 나무 단
C—벽 혹이 있던 위치   D—마피스의 정객용 박스석
E—벽 혹을 뒤따라오던 기수들의 위치

3:
망자를 위한 기도

어딘가에 시간이 영원히 멈춘 남자의 이야기가 있다. 어쩌면 그 남자의 시간은 평범한 사람들이 눈 한 번 깜박할 시간, 심장이 한 번 뛸 시간, 손가락을 한 번 튕길 시간을 아주 천천히 늘려놓은 것인지도 모른다. 그것은 새벽녘과 해돋이 사이의 정원이며, 현실세계의 보편적인 기능이 모두 멈출 때 나타나는, 극히 드문 우주적 순간에서만 발견되는 현상인지도 모른다. 예를 들어 군중들 사이의 이런 순간은, 모든 조잡한 현상들을 차단하고 응축시키며 그 위에 군림하게 된다. 이것은 분자 단위의 순간이, 집단 인식과 집단 패닉처럼 무한한 간격으로 변화할 때이다.

나무껍질 깔린 트랙 위로 굴러떨어진 벅 혼의 모습이 콧김을 내뿜으며 힘차게 달려오는 말떼 사이로 집어삼켜진 순간, '콜로세움'을 빽빽이 채운 사람들 사이로 그러한 무한함의 징후가 자리를 잡았다. 일 초가 한 시간 같았던 그 순간 아무도 숨조차 쉬지 못했으며 근육 한 올 꿈틀거릴 수 없었고, 아주 작은 소리도 내지 못했다. 그 광경 전체가 마치 환영 속의 바윗돌에 깔려버린 듯했으며, 그 위에 내려앉은 것은 영원이었다. 누군가 수만 명의 사람들이 겁에 질려 굳어 있는 모습을 콜로세움의 천장 꼭대기에 올라앉아 관찰했다면, 바닥부터 측면에 걸쳐 고정된 전시품이 가득한 거대한 원형 대리석 박물관의 유일한 관람객이 된 듯한 느낌이었을 것이다. 그때 현실을 밀어내고 영원으로 통하는 순간이 찾아들었다. 소리 없는 아우성, 지옥의 바닥에서 들려오는 소리, 순수한 공포에서 끓어오르는 비명. 그것은 인간의 귀로 들을 수 있는 소리가 아니었다. 소름끼치는 진동으로밖에 느껴지지 않는, 경기장 전체를 뒤덮고 마구 흔드는 그런 저음이었다. 그리고 말에서 굴러떨어져 보이지 않게 된 남자의 그 모습을 짓밟지 않으려고 애쓰는 기수들의 비명과 말들의 소름끼치는 울음소리가 갑작스레 울려 퍼졌다.

2만 명의 관객들이 동시에 자리에서 벌떡 일어나, 콜로세움의 지반을 뒤흔들었다.

마치 꿈처럼 찾아왔다가 꿈처럼 지나간 순간이었다.

당연히 벌어져야 할 일이 벌어졌다. 비명 소리와 날카로운 질문, 출입구 쪽을 향해 난폭하게 달려가는 몸짓들……, 깜짝 상자 속에서 튀어나온 도깨비 같은 형상을 한 사람들이 미친 듯이 통로를 질주했다. 경기장 안에서는 차츰 상황 정리가 이루어졌다. 사람들이 달려와 말들을 끌어냈다. 동쪽 게이트 밖에서 카우보이모자를 쓰지 않은 남자가 검은 가방을 들고 뛰어와서는 옆구리에 끼고 있던 인디언 담요를 끄집어냈다. 동시에 경기장 한가운데에서 여태껏 말, 모자, 손, 눈동자 하나 까딱하지 못하고 있던 와일드 빌 그랜트가 겨우 정신을 차렸다. 그는 말에 박차를 가해 그 혼란스러운 상황을 빠져나왔다.

마스의 박스석에 앉아 있던 사람들 역시 그 거대한 침묵의 풍경 속 작은 일부였다. 누구 하나 예외는 없었다. 그러나 박스석의 손님들 중에서도 네 명만은 각자 다른 네 개의 이유 때문에 돌발 상황으로 완전히 넋이 나간 다른 사람들보다 먼저 충격에서 빠져나왔다. 먼저 퀸 부자가 있었다. 한 명은 오랜 경찰관 생활로 긴급사태에는 충분히 훈련이 되어 있었고, 나머지 하나는 아무리 놀라운 일이 벌어져도 충격이 그리 오래 가지 않는, 약간 기계 같은 감성의 사람이었다. 그리고 스포츠맨의 전당에서 스포츠맨의 무덤으로 바뀌어버린 콜로세움의 섬세한 창조주, 토니 마스가 있었으며 마지막으로 이 자리 그 누구보다도 비통한 심정에 젖은 키트 혼이 있었다. 이 네 명은 둘씩 짝을 지어 3미터 아래 나무껍질 트랙으로 향하는 박스석의 가로대를 뛰어넘었다. 심하게 부딪혔지만 정신이 없어서 아픔 따위는 느끼지 못했다. 박스석에 남겨진 다른 사람들은 여전히 꼼짝도 하지 못했다. 줄리안 헌터는 입을 딱 벌리는 바람에 물고 있던 시가를 떨어뜨렸고 아직까지 입을 다물지도 못하고 있었다. 마라 게이의 가녀린 몸은 떨리고 있었으며, 뺨에는 핏기가 없었다. 주나는 완전히 혼이 빠진 얼굴이었다. 토미 블랙은 쏟아지는 강펀치를 피하느라 정신이 없는 권투 선수처럼 발끝으로 서서 몸을 흔들어댔다.

기수들은 모두 말에서 내렸다. 일부는 흥분한 말들을 달래느라 바빴다.

키트와 엘러리가 앞장서서 달렸고, 경감과 토니 마스는 10여 미터 떨어져서 뒤따라왔다. 키트는 마치 공포의 날개를 단 듯 사고 현장을 향해 날듯이 달려갔다. 엘러리는 눈썹을 찌푸리며 갑작스러운 비극에 시선을 고정한 채 키트의 뒤를 바짝 따라갔다. 네 사람은 완전히 짓뭉개진 채 꼼짝도 하지 않고 트랙 위에 누워 있는 피해자를 향해 달려가다가, 문득 멈췄다. 검은 가방을 들고 있던 남자가 피해자 옆에 무릎을 꿇고 앉아 있었는데,

키트 혼을 보고는 재빨리 일어나 바닥의 그 '물체' 위로 인디언 담요를 덮었다.

"음…… 혼 양."

남자는 쉰 목소리로 말했다.

"혼 양, 정말로, 정말로 유감스럽습니다. 아버님은…… 돌아가셨습니다."

"선생님, 안 돼요."

키트의 목소리는 너무나 고요했다. 마치 자신이 냉정을 유지하면 의사의 소견을 바꿀 수 있을지도 모른다고 생각하는 것 같았다. 로데오 의사는 낡아빠진 누더기를 입은 노인이었는데, 조용히 고개를 흔들고는 그녀의 창백한 얼굴을 끝까지 진지하게 바라보다가 자리를 떴다.

엘러리는 생각에 잠긴 채 옆에 서서 키트를 관찰했다.

키트는 지저분한 먼지 속에 무릎을 꿇고는 숨 막히는 울음을 터뜨리며 담요 끄트머리를 잡았다. 시체 같은 얼굴을 한 컬리 그랜트와 망연자실한 와일드 빌 그랜트가 본능적으로 그 손을 막았다. 키트는 두 사람 쪽을 쳐다보지도 않고 손을 내저었다. 두 남자가 트랙으로 물러나자 키트의 손이 담요를 아주 살짝 들추었다. 어느 부분은 눈에 띄게 희고, 또 어느 부분은 눈에 띄게 붉은 빛깔이 살아 있던 인간의 얼굴을 완전히 덮고 있었다. 핏기가 완전히 빠져나간 얼굴, 파르스름하고 죽음으로 뒤틀렸으며 탁한 색의 피와 먼지로 더럽혀진 그 얼굴이 이제는 더 이상 볼 수 없는 딸을 쳐다보았다. 키트는 무시무시한 것이라도 본 듯 담요 자락을 떨어뜨리고는, 그 자리에 말없이 무릎을 꿇었다.

엘러리는 손가락 관절로 컬리 그랜트의 탄탄한 가슴께를 쿡

쿡 찔렀다.

"정신 차려요. 그렇게 얼 빠져 있지 말고."

엘러리의 목소리는 부드러웠다.

"저기서 저 아가씨를 끌어내야죠."

컬리가 눈을 껌벅이더니 얼굴을 붉히고는 그녀 옆에 함께 무릎을 꿇었다……

엘러리는 뒤를 돌아 아버지와 얼굴을 마주했다. 경감은 북풍처럼 숨을 헐떡거렸다.

"도대체…… 저기서 무슨 일이 일어난 게냐?"

경감이 숨을 고르며 물었다.

엘러리가 대답했다.

"살인입니다."

노인의 눈이 휘둥그레졌다.

"살인이라고? 하지만 대체 어떻게……."

부자가 잠시 서로를 마주 보는 동안 엘러리의 눈에 흐릿한 무언가가 퍼졌다. 엘러리는 주위를 천천히 둘러보았다. 습관처럼 입에 물고 있던 담배가 피와 먼지로 더럽혀진 트랙 아래쪽을 향했다. 엘러리는 담배를 빼서 손가락으로 짓뭉개며 말했다. 숨을 씨근덕거리고 있었다.

"맙소사, 전 바보였습니다! 아버지……."

엘러리는 꽁초를 주머니에 쑤셔 넣었다.

"도대체 어떻게 살해되었는가에 대해서는 의문의 여지도 없습니다. 옆에서 총을 맞았네요. 분명 심장을 관통했을 겁니다. 저는 의사가 담요를 덮어줄 때 그 상처를 보았습니다. 이건……."

경감의 창백한 뺨에 홍조가 돌아오고, 새와 같은 두 눈이 한 순간 크게 떠졌다. 그는 쏜살같이 사람들 쪽으로 달려갔다.

  사람들이 잠깐 흩어졌다가 이내 그를 에워쌌다.

  컬리의 넓은 어깨가 반짝반짝 빛나는 키트 혼의 머리를 감싸고 있었다.

  와일드 빌 그랜트는 마치 못 볼 것이라도 본 듯 인디언 담요를 뚫어져라 응시했다.

  엘러리는 어깨를 펴고 길게 한숨을 내쉰 뒤 경기장 북서쪽을 향해 천천히 걸어갔다.

4:
몇 개의 단서

사람들로 북적거리는 흙바닥을 가로질러 걸어가면서 엘러리는 주위에서 일어나는 일들을 단숨에 전부 파악했다. 엘러리의 뒤편으로 많은 사람들이 죽은 남자와 우는 여자를 빙 둘러싸고 마치 낯선 별에 떨어진 외계인들처럼 아무 말 없이 서 있었다. 완전히 광란의 도가니가 된 관중석에서는 사람들이 공포에 빠진 개미들처럼 정신없이 달려갔다. 여자의 가느다란 비명과 남자의 굵고 목쉰 소리, 낮은 천둥처럼 울려 퍼지는 발소리들이 들렸다. 저 멀리 벽에 점점이 박힌 작은 입구들 쪽에서 놋쇠 단추가 달린 푸른 제복을 입은 사람들이 나타났다. 건물의 후미진 곳을 지키며 부랑자를 색출하고 있던 경찰들이 다급히 소환된 모양이었다. 경관들이 사람들을 좌석 쪽으로 밀어내며 아무도 경기장을 벗어날 수 없다고 말하는 모습이 보였다. 엘러리는 그리로 달려가며 슬며시 미소를 지었다.

더욱 속력을 낸 엘러리는 작은 몸집의 커비 소령이 서 있는 높은 나무 단의 버팀목 밑에서 멈추었다. 소령은 창백하긴 했으나 침착한 얼굴로 차분하게 혼란에 빠진 카메라맨들에게 지시를 내리는 중이었다.

"소령님!"

다른 소음에 목소리가 묻힐 것 같아서 엘러리는 있는 힘껏 악을 썼다.

커비 소령이 나무 단 너머로 아래를 내려다보았다.

"음? 아…… 그래, 맞아. 퀸 군이라고 했나?"

"그 단 위에서 내려오시면 안 됩니다!"

소령은 살짝 미소를 지었다.

"자네 겨우 그 말하려고 여기까지 왔나? 이것 참! 그런데 도대체 저기서 무슨 일이 벌어진 거지? 저 늙은 양반이 눈속임 마술이라도 부렸나?"

"그 늙은 양반이 총알로 마술을 부렸습니다. 그게 문젭니다. 살인이 일어났습니다, 소령님. 총알이 심장을 관통했습니다."

엘러리가 심각한 얼굴로 말했다.

"하느님 맙소사!"

엘러리는 근엄한 눈빛으로 위를 올려다보았다.

"이쪽으로 조금만 가까이 와주십시오, 소령님."

소령이 작고 검은 눈을 크게 뜨며 걸어왔다.

"여기 있는 카메라들은 모든 장면을 다 찍었습니까?"

검은 눈동자에 불꽃이 튀었다.

"세상에, 이럴 수가!"

홀쭉한 뺨에 가벼운 홍조가 돌았다.

"기적이야, 퀸 군. 기적이네……. 그래, 맞아. 모든 장면을 다 찍었네!"

엘러리가 빠르게 말했다.

"과거완료입니다, 소령님. 단순과거완료 말입니다. 모든 탐정들을 굽어보시는 신께서 내려주신 정교하고 아름다운 선물이로군요. 제 말 잘 들으십시오. 장비 계속 돌리세요. 지금부터 제가 그만하라고 할 때까지, 지금 일어난 일에 대한 완벽한 사진 기록을 남겨야 합니다. 아시겠습니까?"

"완벽히 알아들었네."

소령이 잠시 입을 다물었다가 다시 말했다.

"그런데 앞으로 얼마나 더……."

"뉴스 영화가 걱정되어서 그러시는 겁니까?"

엘러리가 미소를 지었다.

"염려하실 필요 없습니다, 소령님. 소령님과 소령님 동료들은 경찰에 협력할 수 있는 아주 이례적으로 특출한 기회를 잡으신 겁니다. 그러면 앞으로 영화 회사들이 얼마나 더 투자할지 모르죠. 아마도 영화의 나머지 분량에 들어갈 여분의 자금은 전혀 걱정하실 일이 없을 겁니다. 물론이고말고요."

소령은 잠시 생각에 잠겼다가, 작은 콧수염 끝을 만지며 고개를 끄덕이고는 자리에서 벌떡 일어나 부하들에게 무뚝뚝하게 이야기하기 시작했다. 카메라 한 대가 계속해서 시체를 둘러싼 사람들을 촬영하고 있었다. 다른 카메라 한 대는 마치 기계로 된 키클롭스처럼 꾸준히 움직이고 있는 관중석에 초점을 맞추었다. 세 번째 카메라가 경기장의 다른 곳을 집중적으로 촬영했다. 오디오 부스의 기술자들은 미친 듯이 일했다.

엘러리는 보타이를 가지런히 정돈한 뒤 새하얀 가슴팍에 묻어 있는 먼지를 툭툭 털어내고 나서 다시 경기장 쪽으로 달려갔다.

책임감 있는 경찰 간부 퀸 경감은 일할 때 보이는 특유의 엄숙한 후광에 둘러싸여 있었다. 나쁜 의미에서가 아니라, 퀸 경감은 뉴욕에서 '잘 모르는 것에 대해 비평하는 사람'이라고 불릴 수 있는 유일한 인물이었다. 아주 미미하고 보잘 것 없는 사실에서도 문제점을 발견하는 것은 그의 직업적 본성이었다. 그는 '사소함의 과학'을 연구하는 과학자였고, 세부 사항에 몸을 바치는 열성적 신도였다. 하지만 나이 든 코를 땅바닥에 바싹 붙이고 샅샅이 조사하는 일은 하지 않았다. 그러면 땅바닥 전체의 넓은 광경을 조망할 수가 없기 때문에……. 지금 당장 해야 할 일은 그의 대담한 성격에 어울리는 과업이었다. 2만 명의 사람들이 지켜보는 앞에서 벌어진 중인환시의 살인. 사람이 2만 명이나 있었으니 그들 중 누군가는 분명히 벽 혼을 죽인 살인자를 보았으리라! 경감은 새처럼 작은 회색 머리를 똑바로 곧추세우고 앞을 바라본 채, 손가락으로는 낡은 갈색 코담뱃갑을 뒤지며 입으로는 빠르고 적확한 지시를 내렸다. 그의 작고 밝은 두 눈동자는 육체를 떠난 영혼의 궤적을 쫓듯 경기장 이곳저곳을 떠돌아다녔다. 다행인 것은 본부에 지원을 요청하여 부하들의 도착을 기다리는 동안에도, 한 무리의 경찰들을 전략적으로 움직일 수 있었다는 점이다. 콜로세움의 매표원들과 특별 경비원들은 바삐 뛰어다니며 각자 맡은 일을 했고, 살인이 일어났을 당시 건물 안에 있었던 경관들 또한 마찬가지였다. 모든 출입구들이 엄중하게 폐쇄되었다. 연이어 도착하는 보고서에 따르면 경찰 저지선 너머로는 피그미 원주민 한 사람 빠져나갈 수 없었다. 본격적인 수사가 시작되기 전까지 2만 명의 관객들 중 누구 한 사람도 빠져나갈 수 없었고 그것은 경감의 신중한 의도였다.

근처 구역에 있던 형사들은 이미 긴급 경보에 응답했다. 경기장 전화통에는 불이 났고, 이곳은 완전히 작전본부가 되었다. 수백 개의 머리들이 박스석 가로대에 달라붙어 그 광경을 쳐다보고 있었다. 기수들은 뿔뿔이 흩어져 경기장 반대편으로 향했다. 모두들 말에서 내린 상태였으며 얌전해진 말들은 조용히 앞발로 땅을 파고 코를 힝힝거렸다. 짧지만 힘든 질주를 한 탓에 말들의 몸은 뜨거웠고 털가죽 위로는 땀이 흘렀다. 경기장 동쪽과 서쪽, 양쪽 메인 게이트에 배치되어 있던 특별 경비원들은 형사들의 지원을 받으며 조용히 제자리를 지켰다. 경기장의 모든 출입구들은 신속하게 폐쇄됐고 감시 하에 놓였다. 아무도 경기장에서 나갈 수도, 경기장 안으로 들어올 수도 없었다.

달려가던 엘러리는 아버지가 어느 몸집 작은 카우보이를 무섭게 노려보고 있는 모습을 발견했다. 눈빛이 흐릿하고 짧은 다리가 휜 카우보이였다.

"그랜트 씨가 말하길 말 책임자가 당신이라고 하던데, 이름이 뭡니까?"

경감이 무뚝뚝하게 물었다.

작은 카우보이는 마른 입술을 핥았다.

"대늘…… 행크 분입니다. 저는 총알 날아오는 장면을 못 봤습니다, 경감님. 진짭니다. 저는……."

"그래서 당신이 말 책임자라는 거요, 아니라는 거요?"

"맞습니다, 접니다!"

경감은 그를 아래위로 훑어보았다.

"당신도 아까 혼의 뒤에서 미친 듯이 소리를 지르면서 말 타고 달리던 무리들 중 하나요?"

"아닙니다!"

분이 소리를 쳤다.

"그럼 혼이 말에서 떨어졌을 때 당신은 어디 있었소?"

"저쪽 아래에 있었습니다. 서쪽 슈트 게이트 뒤에요."

분이 웅얼거렸다.

"벽 영감님이 말에서 떨어지는 걸 봤을 때, 특별 경비원 볼디가 제 옆을 지나갔습니다."

"그 밖에 당신과 같이 있던 사람이 없었습니까?"

"네, 경감님. 볼디 말고는……."

"알았소, 분."

경감은 한 형사를 보고 고개를 까닥거렸다.

"이 사람을 경기장 저 너머로 데려가서, 말들을 한자리에 모으라고 하게. 이리로 우르르 몰려오면 곤란하니까."

분은 희미하게 웃어 보이고는 그 형사와 함께 말들이 있는 쪽으로 종종걸음 쳤다. 먼지가 피어오르는 경기장 건너편에는 간이 물통이 한 줄로 늘어서 있었고, 분은 곧 말들에게 물을 먹이는 데 전념했다. 카우보이와 카우걸들은 근처에 서서 그를 차가운 시선으로 쳐다보았다.

엘러리는 아무 말 없이 서 있었다. 이런 일은 전적으로 아버지 몫이었다.

그는 주위를 둘러보았다. 키트 혼은 무릎이 먼지투성이가 된 채 가만히 서 있었다. 얼굴은 이지러진 달처럼 창백했으며, 화려한 인디언 담요로 덮인 구겨진 모양의 뭉치를 무표정하게 응시하고 있었다. 그녀의 양옆으로 두 남자가 지키고 서 있었지만, 제삼자가 보기에는 별 도움이 되지 않을 듯싶었다. 컬리 그랜트는 느닷없이 무언가로 고막을 찔려, 광분하는 소리 없는 세상에 떨어져 버리기라도 한 듯 몹시도 괴기스러운 모습이었다. 대리석처럼 다부진 그의 아버지는 아무런 징후도 없이 갑작스레 마비에 걸린 것 같았다. 고통으로 넋이 나간 표정을 지으며 그 자리에 얼어붙었다. 둘 다 마찬가지로 화려한 인디언 담요를 멍하니 바라봤다.

그들의 심정을 모를 리가 없는 엘러리 역시, 키트의 눈동자가 고정된 담요 쪽을 쳐다봤다.

경감이 말했다.

"이봐, 자네. 이 근처 담당인가? ……부하 두서넛 데리고 가서 이 안에 있는 빌어먹을 총기류들을 모두 조사하게. 그래, 전부! 샅샅이 다 뒤진 다음에 모든 무기에 소유자의 이름을 표시한 태그를 달아두라고. 본인 소유가 아니면 원 소유주의 이름을 적고. 그냥 말로만 물어봐서는 안 되네. 모든 사람을 확실하게 조사해야 해. 기다리는 데 익숙한 사람들이니까 괜찮을 거야."

"알겠습니다, 경감님."

"그리고……."

경감은 아무 말 없이 담요로 덮인 시체를 뚫어져라 응시하는 삼인조를, 작고 밝은 두 눈으로 바라보며 잠시 생각에 잠겼다가 덧붙였다.

"저 친구들하고도 얘기 좀 해두게. 늙은이랑 곱슬머리 젊은이 그리고 아가씨도 마찬가지로."

퍼뜩 어떤 생각이 떠올라, 엘러리는 고개를 홱 돌리며 누군가를 찾기 시작했다. 시체에서 눈을 떼지 못하는 사람들 사이에는 없었다. 한 팔만 가지고도 그토록 놀라운 승마술을 보인 남자……. 엘러리는 경기장 건너편 바닥에 앉아, 무심한 얼굴로 보위나이프를 가볍게 던지고 받는 외팔이 기수를 발견했다. 엘러리가 와일드 빌 그랜트 쪽을 바라보자, 마침 그랜트는 고통으로 일그러진 눈빛으로 양팔을 뻣뻣하게 치켜들고 조사를 받는 중이었다. 굵은 허리에 찬 총집은 이미 텅 비어 있었다.

한 형사가 그의 권총에 이름표를 부착하는 중이었다. 컬리는 갑자기 정신을 차리고는 얼굴이 새빨개지더니, 분노로 입을 삐죽거렸다. 하지만 곧 어깨를 으쓱한 뒤 자신의 늘씬한 권총을 순순히 내밀었다. 그랜트 부자 모두 옷 속에 또 다른 무기가 없다는 사실이 곧 밝혀졌다. 그리고 키트 혼은······.

"그만하시죠."

엘러리가 말했다.

노인이 추궁하는 눈빛으로 아들을 쳐다보았다. 엘러리는 엄지손가락으로 키트 쪽을 가볍게 가리키면서 고개를 흔들었다. 아들을 빤히 쳐다보던 경감은 어깨를 으쓱했다.

"거기······ 자네들, 혼 양은 내버려 두게나. 아가씨는 나중에 하자고."

두 명의 형사는 고개를 끄덕인 뒤 경기장을 가로질러 걸어갔다. 키트 혼은 꼼짝도 하지 않았다. 그녀는 말 한마디 없이 담요의 지그재그 무늬를 망연한 얼굴로 뚫어져라 쳐다보고 있었다. 소름끼치는 모습이었다.

경감은 한숨을 쉰 뒤 양손을 가볍게 문질렀다.

"그랜트 씨!"

경감이 부르자 나이 든 흥행사가 신중하게 돌아보았다.

"당신과 아드님······ 두 분이서 같이 혼 양을 어디 다른 곳으로 좀 데려가주셔야 할 것 같군요. 계속 저렇게 둘 수는 없는 노릇 아닙니까."

그랜트는 눈물 섞인 깊은 한숨을 쉬었다. 그 눈은 불타는 듯 새빨갰다. 그랜트가 키트의 창백한 팔을 잡았다.

"키트, 키트."

키트는 놀란 얼굴로 그랜트를 보았다.

"키트, 이제 여기서 나가자꾸나. 키트."

그녀는 다시 담요 쪽으로 시선을 돌렸다.

그랜트가 아들을 쿡 찔렀다. 컬리는 잠시 피곤한 듯 눈가를 문지른 뒤, 아버지와 함께 키트를 힘껏 들어서 그 몸을 돌렸다. 그녀의 얼굴에 공포가 스쳤고 움찔하더니 비명을 질렀다. 하지만 비명은 금세 사라졌고 키트는 축 늘어졌다. 부자는 키트를 둘러업고 경기장을 가로질러 사라졌다.

경감이 한숨을 내쉬었다.

"그거 참 손이 많이 가는 아가씨로구나. 자, 엘. 우리는 다시 일로 돌아가자. 저 시체를 좀 찬찬히 봐야겠는데."

경감은 다른 형사들에게 손짓을 했다. 그들은 굳건한 인간 장벽이 되어 시체를 빙 둘러쌌다. 엘러리와 퀸 경감은 그 원 안에 있었다. 경감은 마르고 작은 어깨에 힘을 주고는 코담배를 한 줌 들이마신 다음 나무껍질 트랙 위에 쪼그리고 앉았다. 그러고는 안정된 동작으로 담요를 젖혔다.

한때 화려했던 시체의 복장은 이제 완전히 피와 먼지로 더럽혀진 상태였는데, 그 모습은 상당히 아이러니했다. 죽은 자는 반짝반짝 빛나는 검은 옷을 입고 있었으나, 그 낭만적인 반짝임은 벅 혼이 필멸의 운명 속으로 추락하는 바람에 완전히 망가지고 말았다. 이제는 죽음으로 녹이 슬어버린 검은색이었다. 기묘한 모양으로 휘고 벌어진 두 다리에는 검은 가죽부츠가 신겨져 있었다. 굽이 높고 무릎까지 오는 길이의 부츠였으며, 멋진 자수 무늬에 은빛 박차가 부츠 굽에 박혀 있었다. 착 달라붙는 바지는 검은색 코듀로이 재질이었다. 머리에 두른 두건까지도 검은색이었지만, 셔츠만큼은 새하얀 새틴 재질이어서 멋진 대조를 이뤘다. 셔츠의 소매는 팔꿈치까지 걷어 올린 뒤 검은 밴드로 탄탄하게 고정시켰다. 소매 끝동에는 한 쌍의 우아한 검은 가죽 장식을 달았는데, 흰 실로 자수를 놓고 자잘한 은색 장신구가 달려 있었다. 퍼레이드를 하는 카우보이라면 누구나 탐낼 만한 장신구였다. 허리에는 딱 맞는 검은색 가죽 허리띠를 둘렀으며, 널찍하고 총알을 꽂을 수 있는 화려한 탄띠가 상반신에서 엉덩이까지 걸쳐 있었다. 엉덩이 아래 허벅지 부근에는 아름다운 검은 가죽 권총집 두 개가 붙어 있었지만 총은 없었다.

그다지 특이한 건 없었다. 퀸 부자는 서로의 얼굴을 마주 본 뒤 시체를 더 자세히 관찰하기로 했다. 그쪽에서 더 쓸 만한 정보를 얻을 수 있을 것 같았다.

찬란하고 용감한 벅 혼의 외모는 징 박힌 말발굽에 채여 완전히 엉망진창으로 더럽혀진 상태였다. 흰 셔츠는 여기저기 찢어져, 드러난 맨살 위에까지 발굽 모양의 상처가 찍혀 있었다. 가슴 왼쪽에는 작고 또렷한 총알구멍이 마치 표지판처럼 깔끔하게 나 있었는데, 탄두가 심장까지 파고든 건 아주 명백해 보였다. 출혈은 놀라울 정도로 적었다. 셔츠에 난 구멍은 피 때문에 아래쪽 피부와 엉겨 붙어 굳어 있었다. 수척하고 늙은 얼굴은 죽음으로 일그러졌고 흰 머리는 옆으로 꺾여 비스듬했다. 거친 말 몇 마리가 죽은 사람의 옆얼굴 전체를 무시무시한 힘으로 걷어찬 듯했다. 하지만 역시 먼지와 피를 제외하면 시체에서 얻을 수 있는 새로운 정보는 별로 없었다. 시체는 살아 있는 사람이라면 불가능한 자세로 구부러져 있었다. 날뛰는 짐승들의 무게를 이기지 못하고 뼈가 부러진 모양이었다.

다소 창백해진 엘러리는 몸을 쭉 펴고 일어나 주위를 둘러보왔다. 그는 약간 떨리는 손가락으로 담배에 불을 붙였다.
"빈틈없이 다 본 것 같은데."
경감이 중얼거렸다.
"제가 보기에, 지금 당장 발견할 수 있는 건 종교적인 문제밖에 없는 것 같군요."
엘러리도 나직이 말했다.
"뭐? 그게 뭐냐?"
"아, 신경 쓰지 마세요."
엘러리는 소리 질렀다.
"전 이런 유혈 사태에는 별로 익숙하지 않아요……. 아버지, 아버진 기적을 믿으세요?"
"도대체 또 무슨 헛소리를 하려고 그러는 게냐?"
경감이 말했다. 그는 혼의 시체에서 허리띠를 벗기는 중이었다. 첫 번째 구멍에 꽉 끼워진 허리띠를 벗겨낸 뒤에는 묵직한 탄띠와 씨름했다.
엘러리는 죽은 사람의 얼굴을 가리켰다.
"첫 번째 기적. 엄청난 말발굽들이 이 사람을 짓밟고 지나갔는데, 얼굴에는 상처 하나 없어요."
"그게 어쨌다는 거냐?"
"맙소사, 아버지!"
엘러리가 한탄했다.
"'그게 어쨌다는 거냐? 남자가 말했다. 아무것도 없었다.' 그게 포인트예요! 무슨 일이 일어났다면 더 이상 기적이 아니겠죠. 아시겠어요?"
경감은 그 완벽한 헛소리를 무시하기로 했다.
"두 번째 기적. 오른손을 보세요."

엘러리가 몸을 부르르 떨며 담배 연기를 뿜어냈다.

노인은 포기한 듯 고분고분 그 말에 따랐다. 왼팔은 두 군데 부러진 듯했으나 건강하게 그을린 오른손에는 긁힌 자국 하나 없었다. 손가락은 총신이 긴 리볼버를 꽉 쥐고 있어서, 바로 몇 분 전까지는 벅 혼이 팔팔하게 살아 있었다는 사실을 증명하고 있었다.

"그래서?"

"이건 기적조차 아닙니다. 완벽한 신의 섭리죠. 자, 그는 땅바닥에 부딪히기 전에 이미 죽은 상태였습니다. 그리고 마흔한 마리의 말들이 이 사람을 밟고 지나갔지만…… 세상에, 총을 떨어뜨리지도 않고 꼭 잡고 있잖아요!"

경감은 아랫입술을 핥았다. 당황한 표정이었다.

"그래, 하지만 그건 또 어쨌다는 거냐? 설마 거기에 뭔가……."

"아뇨, 그게 아닙니다."

엘러리가 초조한 얼굴로 말했다.

"이런 현상을 인간이 일으킬 수 있을 리 없어요. 그러기에는 증인들이 너무 많으니까요. 그러니까 제가 자꾸 기적이라고 하는 겁니다. 인간이 할 수 있는 일이 아니에요. 신의 영역이라고요. 두통을 유발하는 무언가가 있어요……. 이런, 젠장. 정신이 나갈 것 같습니다. 모자는 어떻죠?"

엘러리는 인간 장벽을 뚫고 주위를 둘러보았다. 그러다 갑자기 밝아진 얼굴로 2, 3미터 정도 걸어가서는 먼지 속에 떨어져 있던 챙이 넓고 높은 모자를 발견했다. 엘러리는 허리를 굽혀 모자를 주워들고 아버지가 있는 곳으로 돌아왔다.

"그래, 그 모자가 맞는 모양이다."

경감이 말했다.

"말에서 떨어질 때 벗겨져서, 말발굽에 채여 멀리 날아간 것 같구나."

부자는 카우보이모자를 함께 관찰했다. 한때는 영광스런 왕관이었으나, 지금은 주인의 머리와 마찬가지로 찌그러지고 으스러져 있었다. 가장자리에 화려한 술 장식이 붙어 있고 챙이 대단히 넓은, 부드러운 펠트 재질의 검은 카우보이모자였다. 왕관 주위에 넓은 검은색 가죽 테를 두른 듯한 모습이었다. 안쪽에는 금장으로 B H.라는 이니셜이 새겨져 있었다.

엘러리는 훼손된 시체 옆에 모자를 조심스럽게 내려놓았다.

경감은 죽은 남자의 두 가죽띠를 골똘히 들여다보았으며, 엘러리는 약간 재미있다는 얼굴로 그런 아버지를 지켜보았다. 총집이 달려 있는 탄띠는 엄청나게 길고 무거웠다. 착용자의 허리를 두 번은 감을 수 있도록 디자인되었기 때문이었다. 혼의 다른 현란한 복장들과 마찬가지로 그 탄띠 역시 은색 장신구와 작은 금색 못으로 꼼꼼히 장식됐고 총알을 꽂는 곳 역시 반짝반짝 빛났다. 마찬가지로 한 글자로 도안된 B H.라는 은장식이 붙어 있었다. 탄띠는 부드럽고 유연하며 주인의 애정 어린 손길에 잘 길들어 있었지만, 상당히 오래된 물건이었다.

"오래도 썼군, 딱한 친구 같으니."

경감이 중얼거렸다. 엘러리는 한숨을 쉬었다.

"제 생각에는 애서가들이 아끼는 책을 소중히 다루는 모습이나 마찬가지 같은데요. 아버지, 제가 송아지 가죽 장정의 팰코너 책에 기름을 먹이는 데 몇 시간이나 들이는 지 혹시 아시나요?"

부자는 함께 허리띠를 점검했다. 역시 잘 보존됐으나 대단히 오래된 물건이었다. 세로로 금이 간 부분이 두 군데 있었는데 하나는 허리띠의 두 번째 구멍, 또 하나는 세 번째 구멍이었다. 얇은 가죽을 오랫동안 쓰다보면 닳아서 생기는 당연한 흠집이었다. 어찌나 낡았는지 말로 우편배달을 하던 시절부터 사용된 것 같았다. 그리고 탄띠와 마찬가지로 이 허리띠에도 역시 혼의 이니셜 은장이 붙어 있었다.

"혹시 이 사람은 학자 같이 수염을 기른 서부 골동품 수집가가 아니었을까요? 이대로 그냥 박물관에 전시해도 되겠는데요?"

엘러리가 마지못해 허리띠를 넘겨주며 중얼거렸다.

아들의 헛소리에 익숙한 경감은 근처에 있던 형사들 중 한 명을 불러 부드럽게 지시를 내렸다. 형사는 고개를 끄덕인 뒤 급히 어딘가로 갔다가 그랜트를 데리고 돌아왔다. 그랜트는 이제 좀 제정신을 차린 듯했다. 그는 새롭게 닥쳐올 고난과 맞서기라도 하듯, 필요 이상의 경직된 태도로 무장하고 있었다.

"그랜트 씨, 지금 당장 수사를 시작하기에 앞서 우선 자잘한 사항을 확인해둬야겠습니다. 큰 문제는 나중으로 미룹시다. 오래 걸릴 것 같으니까요."

경감이 날카롭게 말했다.

"무엇이든 시키시는 대로 하겠습니다."

그랜트는 쉰 목소리로 대답했다.

경감은 퉁명스럽게 고개를 끄덕이고는 시체 옆에 다시금 무릎을 꿇었다. 손가락으로 깨진 점토를 가볍게 더듬으며 삼 분 정도 죽은 사람의 옷가지에서 온갖 자잘한 물건들을 긁어모았다. 30달러가량 들어 있는 작은 지갑이 하나 있었다. 경감은 그랜트에게 그것을 건넸다.

"혼 씨 것이 맞습니까?"

그랜트가 고개를 끄덕였다.

"맞습니다, 맞아요. 젠장…… 내가 이 친구한테 지난번…… 생일 선물로, 준 겁니다."

"그래요, 알았습니다."

경감은 빠르게 말한 뒤, 그랜트의 손가락 사이로 흘러내리는 지갑을 서둘러 낚아챘다. 그 다음에는 손수건이 나왔다. '바클레이 호텔'이라는 나무 꼬리표가 붙은 열쇠도 하나 나왔다. 또 갈색 담배 종이와 싸구려 담배 한 움큼이 있었다. 기다란 성냥들도 가득 나왔다. 그리고 수표책도 있었다…….

그랜트는 모든 물건들을 보고 묵묵히 고개만 끄덕였다. 경감은 특히 수표책을 주의 깊게 보았다.

"이 사람이 뉴욕에서 거래하던 은행이 어딥니까?"

"시보드 은행입니다. 시보드 내셔널 은행 말입니다. 한 일주일쯤 전에 계좌를 새로 텄습니다."

그랜트가 웅얼웅얼 말했다.

"그걸 당신이 어떻게 압니까?"

경감이 날카롭게 물었다.

"이 친구가 저한테 물어봤거든요. 뉴욕에 괜찮은 은행이 있으면 좀 추천해달라고 말이죠. 그래서 내가 거래하는 은행을 알려줬습니다."

노인은 수표책을 내려놓았다. 깨끗한 수표책 페이지 안쪽에는 또렷하게 '시보드 내셔널 은행&신탁 회사'라고 적혀 있었다. 가장 최근 거래 내역을 보니 500달러 정도의 예금이 들어 있었다.

"혹시 여기 있을 리가 없는데 함께 있는 물건은 없습니까, 그랜트 씨?"
 경감이 물었다.
 그랜트는 충혈된 눈으로 작은 물건들을 살펴봤다.
 "없습니다."
 "없어진 물건은요?"
 "그건 모르겠습니다."
 "흠. 옷은 어떻죠? 이 사람이 항상 입고 다니는 옷들이 맞습니까? 당신이 보기에는 정상적인 것 같소?"
 건장한 남자의 손이 주먹을 부르쥐었다.
 "나보고 지금 이 친구를 다시 샅샅이 훑어보란 말이오?"
 그는 목이 졸린 듯한 소리로 외쳤다.
 "빌어먹을, 도대체 나를 왜 이렇게 고문하는 겁니까?"
 남자의 슬픔은 너무나 컸다. 경감은 약간 누그러진 목소리로 말했다.
 "정신 차리십시오. 우리는 여기 있는 모든 것을 다 보아야만 합니다. 시체에 단서가 남아 있을지도 모르니까요. 당신 친구를 누가 죽였는지 밝혀내야 하지 않겠습니까?"
 "그래요, 맞습니다!"
 그랜트는 앞으로 나아가서 억지로 시체를 내려다보았다. 그리고 반듯이 눕혀놓은 부츠에서부터 엉망으로 짓이겨진 머리까지 쭉 훑어보았다. 그는 한참 동안 아무 말이 없었다. 이윽고 그가 떡 벌어진 어깨를 뒤로 돌리며 갈라진 목소리로 말했다.
 "다 있습니다. 없어진 건 없고요. 전부 영화를 찍을 때마다 항상 입고 다니던 복장입니다. 뉴욕에서 샌프란시스코까지, 영화 찍을 일이 있으면 이 친구가 이것들을 전부 챙겨 가지고 다녔다는 사실을 모르는 사람이 없죠."

"좋습니다! 전부 다……."
"질문 있습니다."
엘러리가 말했다.
"그랜트 씨, 없어진 게 아무것도 없다고 하셨죠?"
그랜트의 머리가 부자연스러울 정도로 천천히 움직였다. 그는 엘러리의 대담한 눈동자를 마주 보았다. 진흙 늪처럼 깊은 그랜트의 눈에는 당황…… 그리고 공포가 섞여 있었다. 그는 천천히 대답했다.
"예, 맞습니다. 퀸 씨."
"흠."
엘러리가 한숨을 쉬었다. 아버지는 경고하려는 듯 얼굴을 찡그리고 아들을 쳐다보았다.
"당신 잘못이 아니라는 건 잘 압니다. 지금 무척 당황하셨을 테고, 그러니 신체의 관찰 기능이 평소처럼 작용하지 않는 것도 당연하죠. 하지만 문제는 말입니다, 없어진 게 분명히 있다는 사실입니다."
그랜트가 몸을 홱 돌려 시체를 쳐다보았다. 경감은 난처한 얼굴이었다. 이윽고 그랜트는 고개를 저으며 지치고 곤혹스러운 얼굴로 어깨를 으쓱했다.
"이 녀석아, 이제 그만해라."
경감이 아들을 향해 호통을 쳤다.
"도대체 뭐가 그렇게 수수께끼란 말이냐? 없어진 게 그래서 대체 뭔데 그러냐?"
하지만 엘러리는 벌써 눈을 반짝이며 시체를 향해 성큼성큼 걸어가고 있었다. 그는 아주 조심스럽게 시체의 오른손 손가락을 펼치고는, 벅 혼의 리볼버를 들고 자리에서 일어섰다.

아름다운 무기였다. 한평생을 무기와 친숙하게 보낸 경감이 보기에, 엘러리가 저리도 열심히 들여다보고 있는 권총은 전통 총기 장인의 솜씨로 제작된 완벽한 표본이었다. 경감은 총을 흘끗 보고 현대식 무기가 아니라는 것을 알았다. 디자인 자체가 다소 고풍스럽기도 했지만, 대단히 정성들여 금속을 다듬은 것이 상당히 오래된 방식이었다.

"콜트 45구경이군. 단발식이고. 서 총신 좀 보게!"

경감이 중얼거렸다.

총신은 20센티미터가량 되었다. 죽음을 전달하는 가느다란 대롱이었다. 정교한 소용돌이무늬가 새겨져 있었으며, 실린더 역시 마찬가지였다. 엘러리는 손으로 들어 조심스럽게 무게를 가늠해보았다. 몹시 무거웠다.

와일드 빌 그랜트는 말이 잘 나오지 않는 모양이었다. 그는 입술을 두어 번 적시고 나서야 겨우 목소리를 냈다.

"네, 아주 평범한 무기입니다."

그가 목소리를 쥐어짜서 말했다.

"하지만 아름답죠. 버…… 벅은 총을 고를 때 특히 상태에 각별히 신경을 썼습니다."

"총의 상태라뇨?"

엘러리가 눈썹을 찌푸리며 추궁했다.

"묵직한 총, 진짜 총을 좋아했거든요. 그러니까 균형이 잘 맞는 총 말입니다."

"그렇군요, 알겠습니다. 이 무기는 상당히 무거운데요. 거의 1킬로그램은 나갈 것 같군요. 이걸로 쏘면 대체 어떤 구멍이 생길까요, 허 참!"

엘러리는 실린더를 열었다. 하나를 제외하고 모든 약실에 총알이 채워져 있었다.

"공포탄인가요?"

엘러리가 아버지에게 물었다.

경감은 총알 하나를 뽑아서 면밀히 검토해본 뒤, 다른 총알들도 전부 꺼냈다.

"그래, 그렇구나."

엘러리는 총알들을 전부 약실에 넣은 뒤 실린더를 원래 자리로 되돌려 놓았다.

"이 권총이 혼 씨 것이란 말이죠, 당신 게 아니고? 그러니까 로데오 측에서 준비한 비품이 아니란 뜻입니까?"

엘러리가 그랜트에게 물었다.

"벅의 개인 소지품입니다."

그랜트가 낮은 목소리로 힘주어 말했다.

"특히 가장 좋아하는 무기였죠. 그 총이랑 탄띠는 적어도 이십 년은 되었을 겁니다."

"흠."

엘러리가 멍하니 내뱉었다. 그는 총신을 열심히 쳐다보았다. 이 권총이 오랫동안 꾸준히 사용되어 왔다는 사실은 한눈에 알 수 있었다. 총신 끄트머리는 매끈하게 닳아 있었으며, 조준기 끝 역시 마찬가지였다. 그는 손잡이 쪽으로 주의를 돌렸다. 이 무기에서 가장 흥미로운 부분이었다. 손잡이 양쪽에 상아로 무늬가 새겨져 있었는데, 황소의 머리 모양이 그려져 있었고 한가운데 타원형 안에 H가 정교하게 새겨져 있었다. 상아 세공 역시 닳고 세월 때문에 노랗게 빛이 바랜 상태였으나 손잡이 오른쪽의 좁은 한 부분만은 하얀색이었다. 엘러리는 왼손으로 직접 총을 들어보고서, 이 하얀색 부분은 그의 손가락 끝과 손바닥 아래, 즉 손목에 가까운 부분 사이에 위치한다는 사실을 알아냈다. 엘러리는 그 부분을 한참 동안 뚫어져라 들여다보았다. 그러고는 생각에 잠긴 채 총을 빙글빙글 돌리더니, 아버지에게 건넸다.

"다른 무기들과 함께 이 대포 조각도 같이 검사해두세요, 아버지. 만일을 대비해서요. 탄도학 부서 사람들이 뭘 캐낼지 모르잖아요."

경감은 투덜거리면서 권총을 받아들고는 우울한 얼굴로 잠시 들여다보더니, 옆에 있던 형사를 향해 고개를 끄덕이며 그것을 넘겨주었다. 그 순간 동쪽 게이트 쪽에서 술렁임이 일었다. 그곳을 지키던 형사들이 커다란 문을 열고 한 무리의 사람들을 맞이하고 있었다.

그 작은 집단의 선두에는 사복 차림에 덩치가 크고 얼굴에는 마치 강철 가면을 쓴 듯한 남자가 있었다. 그는 나무껍질 트랙 위를 쿵쿵 울리며 성큼성큼 걸어왔다. 이 골리앗은 바로 벨리 경사, 퀸 경감이 가장 아끼는 부하였다. 그는 말이 없고 힘이 세며 그리 창의력은 없었지만 실행력은 뛰어난 사람이었다.

벨리는 시체 쪽에 전문가다운 시선을 던지고는, 머리 위로 펼쳐진 광대한 관람석에 있는 지친 2만 명의 웅성거림을 들으며 거대한 턱을 손으로 문질렀다.

"사건이군요, 경감님."

벨리가 콘트라베이스 같은 목소리로 말했다.

"출입구는요?"

"아, 토머스."

경감이 안심한 듯 미소를 지었다.

"또 이렇게 콩나물시루 같은 데서 사건이 터져서 말이야. 모든 출입구와 감시 위치에 사람을 배치해두었다네. 여기 담당 경비원들은 이제 자기 자리로 복귀시켜서 업무를 보게 하지."

"아무도 나가지 않았습니까?"

"내가 괜찮다고 할 때까지는 아무도 못 나가."

벨리 경사는 엄청난 보폭으로 성큼성큼 걸어갔다.

"해그스트롬, 플린트, 리터, 존슨, 피고트 대기해."

벨리 경사의 직속 부하 다섯 명이 고개를 끄덕였다. 그들은 너무나 커다란 사건 앞에서 직업 특유의 기쁨을 느끼며 눈을 빛내고 있었다.

"로데오 의사는 어디 있습니까?"

경감이 사무적인 목소리로 물었다.

너덜너덜한 누더기 차림에 성실한 눈빛을 가진 노인이 앞으로 나왔다.

"내가 로데오 담당 의사요. 내 이름은 핸콕입니다."

그는 천천히 말했다.

"좋습니다! 이리 오시죠, 닥터."

의사는 시체 가까이로 다가왔다.

"아시는 것이 있으면 전부 말씀해주시기 바랍니다."

"내가 아는 것 전부를요?"

닥터 핸콕은 가볍게 놀란 듯했다.

"아까 듣기로 당신은 혼 씨가 쓰러진 직후에 달려와 시체의 상태를 보셨다면서요. 소견은 어떻습니까?"

닥터 핸콕은 신체 곳곳이 흉하게 꺾인 채 바닥에 누워 있는 시체를 냉정하게 내려다보았다.

"별로 할 말이 없군요. 내가 달려왔을 때 그는 이미 죽어 있었습니다……. 네, 사망 상태였습니다. 바로 오늘 내가 그를 검진하고서 아주 완벽하게 건강한 상태라는 진단을 내렸는데 말이죠."

"즉사입니까?"

"그렇다고 봅니다."

"바닥에 떨어지기 전에 이미 죽었다는 거죠?"

"어…… 예, 그런 것 같습니다."

"그렇다면 말들이 잔뜩 밟고 지나갔어도 아픈 줄 몰랐다는 얘기군."

경감은 코담뱃갑을 찾아 더듬었다.

"그건 그나마 다행이군요! 총상은 몇 개나 됩니까?"

닥터 행콕이 눈을 깜박거렸다.

"미리 말해두는데 내가 한 건 굉장히 피상적인 검사였습니다…… 총상은 하나더군요. 오른쪽에서 왼쪽을 향해 심장을 직접 관통했습니다."

"흠. 총상에는 친숙하신 편입니까?"

"뭐, 그렇죠."

로데오 의사가 퉁명스럽게 말했다.

"나도 늙은 서부 사람이니까요."

"음, 이 총상의 총알은 몇 구경쯤 됩니까? 닥터."

닥터 행콕은 즉시 대답하지 않았다. 그는 경감의 눈을 똑바로 바라보았다.

"그거 묘한 질문이네요. 경감님. 굉장히 묘합니다. 경감님 쪽 검시의가 와서 다 살펴볼 테니까 일부러 조사를 하지는 않았습니다만, 제가 보기에 그 총알은 22에서 25구경 정도 되는 것 같더군요!"

"22구경……."

와일드 빌 그랜트가 숨을 헐떡거렸다. 말문이 막힌 듯했다.

경감의 작고 밝은 눈이 의사에서 공연 기획자 쪽으로 향했다.

"흐음."

경감은 의심스럽다는 듯 말했다.

"그래서 그게 어쨌다는 겁니까?"

"22구경과 25구경은 서부식 무기가 아닙니다, 경감님. 모르셨습니까?"

닥터 핸콕이 가볍게 떨리는 입술로 말했다.

"정말입니까?"

엘러리가 깜짝 놀라 물었다.

그랜트의 눈이 기쁨으로 빛났다.

"제가 장담하건대 제 무기고에 그런 장난감 같은 총은 없습니다, 경감님! 우리 쇼에 소속되어 있는 아이들 중 그걸 가진 사람은 하나도 없다고요!"

"장난감 총이라고요?"

경감이 쾌활하게 말했다.

"그럼 장난감이 아니고 뭡니까!"

"하지만 그랜트 씨, 당신네 사람들 중 평소에 22구경 권총을 소지하고 다니는 사람이 없다고 해서 오늘 22구경을 가지고 오지 않았다고 단언할 수는 없지 않습니까. 오늘은 평소와 많이 다르니까요. 이봐요, 그랜트 씨. 22구경 탄두가 들어가는 대구경 권총이 있다는 사실을 당신도 잘 알지 않습니까."

경감은 냉랭하게 쏘아붙이고는 슬픈 듯 고개를 저으며 말을 이었다.

"그리고 요즘 세상에 권총을 손에 넣는 것이 얼마나 쉬운지는 신만이 아시겠지요. 그랜트 씨, 미안하지만 그 이유만으로 당신네 쪽 사람들 혐의를 전부 풀어드릴 수 없습니다……. 아무튼 그게 전붑니까, 닥터 핸콕?"

"그렇습니다."

의사가 작은 목소리로 대답했다.

"고맙습니다. 우리 쪽 검시의인 프라우티 박사가 곧 이리로 올 겁니다. 그러니 당신은 이제 그만 물러나셔도 좋습니다, 닥터 핸콕……. 그리고 저기 있는…… 원 세상에, 여기가 뉴욕인지 아닌지 아직도 아리송하군요. 아무튼 저 카우보이 친구들이랑 같이 계시면 되겠습니다!"

닥터 핸콕은 작은 가방을 들고, 눈에는 여전히 성실한 빛을 띤 채 조심스럽게 물러났다.

시체는 여전히 2만 쌍의 분개한 눈빛들 앞에서 차갑게 식어 점토처럼 굳어갔다. 완벽한 정적에 휩싸인 토니 마스의 박스석에서, 경감은 잘게 찢은 담배를 씹어 그 갈색 즙으로 얇은 입술을 적시며 마스에게 정보를 요청하고 있었다.

"어디 좀 조용히 터놓고 이야기할 만한 곳 없소, 마스? 몇 가지 질문을 해야 할 것 같은데, 그렇다고 브루클린과 맨해튼 인구의 절반이 와 있는 여기서 할 수는 없는 노릇이라. 근처에 작은 방 같은 것 없습니까?"

"이쪽으로 오십시오."

마스가 딱딱하게 말하고는 걸어 나갔다.

"잠깐만. 토머스! 토머스 어디 있지?"

마치 동시에 두 곳에 존재하는 능력을 가지기라도 한 듯, 벨리 경사가 경감 옆에 쓱 모습을 드러냈다.

"따라오게, 토머스. 그리고 자네 게릴라들은……."

경감이 충실한 다섯 부하들을 향해 호령했다.

"여기 붙어 있어. 그랜트 씨, 당신은 이리로 오시오. 피고트, 저 천사 같은 머리의 카우보이, 컬리 그랜트랑 혼 양을 저쪽 무리들에게서 떼어놓게."

마스가 타원형 경기장 남쪽에 있는 작은 출입구들 중 하나로 안내했다. 경감이 뭔가 못마땅한지 혀를 쯧쯧 찼고, 그곳을 지키고 있던 형사가 문을 열어주었다. 그들은 넓은 지하 공간으로 나왔다. 여기저기에 작은 방 여러 개가 있었다. 마스는 그 작은 사무실 중 하나로 일행을 데려갔다. 아마도 경비원이나 시간기록원이 사용하는 변변찮은 사무실인 모양이었다.

"엘러리, 문 닫아라."

경감이 소리를 질렀다.

"토머스, 주위에 아무도 못 오게 해."

경감은 방 안에 있던 두 개의 의자 중 하나에 멋대로 앉아서는 코담배를 들이마신 뒤 깔끔한 회색 바지 자락을 툭툭 털고는 키트 혼 쪽으로 손을 흔들었다. 그녀는 의자 뒤를 꽉 붙잡고 있었다. 이제 좀 제정신이 돌아온 모양이었다. 컬리 그랜트의 충격요법이 제대로 효과를 발휘한 듯했다. 하지만 그녀는 엘러리가 보기에 이상할 정도로 고요하고 조심스러운 태도를 취하고 있었다.

"앉아요, 앉아. 혼 양."

경감이 친절하게 말했다.

"피곤할 테지요."

키트는 자리에 앉았다.

"자, 그랜트 씨. 그럼 시작합시다."

경감은 더욱 사무적인 톤으로 말했다.

"이제 여기에는 우리밖에 없습니다. 다들 서로 잘 아는 사이니까 허심탄회한 이야기를 한 번 해보죠. 뭐 할 말 있습니까?"

"저는 아무것도 모르겠습니다."

그랜트가 감정이 없는 목소리로 말했다.

"당신 친구의 죽음에 대해 뭔가 짚이는 데가 없습니까?"

"아니오. 벅은……."

그랜트의 목소리가 떨렸다.

"벅은 그냥 덩치 큰 어린애였습니다. 경감님. 세상에서 가장 자연에 가까운 생명체였죠. 맹세할 수 있습니다. 이 세상에 그 친구의 적은 없습니다. 벅을 아는 모든 사람들은…… 그를 좋아했습니다."

"우디는 어때요?"

키트 혼이 낮고 위협적인 목소리로 말했다. 그녀의 눈은 흔들림 없이 그랜트의 벌건 얼굴을 바라보고 있었다.

공연 기획자의 얼굴에 난처한 빛이 스쳤다.

"아, 우디. 그 친구……."

"우디가 누굽니까?"

경감이 물었다.

"저희 쇼의 간판 기수입니다. 벅이 팀에 들어오기 전까지…… 최고의 스타였죠."

"질투했겠군요?"

경감은 눈을 빛내며 말하고는 슬그머니 키트를 쳐다보았다.

"화를 내는 것도 당연하겠죠, 알겠습니다. 그래서 도대체 무슨 일입니까? 분명 어떤 사정이 없다면 혼 양이 여기서 그 사람 이야기를 꺼내지는 않았겠죠?"

"우디라면 그 외팔이 카우보이 아닙니까?"

엘러리가 곰곰 생각에 잠겨서 물었다.

"맞습니다. 그런데 왜 그러시죠?"

그랜트가 대답했다.

"아무것도 아닙니다. 그냥 확인하느라고요."

엘러리가 웅얼거렸다.

"뭐 별 대단한 사정이 있는 건 아닙니다. 말씀대로 우디가 약이 좀 오르긴 했죠, 경감님. 분명 벅과 그 친구 사이가 별로 안 좋았던 건 사실입니다. 우디는 한 팔밖에 없는 자신의 신체적 약점을 오히려 특징으로 삼았죠. 그런 장애에도 말 타기나 사격에 아무런 문제가 없었기 때문에 우디는 자부심이 강했습니다. 벅이 왔을 때…… 나는 우디에게 벅은 아주 잠깐만 우리 쇼에 함께할 것이라고 확실하게 말했습니다. 네, 그야 우디가 벅 때문에 좀 마음이 상하긴 했겠지만 저는 그 친구가 살인까지 저지를 정도로 그렇게 멍청하다고는 생각하지 않습니다. 정말입니다, 경감님."

그랜트가 지친 얼굴로 말했다.

"그야 두고 보면 알겠죠. 누구 또 생각나는 것 없소? 거기…… 곱슬머리 젊은이."

"경감님, 전 정말 제가…… 우리가 뭔가 도움이 되었으면 좋겠습니다. 하지만 이건 그냥…… 제기랄, 인간의 짓이 아니라고요! 우리 쇼에 소속된 친구들 중에서는 아무도 이런 짓을 할 사람이……."

컬리는 절망한 목소리로 말했다.

"없기를 바라야겠지요, 젊은이."

경감이 우울한 목소리로 말했다. 타는 듯한 절망의 갈증을 가라앉히기 위해 희망을 벌컥벌컥 들이켜는 목소리였다.
"혼 양, 어떻소?"
"우디를 제외하고는 벅이 죽기를 바라는 사람은 아무도 없을 거예요."
키트는 싸늘하게 말했다.
"우디를 너무 나쁘게 말하지 말거라, 키트."
늙은 그랜트가 얼굴을 찌푸리며 말했다.
"그런 짓을 저지른 사람은 누구라도 나쁘게 말할 수밖에 없을 거예요, 빌."
키트는 대수롭지 않게 말했다. 사람들 모두가 키트 쪽으로 고개를 돌렸지만, 키트는 바닥만 뚫어져라 쳐다보고 있었다. 불편한 침묵이 흘렀다.
"자, 자."
경감이 헛기침을 하며 말했다.
"그랜트 씨, 그러면 벅 혼이라는 사람이 어떻게 당신 쇼에 합류하게 되었는지 듣고 싶소. 사건의 시작점을 찾아야 할 테니. 그는 이 곡예에서 무슨 역할이었습니까?"
"무슨 역할이었냐고요?"
그랜트가 멍하니 되풀이했다.
"그…… 아, 벅은 구 년에서 십 년 정도 사람들 앞에 모습을 드러내지 않았습니다. 삼사 년 전에 한 번 영화계로 돌아오려고 시도한 적은 있었지만, 그 시도는 완전한 실패로 돌아가고 그 친구는 좌절했죠. 그래서 와이오밍의 목장으로 돌아갔습니다."
"좌절했다고요?"
그랜트는 굵은 손가락 관절을 뚝뚝 꺾었다.

"정말 사람이 딱할 정도였죠! 몇 년 일에서 멀어져 있긴 했지만, 남이 자신을 얕보는 걸 절대 인정하지 않는 완고한 친구였어요. 그런데 또 옆에서 누가 바람을 넣는 바람에 이 친구가 또 솔깃해서, 내가 목장에 들렀을 때 말하기를 지금 기운이 팔팔하니 영화를 하나 더 찍어서 판을 뒤집고 싶다지 뭡니까. 나는 말리고 싶었지만 그 친구가 자꾸 그러더군요. '빌, 나는 이제 여기를 떠나야겠어. 키트는 할리우드에서 바쁘니까……' 그래서 어쩌겠습니까. 제가 그랬죠. '알았네, 벅. 내가 할 수 있는 한 돕지.' 그래서 나는 도왔습니다. 그랬더니 그 친구는 죽고 말았죠."

그랜트가 씁쓸하게 말했다.

"이 로데오가 선전용이었단 말입니까?"

"나는 무슨 일이든 해야만 했습니다."

"벅에게 그 이외에 다른 기회는 없었나 보군요?"

그랜트는 다시 손가락 관절을 꺾었다.

"나는 사실 처음에는 그 친구가 쇼에 나서지 않을 줄 알았습니다. 하지만 지난주에…… 나도 모르겠습니다. 웬일인지 갑자기 이름이 오르락내리락하는 겁니다. 신문에 말이죠. '영화계의 위대한 원로가'…… 뭐 이런 식으로요."

"갑자기 끼어들어서 죄송합니다."

엘러리가 말했다.

"헌데 혼 씨를 영화계에 복귀시키려는 이 계획에 연줄을 댄 실질적인 제작자가 있었습니까?"

"그러니까 이 일이 그냥 몽상에 불과하다고 묻고 싶은 겁니까?"

그랜트가 낮게 말했다.

"그래요……. 제작자는 없었습니다. 모든 사람들이 벅과의 접촉을 꺼렸습니다……. 하지만, 사실은 내가 출자할 생각이 었습니다. 우리 스스로 회사를 차려서…….”

"당신 혼자서요?”

경감이 의아해했다.

"나도 생각이 있었습니다. 그리고 헌터…… 줄리안 헌터도요.”

토니 마스가 차분하게 말했다.

"오호! 그 나이트클럽의 제왕 헌터 말입니까? 오늘 만났던 게이 양의 남편 분 말씀이시로군요. 좋습니다, 아주 좋아요.”

경감이 작은 눈을 차갑게 반짝이며 말했다.

"그러면 누가 설명 좀 해주시지요. 혼 씨의 가장 친한 친구 그리고 당신 토니, 또 헌터 이렇게 세 사람이 벅 혼을 위해 돈을 모으기로 했는데…… 따님께서는 1센트도 안 보탰단 말입니까? 어떻게 된 거죠?”

그랜트의 얼굴이 노랗게 변하더니 금간 벽돌처럼 쩍쩍 갈라졌다. 컬리는 다급해진 듯 어쩔 줄 몰라 하다가 갑자기 몸을 축 늘어뜨렸다. 키트는 똑바로 앉아 있었다. 한참 동안이나 그렇게 곧은 자세를 유지하다가, 갑자기 주르륵 눈물을 흘렸다. 힘 없이 흐르는 눈물이 아니라 순수한 분노와 원통함에서 흐르는 눈물이었다.

"빌 그랜트, 지금 뭐라고 했어요? 제작자가 없었다고요? 나한테 말했을 때는…….”

그녀가 목멘 소리로 말했다.

퀸 부자는 아무 말도 하지 않았다. 경감은 이렇게 생각지도 못했던 작은 드라마가 일어나는 경우를 자주 봐왔기에, 활발한 호기심으로 그저 지켜보고 있었다.

"키트, 키트. 정말로 미안하다. 하지만 그건 내 잘못이 아니란다. 나한테 입막음을 시킨 건 벅이야. 벅은 네 돈을 낭비하고 싶지 않아서 그런 거야. 그러니 너한테는 어디 제작자가 있으니까 돈 걱정은 하지 말라고, 그렇게 얘기해달라고 했단다. 그건 사업상의 제의였다. 아주 순수한 사업 이야기였지. 벅은 혹시 자신의 복귀가 전문 사업가의 관심을 끌지 못하게 되더라도 어떻게든 앞일을 타개할 수 있을 거라고 생각했단다."

그랜트가 중얼거렸다.

"잠깐만요, 아버지. 하지만 벅 아저씨도 아버지가 투자했다는 사실은 몰랐잖아요!"

컬리가 갑자기 끼어들었다.

"자, 자, 이것 보시죠. 흔한 일이라는 건 알겠습니다만, 이거 참 일 분마다 새로운 이야기가 하나씩 터지는군요. 그건 또 무슨 얘깁니까?"

경감이 물었다.

"컬리, 묻지도 않은 이야기 꺼내지 말고 입 닥치고 있어라."

그랜트는 아들을 날카롭게 쳐다보았다.

"알았어요, 아버지."

컬리는 얼굴이 빨개진 채 중얼거렸다.

그랜트는 통통한 오른손을 휘저었다.

"입 싼 이 녀석이 말해버렸으니 할 수 없군요. 좋습니다, 벅은 내 돈도 들어갔다는 사실을 몰랐습니다. 내가 말 안 했거든요. 그냥 매니저가 되어주겠다고만 했죠. 매니저 계약서에 사인까지 했습니다. 그래서 내가 밖에 나가서 사람들 앞에서 실컷 허풍을 떨고 마스가 여기에 오게끔 해서 함께 사업을 하도록 만든 겁니다. 하지만 마스에게 몰래 내가 모든 사업의 실권을 쥐고 있다는 이야기는 했죠. 그게 내가 처음부터 끝까지 했던 일들입니다."

"혼 씨가 당신의 진짜 의도를 의심하지는 않았을까요?"

"잘 모르겠습니다. 사실 그 친구는 원래부터 굉장히 속이기가 힘든 사람이었거든요. 요 며칠 동안 우스울 정도로 얌전하게 있었습니다. 아마 눈치챘겠죠. 평생 동안 동정 받는 일만은 어떻게든 피하려고 애를 썼으니까요. 그것도 친구에게서 동정을 받는다면 더더욱……."

키트는 갑자기 일어나 그랜트에게 아주 가까이 다가갔다. 그들은 한동안 서로 눈을 들여다보았고, 키트가 짧게 말했다.

"미안해요, 빌."

그러고는 자기 자리로 돌아가 앉았다. 아무도 한동안 어떤 말도 할 수 없었다.

"살인이란 '목소리 체증'에 가장 좋은 특효약이라는 사실이 증명되었네요."

엘러리가 침묵을 깨고 밝게 말했다.

"혼 양, 양아버지의 부고를 알려야 할 사람이 있습니까?"

그녀는 중얼거렸다.

"아무도 없어요."

엘러리가 갑자기 고개를 들고 재빨리 그랜트를 쳐다보았다. 하지만 그랜트는 무겁게 고개를 끄덕일 뿐이었다.

"당신을 빼놓고는 가족이 없다는 말입니까?"

"가족은커녕 살아 있는 친척조차 아무도 없어요, 퀸 씨."

엘러리가 얼굴을 찌푸렸다.

"음, 그냥 당신이 모를 수도 있겠죠, 혼 양. 하지만 그랜트 씨 당신은 다르죠, 사실입니까?"

"네, 사실입니다. 키트를 제외하면 벅에게 피붙이는 아무도 없습니다. 여섯 살 때 고아가 되었거든요. 삼촌 손에서 컸죠. 그 삼촌 목장이 와이오밍에 있는 우리 아버지 목장 바로 옆에 있었습니다. 우리 아버지와 벅의 삼촌은 같은 방목장에 가축들을 풀어놓고 키웠죠."

그랜트의 목소리에 고뇌가 어렸다.

"나…… 나는 벅이 이런 식으로 죽을 줄은 몰랐습니다. 하지만 벅의 삼촌은 이미 돌아가셨고, 자식도 없습니다. 벅은 혼 가문의…… 북서부의 유서 깊은 가문 중 하나였던 혼 가문의 마지막 후예였습니다."

이러한 설명이 이어지는 동안 엘러리 퀸의 얼굴빛은 카멜레온처럼 시시각각으로 변했다. 그랜트의 설명 중 어느 부분이 그렇게 불편하게 만드는지는 알 수 없었다. 그러나 엘러리가 모든 표정을 지우려 그렇게 애썼음에도 불구하고 그의 얼굴에는 불쾌한 빛이 가득했다. 경감은 다소 의아한 기분으로 아들을 지켜보고 있었다. 별 다른 말은 하지 않았지만 아들의 머릿속에서는 이미 난해하고 심오한 생각들이 정신없이 휘몰아치고 있다는 사실을 잘 알고 있었다. 엘러리가 어깨를 획 돌리더니 입가에 가벼운 미소를 지었다.

"그랜트 씨, 혼 씨가 마지막으로 벌인 이 슬픈 쇼에서 그를 뒤따르는 기수들이 모두 몇 명이라고 했었죠?"

엘러리가 나지막이 물었다.

감상에 잠겨 있던 흥행사가 갑자기 정신을 차렸다.

"뭐요? 기수들? 총 마흔 명이오."

"하지만 전부 마흔한 명이 있지 않았습니까."

"마흔 명입니다. 모를 리 없지요. 전원에게 보수를 지불했으니까."

퀸 경감의 눈이 가늘어졌다.

"아까 경기장에서 마흔 명이라고 했던 건 그냥 대충 말하기 쉬운 숫자로 뭉뚱그렸던 것 아니었습니까?"

퀸 경감이 쏘아붙였다. 그랜트는 어두운 얼굴을 붉혔다.

"뭉뚱그리고 자시고, 그게 다 무슨 소립니까? 내가 마흔 명이라고 했으면 마흔 명인 겁니다. 마흔한 명도 아니고 서른아홉 명도 아니고 백예순 명도 아니란 말입니다!"

퀸 부자는 번뜩이는 눈으로 서로를 마주 보았다. 아버지가 아들을 노려보며 말했다.

"엘러리…… 혹시 네가 숫자를 잘못 센 건 아니겠지?"

"저는 학교 다닐 때 수학을 굉장히 잘했습니다."

엘러리가 말했다.

"그리고 겨우 마흔한 명을 세는 데 딱히 그리 대단한 수학 실력이 필요하지는 않은 것 같군요. *est giebt Menschen die gar nicht irren, weil sie sich nichts Vernünftiges vorsetzen.* 물론 세상에는 합리적으로 굴지 않아서 결코 실수하지 않는 사람도 있죠. 괴테의 말-옮긴이 하지만 저는 항상 이성적인 동물로 존재하려 노력하는 중이니……, 이 작은 문제를 도마 위에 올려놓도록 하죠."

그는 문 쪽을 향해 걸어갔다.

"어디 가는 게냐?"

경감이 물었다. 다른 사람들도 모두 엘러리를 쳐다보았다.

"모든 순교자들처럼, 경기장으로 갑니다."

"도대체 왜?"

"살아남은 자들의 코를 세어보아야 하니까요."

그들은 지하 공간으로 들어올 때 통과했던 작은 문을 다시 빠져나가, 환한 빛이 비치는 콜로세움의 전경이 보이는 곳으로 향했다. 수많은 사람들의 얼굴에는 피로한 빛이 역력했다. 형사들도 모두 쩍쩍 하품을 하고 있었다. 경기장의 카우보이와 카우걸들은 경기장의 나무껍질 트랙 위에 벌렁 드러누워 제각기 낙담하거나 무관심한 태도를 보였다.

"자, 그럼 당신이 한 번 직접 세어보십시오. 그랜트 씨. 어쩌면 제가 정신이 이상한 건지도 모르니까요."

그들을 향해 걸어가는 동안 엘러리가 유쾌하게 말했다.

그랜트는 뭐라고 투덜거리려다가, 자신이 고용한 서부식 복장의 사람들을 향해 시선을 돌리고 그들의 수를 소리 내어 세기 시작했다. 대부분은 고개를 푹 수그린 채 앉아 있었다. 늙은 흥행사는 마치 커다랗고 부드러운 갓이 달린 버섯들의 숲을 지나는 듯 그들 사이를 오갔다.

그리고 다시 돌아왔을 때, 그의 얼굴에는 놀라움과 당황과 고통이 뒤섞여 있었다. 그 얼굴은 벅 혼이 갑자기 경기장 바닥으로 떨어져 죽는 모습을 봤을 때와 우열을 가리기 힘들었다. 음울한 입술 아래로 거대한 아래턱이 마치 깃발처럼 떨렸다.

"퀸 씨가 말한 대로 마흔한 명이었소! 그렇지 않다면 나는 말채찍에 흠씬 두들겨 맞고 고주망태로 취한 놈팡이일 거요!"

그랜트는 경감을 향해 소리를 질러댔다.

"혹시 그 못생기고 조그만 친구…… 분인가 하는 자까지 합쳐서 센 건 아니오?"

경감이 재빨리 물었다.

"대늘이오? 아닙니다, 대늘은 세지 않았어요. 대늘 빼고 마흔한 명입니다."

이제는 모든 사람들이 갈색으로 그을린 얼굴을 들어올렸다. 그들은 미심쩍은 듯 그랜트를 바라보았다. 그랜트는 빙 돌더니 너무나도 자연스럽게 오른손을 오른쪽 엉덩이에 얹고는 코트 자락을 치켜들었다. 텅 빈 총집이 보였다. 오른팔을 툭 떨어뜨리고 총집을 노려보는 모습을 보니, 그 자신도 총집이 비었다는 사실을 이제야 깨달은 듯했다. 그랜트는 고함을 질렀다.

"이 정신 나간 와디들! 계집애들도! 벌떡 일어나서 그 못난 면상들을 좀 이리 보여 봐라!"

그 순간 마비된 듯한 정적이 흘렀다. 엘러리의 얼굴에서도 미소가 사라졌다. 한순간 와이오밍의 와일드 빌 그랜트와 그를 둘러싼 모든 환경들이 그 손바닥 안에서 작은 반란을 일으킨 것 같았다. 덩치 큰 카우보이이자 평소에는 몹시 쾌활한 신사 쇼티 다운스가 멀리서 걸어오며 언성을 높였다.

"도대체 왜 그런 식으로 말하는 거요, 그랜트 씨? 당신이 그렇게 말하는 건 처음 듣소만."

마치 금방이라도 한 대 칠 듯 주먹을 불끈 쥐고 있었다.

그랜트가 노려보았다.

"쇼티, 입 닥치고 내 말 잘 듣게. 나머지도 전부! 벌떡 일어서! 전부 마흔 명이 있어야 하는데 지금 한 명이 많단 말이다. 그러니 그 더러운 살인자를 내가 지금 찾아야겠다고!"

모두가 입을 다물었다. 술렁거림도 잦아들었다. 그들은 남녀를 불문하고 재빠른 속도로 일어나 서로를 무심히 쳐다보았다. 그랜트는 그들 사이로 불쑥 끼어들며 혼자 중얼거렸다.

"허스, 할리웰, 존스, 램지, 밀러, 블러지, 애니, 스트라이커, 멘도자, 루, ……아!"

무리의 한복판까지 왔을 때, 그는 잠시 말을 멈추고 폭발할 것 같은 한숨을 내쉬었다. 그러고는 무지막지한 팔을 쑥 내밀어 카우보이 복장을 한 한 남자의 어깨를 무시무시한 힘으로 움켜쥐었다.

　그는 잡은 남자를 마치 탈장이 된 송아지처럼 질질 끌고 서둘러 나왔다. 남자는 창백하고 해쓱했으며, 갈색과 보라색의 방탕함이 그늘진 여윈 모습이었다. 위대한 광야의 흔적은 손톱만큼도 보이지 않았다. 그는 분노한 그랜트에게 덥석 잡혀 놀랐으나, 매우 지적인 작은 눈에는 경멸의 빛이 돌고 있었다.

　와일드 빌은 아무 말도 없이 남자를 퀸 경감 앞까지 질질 끌고 나왔다. 그러고는 마치 그리즐리 곰처럼 으르렁거리며 남자 앞에 떡 버티고 서서 침을 탁 뱉었다.

　"이놈입니다!"

　그는 겨우 목소리를 되찾고 벽력같은 고함을 내질렀다.

　"경감님, 이 빌어먹을 놈은 내 로데오에 소속된 카우보이가 아닙니다!"

5:
언론계의 신사

붙잡혀 끌려나온 남자는 화려하게 반짝이는 서부식 복식 위에 지저분한 쓰레기를 촘촘하게 잔뜩 묻히고 있었다. 그는 먼지 구덩이 속에서 몸을 일으키더니 와일드 빌 그랜트의 명치 한복판을 있는 힘껏 쿡 찔렀다. 와일드 빌은 고통에 겨워 커다란 비명을 질렀다. 컬리가 스프링처럼 튀어나와 남자의 턱을 향해 탄탄한 갈색 주먹을 날렸다. 남자는 싸늘하게 씩 웃으며 주먹을 피하고는 경감의 뒤로 숨었다. 벨리 경사가 끼어들어 컬리의 뒤에서 팔을 대충 붙잡고, 별 힘들이지 않고 다른 손으로 남자의 목덜미를 움켜쥔 뒤에야 무법 상태가 진정되었다. 경사의 엄청난 가슴팍을 사이에 두고 두 사람은 마치 어린애들처럼 서로를 노려보는 모양새가 되었다. 한 무리의 카우보이들이 그들을 향해 달려들었다.

"전부 물러섯! 그렇지 않으면 다 잡아 가두겠다!"
경감이 호통을 쳤다.
카우보이들이 움직임을 멈췄다.
"자, 토머스. 그 친구 이제 그만 놔주지. 사살이 아니라 생포를 해야 하니까."
벨리 경사는 순순히 두 사람을 잡고 있던 손을 놓았다. 그들은 순한 양처럼 몸을 부르르 떨었다. 나름의 이유로 그랜트를 바라보던 엘러리는 그의 쭈글쭈글하고 질긴 피부에 마치 죽음의 색조 같은 사프란 빛깔이 떠오르는 것을 목격했다.

잡힌 남자는 담배를 꺼내서 싸늘한 동작으로 불을 붙였다.

"이것 보쇼, 타잔 씨."

그는 아무 말 없는 흥행사를 향해 째지는 목소리로 따발총처럼 쏘아붙였다.

"이제 당신의 그 더러운 손으로 불쌍한 언론계급 노동자를 건드리지 말자는 교훈을 얻었을 테지?"

그랜트가 목구멍 깊은 곳에서 으르렁거렸다.

"그만하게!"

경감이 날카롭게 외쳤다.

"좋아, 알았네. 불꽃놀이는 다 끝났어. 대화로 풀자고. 그래야 이야기가 쉬워지지."

남자는 잠시 동안 담배를 피웠다. 그는 마르고 금발이었으며 나이를 구분할 수가 없는 외모였다. 눈에는 지친 빛이 드리워져 있었다.

"그래서?"

경감이 재촉했다.

"잠깐만요, 지금 쉬운 단어를 고르고 있습니다요."

남자가 느릿느릿 말했다.

경감은 희미한 미소를 지었다.

"아하, 그러니까 브로드웨이의 재치꾼이 납셨다는 말씀이로군. 그 바닥 생리를 내가 좀 아는데 말이야, 자네 여기서 말로 끝내겠나? 아니면 내가 자네를 경찰청으로 끌고 가야 할까?"

"아이고, 아닙니다."

남자가 히죽 웃었다.

"여기서 이야기하겠습니다, 선생님. 그러니 그 회초리는 좀 내려놓으시죠. 음, 회초리가 아니라 소방 호스인가요? 자, 사기꾼의 재능을 은총으로 받은 신의 어린양을 소개하겠습니다. 라이언스 부인의 어린 아들 테디라고 합니다. 추문을 폭로하는 남자, 토박이 뉴요커, 이 세상에서 가장 유명한 타블로이드 칼럼니스트 그리고 당신과 당신, 당신이 아는 어떤 비밀보다도 더욱 더럽고 추잡한 비밀들의 보고이기도 하죠."

벨리 경사가 속이 좋지 않은 들소 같은 소리를 냈다. 무언가 명백히 불쾌한 말이 그의 두꺼운 입술 사이를 빠져나와 공기를 흔들었다.

"테드 라이언스란 말이지. 좋아, 알았네."

경감이 생각에 잠겨 말했다.

"거 참, 이렇게 먹음직스러운 살인 사건 현장 한복판에 잘도 뛰어들었구먼."

"물론입니다."

유별난 활기를 띤 목소리로, 라이언스가 화려한 바지를 추켜올리며 경쾌하게 대답했다.

"정말 절묘한 만남 아닙니까, 경감님? 저는 이제 그냥 아장아장 걸어가기만 하겠습니다요. 경감님은 경감님대로 재미 보셨고, 우리 친구 버펄로 와일드 빌 그랜트는 운동을 하다가 배에 잽을 한 방 맞았고, 꼬마 테디는 이제 다운타운으로 뛰어 내려가서, 잔인한 신문사로 들어가 올해 최고의 빅뉴스를 기사화하는 거죠. 그리고 꼬마 테디는……."

"꼬마 테디는 우리한테 약간의 설명을 해줄 필요가 있는 것 같군."

경감이 미소를 지었다. 그러고는 금세 표정을 바꾸더니 벽력

같이 소리를 질렀다.

"이제 불어, 라이언스! 너 같은 놈 데리고 밤을 새울 시간은 없다! 도대체 여기서 제시 제임스_{미국 서부의 전설적인 무법자-옮긴이} 같은 옷차림으로 뭘 하고 있었던 거지?"

"아, 경감님. 그렇게 역정 내지 않으시는 게 좋을 겁니다."

라이언스가 대꾸했다.

"보세요, 내가 누군지 모르겠습니까? 테드 라이언스란 말입니다. 내가 한 번 마음먹은 일은 당신네들 〈키스톤 캅스〉_{20세기 초반의 코미디 무성영화. 연기자 모두 같은 경찰 복장을 하고 슬랩스틱 코미디를 선보인다.-옮긴이}가 한 떼로 뛰어들어도 말리지 못할 거요!"

경감은 눈썹을 치켜올리더니 벨리 경사 쪽을 쳐다보았다. 벨리 경사가 라이언스 쪽으로 성큼성큼 걸어갔다. ······2만 명의 무시무시한 관중들이 눈앞에서 벌어지는 이 작은 드라마를 구경하고 있었다.

"좋아요, 알았습니다."

그는 슬픈 듯 고개를 흔들며 말했다.

"알았다고요, 말할게요. 다 말하지요. 내가 벅 혼을 죽였습니다. 내 장난감 총으로 죽였단 말입니다. 내가 벅 혼의 뒤로 살금살금 기어들어가서, '벅, 이 더러운 코요테 같은 놈. 내가 끝장을 내주지!' 하고 말하고······."

이 끔찍한 발언에 사람들은 모두 경악했다. 하지만 키트 혼의 눈을 바라보던 엘러리만은 앞으로 걸어 나와 말했다.

"당신은 아주 사람을 짜증나게 만드는 데 특화되어 있는 벼룩 속(屬)의 벌레인 모양이군, 라이언스. 지금 당신이 아주 비열한 말을 내뱉었다는 자각은 있나? 당신이 내뱉은 그 지저분한 말 한 마디 한 마디를 벅 혼의 딸이 바로 옆에서 듣고 있었다는 건 몰랐나?"
"호오, 갈라하드 경."
라이언스가 다급하게 말했다. 그는 주춤주춤 물러섰지만, 눈은 여전히 밝고 위험하게 빛났다.
"닥쳐. 댁이 누군지는 모르겠지만 난 여기서 나가야겠어. 짭새건 뭐건 간에 나를 막으려고 한다면……."
사람들 사이에서 분노의 물결이 치솟았다. 그랜트와 그의 아들, 벨리 경사, 토니 마스 그리고 대여섯 명의 카우보이들이 라이언스에게로 달려들었다. 그는 늑대 같은 미소를 지으며 손에 들고 있던 작고 이상한 무기를 치켜들었다. 총신이 짧고 믿기지 않을 정도로 작은 크기의 자동 권총이었다. 달려들던 발걸음들이 순간 멈췄다.
"그 덩치 큰 친구는 겁먹었나?"
라이언스는 눈을 빛내면서 즐거운 듯 말했다. 그러나 벨리 경사가 번개같이 달려들어 라이언스의 손에서 자동 권총을 쳐냈다.
"장난감 가지고 놀 때는 조심하는 게 좋을걸. 자칫 잘못하면 사람이 다칠 수도 있으니 말이야."
라이언스의 얼굴이 창백해졌다.
"이제 반항하지 못하겠지."
놀랍게도 그는 웃어젖히기 시작했다.
"좋아요, 알았습니다, 알았어요."
라이언스는 킬킬 웃으며 말했다.
"테디가 포기하겠습니다. 하지만 신문은……."
"그 막대기 이리 줘보게, 토머스."
경감이 차분하게 말했다. 벨리가 권총을 건네주자, 경감은 탄창을 빼고 들여다보았다. 가득 차 있었다.

"25구경이로군."

노인이 눈을 가늘게 뜨며 중얼거렸다.

"하지만 발사되지 않았어. 냄새가 나질 않으니……."

그는 킁킁거리며 총구 부분의 냄새를 맡았다.

"안됐군, 라이언스. 어서 다 털어놓는 게 좋을걸. 그렇지 않으면 내가 하느님을 대신해서 네놈을 강바닥에 처박아버릴 테니까. 경찰에게 총을 들이댄 죄목으로!"

라이언스가 어깨를 으쓱하고는 다른 담배에 불을 붙였다.

"죄송합니다. 사과하지요. 브랜디 한잔했습니다. 이상한 일은 아닙니다. 나는 대중의 주목을 끌려고 별짓을 다 하는 인간이거든요."

그의 피곤한 눈이 반쯤 감겼다.

"여긴 어떻게 들어왔지?"

"45번가의 극장 의상 대여점에서 카우보이 복장 한 세트를 빌렸습니다. 쇼가 시작되기 삼십 분 전에 들어왔지요. 문지기들이 그냥 통과시켜 주더군요. 당연히 나도 쇼에 참가하는 거라고 생각했겠지요. 주위를 휘 둘러본 다음에 마구간에 가서 아무 말이나 한 마리 끌고 나와서 마치 〈벤허〉의 한 장면처럼 저 카우보이들과 합류했습니다. 그리고 이렇게 된 거죠."

"당신은 최악의 형태로 과시욕을 드러내는 타입의 인간이로군."

엘러리가 중얼거렸다.

"하지만 그렇게 무의미하고 멍청한 절차를 거쳐서 도대체 당신의 에고가 무엇을 얻었는지 모르겠는데. 그냥 공연단 사이에 끼어서……."

"웃기지 마쇼. 내가 무슨 애들처럼 스릴이나 즐기려고 여기까지 온 줄 아나?"

라이언스가 투덜거렸다.

"사실은 박스석에 사진기자를 하나 심어뒀소. 내가 여러 가지 구실을 대서 혼 가까이 가면, 박스석에 있던 그 친구가 우리의 투샷 사진을 찍어줄 예정이었지. 나한테나 신문 측에나 괜찮은 특종이 아니오? 그 직후에 내가 잘 도망만 간다면 말이오. 하지만 빌어먹을, 어떤 놈이 내가 '알렉산더 울코트'당대 최고의 독설가로 유명했던 미국 〈뉴요커〉 지의 평론가—옮긴이라고 외치기도 전에 그 노인네를 쏴버렸지!"

잠시 정적이 깔렸다.

"아주 멋지군요, 좋습니다."

엘러리가 차갑게 말했다.

"그래서 달리는 동안 벅 혼에게 얼마나 가까이 갔죠, 라이언스?"

"똑똑한 친구로군. 별로 가까이 가지 못했소. 그렇게 가까이는 못 갔지."

"얼마나 가까이 갔느냔 말입니까?"

"나는 그 멍청한 무리들 꼬리에 붙어서 달렸소이다."

경감은 옆에 있던 벨리 경사와 잠시 이야기를 나눴다.

"어느 박스석에 사진기자를 심었지, 라이언스?"

칼럼니스트는 마지못해 근처에 있는 마스의 박스석을 가리켰다. 벨리 경사가 그쪽으로 쿵쿵 소리를 내며 걸어갔다. 잠시 후 그는 잔뜩 겁먹은 얼굴에 수다스러워 보이는 젊은이를 데리고 돌아왔다. 손에는 작은 그라플렉스 카메라가 들려 있었다. 젊은이는 아무것도 모른 채 카메라를 빼앗기고 몸수색을 당했다. 범죄에 관련될 만한 것은 없는 듯했으므로 그는 얌전히 제자리로 돌아갈 수 있었다.

경감은 생각에 잠긴 채 라이언스를 찬찬히 뜯어보았다.

"라이언스, 이건 뭔가 냄새가 나는데. 혹시 이런 일이 일어날 줄 미리 알고 온 것 아닌가?"

라이언스가 고함을 질렀다.

"맙소사, 차라리 그랬으면 좋겠습니다! 미리 알았으면 얼마나 좋았겠어요!"

"쇼에서 같이 달린 사람들 속으로 은밀하게 섞여 들어갔지? 자네 앞에 달린 친구들 말이야."

"아뇨, 끼어들기가 쉽지 않아서요."

"그럼 뭘 했나?"

"그냥 주위를 어슬렁거렸습니다."

"뭐 수상한 것 못 봤나? 수사에 도움이 될 만한 것 말이야."

"아무것도 못 봤다고요, 이 영감탱이야."

"좀 전에 꺼냈던 25구경 자동 권총은 어디서 구했지?"

"걱정 마시라고요, 경찰청장 나리. 제대로 허가를 받았으니까요."

"어디서 구했느냐고 묻고 있잖아."

"산타클로스가 주고 갔습니다. 이런 젠장, 당연히 돈 주고 샀죠! 원 세상에, 설마 지금 내가 살인을 저질렀다고 생각하시는 겁니까?"

"저 친구 데려가, 토머스."

경감이 차갑게 말했다.

"그리고 몸에 지닌 소지품 몽땅 압수해. 아이고, 이런. 아주 걸어 다니는 무기고시구먼!"

라이언의 축제 복장 허리춤에 매달린 화려한 총집에는 총신이 긴 리볼버 두 자루가 들어 있었다. 경사는 무기들을 조심스럽게 빼내어 조수에게 건넨 뒤, 시어도어 라이언스의 옷을 들추고 아주 꼼꼼하게 몸수색을 했다. 사람의 힘이라고는 여겨지지 않는 억센 손길이었다. 결국 라이언스는 앓는 소리를 내며 항복했다.

"아무것도 없습니다, 경감님."

벨리가 보고했다.

"이 총들은 어디서 났나?"

경감이 물었다.

"아래층 무기고에서 가져왔습니다. 다른 사람들도 전부 그렇게 하길래 따라했는데요……. 이것 보세요, 대장님. 난 한 발도 안 쐈다고요!"

경감이 리볼버를 조사했다.

"공포탄이구먼. 탄약도 무기고에서 가져왔겠지? 좋아, 토머스. 이 걸어 다니는 인간쓰레기를 콜로세움에서 내쫓도록 하게. 하지만 이 친구가 나간 길로 다른 누군가가 몰래 도망치지 않도록 주의해야 하네."

"알겠습니다."

경사가 유쾌하게 대답하고는 라이언스의 팔을 잡아끌고 갔다. 그 둘은 그 수다스러운 '지하 세계의 해설자(라이언스는 전국구 신문에 이 이름으로 칼럼을 기고하여 악명을 떨쳤다.)' 앞에 있던 작은 문으로 나가더니 곧 모습을 감췄다.

6:
알아낸 사실

그들은 말없이 앙상한 손으로 차가운 시체를 들어 올려 관중석 지하에 있는 수없이 많은 방들 중 하나로 옮겼다. 퀸 부자와 키트 혼, 그랜트 부자는 다시 한 번 시간기록원 사무실을 나섰다.

"프라우티 박사를 기다리는 동안 오늘 일어난 일에 대해서 좀 더 깊이 파고들어 봅시다. 그 친구는 항상 늦으니까!"

경감이 목소리를 높였다.

한 시간 가까이 키트 혼의 얼굴을 덮고 있던 딱딱한 가면에 금이 가더니 와르르 부서져 내렸다.

"이제 시간이 됐어요!"

그녀는 혼신의 힘을 다해 소리쳤다.

"어서 행동을 취해야 한다고요, 경감님! 오오, 신이시여!"

"아가씨, 조금만 인내심을 가져요."

경감이 다정하게 말했다.

"지금 우리가 직면한 문제를 아가씨는 아직 모릅니다. 당신은 혼 씨에게 적이 없다고 말하지 않았습니까. 그렇다면 그쪽은 포기해야 합니다. 그리고 용의자는 2만 명이나 있죠. 아무도 도망치지 못했어요. 그러니 자세한 이야기를⋯⋯."

"뭐든 다 얘기할게요, 경감님. 묻기만 하세요. 이 끔찍한⋯⋯."

"좋아요, 알았어요. 키트 양, 압니다. 아가씨가 대답을 잘할 거라는 사실을 알아요. 오늘 아버님의 상태는 어땠죠? 걱정거리가 있었거나 짜증을 냈다거나, 뭐 그런 일 없었습니까?"

키트는 애써 용기를 끌어모았다. 눈을 내리깐 채 흔들림 없는 목소리로, 그녀는 우디와 혼의 다툼에 대한 이야기를 들려주었다.

"하지만 아버지는 괜찮으신 것 같았어요, 경감님. 저는 걱정이 되어서 의사 선생님한테 한 번 봐달라고 하는 게 어떻겠느냐고 물었지만……."

"아, 그래요. 아버님이 가끔 편찮으실 때가 있다고 그랬죠."

엘러리가 나직이 말했다.

"네, 그랬어요. 음, 요 몇 년 간 몸이 아프다고 자주 얘기하셨어요."

키트가 무거운 목소리로 설명했다.

"의사들은 나이를 생각하면 당연한 거랬어요. 아버진 예순다섯이었으니까요."

목소리가 갈라졌다.

"그분은 참 힘들게 사셨어요. 그리고 연세를 생각하면 몸이 쇠약해질 때도 됐죠. 전 아버지가 다시 일하는 걸 원치 않았어요. 하지만 아버진 그게 당신한테 좋은 일이 될 거라고, 활력을 줄 거라고 주장하셨죠. 오늘도 로데오 의사 선생님한테 가보자고 했고 아버지도 그러자고 하셨어요. 바로 오늘 아침에요. 그리고 모든 일이 순조로웠죠."

"하지만 혼 씨한테 특별히 걱정거리가 있던 것 같지는 않은데요?"

경감이 물었다.

"네. 그러니까…… 저는 잘 모르겠어요. 아버지 마음에 거리끼는 일이 있었는지는 모르겠지만, 딱히 화를 내진 않으셨거든요."

"그게 뭔지는 모르겠다는 거군요?"

그녀의 눈동자에 사나운 빛이 어렸다.

"제발 알았으면 좋겠어요!"

경감이 흥행사를 돌아보았다.

"당신은 어떻소, 그랜트 씨? 혼 씨 마음에 걸릴 만한 일이 없었습니까?"

"전혀 모르겠습니다. 그 친구 마음속에는 영화판 뒤꽁무니 쫓아다니는 것보다 중요한 일은 없었을 거라 생각합니다. 키트, 그건 그냥 네 상상이 아닐까……."

"자, 자."

경감이 서둘러 끼어들었다.

"그런 것 가지고는 그만들 싸우시고. 혼 양, 오늘 무슨 일이 있었죠?"

"저…… 저는 어젯밤 늦게까지 밖에 있었기 때문에 오늘은 정오가 다 되어서야 일어났어요. 아버지와 저는…… 우리는…… 웨스트 44번가에 있는 바클레이 호텔의 나란히 붙은 두 방에 묵었는데요. 그리고 다른 공연단 사람들도 거기서 잤고요. 제가 방문을 노크했더니 아버지가 나와서 제게 키스하고 아침 인사를 했죠. 기분이 굉장히 좋으신 것 같았어요. 벌써 몇 시간 전에 이미 일어나 있었다고…… 해가 뜨면 일어나는 생활을 하셨으니 당연하겠지요. 일어나서 센트럴 파크를 산책한 뒤 아침 식사를 했다고 하셨어요……. 저는 간단하게 식사하고 아버지는 저와 함께 커피 한 잔만 마셨죠. 2시가 되자 우리는 리허설을 하러 콜로세움으로 걸어왔어요."

"그러면 그때 총연습을 했다는 거군요, 그랜트 씨?"

"네. 다들 그러자고 했거든요. 아, 벅만 빼고 말입니다. 의상 갈아입는 데 방해받고 싶지 않다면서요. 아무튼 다 같이 마지막으로 처음부터 끝까지 정해진 순서에 따라 연습을 했고, 아무 문제없이 끝났습니다."

"저도 잠깐 지켜봤어요."

키트가 말했다.

"그런 다음에 잠깐 산책을 했는데······."

"잠시요."

엘러리가 얼굴을 찌푸렸다.

"그랜트 씨, 당신도 리허설에 참가했습니까?"

"당연하죠."

"정말로 모든 일이 스케줄대로 돌아갔습니까?"

그랜트가 엘러리를 빤히 바라보았다.

"물론입니다! 벅은 좀 긴장한 것 같았지만, 다시 한 번 관중들 앞에서 공연할 수 있게 되어서 아주 날아갈 것 같다고 하더군요."

엘러리가 입술을 핥았다.

"공연 순서는 어떻습니까?"

"별로 대단한 건 아닙니다. 아까 일이 터졌을 때 보셨던 것처럼 일단 말을 타고 경기장을 한 바퀴 돌고요. 그리고 나서 벅이 혼자 몇 가지 간단한 승마 곡예를 선보일 예정이었습니다. 현란하지만 쉬운 묘기들 말입니다. 그 뒤에는 밧줄 돌리기를 하고······."

"유난히 힘든 일은 없었습니까? 예를 들어 말에게 밧줄을 던져 끌어당긴다든가 높이 뛰어오르는 말에 올라타기 같은 건요?"

경감은 살짝 짜증 섞인 눈빛으로 아들을 바라보았다. 그러나 엘러리는 꽉 막힌 모순의 바다 속을 헤치고 나아가는 데 골몰한 듯했다. 엘러리는 흥분했을 때나 말로 표현할 수 없는 복잡한 생각에 잠겨 있을 때면 늘 그렇듯, 코 위에서 빛을 내고 있는 코안경을 벗어 렌즈를 힘차게 문지르기 시작했다.

"없었습니다."

그랜트가 대답했다.

"그런 건 없었습니다. 내가 허락하지 않았습니다. 리허설 때 뿔소한테 밧줄 던지는 묘기는 조금 연습했지만 불도그는 하지 않았습니다. 위험한 일은 못 하게 했지요."

"하지만 본인은 하고 싶어 했겠지요?"

엘러리가 끈질기게 물었다.

"벅은 언제나 모든 것을 다 하고 싶어 했습니다."

그랜트가 지친 얼굴로 대답했다.

"자기가 늙었다는 사실을 도무지 받아들이려 하지 않았지요. 그리고 젠장, 사실 하자고 하면 할 수는 있었거든요. 그래서 우리 일정을 납득시키려고 그 친구랑 거의 레슬링을 하다시피 했죠."

"흠."

엘러리는 안경을 다시 콧잔등 위에 올려놓았다.

"그것 참 흥미롭군요."

키트와 컬리가 놀란 얼굴로 엘러리를 쳐다보았다. 키트의 눈빛에는 희미하게나마 희망의 빛이 깃들었고, 갈색 뺨에는 순간적으로 홍조가 돌았으며 호흡도 빨라졌다.

"그랜트 씨, 그러니까 혼 씨는 사격술을 선보일 예정이었다는 말씀이시죠?"

"맞습니다. 리허설에서도 했고요. 벅은 말입니다, 세상에 그런 명사수가 없었습니다."

그랜트가 긴장된 목소리로 말했다.

"예로부터 서부에는 이런 말이 있습니다. '카우보이는 배짱과 말(馬)로 이루어진 남자'라고 말이죠. 밧줄 던지기하고는 아무런 상관도 없습니다. 요즘 젊은 것들이야 그냥 시늉만 내고 있는 거죠. 옛날 같았으면……."

그랜트는 고개를 격하게 흔들었다.

"나는 벅이 그 기다란 낡은 콜트로 90미터 밖에서 5센티미터짜리 과녁 한가운데를 여섯 번 연속 명중시키는 걸 수도 없이 봤습니다. 눈 깜짝할 사이에 말이죠. 그 친구는 총 가지고 못하는 일이 없었죠. 오늘 밤 그 친구가 벌일 쇼는 정말 놀라운 것이었습니다, 퀸 씨! 전속력으로 달리는 키트의 말 위에서 총을 쏘아 과녁을 벌집으로 만드는 묘기도 있었고, 공중에 동전을 던져서 맞히는 것도 있었는데……."

"알았습니다."

엘러리가 미소를 띠며 말했다.

"그러니까 벅 혼이란 사람은 사격의 달인이었다는 말로 알아듣겠습니다. 아주 좋아요. 자, 그럼 오늘 리허설에서 뭔가 이상한 일이 벌어지지 않았나요? 뭐 잘못된 일이라든지. 아무리 사소한 일이라도 좋으니 말씀해주시지 않겠습니까?"

그랜트는 고개를 저었다.

"모든 일이 다 시곗바늘처럼 정확하게 돌아갔습니다."

"기수들도 빠짐없이 왔고요?"

"전부 다 왔지요."

엘러리는 마음에 안 든다는 듯 고개를 흔들어댔다. 화가 난 것 같았다.

"고맙습니다."

중얼거린 엘러리는 뒤로 물러나서 담배를 꼬나물고 그 끝을 뚫어져라 쳐다보았다. 멍한 눈동자 안쪽에서 희미하게 불빛이 타오르는 듯했다.

"리허설이 끝난 다음엔 어땠소?"

경감이 물었다.

"음······."

키트가 대답했다.

"아까 제가 벅과 우디가 마구간에서 싸웠다는 말씀은 드렸죠? 그 뒤로는 아버지를 보지 못했어요. 아, 의상실에서 나온 다음부턴 말이에요. 그 후로 바로 건물을 나왔거든요. 그러고는 그랜트 씨 사무실에 들렀어요. 아, 잠깐 컬리와 만난······ 다음에요."

그녀는 다소 말하기 껄끄럽다는 투로 이야기했다. 컬리는 머리카락 뿌리까지 붉게 물들었고 갑자기 바닥을 발로 쿵쿵 차기 시작했다. 경감이 무심코 쳐다보자 컬리는 발길질을 멈췄다.

"그러고 나서 다시 아버지를 찾았는데······ 빌, 그러니까 그랜트 씨하고 같이 있었어요."

"그 말이 맞소?"

경감은 아무런 감정이 담기지 않은 눈빛으로 흥행사를 쳐다보며 물었다.

"그렇습니다, 경감님."

"계속하시오, 혼 양."

키트는 무력하게 어깨를 으쓱했다.

"그러고 나서는 별로 드릴 말씀도 없어요. 아버지는 수표를 쓰고 있었고요, 저는 잠깐 인사를 하고서 콜로세움을 나와서……"

"잠깐만요."

엘러리가 유쾌하게 말했다. 그 얼굴에 다시 생기가 돌고 있었다.

"수표를 썼다고요? 이유가 뭡니까, 그랜트 씨?"

"별로 특별한 건 아닙니다. 벅이 25달러 수표를 한 장 현금으로 바꿔줄 수 없느냐고 했고, 나는 알았다고 했지요. 그래서 그 친구가 수표를 쓰고 나는 현금을 줬습니다."

"그렇군요."

엘러리가 무심하게 대답했다.

"그러면 그 수표는 어떻게 했습니까? 아직도 당신이 가지고 있습니까, 그랜트 씨?"

"당연하죠. 한동안 내가 지니고 다니다가 은행, 그러니까 시보드 내셔널 은행 말입니다. 거기 들러서 넣어두었죠."

"잘 알겠습니다. 아무 문제없군요."

엘러리가 고개를 끄덕이고 물러났다.

경감은 아들에게 날카로운 시선을 던진 뒤 다시 그랜트 쪽을 향했다.

"그게 당신이 마지막으로 본 벅 혼의 모습이었소?"

"아닙니다. 은행에서 돌아와 건물 입구에서 벅과 딱 마주쳤지요. 모자를 쓰고 코트를 입고 있기에, '자네 어디 가나?' 하고 물었죠. 그랬더니 호텔에 간다고 하더군요. 오늘 밤 일을 위해서 잠깐 쉬어야겠다면서요. 그리고 헤어졌습니다. 그 외에 별 다른 말은 하지 않았습니다. 그러고 나서 밤늦게 돌아오더군요. 굉장히 흥분한 것 같은 모습이었습니다. 자기 의상실로 뛰어가면서 나한테 손을 마구 흔들었으니 말이죠. 옷 갈아입고 경기장으로 나가기까지 시간이 대단히 촉박했습니다."

퀸 부자는 서로를 마주 보았다.

"그건 중요한 이야기 같은데."

경감이 중얼거렸다.

"쇼를 시작하기 직전에 돌아왔단 말이오? 바클레이 호텔에 간다고 나간 게 몇 시쯤이었소?"

"오후 네 시경이었습니다."

"흠. 혼 양, 아가씨는 건물을 나간 뒤로 아버님을 다시 보았소?"

"네. 건물을 나가서 저도 호텔로 곧장 갔거든요. 아버지는 저보다 한 삼십 분쯤 늦게 왔어요. 낮잠을 자야겠다면서요. 저는 물건을 정리하고 아래층으로 내려갔죠. 그리고……."

컬리 그랜트가 처음으로 입을 열었다. 용감한 목소리였다.

"그때부터 혼 양은 계속 저와 함께 있었습니다. 호텔 로비에서 마주친 뒤로, 오후 내내 같이 시간을 보냈습니다."

"맞아요."

키트가 속삭이듯 말했다.

"그리고 언제 돌아왔나요?"

경감이 물었다.

"아버지는 이미 경기장으로 가고 없었어요. 제 방 탁자 위에 메모만 한 장 남겼더라고요. 그래서 야회용 물건들을 챙겨서 택시를 타고 콜로세움으로 갔지요. 그러고 나서는 다시 아버지를 보지 못했어요, 경기장에서 말을 타고 나오실 때까지요."

키트의 목소리가 떨렸다.
"아, 그럼 아가씨도 늦었군요?"
경감이 천천히 물었다.
"그게 무슨 말이에요?"
노인은 씩 미소 짓고는 별 것 아니라는 듯 손을 저었다.
"신경 쓰지 말아요, 아가씨. 아무것도 아닙니다!"
경감은 코담배를 한 줌 쥐고는 격하게 냄새를 맡았다.
"다만…… 그랜트 씨, (에취!) 그랜트 씨가 말하길 아버님께서도 아슬아슬한 시각에 경기장으로 왔다고 했으니 그 말은 아가씨도 늦었다는 뜻 아니겠습니까? 무슨 말인지 알겠죠? 아주 간단한 이야깁니다."
"이것 봐요. 내 말은 그런 게 아닙니다. 그냥 혼 양이 나와 함께 있었다는 뜻이라고요……."
컬리가 한 발 앞으로 나와서 으르렁거리는 목소리로 말했다.
"아, 그러면 젊은이도 같이 늦었다는 이야기가 되는군?"
그랜트는 차가운 눈빛으로 키트와 아들을 재빨리 쳐다보았다. 컬리가 고개를 약간 숙였다.
"아니오, 전 늦지 않았습니다. 실은 콜로세움에서 나오면서 헤어졌습니다. 키트가 호텔로 데려다주지 않아도 된다고 해서요……."
경감이 자리에서 일어섰다.
"알았소. 좋습니다, 혼 양. 그랜트 씨, 당신도……."
갑자기 떠나갈 듯 쾅쾅 문 두드리는 소리가 들렸다.
"누구요?"
퀸 경감이 사납게 물었다.
누군가가 문을 발로 차 열었다. 마키아벨리의 유령 같은 사람이 그들을 쏘아보고 있었다. 턱 부분이 시커멓고 회색 중절모를 쓴 남자였다. 잇새에는 시가 장인의 기술을 잘못 이해한, 고약한 냄새를 풍기는 완벽한 샘플 하나를 물고 있었다. 옷차림은 머리부터 발끝까지 전부 시커멨다.

"부르셔서 왔습니다. 이제 뭘 어떻게 하면 됩니까?"

"음…… 이제 됐습니다, 혼 양. 그랜트 씨. 고마워요."

경감은 재빨리 말하며 그랜트 부자와 키트 혼을 떠밀듯 방 밖으로 내보냈다. 방 밖에서 마치 벽 그림자처럼 딱 달라붙어 있던 벨리 경사가 말없이 그들 뒤를 따라붙었다.

"경기장으로 돌아가게, 토머스!"

경감이 소리치는 것을 듣고 경사가 고개를 끄덕였다.

"이 게을러터진 아프리카 주술사 같은 친구야."

경감은 턱이 거무스름한 남자에게 호통을 쳤.

"자네 기준으로는 살인이 터진 뒤 두 시간이나 지나서 오는 게 시간 맞춰 오는 건가? 이런……."

"잘 압니다. 기타 등등, 기타 등등."

마키아벨리가 떫은 얼굴로 미소를 지었다.

"또 잔소리를 늘어놓으시는군요. 그나저나 시체는 어디 있습니까? 늙은 해적 양반."

"알았네, 샘. 자네 두고 보겠어. 옆방으로 가게. 더 뻣뻣하게 굳기 전에 어서."

"잠깐만요, 프라우티 박사님."

남자가 돌아서려는 참에 엘러리가 말했다. 뉴욕에서 살해당한 인구의 절반은 다루어본 검시의 달인, '데우스 엑스 마키나'가 멈춰 섰다. 엘러리는 프라우티 박사의 어깨에 팔을 걸치고 무언가를 몹시 진지하게 속삭였다. 검시의는 고개를 끄덕이고 나서 물고 있던 너덜너덜한 시가를 고쳐 문 뒤, 서둘러 나갔다.
퀸 부자만 달랑 남겨졌다.

아버지와 아들은 우울한 얼굴로 서로를 마주 보았다.
"그래서, 어떻게 된 거냐?"
경감이 물었다.
"매우 매우 복잡하게 된 거죠, 아버지."
엘러리가 한숨을 쉬었다.
"퀸 일가 고유의 방식을 써서 수사해야 하는 범죄예요. 용의자가 한 트럭이나 있는 거 보세요. 그 골치 아팠던 필드 사건 기억나세요? 극장 하나가 통째로 용의자들로 가득 차 있었죠! 《로마 모자 미스터리》 프렌치 사건은 어땠죠? 백화점 안이 쇼핑 온 사람들로 바글바글했잖아요. 《프랑스 파우더 미스터리》 노부인 애비게일 도른의 이상한 죽음은요? 병원이 의사, 간호사, 환자, 히스테리 부리는 사람들로 가득했고요. 《네덜란드 구두 미스터리》 그리고 이제는 원형 경기장이로군요."

엘러리는 꿈꾸듯 말했다.
"우리가 마주칠 다음 살인자는 분명 범행 현장으로 양키 스타디움을 고를 게 틀림없어요. 아무래도 저지 경찰에 미리 연락해서 족히 7만 명은 될 관중들의 몸수색을 도와달라고 예약을 해야겠는데요!"
"헛소리 그만해라."
경감이 짜증스럽게 말했다.
"안 그래도 그게 걱정이란 말이다. 2만 명이나 되는 사람들을 영원히 묶어놓을 수는 없지 않느냐. 다행히 청장님이 지금 뉴욕에 안 계시기에 망정이지 그렇지 않았으면 뉴욕 인구의 절반을 여기다 묶어놓느라 내 모가지를 내놓아야 할 뻔했다. 헨리 샘슨도 근처에 없어서 참 다행이지 뭐냐."

"청장님과 지방 검사님이 이 근처에 계셨더라도 경기장을 봉쇄했을 겁니다."

엘러리가 융통성 없는 말을 했다.

"프라우티한테는 뭐라고 한 거냐?"

"존경하는 검시의님께, 벅 혼의 시체에서 탄두를 꺼내달라고 부탁드렸지요."

"이 녀석아, 그건 나중에 해도 돼! 그 로데오 의사…… 그 친구 이름이 뭐랬더라. 아무튼 그 의사가 22구경 아니면 25구경이라고 말하지 않았더냐?"

"좀 더 과학적으로 알아봐야 돼요, 친애하는 경감님. 전 그 죽음의 사자가 정말로 궁금하거든요. 총알의 비밀을 밝히기 전까지 아버지는 이 경기장에 있는 그 누구도 건물 밖에 내보내시면 안 돼요. 그 어떤 이유가 있더라도 말이에요."

"애초에 그럴 생각도 없었다."

경감이 짧게 말했다. 그들은 잠시 침묵에 빠졌다.

엘러리가 슬픈 음색의 콧노래를 흥얼거리기 시작했다.

"엘…… 도대체 무슨 생각이냐?"

콧노래가 멎었다.

"딱한 주나가 생각나서요. 지금쯤 할리우드에서 온 무시무시한 숙녀, 그리고 토미 블랙과 함께 앉아 있겠지요?"

"젠장! 주나를 완전히 잊어버리고 있었구먼!"

경감이 소리를 질렀다. 엘러리가 무심하게 대답했다.

"걱정 안 하셔도 돼요. 지금쯤 인생에서 가장 행복한 시간을 보내고 있지 않을까요? 신들이 아주 관대하게 웃고 있지 않겠습니까. 중요한 건, 그들이 무슨 이야기를 나누고 있을까, 라는 거죠."

"그래서, 넌 이번 사건이 무엇을 의미한다고 생각하는 거냐?"

엘러리는 생각에 잠긴 얼굴로 나지막한 흰색 천장을 향해 담배 연기를 뿜었다.

"아주 이상한 사건이에요, 괜찮군요."

경감의 입이 딱 벌어졌다. 그러나 장황한 단어의 산사태가 쏟아지기 직전 문이 열리고 프라우티 박사가 다시 나타나는 바람에 아무 말도 할 수 없었다. 박사는 코트와 모자를 벗고 소매를 팔꿈치까지 걷어붙인 채, 오른손에 거즈로 싼 피범벅된 작은 물건을 들고 승리에 찬 우울한 표정을 지었다.

경감은 별로 기쁘지도 않은 표정으로 그것을 프라우티에게서 빼앗듯이 받아들고, 부주의하게도 손가락으로 마구 문질러 댔다. 엘러리가 빠른 발걸음으로 다가왔다.

"하!"

경감이 그 물체를 열심히 들여다보며 말했다.

"25구경, 자동 권총. 좋아. 로데오 의사 말이 맞았군. 아주 상태가 좋지 않으냐, 애야?"

원뿔 모양의 탄두는 거의 원형을 유지하고 있었다. 아주 작고 언뜻 보기에는 해를 끼치지 않는 물건 같았으며, 묻은 피는 그냥 빨간 페인트로 보였다.

"아주 깔끔합니다."

프라우티 박사가 시가를 질겅질겅 씹어대며 탁한 목소리로 말했다.

"심장을 관통했더군요. 멋지게 구멍이 나 있던데요. 갈비뼈와 부딪히지도 않은 것 같았습니다. 그냥 비스듬히 살짝 스치기만 했습니다."

엘러리가 손가락으로 탄두를 이리저리 돌려 보았다. 눈빛은 어딘가 멀리 떨어진 곳을 바라보는 듯했다.

"뭐 다른 흥미로운 사실은 없나?"

경감이 침울한 얼굴로 물었다.

"딱히 없습니다. 늑골이 네 대 나갔고 흉골은 박살났습니다. 팔다리가 여기저기 부러졌고, 머리뼈에도 걷어 채인 자국이 있더군요. 경감님은 그 모습을 다 지켜보셨겠지만요. 오면서 경감님 부하한테 말에 밟혔다는 얘기를 듣고 보니 다 납득이 가는 상처들입니다. 딱히 신기한 것은 없습니다."

"뭐 다른 종류의 상처는 없던가? 나이프나 총으로 맞은 상처 말일세."

"없습니다."

"즉사했나?"

"바닥에 굴러떨어졌을 때는 이미 꽁꽁 얼린 고등어보다도 더 차가웠을 겁니다."

"그러니까 박사님 말씀은 총알이 아주 깔끔하게 관통했다는 거로군요. 입사각은 어떻습니까? 그 증거가 될 수 있나요?"

엘러리가 느릿느릿 말했다.

"나도 지금 그 말을 하려고 했다네, 요 깜찍한 친구야."

프라우티 박사가 중얼거렸다.

"이 납 조각이 시체의 몸에 들어간 방향은 오른쪽일세. 그러니까 사선으로 왼쪽 아래를 향해 발사되었다는 말이지. 바닥에서 약 30도 정도의 각도라고 생각하면 된다네."

"아래쪽 사선이라고!"

경감이 외쳤다. 그는 눈을 커다랗게 뜨고 한 발로 껑충껑충 뛰기 시작했다.

"좋아, 아주 좋아! 샘, 자네 정말 멋지군. 생명의 은인이야. 이 세상의 모든 포커 치는 악당들 중 최고의 친구야. 비스듬히 아래를 향한 방향이었단 말이지? 30도? 이거 참, 엘, 이제 그놈이 어디쯤에서 총을 쏘았는지 대충 알 수 있게 되었구나! 관중석에서 가장 낮은 단은 경기장 바닥에서 약 3미터 정도 위에 있지. 혼이 총을 맞은 곳 말이야. 범인이 앉았거나 쪼그리고 있었을 경우 높이가 약 1미터가량 된다고 한다면…… 11미터 내지는 12미터 거리. 듣고 있나, 자네들? 이거 대발견일세!"

프라우티 박사는 프로답게 침착한 태도로 앉아서 무언가가 인쇄되어 있는 종이쪽지에 상형 문자 같은 글씨를 갈겨쓴 뒤 경감에게 건넸다.

"복지국 깡패 놈들한테 전해주십시오. 몇 분 안에 도착해서 시체를 가져갈 테니까요. 부검 필요합니까?"

"자네 생각은 어떤가?"

"필요 없을 것 같습니다."

"그래도 한 차례 해두자고. 모험을 하고 싶지는 않으니 말일세."

경감이 심술궂게 말했다.

"알았습니다, 알았어요. 수다쟁이 영감님."

프라우티 박사가 무뚝뚝하게 말했다.

엘러리가 끼어들었다.

"그리고 위 속의 내용물에는 주의를 기울여주세요, 박사님."

"위 속?"

경감이 멍한 얼굴로 되뇌었다.

"예, 위 속이오."

엘러리가 말했다.

"알았네."

프라우티 박사가 으르렁거리듯 말하고는 어슬렁어슬렁 걸어서 사라졌다.

경감은 엘러리를 쳐다보았다. 엘러리는 여전히 열기 띤 눈으로 피 묻은 탄두를 뚫어져라 바라보고 있었다.

"그래, 이번엔 뭐가 문제냐?"

경감이 안달했다.

엘러리는 아버지를 안타깝게 바라보았다.

"전 아버지가 아주 뿌리 깊은 현실주의자란 사실을 잘 압니다. 마지막으로 영화관에 가신 게 언젠가요?"

경감이 눈을 끔벅였다.

"지금 그게 무슨 상관이냐?"

"몇 달 전에 주나가 하도 귀찮게 졸라대서 같이 근처에 있는 극장에 갔을 때, '동시상영'이라는 기발한 시스템이 돌아갔던 걸 기억하세요?"

"그래서?"

"그 둘 중에…… 음…… 소위 말해, 덜 매력적이었던 영화는 무엇이었던가요?"

"쓰레기 같은 서부극…… 아, 그래! 그 영화에 키트 혼이 나왔었지, 엘!"

"바로 그거예요."

엘러리는 손에 든 탄두를 여전히 잡아먹을 듯한 눈길로 노려보며 말했다.

"그리고 그 위대한 영화 서사시 속에서 우리의 어여쁜 여주인공이 말을 타고 언덕길을 힘차게 달려 내려갈 때…… 그래요, 그때 나왔던 그 말이 바로 오늘 밤에 나왔던 그 로하이드였잖아요! 허리춤에서 6연발 권총을 뽑아들고…….."

"외가닥으로 꼰 밧줄을 던져서, 남자 주인공에게 매달린 악당을 함께 옭아맸지!"

경감이 흥분해서 외쳤다.

"맞아요, 바로 그랬습니다."

경감이 한층 더 심술궂은 표정을 지었다.

"그건 그냥 영화 속에서 만들어 낸 속임수일 뿐이야. 별로 대단한 것도 아니지. 그런 작자들이 늘 하는 일이니까."

"아마 그렇겠죠. 하지만 아버지, 카메라가 혼 양의 '뒤'에서 잡고 있었다는 사실을 잊으시면 안 돼요. 그녀는 항상 어디에 서든 잘 보이는 위치에 있었고, 밧줄을 던질 때는 한 손에 리볼버를 들고 있었죠. 그럼에도 불구하고 제가 속임수의 가능성을 생각하는 건……."

"그것 참 너답구나. 어쨌든 뭐가 문제라는 거냐?"

"지금 좀 고민 중인데요……. 키트 혼은 어렸을 때부터 목장이라는 광대한 광물학적 간극에서 자라나지 않았습니까. 그러니까 탁 트인 장소 말이지요. 그리고 그녀의 보호자인 우리의 영웅 벅은 노련한 명사수죠. 그런 상황에서 벅이 딸에게 필요한 수많은 재주들과 함께 사격술도 전수해줬겠죠. 흠……. 그리고 우리의 젊은 로킨바르월터 스코트의 서사시 《마미온》의 주인공—옮긴이, 서부에서 온 반짝반짝 빛나는 곱슬머리의 용감한 컬리 말입니다. 그 친구가 작은 유리구슬들을 기계로 튕겨 올리고 그 믿음직한 무기로 쏘아 맞히던 것을 보셨죠? 그래요, 그거예요! 그리고 그의 아버지, 로데오 쇼의 명예의 전당에 올라갈 법한 달인 말이죠. 제가 듣기로 그는 지난 세기에 인디언들의 영토에서 무법자나 붉은 피부의 인디언들과 맞서 싸운 연방보안관 중 가장 유명한 누군가라고 하던데요."

"도대체 또 무슨 헛소리를 늘어놓는 게냐?"

경감이 으르렁거렸다. 그러다 그의 눈은 커다래졌다.

"맙소사, 저거 봐라, 엘! 생각 좀 해보란 말이다. 우리가 앉아 있던 박스, 마스의 박스석이…… 정확히 총알의 궤적에 들어맞지 않느냐? 샘이 그랬지, 아래쪽으로 30도라고……. 아이고, 머리야! 내가 비록 산수는 썩 잘하는 편이 아니다만, 아무리 봐도 관객석 어딘가에서 발사되었다면 저 자리밖에 없어! 말이 모퉁이를 돌 때, 왼쪽을 보고 총을 발사해서 심장을 꿰뚫은 거지…… 정신 바짝 차리고, 신중하게 생각해야 한다!"

경감은 갑자기 입을 다물고 깊은 생각에 빠졌다.

엘러리는 실눈을 뜨고 아버지를 쳐다보며 손으로 피 묻은 작은 탄두를 장난스럽게 던지고 받았다.

"이 얼마나 아름다운 범죄란 말인가."

엘러리가 중얼거렸다.

"절묘하고, 대담하고, 처형에 아무런 거리낌도 없고……."

"내가 알 수 없는 건 말이다."

경감이 턱수염 가닥을 씹으며 무심코 중얼거렸다.

"도대체 누가 그렇게 가까이에서 총을 쏠 수 있었는가 하는 거란다. 우리가 소리를 듣지도 못했는데……."

"필요한 건, 한 사람의 죽음. 사용된 건, 한 발의 총알. 간결하고, 정확하고, 기계적이군요…… 모두 합해 정말 멋지지 않습니까, 아버지?"

아버지가 명백하게 사건에 흥미를 보이자, 엘러리는 건조한 미소를 지었다.

"아, 하지만 복잡한 문제가 하나 있어요. 타깃은 전속력으로 달려가는 말의 등에 타고 있어서 몸이 마구 흔들리고 있었습니다. 단 한순간도 멈춰 선 적이 없단 말이죠. 그렇게 빨리 움직이는 과녁을 쏘아 맞히기가 얼마나 어려운지 아시나요? 그런데도 우리의 범인은 마치 비웃기라도 하듯 딱 한 발의 총알로 성공했단 말입니다. 분명 그 한 발에 속임수가 숨겨져 있을 거예요. 대단히 철두철미한 계략이죠."

엘러리는 일어서서 이리저리 오가기기 시작했다.

"여기서 알 수 있는 사실은 말이죠, *Herr Inspektor*(경감님). 두서없는 제 발언들이 그동안 우회적으로 가리켰던 사실은…… 벅 혼을 죽인 그 악마의 운을 가진 범인은, 대단히 뛰어난 특등명사수라는 거죠!"

7:
45자루의 권총

마스의 박스석에서 강제로 불려온 줄리안 헌터는 거대한 화강암 덩어리 같은 벨리 경사 뒤를 따라 출입구에 모습을 드러냈다. 양 뺨을 부풀리고 있는 모습이 마치 개구리 같았다. 본래도 혈색이 좋았던 얼굴은 한층 더 불그레했으며, 얼굴 표정은 그 어느 때보다도 더욱 딱딱했다.

"들어오시오, 헌터 씨. 앉아요."

경감이 짧게 말했다.

부풀어 있던 뺨이 가라앉고, 날카로운 눈동자가 아주 잠깐 반짝였다.

"아니오, 됐습니다. 서 있지요."

헌터가 말했다.

"좋을 대로 하시오. 당신은 혼 씨와 잘 아는 사이였습니까?"

"아, 신문이 시작된 겁니까?"

헌터가 대답했다.

"존경하는 경감님, 이건 너무 터무니없는 짓이라는 생각 안 드십니까?"

"뭐요?"

나이트클럽 소유주는 손톱이 잘 손질된 손을 흔들었다.

"경감님께서 저를 이 사건의 잠재적인 용의자로 간주하고 있다는 사실은 잘 알겠습니다만……. 말을 타고 달리다 낙마해서 죽은 노인의 사건이라니, 이건 너무 황당하지 않습니까?"

"뺀질뺀질하게 굴어도 소용없소. 포기하시오, 헌터. 그런 식으로 꼼수 부려봐야 아무 좋은 일 하나 생기지 않을 테니."

경감이 날카롭게 쏴붙였다.

"그러니 내 질문에나 대답하시오. 괜히 시간 낭비하지 말고. 지금 당면한 문제가 너무 큰일이라 이런 데서 당신과 말싸움하면서 노닥거릴 시간 없단 말입니다. 아시겠소?"

헌터가 어깨를 으쓱했다.

"별로 잘 아는 사이는 아니었는데요."

"그런 대답은 별 도움이 안 되는데. 그럼 그 사람과 알고 지낸 지는 얼마나 되었소?"

"한 일주일쯤 되었습니다."

"흠, 로데오 일 때문에 뉴욕에 왔을 때 처음 알았다는 겁니까?"

"바로 그렇습니다, 경감님."

"누굴 통해서 알았소?"

"토니, 토니 마스요."

"어떻게 알게 된 거죠?"

"마스가 그 사람을 제 나이트클럽으로 데리고 왔을 때……."

"'클럽 마라' 말이오?"

"네."

"그때 딱 한 번 본 거요? 그러니까 오늘을 빼고 말이오."

헌터가 침착한 동작으로 담배에 불을 붙였다.

"음, 그건 잘 모르겠습니다."

그는 나른한 태도로 연기를 내뿜으며 말했다.

"혼 씨가 그 뒤로 클럽 마라를 방문했을지도 모르는 일이니까요. 나도 잘 모르겠습니다."

경감이 그를 노려보았다.

"거짓말이군."

옅은 홍조가 감돌았던 헌터의 두 뺨이 천천히 시뻘건 색으로 물들었다.

"그게 무슨 소립니까?"

노인이 낄낄 웃었다.

"쯧쯧. 미안하오, 헌터 씨. 별로 모욕할 의도는 아니었소. 그냥 관찰한 것을 입 밖으로 꺼냈을 뿐이지."

구석에 있던 엘러리가 아버지의 말이 의심스럽다는 얼굴로 씩 웃었다.

"난 당신이 토니와 거래를 텄다는 사실을 이미 압니다. 그러니까, 혼 씨가 스크린으로 돌아올 수 있도록 재정적으로 지원하는 내용의 거래겠지요. 내 생각에 당신네들은 이미 여러 번 만나서 이야기를 나눴을 것 같은데……."

"아하."

헌터가 길고 조용한 한숨을 내뿜었다.

"예, 맞습니다. 당연한 생각이겠지요. 하지만 제 말은 사실입니다, 경감님. 그리고 내가 혼 씨의 모험에 재정적인 도움을 주는 '거래'를 했다는 이야기도 틀렸습니다. 마스와 그랜트, 그 사람들은 그냥 나한테 슬쩍 말을 흘렸을 뿐입니다. 나는 그 이야기에 약간 관심이 있긴 했지만, 보시다시피 원래 내 방침과는 좀 거리가 있는 이야기라서 말이죠."

경감은 마치 신성한 의식이라도 치르듯 코담배를 한 줌 들이마셨다.

"그러면 오늘 밤 나타난 혼 씨를 보고 사람들이 어떤 반응을 보일지, 그걸 궁금해하면서 기다리고 있었단 말이오?"

"예, 맞습니다! 정확합니다."

"오호! 거기에 뭔가 범죄 행위와 연루된 일은 혹시 없었습니까, 음, 헌터 씨?"

경감이 미소를 지으며 낡은 갈색 코담뱃갑을 주머니에 집어넣었다.

방 안은 상당히 조용했다. 헌터의 목젖이 갑자기 작게 고동치고, 왼쪽 관자놀이에 핏줄이 떠올랐다.

"경감님, 정말로 그렇게 생각하시는 겁니까……? 오늘 저녁 내내 나는 당신네들과 같은 박스석에 있었다고요! 내가 도대체 어떻게……."

헌터가 다소 잠긴 목소리로 말했다.

"물론 잘 알고말고요."

경감이 달래듯 말했다.

"당연하죠, 헌터 씨. 그렇게 화내지 마시오. 이건 그냥 형식적인 질문일 뿐입니다. 그냥 가벼운 인사 대신 나누는 대화지요. 자, 이제 마스의 박스석으로 돌아가서 대기하시오."

"대기하라고요? 그건 좀…… 이제 그만 가도……?"

경감은 여윈 두 손을 자조적으로 벌려 보였다.

"당신도 잘 알지 않습니까, 헌터 씨. 우리는 법을 지키는 민중의 지팡이일 뿐입니다. 미안하지만 가서 기다리셔야겠습니다."

헌터가 숨을 깊이 들이마셨다.

"흠. 알겠습니다. 지켜보겠습니다."

박스석으로 돌아가려고 몸을 돌려 담배 한 모금을 빠는 헌터에게, 구석에 있던 엘러리가 느릿한 말투로 물었다.

"그런데 말입니다, 헌터 씨. 당신은 혼 양…… 키트 혼 양을 잘 압니까?"

"아, 혼 양 말입니까? 아뇨, 별로 그렇지는 않습니다. 그냥 한두 번 만나 본 정도죠. 아마 그중 한 번은 할리우드에서, 부인…… 그러니까 제 아내 마라 게이 양을 통해 만났던 것 같습니다. ……그게 답니다."

헌터는 혹시 다른 질문이 또 있을까 봐 기다렸지만, 엘러리가 아무 말이 없었기에 잠시 후 가볍게 인사를 남기고는 사무실을 나갔다.

퀸 부자는 의미심장한 미소를 지으며 서로를 바라보았다.

"왜 그렇게 부드럽게 하시는 거죠, 경감님? 아버지가 용의자를 그렇게 말랑하게 다루는 건 처음 보는데요!"

엘러리가 물었다.

"나도 모르겠다."

노인이 중얼거렸다.

"그냥 무슨 예감 같은 게 들어. 저 작자는 분명히 뭔가를 알고 있어. 그러니 탈탈 털어서 그게 뭔가를 알아내야겠다."

경감은 문간을 향해 고갯짓을 했다.

"토머스! 그 여배우 데리고 와. 그 정신 나간 마라 게이라는 여자 말이야."

그러고는 아들을 돌아보며 함박웃음을 지었다.

"좋다. 그런데 키트 혼에 대한 질문은 왜 한 거냐?"

"저도 모르겠습니다, 아바마마. 그냥 예감이 든 거겠지요."

아무 장식 없는 밋밋한 문으로 마라 게이의 버드나무처럼 가녀린 실루엣이 그림자를 드리울 때까지, 엘러리는 아버지를 보며 함께 웃고 있었다.

 숙녀는 포셔의 기다란 그림자를 끌고 미끄러지듯 나타나, 처녀 여왕의 숭고하고 도도하며 위엄 있는 자태로 자리에 앉아 메두사처럼 독기 있는 눈빛으로 경감을 쏘아보았다.
 "이것 보세요."
 그녀는 아름다운 머리를 휙 쳐들면서 코를 킁킁거렸다.
 "정말 심하지 않아요? 세상에 이런 일이 어디 있어요?"
 "뭐가 그렇게 심하다는 겁니까?"
 경감이 멍하니 대답했다.
 "아, 게이 양! 부탁이니 그렇게 목소리 높이지 말아 주십시오. 나는 그저……."
 "당신 말이에요!"
 할리우드의 난초는 날카롭게 화를 냈다.
 "부탁이고 자시고, 당신 이름이 뭔지 모르겠지만 하여간 경감님! 내가 높은 목소리로 말하든 낮은 목소리로 말하든 그건 내 마음이에요! 알겠어요?"
 경감이 놀라서 완곡하게 항의하며 끼어들려 하였으나, 그녀는 숨도 쉬지 않고 속사포처럼 말을 퍼부었다.
 "설명 좀 해보시죠. 도대체 이 어처구니없고 말도 안 되는 처사는 다 뭐란 말인가요? 사람을 이런 끔찍한 곳에 몇 시간이나 처박아놓고, 화…… 화장실도 가지 못하게 하고! 아뇨, 전 할 말은 해야겠어요. 이러면 매스컴들이 저에 대해서 도대체 뭐라고 떠들어 대겠어요? 물론 매스컴이 싫어서 이런 말을 하는 건 아니에요. 그들은 그들 나름대로 가치가 있죠. 하지만……."
 "아주 큰 가치가 있죠."

엘러리가 셰익스피어를 인용하며 *(뜻대로 하세요)* 2막 1장, '역경은 아주 큰 가치가 있다'를 인용한 말-옮긴이 웅얼거렸다.

"뭐라고요? 여하튼 나름의 가치가 있어요. 하지만 이건…… 이건 정말 너무하잖아요! 기자들 좀 보세요. 일이 터지자마자 지금까지 계속해서 신문사에 전화질을 해대고 있단 말이에요! 생각 좀 해보시란 말이에요. 내일이 되면 온 나라에 내가…… 맙소사…… 살인 현장에 있었다는 이야기가 덕지덕지 나붙게 될 거 아니에요! 우리 홍보담당자는 좋아할지도 모르죠! 하지만 만약 정말 좋아한다면 나는 그 사람을 경멸할 거예요! 지금 당장…… 알겠어요? 지금 당장 나를 내보내주지 않는다면 내 변호사한테 전화해서……."

그녀는 말을 멈추고 숨을 크게 들이마셨다.

"마음대로 하시오."

경감이 단호하게 말했다.

"자, 이제 내가 질문할 차례로군요. 이 빌어먹을 사업과 당신은 무슨 관계요?"

타오르는 듯한 그 시선에 영화계 거물도 기가 죽었다. 경감은 마치 불에 타지 않는 석면으로 만들어진 것처럼 활활 타올랐다.

"전 아무것도 몰라요, 존경하는 경감님."

그녀는 가방에서 다이아몬드가 박힌 립스틱을 꺼내면서 도발하려는 듯 입술을 오므리며 중얼거렸다.

엘러리는 히죽 웃었고, 경감은 분노로 얼굴이 시뻘게졌다.

"장난치지 마시오! 벅 혼하고 마지막으로 만난 게 언제요?"

"그 말 타고 오페라 하던 사람 말예요? 어디 보자."

그녀는 생각에 잠겼다.

"지난주네요."
"할리우드에서 만난 건 아니지요?"
"퀸 경감님! 그 사람 스크린을 떠난 지 십 년은 됐어요!"
"오. 그때 당신은 엄마 품에 안긴 아기였겠군. 알겠소."
경감이 뚱한 얼굴로 말했다.
"자, 그럼 어디서 만났소?"
"클럽 마라에서요. 제 남편이 경영하는 작은 가게 말이에요. 아시겠지만."
마라 게이의 남편이 경영하는 작은 가게는 콜로세움의 육 분의 일 정도 규모가 되는 거대한 건물로, 금박 입힌 대리석으로 지어졌으며 브로드웨이에서 가장 잘나가는 궁전 같은 극장보다도 더 화려했다.
"당신이 혼 씨와 만났을 때 같이 있었던 사람은 없었소?"
"줄리안이 있었죠. 제 남편 말이에요. 그리고 컬리의 아버지라는 그 그랜트라는 사람. 토니 마스도 같이 있었어요."
"혼 양하고는 오래 알고 지낸 사이요?"
"그 말괄량이 같은 땅꼬마 계집애요?"
그녀는 경멸하는 얼굴로 콧김을 뿜었다.
"서부 해안 쪽에 있을 때 소개를 받았어요."
"당신이 소개를 받았단 말이죠? 흠…… 그쪽 입장에서도 자기가 소개를 받았다고 생각할 텐데."
경감이 중얼거렸다.
"좋습니다. 게이 양, 다 끝났습니다. 나는 바빠요."
그녀는 이 모독적인 말에 분노해 새파랗게 질려 씩씩거렸다.
"뭐라고요? 이 늙어빠진……."
벨리 경사가 엄지와 집게손가락으로만 그녀의 팔을 붙잡아

의자에서 끌어내 밖으로 내다 버렸다.

엘러리는 다리를 쭉 뻗었다.
"이 엉터리 짓은 이제 거의 다 끝난 건가요?"
"무슨 소리냐, 아직 멀었다. 알아낼 것은 아직도……."
"아버지, 다른 사람보다도 먼저 뉴스 영화 카메라의 제왕인 커비 소령님부터 만나셨어야죠."
엘러리가 단호하게 말했다.
"커비? 도대체 왜?"
"제가 보기에는 지금 그 누구보다도 우리에게 필요한 건, 무기 전반에 대단히 친숙한 사람이에요."
경감이 마뜩찮은 얼굴로 툴툴거렸다.
"무기 전문가가 필요해서 영화 기사를 부르겠다고? 그것도 논리라고 하는 소리냐?"
"말씀드렸잖아요, 그분은 소령이라고요."
엘러리가 대답했다.
"단순히 장난감 권총을 가지고 놀기만 한 게 아니라, 그 방면에 아주 전문적인 권위가 있는 양반이란 말이에요. 그러니까 화기 말이죠. 커비 소령님이 박스석에 왔을 때, 소동이 벌어지기 전 토니 마스가 했던 다소 의심스러운 말을 떠올려보세요. 그러니 사람을 보내서 소령님을 불러오면, 마스의 정보가 얼마나 믿을 만한 것이었는지 확인할 수 있게 되겠죠."
벨리 경사가 느릿느릿한 발걸음으로 소령을 부르러 갔다.
"하지만 전문가를 불러서 뭘 알아보려고 그러는 게냐?"
경감이 얼굴을 찌푸렸다.
엘러리는 한숨을 쉬었다.

"아버지, 사랑하는 아버지. 오늘 밤 아버지의 직감이 떨어진 건가요? 지금 당장 눈앞에 탄두가 있잖아요."

경감은 심기가 불편한 것을 숨기지 않았다.

"이 녀석아, 넌 가끔……. 네 눈에는 이 애비가 전문가를 불러다가 탄두를 살펴보고 다른 것과 비교해본다는 생각도 못 할 만큼 얼뜨기로 보이니? 도대체 뭘 그렇게 허둥대는 거냐? 무엇 때문에……."

"보세요, 아버지. 우린 지금 당장 마흔다섯 자루의 권총들을 지금 당장 확인해봐야 한단 말입니다. 조만간 언제, 가 아니라 지금 당장 말이에요!"

"무슨 권총 마흔다섯 자루 말이냐?"

"지금까지 나온 권총들은 전부 합쳐서 마흔다섯 자루란 말입니다."

엘러리가 성마르게 말했다.

"혼을 뒤따라 달리던 한 떼의 기수들은 전원 모두 총집을 하나씩만 차고 있었습니다. 그러니까 각자 리볼버가 한 자루씩 있겠지요. 따라서 마흔 자루입니다. 그리고 테드 라이언스가 세 자루 가지고 있었죠. 25구경 자동 권총 하나, 그리고 로데오 무기고에서 슬쩍해 온 45구경 두 자루. 따라서 마흔세 자루죠. 와일드 빌 그랜트와 혼도 한 자루씩 가지고 있을 테니 다 합쳐서 마흔다섯 자루입니다. 그러니 맞지 않아요? 자, 아버지. 이게 무슨 뜻인지 모르시겠어요?"

경감의 얼굴에서 짜증스러운 기색이 사라졌다.

"네 말이 맞다. 그래, 빠를수록 좋겠구나……. 어, 헤스?"

퀸 경감의 부하 중 하나인, 건장한 스칸디나비아인이 작고 붉은 눈을 흥분으로 빛내며 쿵쿵 걸어 들어왔다.

"경감님, 위층에서 난동이 일어났습니다! 지금 전부 다 사람들을 막으러 갔습니다! 집에 보내달라고 난리들입니다."

"나도 집에 가고 싶구먼."

경감이 으르렁거렸다.

"헤스, 제복 입은 놈들한테 경찰봉 필요하면 써도 된다고 전해. 누구든 뼛속까지 샅샅이 헤쳐보지 않은 다음에는 절대로 이곳 밖으로 내보내지 말라고 말이야."

헤스의 눈이 화등잔만 해졌다.

"2만 명을 전원 다 몸수색하란 말씀이십니까?"

"힘든 일이란 거 나도 아네."

경감이 우울하게 말했다.

"하지만 꼭 필요한 일이라서 말이야. 자, 헤스. 어서 가서 리터한테 말하라고……."

경감은 헤스를 데리고 복도로 나가 뉴욕 시민들 전원을 머리끝에서 발끝까지 털어버리는 일을 시작해야 한다는 명령을 전달했다. 이것은 선량한 경감이 개인적으로 가장 좋아하는 일이었다. 그는 심지어 기뻐 보였다.

방 안으로 돌아온 경감이 말했다.

"하룻밤 내내 걸리겠군. 그리고 내일은 청장한테 불려가겠지. 하지만 그게 다 무슨 상관이겠나! 될 대로 되라지……. 아, 소령. 어서 들어오시오!"

잔뜩 지친 듯한 커비 소령은 애써 얼굴에 궁금한 기색을 떠올렸다. 그는 엘러리를 흘끗 쳐다보았다.

"여태 일하고 계셨습니까?"

커비는 고개를 저었다.

"이미 오래 전에 끝냈습니다. 원, 세상에! 우리가 도대체 필름을 몇 롤 썼는지 본사에서 안다면 전쟁이 터질 거요! 그나마 나한테 재고가 좀 넉넉히 있었기에 망정이지. 자, 경찰 양반. 그래서 내가 이제 무얼 하면 됩니까? 당신네 경사가 날 이리로 끌고 오면서 내가 긴급하게 필요하다고 하던데."

"내가 아니라 내 아들놈이오. 어서 불어라, 엘."

경감이 말했다.

엘러리가 불쑥 나섰다.

"모든 것이 다 소령님께 달렸습니다. 오늘 저녁에 듣기로 소령님은 전쟁에서 총알을 다루는 데 정평이 높으셨다고 하던데요. 맞습니까?"

소령의 작고 검은 눈이 작고 검은 돌처럼 변했다.

"그래서 어쨌다는 건가?"

그가 딱딱하게 물었다.

엘러리는 그를 빤히 쳐다보다가 갑자기 웃음을 터뜨렸다.

"아니, 세상에. 소령님! 지금 저는 소령님을 살인 용의자로 간주하고 있는 게 아닙니다! 그냥 정말로 완전히 다른 이유 때문에 여쭤보는 거죠. 그래서 사실입니까, 아닙니까?"

커비의 표정이 잠깐 흔들리더니 이윽고 그도 가볍게 미소를 지었다.

"그렇다고 봐도 좋겠네. 메달도 몇 개 땄으니까."

"그리고 무기류에도 조예가 있다고 하시던데요. 그것도 맞습니까?"

"퀸 군, 나는 탄도학을 공부했다네. 그것도 취미가 아니라 전문적인 지식을 쌓았네. 전문가라고 부르지 못할 것도 없지."

"겸양이 그대의 가치에 촛불을 더하리라. 〈위대한 엄지동자 톰〉 1막 3장.

헨리 필딩-옮긴이"

엘러리가 웃었다.

"저를 위해서 소령님의 전문성을 약간만 베풀어주지 않으시겠습니까?"

커비 소령이 불안한 얼굴로 콧수염을 툭툭 치며 중얼거렸다.

"물론 기꺼이 응하겠네. 하지만 내 동료들하고 아직 할 일이 더 남아 있는데. 촬영한 필름을……."

"무슨 그런 걱정을 다 하십니까? 저희가 다 알아서 하겠습니다. 위층에 있는 친구들 중에 소령님 직속 부하가 있겠지요?"

"그렇지. 카메라 감독이 있네. 이름은 홀이라고 하고."

"좋습니다! 만약에……."

"일단 내가 가서 홀한테 먼저 얘기를 해두겠네. 퀸 군 자네도 알다시피 우리는 오늘 밤 여기서 말하자면, 특종을 잡지 않았나. 그리고 우리 업계는 신속함의 대명사라 해도 과언이 아니지."

그는 잠시 생각에 잠겼다.

"좋아, 이렇게 하세. 자네가 내 사람들을 지금 당장 밖으로 내보내준다면 나도 전적으로 협조하겠네. 여태껏 찍은 필름들을 현상하고, 인화하고, 잘라서 음향과 합친 다음 내일 아침까지 브로드웨이 극장들에 쫙 뿌려야 하니까 말이야. 암, 그래야 하고말고. 괜찮겠나?"

"물론 괜찮소."

놀랍게도 경감이 끼어들었다.

"하지만 소령은 물론 소령 부하들도 전부 밖으로 나가기 전에 수색 절차를 거쳐야 하오."

소령은 쌀쌀한 얼굴로 말했다.

"꼭 그래야 합니까?"

"물론이오!"

커비는 어깨를 으쓱했다.

"좋습니다. 뭐든지 다 따르겠습니다. 좋아, 퀸 군. 자네가 시키는 대로 하겠네."

경감은 벨리 경사를 향해 쾌활하게 외쳤다.

"토머스, 자네가 해줘야 할 특별한 일이 하나 있네. 위층으로 가서 커비 소령과 그 부하들의 장비들을 모두 수색하게. 아무리 사소한 것 하나도 남기지 말고."

소령이 당황했다.

"뭐라고요, 지금······."

"그냥 형식적인 일입니다, 소령."

경감은 싹싹한 말투로 말했다.

"자네들 둘, 어서 가. 나는 할 일이 있으니."

이십 분 후 모든 절차가 끝났다. 뉴욕 경찰청 내에서 무례하기로는 누구에게도 지지 않는 벨리 경사는 커비 소령의 여윈 몸과 말쑥한 옷차림을 헤집고, 분개하며 야유하는 커비 소령의 부하 및 동료 카메라맨들과 사운드 엔지니어들, 커비 소령의 카메라들, 커비 소령의 옴과 와트와 저항 조절기까지(이를 테면) 즉, 커비 소령과 그 부하들에게 관련된 모든 것들을 샅샅이 조사했다. 바닥에 떨어져 있는 케이블 하나까지 주워들고 면밀히 살펴보고 만져보고 꼬집어보고 눌러보고 속의 내용물을 빼내 보고 갈기갈기 뜯어보고 분해해보고 찢어보았다.

결과적으로 새로운 발견은 아무것도 없었다. 나무 단 위에는 특별한 것도 없었으며 나무 단 위의 사람들이나 원격조종할 수 있는 자동 기계 장비들에서도 그리 대단한 것은 나오지 않았다. 그리하여 한 떼의 뉴스 영화 제작진들은 엄중한 감시를 받으며 건물 밖으로 나가게 되었다. 커비 소령은 그들에게 본사의 편집자 앞으로 급히 갈겨 쓴 쪽지를 들려 보냈다.

마지막으로 소령이 나왔다. 결백이 증명된 그는 즉시 건물의 쪽문으로 나가 엘러리가 있는 곳으로 향했다. 엘러리는 보도블록 옆에서 기다리고 있었고 그의 발치에는 커다란 경찰용 가방이 놓여 있었다. 그 가방 안에는 마흔다섯 자루의 무시무시한 무기들과 수백 개의 탄창이 들어 있었다.

경감이 그들을 배웅했다.

"아버지, 뭐든 새로 발견된 게 있으면 꼭 경찰청 본부로 대포처럼 신속하게 알려주셔야 합니다."

엘러리가 차분하게 당부했다.

"알았다, 이 녀석아."

노인은 생각에 잠긴 채 그들이 타고 떠나는 택시의 꽁무니를 빤히 바라보았다. 그러고 나서 다시 콜로세움으로 들어가, 2만 명의 몸수색을 진두지휘하는 냉혹한 모습으로 돌아갔다.

8:
탄도학의 문제

택시는 다운타운을 달려갔다. 엘러리는 발밑에 얌전히 내려놓은 가방을 발끝으로 공연히 한 번씩 쿡쿡 찔러댔다. 마치 가방이 제자리에 잘 있는지 확인이라도 하려는 듯했다. 그는 자신의 머릿속 생각을 택시 안의 어둠으로 가리고 있다가, 가끔씩 오렌지 빛 담뱃불을 반짝여 그 생각에 마침표를 찍는 것 같았다. 반대로 소령의 생각은 택시의 어둠에도 지지 않고 밝고 또렷하게 빛났다.

택시가 8번가로 접어들어 다운타운을 달린 지 얼마 지나지 않아, 그는 가볍게 말했다.

"오늘 밤엔 참 운이 좋단 말이야. 갑자기 그런 생각이 드는군."

엘러리는 점잖게 침묵을 지켰다.

소령은 작게 웃다가, 급기야는 갑자기 천둥 같은 폭소를 터뜨렸다.

"사실 나는 평소에 자동 권총을 가지고 다니는 습관이 있다네. 전쟁이 끝난 이후로 도저히 버릴 수 없는 버릇이었지."

"하지만 오늘은 안 가지고 오셨죠."

"그래, 맞아. 오늘은 안 가지고 왔네."

소령은 한동안 잠자코 있었다.

"무엇 때문에 집에 놓고 왔는지 알 수가 없군. 예감이라도 들었나?"

"에머슨이 '페르시아의 시'에서 직관에 관해서 뭐라고 말했는지 기억하십니까?"

"뭐? 아니, 모르겠는데."

엘러리는 한숨을 쉬었다.

"별로 대단한 건 아닙니다."

그 뒤로 경찰청 본부가 어두운 요새처럼 자리 잡은 센터 스트리트에 도착할 때까지 두 사람 모두 아무 말도 하지 않았다.

엘러리는 감탄할 만한 선견지명을 발휘해, 택시를 타기 직전에 미리 한 통의 전화를 걸어두었다. 그리하여 경찰청 1층의 로비에서는 그야말로 '전문가'라는 느낌이 드는, 뿔테 안경을 쓴 신사 하나가 어색하게 서성거리며 그들을 기다리고 있었다. 그는 녹슨 듯한 갈색 옷차림에 자기 머리 크기보다 두 사이즈는 커 보이는 모자를 쓰고 있어서 대단히 멍청해 보였다. 턱 선이 날카롭고 얼굴 표정은 건조했으며 '금주법의 아버지'닐 S. 도, 미국 메인주 포틀랜드 시의 9대 시장 -옮긴이처럼 핼쑥한 얼굴이었다.

이 기이한 생물은 엘러리를 보더니 호의적으로 고개를 끄덕이고는 뱀처럼 똬리를 틀듯 앉아 있던 긴 의자에서 몸을 일으켰다.

"허허, 이것 참."

그는 울림이 좋은 목소리로 말했다.

"이 밤늦은 시각에 여기서 뭘 하고 있는 거요, 선생? 퀸 일가는 벌써 일찌감치 은퇴한 줄 알았더니."

"이야기 못 들으셨습니까?"

"뭘 말이오?"

"오늘 밤에 콜로세움에서 살인 사건이 일어났습니다. 그래서 당신을 부른 겁니다. 새벽 한 시에 침대에서 끌어내서 죄송합니다만, 경위님······."

"포커라도 한 판 치자는 게로군."

장신의 남자가 무심하게 말했다.

"그렇다면 참 좋겠지만 말이죠. 경위님, 탄도학 분야의 동지를 한 분 소개해 드리겠습니다. 커비 소령님입니다. 소령님, 이쪽은 케네스 놀스 경위입니다. 탄도학 부서의 전문가죠."

두 전문가는 서로 눈인사를 나누고 악수를 했다.

"그럼 이제 슬슬 사무실로 이동하실까요."

엘러리가 조급하게 말했다.

"휴, 이 가방은 수십 톤은 나가는 것 같습니다! 옮기는 것도 큰일이군요."

그들은 114호실로 향했다. 문에는 '탄도부서'라고 씌어 있었다. 그들은 놀스 경위의 안내를 받아, 캐비닛이 질서정연하게 늘어서 있는 사무실을 통과하여 연구실 안으로 들어갔다.

"자, 신사 여러분."

엘러리가 가방을 내려놓고 지퍼를 열며 유쾌하게 말했다.

"문제는 아주 간단합니다. 경위님, 제가 커비 소령님께 이 가방을 살펴봐달라고 부탁드렸습니다. 왜냐하면 이분도 자격이 있는 탄도학 전문가이시니까요. 권위 있는 두뇌 두 개는 두뇌 하나보다 언제나 나은 법이죠."

경위는 전문적인 흥미를 갖고 안경을 번득 빛내며 가방 안에 들어 있는 짧은 권총들을 들여다보았다.

"만나 뵙게 되어서 영광입니다, 소령님. 하지만 도대체 뭘……."

엘러리가 말했다.

"솔직히 말해 저는 화기에 대해서 완벽한 문외한입니다. 루거가 뭔지, 곡사포가 뭔지 하나도 모릅니다. 그렇기 때문에 과학적 지식이 필요합니다. 먼저 이 탄두를 보시죠."

엘러리는 프라우티 박사가 피살자의 상체에서 끄집어낸, 덕지덕지 붉은색 피가 묻은 탄두를 그들 앞에 내보였다.

"경감님은 25구경이라고 하셨습니다. 그 말이 맞습니까?"

몸집 작은 소령과 키 큰 경위는 나란히 허리를 굽히고 그 작은 탄두를 들여다보았다.

"맞소."

놀스가 즉시 대답했다.

"25구경 자동 권총이군. 그렇죠, 소령님?"

"의문의 여지가 없군요. 레밍턴 같은데."

커비 소령이 중얼거렸다.

"흠! 그래서 이것이 혼을 죽인 탄두란 말이지?"

"저는 그렇다고 추정합니다. 적어도 뉴욕 시의 부검시관이 그의 심장에서 직접 파낸 탄두이니 말이죠."

엘러리가 얼굴을 찌푸렸다.

"신사 여러분, 이 탄두를 보고 제게 뭔가 해주실 말씀은 없습니까?"

두 사람 모두 웃음을 터뜨렸다.

"이보쇼!"

놀스 경위가 껄껄 웃으면서 말했다.

"우리가 무슨 마술사도 아니고, 탄두 하나 쳐다보고 뭘 그렇게 잔뜩 술술 말할 수 있겠소? 일단 현미경 밑에 갖다놓아야지. 그나저나 운이 좋구려, 퀸 선생. 소령님, 어떻게 생각하십니까? 한 번 발사된 탄두가 이렇게 훌륭한 상태를 유지하고 있는 걸 보신 적 있습니까? 현미경으로 들여다보기 편하겠는데요."

"과연, 그리 심하게 손상되지 않았군요."

커비가 손가락으로 탄두를 조심스럽게 돌려 보면서 중얼거렸다.

경찰 측의 전문가는 마치 교실에서 강의하는 듯, 멋진 저음으로 말했다.

"아시다시피 전문가라고 해서 발사된 탄두에서 언제나 '지문'을 발견할 수 있는 건 아니지요. 즉 만족스러운 탄조흔이 나오느냐 나오지 않느냐는 탄두의 상태에 달렸다는 이야기라오. 나는 완전히 박살난 놈이나 납작해진 놈들도 만져본 적이 있는데……"

"알았습니다, 알았어요."

엘러리가 재빨리 말했다.

"좋습니다. 그래서 이 녀석은 어떤 상태였다는 거죠? 특히 발사 전 상태에 대해서 알고 싶은데요."

"그걸 알아서 무슨 도움이 된다는 건지 모르겠소만."

경위가 살짝 놀라며 말했다.

"아마도 퀸 군 본인도 그게 도움이 될지 안 될지 아직 모르는 거겠지요."

커비 소령이 미소를 띠고 말했다.

"흠, 이 탄두가 예를 들어 25구경 자동 권총에 올바르게 장전되었을 경우 그 권총에는 최다 쉰 개의 총알을 넣을 수 있지. 겉은 금속으로 감싸져 있고, 안에는 납으로 채워져 있으며 물론 겉은 구리로 덧입혀져 있다네. 속도는, 어디 보자. 25피트일 경우…… 초당 750풋파운드가 나오겠군. 에너지는 62풋파운드…….”

"충분합니다."

엘러리가 기운 없는 목소리로 말했다.

"이 방향으로 나가는 건 소용없다는 사실을 잘 알겠습니다. 그럼 다른 방향에서 접근해보기로 하죠. 이 탄두…… 그러니까 25구경 탄두 말입니다. 이 점 유념해두세요. 이 탄두는 오로지 25구경 자동 권총으로만 발사할 수 있습니까?"

"아닐세."

두 남자가 동시에 대답했다.

"어, 그럼 22구경 리볼버는 어떤가요?"

엘러리가 힘없이 물었다.

"더 작은 무기 말입니다. 25구경 탄두가……."

놀스 경위가 어디로 사라지더니 세 개의 총알을 들고 왔다.

"직접 보여주는 게 빠를 것 같소."

놀스가 말했다.

"보시는 대로 이 녀석들은 대단히 작은 22구경용 총알이죠. 이 안에 들어가는 22구경 총알들은 일명 '22 쇼트'라고 합니다. 여기 보시죠."

그는 엄청나게 조그마한 총알을 하나 보여주었다. 1센티미터도 안 되는 것 같았고, 몹시 가느다란 모양이었다.

"이런 갓난쟁이를 가지고는 25구경 자동 권총에 써먹을 수가 없습니다. 자, 그럼 이걸 보시죠."

이번 탄피는 그 조그만 총알에 비해 직경이 거의 두 배는 되어 보였다.

"이건 보통 '22 롱 라이플'이라고 부릅니다."

놀스 경위가 설명했다.

"이것 또한 22구경 총알이긴 하지만, 이러면 더 커다란 무기에 장착할 수가 있지요. 이런 게 존재하는 이유는, 22구경 총알을 사용하면서도 38구경의 '느낌'을 내고 싶은 사람들이 생각보다 많기 때문이라오. 이 22 롱 라이플은 38구경, 혹은 그 이상의 대형 무기에 맞게 만들어져 있지요. 하지만 이번엔 이걸 보십시오."

그는 세 번째 총알을 꺼냈다. 22 쇼트보다 굵지만 22 롱 라이플보다는 작았다.

"이게 바로 닥터가 그 시체에서 후벼낸 총알의 형제뻘이죠. 바로 자동 권총용 25구경 총알입니다. 또한 내가 아는 한, 25구경 자동 권총에 맞는 유일한 총알입니다. 그렇죠, 소령님?"

"동의하오."

엘러리가 신음했다.

"그러니까 결론적으로 제가 저 무거운 것들을 질질 끌고 온 게 다 헛수고였다는 이야기로군요."

그는 증오에 찬 눈빛으로, 무기가 가득 들어 있는 경찰용 가방을 걷어찼다.

"바꿔 말하면 혼 살인에 사용된 총알은 반드시 25구경 자동 권총에서 발사되었다, 그런 얘기죠? 다른 타입이나 다른 사이즈의 무기에서는 절대로 나갈 수 없단 말입니까?"

"이제 아셨군."

경위가 씩 웃으며 말하고는 코트 속으로 오른팔을 집어넣었다. 그 안에서 나온 것은 푸른색으로 빛나는 작은 피스톨이었다. 토미 블랙의 엉덩이처럼 납작하고, 또 매우 작아서 놀스의 커다란 손바닥 안에 아주 편안하게 쏙 들어갈 정도였다.
"4인치 반(약 11.5센티미터)밖에 안 됩니다."
놀스는 입맛을 쩝 다시며 말했다.
"총신은 2인치(약 5센티미터), 무게는 13온스(약 370그램), 탄창에는 아주 작은 총알이 여섯 개 들어갑니다. 슬라이드와 그립에도 안전장치가 있죠. 아주 아름다운 콜트 권총 아닙니까? 나는 항상 이 녀석을 몸에 지니고 다닌다오. 살펴보시겠소? 살인자는 딱 이런 녀석을 가지고 있었을지도 모릅니다, 퀸 선생!"
엘러리는 그 총을 열심히 들여다보았다.
"어허, 잠깐!"
경위가 피식 웃었다.
"잠깐만 기다리시오, 내가 이 귀여운 애완동물의 이빨을 뽑아버릴 테니까. 댁 같은 양반들은 자칫 잘못해서 내 배때기에다 한 방 먹일 수도 있거든."
그는 탄창을 꺼내 여섯 개의 총알을 와르르 쏟아내고는, 약실에 들어 있던 일곱 번째 총알까지 꺼냈다. 그러고는 탄창을 다시 꽂고는, 엘러리에게 건넸다.
"아."
엘러리는 조심스럽게 그 피스톨을 손으로 들어 무게를 가늠해보았다. 생각했던 것보다는 약간 더 무거웠지만, 어쨌거나 그간 봐왔던(가끔은 사용할 일도 있었던) 경찰용 공식 리볼버보다는 훨씬 가벼워 깃털처럼 느껴질 정도였다. 손바닥 안에 매우 편안하게 꼭 들어맞았다. 엘러리는 반쯤 혼잣말처럼 중얼거렸다.
"우리의 살인자가 더 크고 효과적인 무기를 사용하지 않고, 굳이 이것을 고른 이유가 무엇일까요?"
뜻밖에도 소령이 소리 내어 웃었다.

"효과적? 이보게, 퀸 군. 자네는 지금 손에 들고 있는 그 작은 물벼룩 같은 녀석이 어떤 놈인지 모르는 모양인데. 그걸로 꽤 먼 거리에서 5센티미터 두께의 판자도 뚫어버릴 수가 있다네!"

"그러니 더 부드러운 인체는 말할 것도 없겠군요."

엘러리가 나지막이 말했다.

"알겠습니다. 효과가 문제가 아니라, 편의성이 중요한 거였군요. 작고……."

그는 권총을 경찰 전문가에게 돌려주고 나서 멍하니 자신의 코안경을 바라보았다.

"좋습니다!"

코안경을 콧잔등에 올려놓은 엘러리가 돌아섰다.

"이 가방 속을 파헤치기 전에 질문 하나만 더 하겠습니다. 가장 빠른 속도로 총을 쏘아서 탄창을 전부 비우는 데는 얼마나 걸릴까요?"

"2초 반 정도만 있으면 할 수 있지요. 내가 낡고 녹슬어 빠진 스톱워치로 한 번 재봤소만."

놀스 경위가 굵은 저음으로 말했다.

"2.5초라고요!"

휘익, 휘파람을 분 엘러리가 잠깐 동안 생각에 잠겼다.

"그렇다면 우리 살인자 친구가 아주 숙련된 사수였다는 것을 또다시 확인하게 되었군요. 딱 한 발로도 충분했다니……..아주 좋습니다, 신사 여러분. 산타클로스가 우리한테 뭘 가져다줬는지 한번 봅시다."

엘러리는 마룻바닥에 쪼그리고 앉아 가방에서 권총을 하나하나 꺼내기 시작했다. 경위와 소령은 말없이 그를 지켜보았다. 이윽고 가방을 텅 비운 엘러리가 그들을 올려다봤고, 두 사람은 엘러리를 내려다보았다. 세 사람은 서로 한동안 아무 말도 하지 않았다.

잠시 후 셋은 동시에 바닥 쪽을 쳐다보았다. 엘러리는 자동 권총과 리볼버를 분류하기 시작했다. 리볼버 더미 쪽에는 마흔네 자루의 총신이 긴 권총들이 쌓였으며, 자동 권총 쪽에는 '더미'라고 할 것도 없이 단 한 자루의 총만이 놓여 있었다. 쓸쓸해 보이는 전시품이었다. 엘러리는 방아쇠에 달린 이름표를 보았다. '테드 라이언스'라고 씌어 있었다.

엘러리는 아무 말 없이 총알 뭉치 속을 뒤졌다. 25구경 자동권총용 총알은 하나도 발견되지 않았다.

"좋습니다, 알겠습니다."

엘러리는 일어서며 부드럽게 말했다.

"방앗간에 빻을 곡식이 하나도 없군요. 아마도 그 경기장 안에서 혼을 죽인 총알이 발사된 총을 들고 다닐 만한 사람은 신문 파는 친구들뿐이었던 모양입니다. 이제 다음으로 할 일은 라이언스의 자동 권총을 조사하는 것뿐이군요."

놀스 경위가 커비 소령의 도움을 받아 문제의 무기를 조사할 준비를 하는 동안 엘러리는 우울한 콧노래를 흥얼거리며 이리저리 돌아다녔다. 경위는 사격훈련장에 정체불명의 소재로 만들어진, 독특한 모양새의 과녁을 설치하느라 바빴다. 그러고 나서 두 사람은 방의 아주 깊은 구석으로 걸어가면서 수군수군 무언가 의논을 나눴다. 놀스는 테드 라이언스의 총알 일곱 개를 이리저리 살펴보았다.

"공포탄은 없군요. 저는 사격 실력이 별롭니다, 소령님. 직접 쏘시겠습니까?"

"이리 주시오."

커비 소령은 대답하고 나서 과녁에서 6미터가량 떨어진 곳에 자리를 잡고, 그 작은 무기로 조준한 뒤 별로 힘도 들이지 않고 방아쇠를 당겼다. 귀가 먹먹해질 정도의 총성이 작은 실험실 안을 울리는 바람에 엘러리는 펄쩍 뛰었다. 엘러리가 몸집 작은 남자가 웃고 있는 것을 확인했을 때, 매캐한 냄새가 나는 포연이 천천히 걷히고 스위스 치즈처럼 구멍이 뻥뻥 뚫린 과녁이 보였다.

"멋집니다, 소령님."

놀스가 존경을 담아 말했다.

"과녁에 총알로 둥글게 원 모양을 만드셨군요. 이거 멋진 견본이 되겠는걸요. 이제부터 바쁘겠군요."

놀스는 과녁 쪽으로 걸어가서, 검고 번질번질한 여섯 개의 탄두로 저글링을 하면서 돌아왔다. 그는 탄두를 테이블 위에 내려놓고 날카로운 눈길로 내려다보았다.

"이 아가들을 잘 테스트해 보도록 합시다."

그는 코트를 벗고 엘러리에게 의자를 향해 손짓을 해보인 뒤, 자신도 하나를 끌어다 걸터앉고는 작은 작업에 착수했다. 작업용 테이블 위에는 모양은 낯설고 희한하지만 익숙한 도구가 놓여 있었다. 독특한 타입의 현미경 같았다.

"비교 현미경이라는 거요."

놀스가 설명했다.

"두 사물을 비교해서 볼 수 있도록, 접안렌즈가 두 개 달린 현미경이지. 소령님은 이런 장비를 잘 아시죠?"

커비는 고개를 끄덕였다.

"물론이오. 군에 있을 때는 자주 썼지. 집에도 취미로 이런 장난감을 하나 구비해뒀고."

엘러리는 두 남자를 열심히 바라보았다. 놀스 경위는 피 묻은 탄두를 어떤 용액으로 씻고, 마른 헝겊으로 조심스럽게 닦았다. 탄두는 금세 아주 깨끗해졌다. 본래 색은 아주 탁한 납빛이었다. 놀스는 총알을 현미경 밑에 놓고 한참 동안 들여다보더니, 고개를 들고 커비 소령을 향해 접안렌즈를 가리켰다.

"아주 멋진 탄조흔이군!"

소령이 고개를 들고는 소리쳤다.

"이렇게 깔끔하게 남았으니, 다른 샘플과 비교할 때 아무 문제도 없을 것 같은데, 경위!"

"그런 것 같습니다. 그럼 이번에는 소령님이 방금 쏘신 총알들을 살펴보기로 하죠."

놀스가 경쾌하게 말하고는 다시 바쁘게 현미경을 들여다보았다. 문제의 탄두는 그 자리에 그대로 내버려 둔 채, 좀 전에 과녁을 향해 발사되었던 여섯 개의 탄두들을 차례차례 천천히 조사했다. 접안렌즈를 조였다 풀거나, 새로운 샘플들을 조심스럽게 돌려보는 등 부산스러워 보였다. 두 남자는 한참 동안 의논을 나눴고, 소령은 경위가 무언가 새로운 것을 발견할 때마다 일일이 검토해보았다. 그리고 모든 일이 끝난 후 두 사람이 엄숙한 확신을 갖고 고개를 끄덕인 뒤, 놀스가 엘러리에게 최종 결과를 발표했다.

"세간에서 말하길 죽음과 세금을 제외하고 이 세상에 확실한 것은 없다고들 하지만, 퀸 선생. 여기에 확실한 사실이 한 가지 더 있소. 피해자를 죽인 그 총알은, 라이언스라는 친구의 총에서 발사된 게 아니오. 분자 단위에서부터 전혀 다르군. 탄조흔이 전혀 다른 모양이거든."

엘러리는 한동안 그 말을 곱씹다가, 이윽고 자리에서 일어나 마룻바닥을 서성거리기 시작했다.

"흠. 이 급변하는 세계 속에서 변하지 않는 한 가지 진실의 예를 찾아냈다니 기쁘군요. 헌데 제가 두 분을 전적으로 믿어도 되겠습니까?"

"의심의 여지가 없네, 퀸 군."

커비 소령이 진지하게 말했다.

"우리 두 사람이 완벽히 똑같은 결론을 내렸으니, 자네도 그게 옳다고 생각해야 해. 한 번 발사된 총알을 검토하는 문제는 아주 정밀한 과학의 영역에 속한다네. 자네도 알겠지만 모든 현대식 무기에는 나선흔이 새겨져 있지. 이게 무엇을 뜻하는지 자네도 알 거라 믿네. 그러니까 총신의 안쪽에 나선 모양으로 홈이 패여 있다고 묘사하면 될까? 25구경 자동 권총의 총신 속에는 왼쪽을 향해 빙빙 도는 나선 안에 여섯 개의 그루브와 여섯 개의 랜드가 있네. 듣기만 해서는 복잡할 것 같지만 사실은 간단하다네. 그 나선 모양의 홈은 총신 안쪽의 끝에서 끝을 향해 이어져 있고, 금속에 직접 파여 있지. 깊이 파여 나간 부분을 그루브라고 하고, 파이고 남은 편편한 부분을 랜드라고 한다네. 각각 여섯 개라고 내가 그랬지? 현미경으로 관찰했을 경우 그 각각의 랜드들에는 아주 사소한 차이가 존재한다네. 따라서 총알이 발사되어 총신을 통과하는 동안 그것은 그루브를 따라 회전하면서 랜드의 자국이 총알에 남게 되지……."

"알겠습니다. 그래서 현미경으로 두 개의 탄두를 비교 관찰해볼 경우 그 흔적이 비슷한지 다른지 알 수 있다는 거죠?"

"그렇소."

경위가 말했다.

"두 개의 샘플이 서로 일치하는지, 적어도 유사하기는 한지. 집중해야 할 부분은 그거요. 왼쪽 부분의 상처를 나란히 비교해보면, 그 탄조흔들이 서로 들어맞는지 그렇지 않은지 알 수 있지."

"그리고 서로 달랐군요?"

"그렇소, 서로 달랐소."

엘러리가 그 순간의 난감함을 말로 표현하려 입을 열려는 순간, 예상치 못한 방해가 끼어들었다. 키가 크고 건장한 남자가 허둥지둥 연구실로 뛰어 들어온 것이다. 그는 작은 가방을 하나 들고 있었다.

"아, 리터 형사님! 총이 더 발견되었나요?"

엘러리가 다급히 물었다.

형사는 작업용 테이블에 가방을 쾅 내려놓았다.

"경감님이 전해주라고 하셨습니다, 퀸 씨. 당장 서둘러서 이것들을 가져다 드리라더군요. 관중들 속에서 찾아냈다고 하셨습니다."

리터는 금세 사라졌다.

엘러리는 떨리는 손가락으로 가방을 열었다.

"예루살렘, 스트라이크!"

무기들을 꺼낸 엘러리가 소리를 질렀다.

"이것 좀 보십시오! 자동 권총이 열두 자루는 되는군요!"

정확히 말하자면 열네 자루였다. 열네 자루 권총에는 소유자의 이름과 주소가 적힌 태그가 붙어 있었으며, 그중 네 자루가 25구경에 4인치 반 길이였다. 그들은 특히 그 네 자루에 관심을 쏟았다. 그 외에도 리볼버가 세 자루 있었지만, 그쪽은 신경 쓰지 않았다.

커비 소령과 놀스 경위는 다시 사격훈련장으로 돌아갔다. 그들이 과녁을 향해 총을 발사하는 통에 무시무시한 총성이 또다시 연구실을 울렸다. 그들은 이름표가 달린 네 개의 탄두를 가지고 연구실로 되돌아왔다. 리터가 콜로세움에서 가지고 온 25구경 자동 권총 네 자루에서 꺼낸 탄두들이었다. 다시 하나하나 현미경에 올려놓고 렌즈를 통해 관찰했다. 한동안 연구실에는 숨소리만이 들렸다.

그리고 테스트 결과가 나왔을 때, 엘러리는 의견을 물을 필요조차도 없었다. 두 명의 전문가들이 얼굴을 찌푸리고 있는 걸 보니, 그 네 자루의 탄두 중 어느 것도 벅 혼을 죽인 탄두와 일치하지 않는다는 사실은 명백했다.

가방 밑바닥에는 메모가 한 장 들어 있었다.

엘. 관중석에서 장난감 총이 몇 개 발견됐다. 25구경들만 있으면 된다는 건 잘 알지만, 그래도 혹시 모르니 전부 다 보내마. 아직 관중석을 반도 훑지 못했단다. 오늘 밤 그렇게나 많은 새들이 쇠 발톱을 달고 왔을 줄 누가 알았겠니? 찾아내면 또 보내겠다.

그리고 퀸 경감의 사인이 있었다.

"경위님, 계속 여기 있어주시겠습니까?" 엘러리는 쌓인 무기들을 마치 쓰레기처럼 쳐다보면서, 우울하게 가라앉은 목소리로 물었다.

"총이 더 올 거란 말이오? 물론 좋소. 그거 기다리는 동안 사람들 몇 모아서 포커라도 치고 올 수 있겠구먼. 좋은 밤이었습니다, 소령님. 정말 즐거웠습니다. 나중에 전화라도 한 통 주시죠. 제가 개인적으로 소장한 총기류 컬렉션을 보여 드리고 싶은데요."

"뭐라고?"

커비 소령이 외쳤다.

"나도 작은 컬렉션이 하나 있다오! 당신이 가진 가장 오래된 무기는 연식이 어떻게 되오?"

"1840년인데……."

엘러리가 소령의 팔꿈치를 잡았다.

"제발, 소령님."

엘러리는 어르듯 말했다.

"이 친절한 경위님과는 나중에 언제든지 함께 즐길 수 있지 않습니까. 지금은 다급한 일이 우리를 콜로세움으로 불러들이고 있군요."

9:
아무것도 없음

새벽 3시가 경과한 시각, 엘러리와 소령은 콜로세움으로 돌아갔다. 그 어느 때보다도 어두컴컴한 밤이었다고 엘러리는 회상했다.

"달이 없으니, '달에 피가 묻어 있네!'라고 하는 고대의 돌림노래도 부를 수가 없군요!"

엘러리가 아는 형사 하나를 밀치고 들어가며 말했다.

"살인을 준비하기 위해서는 언제나 멋진 어둠이 마련되어 있는 법이죠."

"여기는 충분히 밝구먼."

커비 소령이 떫은 얼굴로 말했다.

그 말대로, 너무나 독특한 이 광경을 비추기에는 충분히 밝았다. 관중들이 거리낌 없이 분노를 표출하고 있는 모습은 참으로 무시무시했다. 공권력에 의한 몸수색이 이루어진다고 해서 그들의 분노가 우울로 바뀌지도 않았다. 콜로세움의 관중석에는 고요한 분노가 천둥처럼 울려 퍼졌다. 화를 내며 경찰들을 쏘아보는 얼굴은 한두 개가 아니었다. 그리고 대개는 끔찍하게 지쳐 있었다. 이것이 현대 경찰의 역사 중에서 가장 거대한 사법 활동인 것은 확실했지만, 무례하고 불쾌한 일이라는 것도 확실했다. 만일 시선으로 사람을 죽일 수 있었다면 2백여 명의 경찰관들과 사복형사들은 이미 차갑게 식은 채 바닥에 뻗어 있었으리라.

그러나 당연히 그럴 수는 없었기에 2만 명의 몸수색은 여전히 이어지고 있었다. 그것은 아주 조용했고 신속했지만, 아무런 성과도 내지 못했다.

엘러리와 커비 소령은 퀸 경감을 찾아냈다. 그는 피로가 쌓인 얼굴이었지만 차분한 태도를 유지한 채, 경기장 한가운데에 마치 옥좌처럼 설치된 작은 테이블 앞에 앉아 나폴레옹처럼 수사진들을 진두지휘하고 있었다. 끝없는 물결처럼 쉼 없이 보고가 올라왔다. 셀 수 없이 많은 출입구에서 형사들이 관중들을 하나하나 통과시켰고, 그들은 피로와 흥분에 절고 몇몇은 현기증마저 느끼며 빌딩 밖의 인도를 걸어갔다. 근처의 관할서에서 여경들이 불려와 여성의 수색을 맡았다. 가끔 어떤 남자가 혼자 줄 밖으로 튀어나와 세밀한 수색을 받은 뒤, 기어코 엄중한 감시 하에 경기장 안으로 다시 끌려가기도 했다. 그런 사람들 중 여성은 한 명이었다. 이들, 단명할 운명의 유명 인사들은 모두 즉시 경감 앞으로 끌려와 철저한 질문을 받고 더욱 꼼꼼하게 신변을 조사받았다. 이 얼마 안 되는 선택받은 집단들에게서 나온 무기들을, 리터 형사가 가지고 경찰청 본부로 갔던 것이다. 그들은 뒷골목에서 이름이 높은 '수상한 놈들'로서 경찰에 적을 둔 형사나 경관들이라면 누구나 얼굴을 익히 잘 알고 있었다.

"이거 놀랍구먼."

경감이 마지막으로 건장한 체격에 졸린 눈빛을 한 남자의 신문을 끝내는 모습을 보면서 커비 소령이 말했다.

"이렇게 많은 관중들 속에서 대표라고 나온 사람들이 이렇게 각양각색이라니 말일세."

"세상에는 별별 모양의 사기꾼이 다 있는 법이죠."

엘러리가 중얼거렸다.

"그리고 얼마나 많은 종류의 살인자들이 있을지는 신만이 알 겁니다……. 아버지, 안녕하세요! 저희 왔어요."

경감이 튕겨 오르듯 일어났다.

"이런, 뭘 좀 찾았니?"

경감이 부드럽지만 열정적인 목소리로 물었다.

"아버진요?"

노인은 어깨를 으쓱했다.

"아무것도 없다. 원, 총잡이들이 왜 이렇게 많은지 모르겠구나. 온 동네 건달들이 다 집합한 모양이야. 그나저나……."

경감은 힘없이 손을 저었다.

"저쪽에 검사해야 할 총들이 또 한 무더기 있는데, 놀스는 아직 다운타운에서 기다리고 있겠지?"

"네. 저 속에 25구경 자동 권총이 있나요?"

"한두 자루 정도."

"즉시 놀스한테 보내주세요. 총알만 있으면 밤을 새워서라도 일할 수 있을 겁니다."

"이 친구들 몸수색 다 끝날 때까지 기다릴 생각이다. 그나저나, 애야! 너는 뭐 찾은 게 없느냐고 묻고 있잖니!"

"소령님, 무례한 부탁 하나 들어주시겠습니까?"

엘러리가 아무 말 없는 소령에게 말했다.

"물론임세."

"잠시 어딘가에서 대기해주실 수 있으시겠습니까? 소령님이 필요할지도 모르니……."

엘러리가 말했다.

"물론 기꺼이 그러겠네."

커비는 뒤로 돌아 걸어갔다.

"아무것도 없어요, 아버지."

엘러리가 낮은 톤으로 빠르게 말했다.

"놀스와 커비는 그 총알이 발사된 총이 25구경 자동 권총이라는 것밖에 밝혀내지 못했어요. 하지만 카우보이들 중에서 25구경 총을 가진 사람은 아무도 없었죠. 마흔다섯 자루 총 중에서 마흔네 자루가 44구경, 45구경, 38구경이었어요. 마흔다섯 번째 총은 벨리가 테드 라이언스에게서 빼앗은 25구경 자동 권총이었지만, 비교 실험 결과 그건 문제의 총알을 발사한 총이 아니었어요."

"그래서?"

노인이 화난 말투로 말했다.

"그리고 제가 본청을 떠나기 직전에 놀스가 재미있는 사실을 한 가지 더 파헤쳤는데요. 와일드 빌의 권총과 라이언스가 가지고 있던 총 세 자루를 제외하고 로데오 기수들에게서 압수한 나머지 총들은 전부 딱 한 발이 발사되었다는 거예요. 그러니까 혼이 안장에서 미끄러져 떨어지던 그 순간의 일제사격 말이에요."

"전부 공포탄이 장전되어 있었고?"

"네. 물론 이론상으로는 공포탄이 아니라 실탄이 장전된 총알이 딱 하나 있었다는 설명도 존재하지만 25구경 권총이 하나도 없으니 별 도움이 안 됩니다. 그랜트의 리볼버에서는 총알 세 발이 없는데요. 제가 기억하기로 살인이 벌어지기 전에 그 사람이 경기장 한가운데에서 정확히 세 번 신호탄을 쏘았으니 딱 들어맞죠. 그리고 실질적으로 그랜트의 총은 45구경이기 때문에 어차피 불가능해요. 라이언스로 말할 것 같으면 자기가 가지고 온 자동 권총이나 무기고에서 슬쩍한 대형 권총 두 자루나 애초에 쏘지도 않았고요. 아, 무기고는 다 보셨어요?"

"그럼. 아무것도 없더라."

경감이 음울하게 말했다.

"25구경 자동 권총은 한 자루도 없었나요?"

"하나도 없었다."

"음, 이상하네요!"

엘러리가 짜증 섞인 목소리로 말했다.

"그건 말이 안 돼요. 그 자동 권총은 분명 어딘가에 있을 텐데요. 발이 달려서 도망가진 않았을 거 아니에요? 이 장소는 살인이 벌어진 그 순간부터 아주 단단히 봉쇄했는데."

"관중들을 엄밀히 조사하고 나면 나올지도 모르지."

엘러리는 손톱을 물었다. 그러고는 지친 듯 이마를 문질렀다.

"아뇨, 그렇지는 않을 거예요. 그건 너무 안이한 생각입니다. 정말 이상한 일이지요⋯⋯ 그리고 정말로, 영리합니다. 범인이 말이에요, 아버지. 아무래도 제 직감으로는⋯⋯."

엘러리는 갑자기 눈을 깜박이더니 코안경을 닦기 시작했다.

"흠. 뭔가 떠올랐는데⋯⋯. 아버지, 여기 계속 계실 거죠?"

엘러리가 느닷없이 말했다.

"물론이다. 왜 그러냐?"

"저는 안 그럴 거니까요! 갑자기 생각이 났어요. 제가 해야 할 일이 있어요."

"해야 할 일?"

"네. 바클레이 호텔에서 벅 혼이 묵었던 방을 봐야 해요."

"음."
노인은 실망스러운 얼굴이었다.
"내가 그 건을 놓쳤을 것 같으냐? 당연히 했지. 존슨을 보내서 그 방을 훑어보게 시켰다. 하지만 딱히 특별한 건 아무것도……."
"물론 거기에는 대단히 특별한 게 있지요."
엘러리가 심술궂게 말했다.
"그리고 저는 너무 늦기 전에 그걸 꼭 봐야 합니다."
경감은 한참 동안 아들을 들여다보다가, 이윽고 어깨를 으쓱했다.
"알았다. 하지만 짧게 끝내야 해. 뭐, 네가 돌아올 때쯤이면 관중석 수색도 다 끝났을지도 모르겠구나. 토머스를 데려가는 게 어떠냐?"
"아뇨, 괜찮…… 아, 네. 붙여주세요! 그리고…… 아버지. 저, 호텔에 가기 전에 잠깐 키트 혼과 이야기를 좀 하고 싶은데요."
"그 여자애 말이냐? 아직 몸수색을 안 했는데."
"그럼 먼저 처리해주세요."
"마스의 박스석에 있는 나머지들도 전부 한꺼번에 해야겠군. 마스도 포함해서."
경감이 말했다. 그리고 부자는 나란히 타원형 경기장의 남동쪽 부분을 가로질러 빠른 속도로 걸어갔다. 이전의 멋지고 유쾌하던 분위기는 씻겨나간 듯 사라졌다. 마스의 박스석에 앉아 있는 사람들은 대부분이 마치 허물어진 돌무더기처럼 조용했으며, 지치고 낙담한 표정들이었다. 유일하게 차분한 사람은 활기 넘치던 주나 혼자였는데, 그 이유는 의자에 앉아서 잠들어 있었기 때문이었다.
 경감이 말했다.
 "여러분, 미안합니다. 하지만 아직 가시면 안 됩니다. 혼 양?"
 그녀의 눈두덩은 퉁퉁 부어 있었다.
 "네?"
 키트가 둔한 목소리로 대답했다.
 "잠깐 이리 내려오시겠소?"
 그 말에 모두가 몸을 일으켰다. 마라 게이의 눈동자가 불붙은 듯 타올랐다.
 "그리고 그랜트 씨도요. 컬리, 당신 말입니다."
 엘러리가 점잖게 말했다.
 박스석에 있던 와일드 빌과 그의 아들은 희망에 찬 눈동자로 엘러리를 바라보았다. 그러고는 컬리가 잽싸게 일어나 가로대를 풀쩍 뛰어넘더니 키트에게 팔을 내밀었다. 그녀는 별로 힘도 들이지 않고 컬리의 뒤를 따랐다. 나무껍질 트랙 위로 풀쩍 뛰어내리는 그녀의 치마가 우아한 포물선을 그렸다. 그녀는 컬리의 품속으로 사뿐히 떨어져, 아주 잠깐 그렇게 가만히 있었다. 젊은 로킨바르는 품 안 가득 안은 향기로운 아가씨를 놓아주기 싫은 모양이었다. 하지만 키트는 부드러운 동작으로 컬리의 품에서 빠져나와 경감에게 말했다.
 "뭔지 모르겠지만, 준비됐어요."
 "별 것 아닙니다, 혼 양. 그냥 당신을 호텔로 보내 드리려고 그러는 겁니다. 하지만 가시기 전에, 아시다시피 신체검사를 받아야 합니다. 누군가가 당신도 모르는 사이에 당신의 몸 어딘가에 무기를 몰래 숨겨 놓았을지도 모르니까요. 다른 사람들하고 똑같이 몸수색을 받게 될 겁니다."

그녀는 화를 버럭 냈다.

"지금 설마 제가……."

그러나 키트는 곧 미소를 지으며 고개를 저었다.

"물론이죠. 알겠어요."

그들은 무리를 지어 작은 출입구 중 하나로 이동했다. 경감으로부터 신호를 받은 벨리 경사가 그들에게로 성큼성큼 다가왔으며, 아마조네스 같은 여자 경찰도 하나 뒤따라왔다. 체격으로 보건대 몸무게가 백 킬로그램이 넘는 경찰들도 무리 없이 어머니처럼 보살필 수 있을 것 같았다.

아래층에 있는 작은 방에서 여경은 나무랄 데 없을 만큼 섬세한 손길로, 아주 철저하게 키트의 몸을 수색했다. 한편 옆방에서 벨리 경사는 컬리에게 비슷한 일을 했다. 젊은 커플이 방 밖으로 나오기까지는 몇 분도 안 걸렸다. 양식에는 '이상 없음'이라고 적혔다. 여전히 소재를 알 수 없는 25구경 권총은 물론, 범죄에 관련된 물건이라고는 하나도 없었다.

경감은 그들을 중앙 출입구까지 안내했다. 그러고는 잠시 멈춰 서서 엘러리가 속삭였다.

"다른 사람들도 다 보내실 건가요?"

"암. 이 뒤에 바로 몸수색을 시킬 생각이다."

"제발요, 아버지. 신중하게 행동하세요! 그리고……. 아, 참. 주나는 어서 집에 보내세요. 꼬마가 오늘 저녁에 너무 흥분해서 내일은 분명 병이 날 거예요."

"피고트나 누구를 하나 붙여서 보내야겠구나."

"그리고…… 제가 돌아올 때까지 그랜트를 붙잡아두세요."

"그랜트?"

경감은 고개를 끄덕였다.

"알았다."

부자는 서로 눈을 마주쳤다.

"그럼…… 사냥 잘해라."

경감이 말했다.

"당연히 잘 될 거예요."

엘러리가 웅얼거렸다.

"어…… 그리고, 커비 소령님은 몸수색 한 번 더 한 뒤에 풀어주세요. 만일을 대비해서예요. 오늘 밤 그 사람이 더 필요할 거라고는 생각되지 않거든요. 아직 본청에 놀스도 있고요."

"그래, 모두 알았다."

경감은 멍하니 대답하고 나서, 매우 지친 동작으로 코담배를 한 줌 집었다.

"너도 알겠지만 오늘 저녁 내내 애비가 매우 신경 쓰이는 게 하나 있는데 말이다, 얘야. 너 아까 그랜트한테 혼의 몸에서 뭐 없어진 것 없냐고 묻지 않았느냐? 그게 대체 뭐냐?"

엘러리가 갑자기 고개를 돌리더니 씩 웃었다.

"아버진 정말 얼마나 놀라운 영감님이신지 모르겠다니까요! 정말 정확한 타이밍에 정확한 질문을 해주셨어요."

"장난 그만하고, 그래서 그게 대체 뭔데 그러냐?"

경감이 으르렁거렸다.

엘러리는 웃음을 멈추더니 고요한 침묵 속으로 천천히 빠져들었다. 그는 엄지손톱으로 담배를 톡톡 두드렸다.

"아주 명료한 거예요. 아버지, 혼이 차고 있던 탄띠 보셨어요?"

"봤는데?"

"탄띠에 총집이 몇 개 달려 있었죠?"

"당연히 한 개…… 아니, 이런. 두 개였구나!"

"정확해요. 하지만 혼은 권총을 하나밖에 안 가지고 있었죠. 총집 하나에는 총이 안 들어있었던 겁니다. 자, 여기서 의문이 생기죠. 어째서 낡고 아주 소중하게 간직하던, 총이 두 개 들어갈 수 있는 탄띠에 권총을 딱 하나만 넣어 가지고 왔을까요? 그리고 그 권총 또한 아주 낡고 깨끗이 잘 간수하고 있던 물건이었는데?"

"틀림없이 하나가 더 있겠군."

경감이 놀란 얼굴로 말했다.

"그래, 맞다. 이럴 수가! 혼이 손에 들고 있던, 그 화려한 상아 장식이 붙어 있던 권총과 한 쌍이 되는 총이 또 있다고 해도 놀라울 게 없겠구나."

"당연히 쌍둥이가 있죠. 전 압니다."

엘러리가 중얼거리며 잽싸게 보도로 걸어가 키트, 컬리, 벨리 경사와 합류했다.

그 날 밤은 뼈에 사무칠 정도로 추웠다. 경감은 일행이 모퉁이까지 걸어가는 모습을 지켜보았다. 택시가 한 대 다가왔고, 그들 넷은 나란히 택시에 올라탔다. 경감은 엘러리의 입술을 뚫어져라 바라보았고, 택시가 8번가를 향해 쏜살같이 달려가는 모습을 보았다. 그러고도 한동안 그 자리에 서 있었으나, 사실 한참이 지나도록 그 뒤로 딱히 더 봐야 할 것은 없었다.

10:
두 번째 총

퀸 경감 휘하의 형사인 존슨은 몸집이 작고 생기 없는 느낌에 머리가 회색인 사내였으며, 담비 같은 눈을 가진 성실한 가게 주인 같은 사람이었다. 경감의 명령으로 바클레이 호텔에서 벅혼이 묵었던 방을 지키고 있던 그는 엘러리의 노크를 듣고 문을 활짝 열어젖혔다. 엘러리를 본 존슨은 갑자기 긴장이 풀렸는지 뒤로 한 발짝 물러섰다. 일행이 방 안으로 들어서자 벨리 경사가 문을 닫았다.

"아무 일 없었나, 존슨?"

벨리 경사가 낮은 목소리로 물었다.

"아무 일도 없었습니다. 퀸 씨가 잠자는 숲 속의 공주처럼 잠들 뻔했던 제 잠을 깨워줄 때까지 신발 벗고 낮잠이나 한숨 잘까 생각하고 있었습니다."

키트가 뻣뻣한 동작으로 무명천이 덮인 의자로 걸어가 주저앉았다. 장갑이나 코트도 벗지 않은 채였다. 서부식 복장 위에 오버코트를 입고 있던 컬리는 침대에 무거운 몸을 던졌다. 아무도 입을 열지 않았다.

침대 하나, 의자 두 개, 화장대, 옷장 하나, 작은 탁자가 있는 아주 평범한 호텔방이었다. 널찍했지만 별다른 특징은 없었다.

엘러리는 벨리 경사를 향해 씩 웃으면서 말했다.

"편하게 있어요, 혼 양."

그러고는 자신의 가벼운 코트를 벗고 모자를 침대 위에 던진 뒤 작업을 시작했다.

존슨과 벨리는 지루한 얼굴로 엘러리를 쳐다보았다.

엘러리의 동작이 매우 재빨랐기 때문에, 일은 몇 분도 걸리지 않았다. 옷장 안쪽에는 혼의 옷들이 아주 깔끔하게 걸려 있었다. 정장, 여분의 코트, 카우보이모자 두 개였다. 화장대와 탁자 서랍에는 별로 대단치 않은 물건들이 몇 가지 들어 있을 뿐이었다. 엘러리는 생각에 잠긴 채 몸을 일으키고는, 키트에게 미안한 듯 미소를 지어 보였다.

"당신 방에 가도 괜찮을까요, 혼 양?"

컬리는 당장 싸움이라도 벌일 기세였다.

"이봐, 당신 정말……."

"컬리."

키트가 말렸다.

"괜찮아요, 퀸 씨. 당장 같이 가요. 뭘 보고 싶으신 건지 모르겠지만……."

"별로 중요한 건 아닙니다."

엘러리가 말하고는 옆방과 연결되는 화장실 쪽으로 가서 문을 열었다. 안에 들어가서는 무어라고 중얼거린 뒤 문을 닫고는 바로 화장실을 통해 키트의 침실로 들어갔다. 삼 분이 지난 후, 그는 아리송한 표정으로 돌아왔다.

"어디 분명 있을 텐데…… 아, 그렇지. 침대!"

엘러리는 무릎을 꿇고 깜짝 놀란 컬리의 다리 옆에서 침대 밑을 들여다보았다. 그 안으로 팔을 밀어넣어 있는 힘껏 뻗더니, 한동안 격투를 벌인 끝에 시뻘게진 얼굴로 자랑스럽게 작고 납작한 연극용 트렁크를 하나 끄집어냈다.

엘러리는 트렁크를 방 한 가운데로 질질 끌고 와서 대뜸 뚜껑을 열었다. 그러고는 한참 내용물을 뒤지더니, 이윽고 사나운 눈빛으로 일어섰다. 오른손에는 리볼버 한 자루를 쥐고 있었다.

"아, 그거!"
키트가 외쳤다.
"왜 다른 총 한 자루를 더 찾고 있다고 미리 말씀하지 않으셨어요, 퀸 씨? 제가 알았으면……."
"그러니까 당신은 몰랐다는 말이군요."
엘러리가 천천히 무기를 살펴보며 말했다.
그녀의 자연스러운 눈썹 사이로 희미한 주름이 잡혔다 사라졌다.
"네, 그래요. 몰랐어요. 저는 전혀 눈치도 못 챘어요. 워낙 흥분한 상태였던 터라……. 저는 당연히 아버지가 총 두 자루를 다 차고 나가셨을 줄 알았죠. 하지만……."
"혼 양, 아버님은 항상 두 자루를 다 가지고 다니는 습관이 있었습니까?"
엘러리가 꿈꾸는 듯한 목소리로 말했다.
"그렇게 딱 정해졌던 건 아니었어요."
키트는 약간 떨리는 목소리로 말했다.
"아버진 정말 끔찍할 정도로 산만한 분이었거든요. 어쩔 때는 둘 다 가지고 나가기도 하셨고, 또 어떤 때는 하나만 달랑 들고 가기도 하셨죠. 이삼일 전에 봤을 때만 해도 트렁크 안에 두 자루 다 들어 있었어요. 오늘 밤…… 아니, 어젯밤엔 분명

한 자루만 갖고 나가셨나 봐요. 아, 저는 지금 너무 혼란스러워요. 너무 피곤하고……."

"그럴 겁니다."

엘러리가 고개를 끄덕였다.

"마음 편히 먹어요, 혼 양. 요 몇 시간 동안 아주 마음고생이 심했다는 거 압니다……. 혹시 말이죠, 탄띠에 총집이 둘 다 붙어 있는데도, 아버님이 굳이 총을 하나만 가지고 나갔다는 사실이 이상하게 여겨지지는 않나요?"

키트는 놀란 얼굴로 엘러리를 보더니, 곧 웃음을 터뜨려 엘러리를 당황시켰다.

"퀸 씨!"

키트는 발작적으로 웃으며 어깨를 들썩였다.

"당신이 서부 쪽 물건에 대해서 얼마나 모르는지 이제야 알겠어요. 그리고 탄띠도 꼼꼼히 안 보셨군요. 탄띠에 붙어 있는 총집은 보통 탈부착이 가능하지만, 아버지 것은 특별주문 제품이거든요. 총집 두 개를 다 달지 않고는 가지고 나갈 수가 없어요. 아예 탄띠를 놓고 나간다면 모를까."

"그렇군요."

약간 얼굴을 붉힌 엘러리는 고개를 숙이고 찾아낸 권총 쪽으로 시선을 돌렸다.

손잡이가 상아로 되어 있는 45구경 단발식 콜트 권총이었다. 어느 모로 보나 죽은 사람이 손에 쥐고 있던 것과 쌍둥이 권총이라는 사실이 확실해 보였다. 긴 총신이 우아하게 쭉 뻗었고 그 밑에는 실린더가 붙어 있었다. 또한 상아 손잡이 양옆에는 멋진 황소 머리가 절묘하게 조각되어 있었고, 각각의 한가운데에는 타원형으로 머리글자 H가 새겨져 있었다. 상아 조각은 닳고 노랗게 빛이 바래서 이 한 쌍의 권총이 얼마나 오랜 세월을 보냈는지를 잘 드러내고 있었다. 그러나 왼쪽 손잡이의 작은 부분은 그렇지 않았다. 엘러리가 권총을 오른손으로 들자, 상아의 빛깔이 다른 곳보다 밝은 이 부분은 구부린 손가락 끝과 손목에 가까운 손바닥 아래쪽 사이에 위치했다. 총신의 끝과 조준기 윗부분은 부드럽게 닳아 있었다. 첫 번째 권총과 마찬가지였다.

"다른 권총과 마찬가지로 아주 오랫동안 잘 손질해서 사용했던 것으로 보이는군요."

엘러리는 멍하니 중얼거렸다. 그 눈 안에 작은 반짝임이 있었다. 그러다 갑자기 벨리 경사가 몸을 앞으로 홱 기울이고 침대에서 몸을 웅크리고 있던 컬리가 자리에서 벌떡 일어났다. 그것을 본 순간 엘러리의 눈빛은 사그라졌다.

격렬한 울음소리가 들려왔다. 키트였다. 초원의 아름다운 카우걸, 무수한 액션 멜로드라마의 주인공, 서부의 대담한 무법자……. 키트는 부끄러움을 전부 버린 듯 눈물로 흠뻑 젖은 손으로 얼굴을 가리고 울었다. 어깨가 경련을 일으킨 듯 들썩거렸다.

"자, 자. 다른 건 어떨까요."

엘러리가 권총을 침대 위로 집어던지고 쏜살같이 튀어나왔다. 그러나 컬리의 근육질 어깨에서 뻗은 길고 튼튼한 팔에 막혀 앞으로 더 나아갈 수 없었다. 경사조차도 지혜를 발휘해 한 발 물러섰다. 컬리는 눈물 젖은 작은 갈색 손을, 눈물 젖은 작은 갈색 얼굴에서 떼어내고는 키트의 귀에 무어라 마법 같은 말을 몇 마디 속삭였다. 놀라우리만큼 짧은 순간, 들썩이던 어깨도 차차 잠잠해지고 훌쩍이는 소리도 잦아들더니 결국은 사라졌다. 컬리는 기쁨을 감추기 위해 얼굴을 찡그리고는 침대 쪽으로 돌아갔다.

키트는 코를 세 번 훌쩍이고는 손수건으로 얼굴을 닦았다.

"죄…… 죄송해요. 참 머…… 멍청한 짓을 했네요. 어린 애도 아니고! 솔직히 여태껏 느끼지 못했어요, 제가 얼마나……."

그녀는 손수건을 쑤셔 넣고는 엘러리의 관심 어린 눈을 바라보았다.

"저는 이제 괜찮아요, 퀸 씨. 보기 흉한 꼴을 보여 드려서 죄송해요."

"저는…… 음."

엘러리가 말하다 말고 얼굴을 붉히더니 총을 집어 들었다.

"이 총이 벅 혼의 소유물이라는 사실에는 의심의 여지가 없습니까?"

엘러리가 엄격한 얼굴로 물었다.

키트는 천천히 고개를 저었다.

"없어요. 요만큼도."

"그리고 물론, 경기장에 있는 이 총의 쌍둥이도 그렇고요?"

키트는 떫은 표정을 지었다.

"글쎄요…… 아버지가 들고 나가신 게 어느 총인지는 잘 모르겠지만, 그 총의 다른 한 쪽이었던 것 같기는 해요."

"총이 이 두 자루 말고 더 있었나요?"

엘러리가 추궁했다.

"아, 아뇨. 제 말은 그러니까……."

"혼란스러운 모양이로군요."

엘러리는 점잖게 말했다.

"당신은 압니까, 그랜트 씨?"

"당연하죠."

컬리가 사납게 말했다.

"왜 저 가여운 아가씨를 좀 내버려 두지 못하는 겁니까? 그건 벅이 아끼는 두 자루 중 하나에요. 벌써 이십 년은 들고 다녔을걸요. 우리 아버지 말로는 벅이 어느 늙은 인디언 전사한테 선물로 받은 거라고 합니다. 벅에게 딱 맞춘 특별 제작품이고, 이니셜도 박혀 있지 않습니까?"

목소리에 흥분이 섞였다. 컬리는 엘러리에게서 권총을 빼앗아 들고 조심스레 손으로 무게를 가늠해 보았다.

"이 놈을 좀 들어보시죠, 퀸 씨. 무게가 완벽하지 않습니까? 벅은 몸에서 한시도 떼어 놓지 않고 들고 다녔습니다. 항상 사용했다고요. 당신도 계속 이야기를 들었겠지만, 벅은 정말로 사격의 명수였습니다. 총 고르는 것도 애니 오클리*미국의 전설적인 여성 명사수-옮긴이* 못지않게 까다로웠죠. 그래서 이 총들을 더 좋아했던 겁니다. 자기 손에 들었을 때 균형이 딱 맞았거든요."

구석에 있던 존슨이 뭔가 하고 싶은 말이 있는 듯 눈을 데구루루 굴리더니, 가벼운 신음을 흘리며 몸을 돌렸다. 벨리 경사는 두툼한 발을 이리저리 움직였다. 키트조차도 컬리를 미심쩍은 얼굴로 쳐다보고 있었다. 그러나 엘러리만은 비상한 관심을 보였다.

"계속하시죠. 아주 재미있군요."

엘러리가 중얼거렸다.

컬리가 놀란 얼굴을 했다.

"계속하라고요? 하지만 더 할 말이……."

"없죠."

키트가 딱딱하게 말을 받았다. 두 사람 모두 얼굴을 붉혔다. 엘러리는 유쾌하게 등을 돌리더니 다시 권총을 들었다.

엘러리는 예전에 선물 받았던 도구들 중 하나인 실크 손수건을 감싼 연필을 꺼내 들고는 20센티미터 정도 되는 총신의 안쪽을 깨끗이 닦았다. 손수건에는 평범한 먼지 얼룩이 아주 약간 묻어났다. 그리고 유성 착색제가 약간 묻었다.

"최근에 청소한 모양이군요."

엘러리는 누구라 할 것 없이 사람들을 쳐다보았다.

키트가 똑똑히 고개를 끄덕였다.

"그건 아주 당연한 일이에요, 퀸 씨. 아버지는 마치 성녀 같은 어머니로부터 물려받은 유품인 양 그 권총들을 귀하게 여겼거든요. 매일같이 닦곤 했었죠."

엘러리는 실린더를 열고 약실들을 들여다보았다. 장전되지 않은 상태였다. 엘러리는 다시 트렁크를 뒤져 총알 한 상자 찾아냈다. 모두 약 5센티미터 정도로, 사악한 생김새의 45구경 총알들이었다. 엘러리는 잠시 머뭇거리다가 총알 상자를 도로 트렁크 서랍 속에 집어넣었다. 그러나 권총은 자기 주머니 속에 넣었다.

"여기 더 뭐가 있을 것 같진 않군요."

엘러리는 경쾌하게 말했다.

"경사님, 혹시 제가 뭐 놓친 서류나 단서 같은 건 없는지 한 바퀴 빙 돌아보셔도 좋을 것 같습니다. 하지만 여길 떠나기 전에 제가 할 일이 한 가지 더 있군요. 지금 당장 해야겠습니다."

엘러리는 미소를 짓더니 탁자 위 전화기 쪽으로 갔다.

"호텔 전화 교환대입니까? 데스크 연결해주십시오. ⋯⋯ 야간 담당자분이십니까? 어젯밤에 숙직하신 분이 맞습니까?

……좋습니다. 841호로 좀 와주십시오. 이건, 그러니까…… 음, 경찰입니다."

벨리 경사가 방을 이 잡듯 뒤졌는데도 별로 발견한 것은 없었다는 보고를 막 하고 있는 참에 문간에서 노크하는 소리가 들렸다. 존슨이 문을 열자 그 앞에는 겁을 잔뜩 먹은 얼굴의 젊은이가 서 있었다. 그의 옷깃에는 호텔 직원이라는 표시로 카네이션 모양의 배지가 달려 있었다.
"들어오십시오."
엘러리가 재빨리 말했다.
"어젯밤에 데스크 담당했던 분이라고 하셨죠. 몇 시부터 계셨습니까?"
"어…… 7시부터였습니다!"
"아, 7시요! 아주 운이 좋군요. 뉴스 들으셨죠?"
젊은이는 눈에 띄게 창백해졌다.
"네, 드…… 들었습니다. 그 호…… 혼 씨 일 말씀이시죠. 정말 끔찍합니다."
그는 두려운 눈빛으로 키트 쪽을 곁눈질했다.
"자."
엘러리가 솔직한 목소리로 말했다.
"그러니 우리가 지난 며칠간 혼 씨를 찾아왔던 잠정적인 방문자들에게 관심을 갖는 건 아주 자연스러운 일이겠죠? 당신이 단서를 줄 수 있을지도 모릅니다. 뭐 좀 없을까요?"
얼굴에 자긍심을 띠며, 젊은이는 곧 고객을 응대하는 태도를 갖추었다. 그는 잠시 얼굴을 찌푸리면서 여성스럽게 다듬은 손톱 끝으로 이마를 가볍게 긁었다. 곧 그의 양 뺨에 해가 피어올랐다.

젊은이가 외쳤다.

"네, 맞습니다! 네, 뭔가 있었습니다……. 어젯밤 늦게 누군가가 찾아왔어요!"

"몇 시에 말입니까?"

엘러리가 차분하게 물었다. 키트는 손을 겹쳐 무릎 위에 놓은 채 단정하게 앉아 있었고, 컬리는 침대에서 꼼짝도 하지 않았다.

"음, 10시 반쯤 되었던 것 같습니다. 저는……."

"잠깐만 기다려요."

엘러리가 키트를 돌아보았다.

"당신 어젯밤에 몇 시쯤 바클레이 호텔에 돌아왔다고 했죠, 혼 양?"

"내가 그렇게 말했던가요? 아닌데……. 그냥 밤늦게 돌아왔고, 그때 이미 벽은 잠들어 있었다고 했죠. 그건 사실이에요, 퀸 씨. 나는 자정이 넘어서 돌아왔거든요. 그랜트랑 같이 밖에 있었으니까."

"컬리 그랜트 씨 말입니까?"

"네."

컬리는 목구멍에 뭐가 걸린 듯 불쾌하게 헛기침을 했다.

"계속하세요."

엘러리가 호텔 직원에게 말했다.

"10시 반에 누가 찾아왔단 말이죠. 그리고요?"

"혼 씨는 9시쯤 로비에 들어오셨습니다. 제가 어떻게 알았느냐 하면, 그때 데스크에서 열쇠를 찾아가셨거든요. 그리고 아마 위층으로 올라가셨던 것 같습니다. 10시 반쯤 어떤 남자가 데스크로 와서 혼 씨가 묵고 계시는 방 번호를 물었습니다. 남자…… 네, 제가 기억하기로는 남자였습니다."

"그게 무슨 뜻이오? 당신 기억에 남자였다니?"

갑자기 벨리 경사가 처음으로 입을 열었다.

"그런 뻔한 사실도 제대로 구분 못 한단 말이오? 남잔지 여잔지도 확실치 않다는 게 말이나 되나? 아니면 그 작자한테 뭔가 수상쩍은 구석이라도 있었소?"

호텔 직원은 다시금 겁먹은 얼굴을 했다.

"아…… 아뇨, 그게 아니고요. 그냥 확실하게 잘 기억이 안 난다는 말입니다. 어렴풋한 그림자밖에는. 아시다시피 전 바빴기 때문에……."

"어떻게 생겼는지 기억이 납니까?"

엘러리가 재촉했다.

"아, 네. 키가 크고, 제가 보기에 덩치도 컸고, 그리고……."

"그리고?"

직원은 문을 등지고 주춤주춤 물러섰다.

"잘 기억이 안 납니다."

그는 힘없이 말했다.

"아 짜증 나는군!"

엘러리가 중얼거렸다.

"좋아요! 외양 묘사는 별 도움이 안 되겠군요."

그의 두 눈이 희망으로 반짝였다.

"그때 데스크에 같이 있던 당신 동료들 중에서 그 남자를 기억할 만한 사람은 없습니까?"

"아뇨, 없습니다. 그때 데스크에는 저 혼자밖에 없었거든요."

벨리 경사가 마음에 안 든다는 듯 툴툴거렸고 엘러리는 어깨를 으쓱했다.

"다른 건 없나요?"

"그래서 제가 그때 말했습니다. '혼 씨의 방은 841호입니다.'라고요. 그러자 그 사람은 교환전화를 집어 들고 통화를 하더군요. 그 사람이 혼 씨의 이름을 언급하는 것을 언뜻 들었습니다. 아마 이렇게 이야기했던 것 같습니다. '금방 올라가겠네, 벅.' 하고요. 그러고는 가버리더군요."

"'벅'이라고 불렀다고요? 흠. 그거 흥미롭군요. 위층으로 올라갔다고요? 이 방으로 말입니까?"

엘러리가 윗입술을 자근자근 깨물었다.

"물론 당신은 모르겠지요. 고맙습니다. 그리고 이 일은 아무에게도 발설하지 마십시오. 명령입니다."

호텔 직원은 눈 깜짝할 사이에 자취를 감췄다.

엘러리는 벨리 경사와 존슨 형사를 향해 고개를 끄덕였다.

"아…… 혼 양, 잠시 혼 양 혼자 남겨 놓아야 할 것 같습니다. 지금까지 너무 괴롭혀서 미안합니다. 하지만 정말로 도움이 되었습니다. 가시죠, 여러분."

"난 여기 있겠소."

컬리가 반항하듯 말했다.

"제발 여기 있어요, 컬리."

키트가 낮은 목소리로 속삭였다.

"나…… 난 혼자 있고 싶지 않아요. 잠들기가 싫어요……."

"알아요, 아가씨."

컬리가 중얼거리며 그녀의 손을 부드럽게 쓰다듬었다.

엘러리와 두 형사는 조용히 방을 나갔다.

"자, 존슨."

엘러리가 똑 부러지게 말했다.

"저기 있는 두 연인들을 방해하지 말아요. 그리고 양 쪽 방문에 시선을 떼지 말고요. 미안하지만 하룻밤 내내 복도에 있어야 할 것 같네요. 뭔가 이상한 일이 생기면 콜로세움에 있는 경감님한테 보고해요. 그럼 지원을 보내줄 테니까요."

그러고 나서 엘러리는 벨리 경사의 준마 같은 옆구리와 곤봉처럼 튼튼한 팔 사이에 자신의 팔을 꼈다. 그 둘은 삼총사와 달타냥 네 명 중 절반처럼 힘차게 걸어 나갔다.

11:
불가능한 일

엘러리에게는 주나, 경감과 함께 토니 마스의 박스석에 태평스럽게 앉아 천진난만한 저녁 시간을 보낼 것이라 예상했던 때가 마치 몇 년 전처럼 느껴졌다. 엘러리는 벨리 경사와 함께 콜로세움으로 들어가면서 잠시 걸음을 멈추고 시계를 보았다. 새벽 4시 10분이었다.

"도대체 아인슈타인 없이 우리가 뭘 할 수 있겠습니까? 그 놀라운 독일인은 시간이란 게 사실 얼마나 덧없는 존재인가를 우리에게 잘 보여 줬죠. '*Le moment où je parle est déjà loin de moi*······ 내가 지금 말하는 이 순간도 이미 나에게서 멀어져 간다.-옮긴이' 부알로는 아십니까? 17세기의 위대한 풍자가였죠. '*Le temps fuit, et nous traîne avec soi*······ 시간은 화살처럼 빨리 흐르며 우리를 함께 끌고 간다.-옮긴이'"

"말은 청산유수지."

벨리 경사가 킬킬 웃었다.

엘러리는 갑자기 입을 다물었다.

몇 시간 전까지만 해도 2만 명의 관중들로 가득 들어차 있던 드넓은 관중석에는 개미 새끼 하나 없었다. 그 모습은 형언할 수 없을 만큼 경이롭게 느껴지기까지 했다! 통로에 버려진 쓰레기들을 제외하면 사람이 있었다는 흔적조차 없었다. 기록상 이렇게나 빨리, 그것도 질서 정연하게 사람들이 요새에서 소개된 전례도 없을 것이다.

경찰과 형사, 한 줌 정도 되는 지친 얼굴의 시민들과 로데오 관련자들을 제외하면 콜로세움은 텅 비어 있었다.

"뭐 좀 찾았느냐?"

엘러리와 벨리 경사가 들어오는 모습을 보고 퀸 경감이 쉰 목소리로 물었다. 지친 얼굴은 대리석처럼 창백해져 있었다.

"이것밖에 없습니다."

엘러리는 혼이 지니고 있던 한 쌍의 권총 중 두 번째 총을 들어 보였다. 경감은 그것을 받아 쥐었다.

"비었구먼."

경감이 중얼거렸다.

"다른 한 놈이랑 짝이었던 게 분명해. 그렇지 않느냐? 이걸 왜 방에다 남겨 놓았지?"

엘러리가 끈기 있게 설명했다.

"아, 그래서 그렇게 된 거였군. 뭐 다른 건 없었냐?"

"서류나 편지 같은 건 나오지 않았습니다."

경사가 보고했다.

"찾아온 사람이 있었다고 하더군요."

엘러리가 덧붙이면서 바클레이 호텔의 야간 담당자가 했던 증언을 반복했다. 직원이 개탄스러울 정도로 부주의하고 관찰력이 떨어진다는 이야기를 들은 경감은 당연하게도 경기를 일으켰다.

"그렇다면 그 방문자가 바로 혼을 죽인 살인자라는 말이지!"

경감은 비명을 지르며 험상궂은 표정을 지었다.

"그래서 그 친구는…… 그놈에 대해서 뭐 기억나는 건 없다고 하던가?"

"키가 크고 덩치가 컸다고 합니다."

경사가 말했다.

"허어!"

"아버지."

엘러리가 우스울 정도로 재촉하며 말했다.

"이제 여기서 무슨 일이 있었는지 좀 말씀해주세요."

경감이 씁쓸한 미소를 지었다.

"보다시피 관중석을 깨끗이 털어봤지만 아무것도 없다. 바로 오 분 전에 마지막 한 사람을 길거리로 내보낸 참이야. 하지만 문제의 25구경 자동 권총은 나오지 않더구나."

"25구경을 한 자루도 못 찾으셨다고요?"

"대여섯 자루 나왔지. 한 시간쯤 전에 말이다. 그래서 본청에 있는 놀스한테 다 보냈다. 몇 분 전에 전화가 걸려 왔지."

"그래서요. 뭐라던가요?"

"그 친구 말하길 우리가 오늘 밤 관중들에게서 찾아낸 25구경들 중에서 혼을 죽인 총알과 일치하는 것은 하나도 없다고 하더라!"

"하나도요?"

"하나도. 문제의 총은 못 찾아낸 게야."

"으음, 좋아요."

엘러리가 중얼거리며 먼지가 피어오르는 바닥을 이리저리 서성거렸다.

"얘기가 아주 재미있어지는군요. 사실 전 이렇게 될 줄 알고 있었어요."

"그러면 이제부터 내가 뭘 하려는지도 알겠니?"

경감이 딱한 목소리로 물었다.

"알 것 같은데요."
"이 건물 전체를 꼭대기에서 바닥까지 아주 다 탈탈 털어버릴 생각이다!"
엘러리가 편두통을 느끼며 관자놀이를 쿡 찔렀다.
"그 기쁨은 오로지 아버지 혼자서만 누리셔야 할 겁니다. 이 마우솔로스 왕의 능묘를! 하시고 싶으면 하시죠. 하지만 권총은 안 나올 겁니다. 주나의 보물 상자에서 꺼낸 도넛을 하나 걸어도 좋습니다."
"헛소리 마라!"
경감이 호통을 쳤다.
"권총은 건물 밖을 나간 적이 없어. 우리가 모두 지켜보지 않았느냐? 발이 달려서 걸어 나가지도 않았을 테고 말이다. 그러니 여기 어딘가에 분명히 있을 거야."
엘러리는 기운 없이 팔을 흔들었다.
"그 말의 훌륭한 논리는 존중해 드리겠습니다. 하지만 권총은 안 나올 거예요."

원래 작고 팔팔한 경감이었지만, 그날만큼 단호하고 영웅적으로까지 보이는 노력을 기울인 날은 별로 없을 것이다. 경감은 즉각 행동에 나섰다. 우선 자신의 작은 수사대를 쪼개어 몇 개의 조로 나눴다. 벨리 경사는 경기장 전체를 훑어보는 담당반의 총대장을 맡았다. 피고트 형사는 몇 개의 단으로 나누어져 있는 원형 관람석을 수색하는 반의 선두에 섰다. 헤스 경사는 다섯 명의 부하들을 데리고 의상실, 마구간, 대기실, 사무실을 철저히 수색하게 되었다. 리터 형사는 부하들과 함께 복도, 경사로, 건물들 사이의 통로, 지하실, 창고, 쓰레기통 그리고 그 밖의 잡다한 구역들을 찾아보았다. 훈련된 방식에 따라 부하들을 적재적소에 배치한, 가장 훌륭한 인선이었다. 경찰들은 자신이 맡은 곳으로 힘차고 신속하게 움직였다. 엘러리는 멍청하니 서서 아픈 머리를 콩콩 두드리고 있었다.

부하들을 앞에 두고 한참 동안이나 그 거대한 일을 하느라 머리에서 김을 뿜어내고 있던 경감은 이윽고 자신이 놓친 사소한 무언가가 한두 개쯤 있지 않을까 하는 마음에 확인 작업을 시작했다. 우선 경기장 수위 두 사람을 불렀다. 각각 동쪽 게이트와 서쪽 게이트를 맡고 있던 사람들이었다. 그들의 증언은 짧고 간결했으며 큰 도움이 되지 않았다. 두 사람 모두 와일드 빌 그랜트가 보증하는 오래 묵은 로데오 선수들로, 자신들이 보지 못한 틈에 경기장을 몰래 빠져나간 사람은 결코 있을 수 없다고 맹세했다. 또한 그들은 카우보이 복장을 하지 않은 그 누구도 경기장 안에 들여보내지 않았다고 했다. 예외라면 로데오 의사인 닥터 핸콕 그리고 대늘 분뿐이었다. 테드 라이언스는 마치 로데오 기수들의 일원인 양 당당하게 두 다리를 쫙 벌리고 말을 타고 들어왔기에 그들은 눈치채지 못했다. 그러나 두 늙은 수위들이 주장하는 가장 중요한 사실은, 문제의 총이 발사된 이후 아무도 경기장 밖으로 나가지 않았다는 것이었다.

결과적으로 타원형 경기장의 북쪽과 남쪽 콘크리트 벽에 점점이 박혀 있는 수많은 작은 문들을 통해 누군가가 빠져나가지는 않았을까, 그 사실을 확인해볼 수밖에 없었다. 쉬운 결정은 아니었다. 그러나 엘러리는 이 문제를 완벽히 무시했다. 그의 말에 따르면 와일드 빌 그랜트가 입장하고 살인이 일어난 직후까지 몇 명이나 되는 사람들이 경기장에 들어왔는지는 이미 정확히 파악했으며, 또 그 사람들 중 그 누구도 밖으로 빠져나가지 않고 경기장 안에 가만히 있었으니 그럴 필요는 없다는 것이었다.

 수색이 이어졌다. 여전히 충격에서 헤어나지 못하고 있던 카우보이와 카우걸들은 경기장 안에서 마치 죄수들처럼 한 줄로 나란히 서 있었다. 경감은 그들 모두를 향한 질문과 개인별 질문을 나누어 했다. 그러나 그들에게서 알아낸 사실은, 종유동 안에 늘어서 있는 석순들에게 질문을 해서 얻어낸 사실과 크게 다를 바 없었다. 모두가 한결같이 방어적인 태도를 취했다. 그들은 경감에게서 의심의 냄새를 맡고, 조개껍질처럼 입을 꾹 다물었다. 고요하고 아무런 변화도 일어나지 않았다. 어떤 의미에서는 위험스러워 보였다.
 "내가 여러분에게 듣고 싶은 건."
 경감이 으르렁거렸다.
 "그 총알이 발사되기 전까지 말을 타고 소리를 지르며 트랙을 도는 동안, 당신들 중 누구라도 뭔가 수상쩍은 것을 본 사람이 있느냐는 말이오!"
 대답이 없었다. 그들은 고개조차 돌리지 않았다. 우락부락한 근육에 피부가 단단한 쇼티 다운스는 경감의 정면을 향해서 침을 퉤 뱉었다. 갈색의 뜨끈한 액체가 경감의 바로 30센티미터 앞으로 날아왔고 나무껍질 트랙 위로 작게 탁 소리를 내며 떨어졌다. 그것은 반항의 신호인 듯, 기수들 사이로 가벼운 파문이 일고 눈빛은 더욱 음험하고 날카로워졌다.
 "말 안 하겠다 이건가? 그랜트 씨, 잠깐 이리로 와보시오."
 얼마 안 되는 사람들과 함께 구석에 서 있던 흥행사가 마지못해 경감 쪽으로 걸어왔다. 엘러리는 커비 소령이 그 속에 함께 있다는 사실에 약간 놀랐다. 아직 있었구나! 소령은 전보다 한층 더 호기심에 찬 얼굴이었다.

"뭡니까?"

그랜트가 한숨을 내쉬었다.

"그래, 뭐겠습니까?"

경감이 응수했다.

"난 모르겠습니다."

노인이 비쩍 마르고 핏줄이 튀어나온 손으로 기수들의 머리 쪽을 가리켰다.

"이 친구들에 대해서 얼마나 잘 압니까?"

그랜트의 얼굴이 딱딱한 진흙처럼 굳어지더니, 곧 그 위로 아주 차가운 무언가가 자리 잡았다.

"저 친구들 중에서 내 친구 벅의 몸뚱이에 총알을 박아 넣을 만한 작자가 없다는 사실은 아주 잘 압니다!"

"그건 내 질문에 대한 대답이 아니잖소."

"이 친구들은 모두 노련하고 이 바닥에서 잔뼈가 굵은……."

그랜트는 얼음장 같은 목소리로 말을 시작했으나, 그 얼음은 금세 녹아내리고 대신 바늘구멍만한 틈새조차 보이지 않는 쇠의 장막이 얼굴을 덮었다. 불가해한 빛이 그의 굳건한 눈동자에서 반짝였다.

"잔뼈가 굵은 친구들입니다."

그랜트는 말을 반복했다.

"이것 봐요, 그랜트 씨. 이 늙은이를 놀릴 생각은 아니겠지요?"

경감이 중얼거렸다.

"전부 노련하고 잔뼈가 굵은 친구들이라고 말하려다가, 갑자기 말을 끊었잖소. 이유가 뭡니까? 이들 전원을 노련한 기수라고는 할 수 없다는 사실을 전광석화처럼 깨달은 모양이로군요. 불어요!"

경감은 날카롭게 말했다.

"누가 신참입니까? 아니, 한 명이 아닌가?"

기수들 사이에서 희미한 한숨 소리가 들렸다. 그들은 적의 어린 눈빛으로 경감을 똑바로 쳐다보았다. 그랜트는 잠깐 넋 나간 듯 서 있었으나 곧 근육으로 울퉁불퉁한 어깨를 으쓱하고는 낮은 목소리로 말했다.

"방금 생각났습니다. 아무것도 아닙니다. 바로 오늘 새로 들어온 친구가 있어서……."

맨 앞줄에 쪼그리고 앉아 있던 슬림 허스라는 이름의 카우보이가 조롱 섞인 웃음을 뱉으며 역겹다는 듯 목을 울렸다. 그랜트가 얼굴을 붉혔다.

"누굽니까?"

경감이 추궁했다.

그랜트는 앉아 있는 기수들 쪽으로 걸어갔다.

"자네, 밀러. 이리 나와."

그랜트의 목소리에는 생기가 없었다.

얼굴 한쪽이 보라색인 남자가 무리들 한가운데에서 머뭇머뭇 일어나더니, 줄을 벗어나 앞으로 어기적어기적 걸어왔다. 경감은 한동안 그를 빤히 쳐다보다가 시선을 돌렸다. 흉측하게 푹 꺼진 왼쪽 뺨 때문에 혐오감이 치밀어 올랐던 것이다. 그는 겁에 질렸는지 계속해서 움찔거리고 있었다. 그는 입술을 떨면서 당밀 때문에 갈색으로 물든 잇새로 침을 세 번 뱉었다. 담배즙으로 물든 침 줄기가 긴 꼬리를 끌면서 멀찍이 날아갔다. 분이 그를 위해 특별히 옷을 맞춰준 것이 분명했다. 남자는 지저분한 누더기가 아니라, 반짝반짝 빛나는 새 복장을 갖춰 입고 있었다.

"여기 나왔습니다."

남자는 그랜트의 시선을 피하면서 웅얼거렸다.

흥행사가 입술을 핥았다.

"경감님, 이 친구는 벤지 밀러라고 합니다. 오늘 해가 지기 전에 새로 고용한 친군데요, 말씀드릴 것은……."

"내가 알아서 하겠소. 좋소, 밀러 씨. 당신 스스로에 대해서 뭐 할 말 없소이까?"

남자가 눈을 끔벅였다.

"나요? 나에 대해서 말하라고요? 어, 아무것도 없는데요. 난 그 불쌍한 벅의 죽음에 대해 아무것도 모릅니다, 경감님. 정말 눈뜨고 보기 끔찍한 장면이더군요. 이 많은 말들이 떼로 덤벼들어 불쌍한 벅의 몸을 짓밟았으니……. 저랑 벅은 오래 묵은 친구고……."

"흠! 그렇다면 당신은 혼 씨에 대해 잘 알고 있겠군요? 그랜트 씨, 이 사람을 공연 직전에 고용한 이유가 뭡니까?"

"벅 본인이 보낸 친구였기 때문이죠, 경감님."

그랜트가 고집스럽게 말했다.

"벅이 뭔가를 해달라고 부탁하면 나는 그걸 꼭 들어줍니다. 그래서 고용했습니다."

"저는 갈 곳이 없었습니다."

밀러가 열띤 목소리로 끼어들었다.

"생활이 너무 힘들었고요. 몇 달 동안이나 일거리도 없었죠. 한참 동안 뉴욕을 헤매다가…… 그랜트 씨의 로데오가 여기서 열린다는 소식을 들었습니다. 일을 얻을 수 있을지도 모른다고 생각했죠. 그러다 그 쇼에 내 친구 벅이 나온다는 이야기를 듣고, 옛날에 같이 와디 노릇 했던 기억이 나서 그 친구를 찾아갔습니다. 그 친구는…… 벅은 나한테 몇 달러 찔러주고서 나를 그랜트 씨에게 보냈습니다. 그게 전붑니다, 나리. 나도 잘 모르겠습니다. 그냥……."

경감은 남자가 입가로 침을 흘리는 모습을 잠시 지켜본 뒤 곰곰이 생각에 잠겼다가, 이윽고 말했다.

"좋소, 밀러. 가서 앉아 있으시오."

기수들 사이로 눈에 띄게 안도의 물결이 지나갔다. 밀러는 비틀거리면서 잽싸게 제자리로 돌아가 앉았다.

그러고 나서 경감은 말했다.

"당신, 우디. 이리로 좀 나와보시지."

앉아 있던 외팔이는 잠시 멍한 표정을 지었다가, 곧 자리에서 일어나 쿵쿵거리며 걸어서 앞으로 나왔다. 부츠의 높은 굽이 나무껍질 트랙과 부딪혀 공허한 소리가 났다. 얇은 입술 사이에는 짧은 담배가 달랑달랑 흔들렸다. 오만한 적갈색 얼굴이 일그러지더니 비웃음이 감돌았다.

"이제 내 차례가 온 거요?"

우디가 비웃듯이 말했다.

"뭐, 알았습니다. 그래서 외팔이 우디는 이제 오랏줄로 꽁꽁 묶어서 거꾸로 매달리는 건가요? 하지만 나리, 당신이 아무리 그래도 나한테서는 아무것도 캐내지 못할 겁니다!"

노인이 미소를 지었다.

"왜 그런 식으로 말을 하시나, 우디? 아직 질문은 하나도 안 했는데 말이지. 하지만 꼭 내가 당신을 잡아먹을까 봐 경계하고 있는 걸 보니, 차라리 매서운 매는 먼저 때리는 게 낫겠군. 우디, 당신과 혼이 오늘…… 아니, 어제 낮에 리허설 끝나고 마구간에서 말다툼을 했다는 게 사실이오?"

"사실입니다."

우디가 뚱한 목소리로 말했다.

"그래서 내가 벅한테 총질을 했다는 겁니까?"

"물론 바로 그렇게 되지는 않겠지. 그렇다고 당신이 안 했다는 증거도 없어. 벅한테 좋은 것을 다 빼앗겨서 감정이 좀 상했을 텐데, 그렇지 않소?"

"밧줄로 묶인 사팔뜨기 야생마보다도 더 상했수다."

우디는 인정했다.

"빌어먹을, 솔직히 말하자면 그 자리에서 총으로 쏴버리고 싶은 생각도 있었지요."

"당신 참 유쾌한 멍텅구리로구먼."

경감이 중얼거렸다.

"그래, 혼을 알고 지낸 지는 얼마나 됐소?"

"꽤 오래됐습니다."

"기수들이 혼의 뒤를 따라 달릴 때 당신은 어디 있었소, 우디?"

"안쪽 가장 앞에서 컬리 그랜트와 나란히 달리고 있었습니다. 경감님, 제 말 좀 들어보시죠."

우디가 비굴한 미소를 띠었다.

"만약 내가 벅 혼의 옆구리에 바람구멍을 냈다고 생각하신다면 그건 아주 크게 잘못된 겁니다. 혼이 총에 맞아서 쓰러질 때 쳐다보는 눈이 도대체 몇 만 개였습니까? 나는 여기 있는 친구들하고 같이 공포탄을 쏘고 있었다고요. 안 그렇습니까? 오른팔은 하늘 높이 처들고 있었죠? 그리고 나는 왼팔이 없습니다. 그래서 양 무릎에 힘을 꽉 주고 말에 올라타서 총을 쐈지요. 내 말이 틀립니까? 혼은 25구경 총알을 맞았다면서요? 내가 쏜 건 45구경이었고요. 그렇죠? 생각 바꾸시는 게 좋을 겁니다, 경감님. 지금 전혀 엉뚱한 트랙을 달리고 계시는 거라고요."

경기장에서 천천히 사람들이 줄어들었다. 기수들 무리는 남자와 여자로 나뉘어졌다. 여자들은 아래층으로 끌려가 몸수색을 받았고, 남자들은 그 자리에서 받았다. 25구경 자동 권총은 그 누구에게서도 나오지 않았다. 그들은 엄중한 감시 하에 건물을 나가 호텔로 보내졌다.

콜로세움의 직원들도 조사를 받았다. 마찬가지로 25구경 자동 권총은 없었다. 그들도 집에 갈 수 있게 되었다.

말을 비롯한 짐승들도 깨끗이 점검한 뒤, 다리를 저는 땅딸보 대늘 분을 포함하여 그랜트의 로데오 일을 하는 사람들도 조사를 받았다. 25구경 자동 권총은 나오지 않았다. 그들 역시 다른 사람들이 모두 가고 난 뒤 풀려났다.

밖으로 통하는 모든 문들이 잠겼다. 이제 콜로세움에 남은 사람들은 마스, 그랜트, 커비 소령, 그리고 경찰들뿐이었다.

엘러리는 옆을 어정거리며 방관자처럼 그 모든 과정을 지켜보았다. 사라진 자동 권총이 발견되지 않는다는 것이 성공적으로 확인될 때마다 혼자 고개를 끄덕거리곤 했다.

조용한 가운데 그들은 마스의 안내로 위층으로 올라갔다. 기획자의 사무실에 도착하자, 모두가 말없이 자리를 잡고 앉았다. 마스는 스낵 코너로 가서 샌드위치 몇 개와 커피 한 주전자를 가지고 왔다. 사람들은 음식을 고맙게 받아서 먹고 마셨지만, 여전히 말하는 사람은 아무도 없었다. 사실 별로 할 말도 없었다.

잠시 후 보고들이 올라오기 시작했다. 첫 번째 보고서는 비쩍 마르고 숫기 없는 형사, 피고트로부터였다.

그는 사과의 의미를 담아 헛기침을 했다.

"관중석을 모두 찾아보았습니다, 경감님."

"쓰레기들도 전부 찾아봤나?"

"예, 경감님."

"아무것도 없었나?"

"아무것도 없었습니다."

"부하들 돌려보내고 자네도 집에 가도록 하게."

피고트는 말없이 떠났다.

두 번째 보고는 오 분 후에 올라왔다. 이번에는 경감의 부하들 중에서도 가장 건장하고 억센 사내들만 모아서 데려갔던 리터의 반이었다.

"홀, 지하실, 창고, 칸막이 공간, 스탠드, 통로, 전부 다 훑었습니다."

리터는 단조로운 저음으로 말했다.

"아무것도 없었습니다, 경감님."

경감은 그에게 힘없이 손을 내저었다.

리터의 무거운 발걸음 뒤로 금발의 헤스가 따라 들어왔다. 평소에도 무심한 그 얼굴에 한층 더 감정이 없어 보였다.

"의상실을 이 잡듯 샅샅이 뒤졌습니다, 경감님."

헤스는 부드럽게 말했다.

"서랍장, 구석진 곳 하나 빠뜨리지 않고 전부 다 말입니다. 그리고 마구간, 마구, 축사, 사무실, 대기실 전부 찾아보았지만……. 아무것도 없었습니다."

"이 방도 찾아봤나, 헤스?"

"물론입니다, 경감님. 다른 방들과 마찬가지로 꼼꼼하게 뒤졌습니다."

경감이 신음했다. 윤이 나는 책상 위에 발을 올려놓은 채 앉아 있던 토니 마스는 눈 하나 깜짝하지 않았다.

"좋아, 헤스……. 아, 토머스!"

덩치 큰 벨리 경사가 쿵쿵거리며 들어오는 통에 온 방 안이 다 흔들렸다. 강철 같던 얼굴 근육이 마치 불에 닿아 녹아내린 듯 흐물흐물해져 있었다. 그는 의자에 털썩 주저앉아 아무런 표정도 담기지 않은 눈빛으로 경감을 지그시 바라보았다.

"뭐 좋은 소식 있나, 토머스?"

"경기장 전체를 싹 뒤졌습니다."

벨리가 말했다.

"1제곱센티미터도 빠뜨리지 않고 전부 말입니다. 맹세할 수 있습니다. 갈퀴까지 가져다 긁어댔단 말입니다! 전부 확인해야 할 것 같아서 꽤 깊이 파헤쳤죠……. 권총은 발견하지 못했습니다."

"흐음."

경감이 허무한 듯 신음했다.

"하지만 이것을 찾아냈습니다."

벨리가 몽둥이 같은 집게손가락으로 조끼 주머니를 뒤져서, 부서진 금속 조각 같은 작은 무언가를 꺼냈다.

모든 사람들이 벌떡 일어나 달려와서는 책상 주위를 빙 둘러쌌다.

"탄피!"

경감이 소리를 질렀다.

"원 세상에, 중요한 게 나왔구먼! 탄피는 나왔는데 권총이 없다니!"

경감은 탄피를 경사의 손가락에서 받아들고 열띤 눈으로 자세히 들여다보았다. 그것은 노란빛이 도는 금속 조각이었는데, 납작하게 찌그러졌으며 여기저기 부서지고 긁힌 흔적이 역력했다. 사람들이 발로 걷어차거나 밟고 지나갔던 것 같았다. 경기장 바닥에서 묻은 듯한, 검은색 얼룩이 달라붙어 있었다.

"이걸 어디서 찾아냈지, 토머스?"

"경기장에서 찾았습니다. 먼지 속에 거의 3센티미터나 파묻혀 있더군요. 누가 밟아서 묻힌 것 같았습니다. 트랙에서 4, 5미터가량 떨어진 곳, 그러니까…… 마스 씨의 박스석 근처에 있었습니다……. 경기장의 남동쪽 구역 말입니다."

"흠. 소령, 이게 25구경 총알의 탄피가 맞소?"

커비 소령이 그 금속 조각을 언뜻 쳐다보았다.

"의심의 여지가 없습니다."

"남동쪽 부근이었단 말이지."

경감이 중얼거렸다.

"맙소사, 그게 도대체 무슨 뜻인지 통 모르겠구먼!"

그랜트가 눈을 껌벅이며 말했다.

"제가 보기에 탄피가 어디서 발견되었는지는 굉장히 중요한 정보 같습니다, 경감님."

"그래요? 중요하긴 한데 그렇다고 뭐 대단한 의미를 지닌 거 같지는 않소만. 경사가 탄피를 어디서 발견했는지 알아도 그게 살인자가 권총을 쏜 위치를 가리키는 건 아니잖소?"

경감이 고개를 저었다.

"어디 봅시다……. 완전히 박살이 났구먼. 발로 많이 걷어차인 것 같은데. 그러니까 경기장 안에 있던 누군가가 가지고 있었던 물건이란 건 확실한데, 물론 관중석에서 떨어진 것일 수도 있고. 아니면 가장 낮은 줄에 있던 박스석에서 떨어졌을 수도 있겠지. 아니, 그랜트 씨. 이건 전혀 중요하지 않은 문제 같소이다."

"저도."

엘러리가 작게 헛기침을 하면서 끼어들었다.

"그 점에 있어서는 아버지의 의견에 완벽히 동의합니다……. 이거 참 믿어지지가 않는 일이군요!"

모두가 엘러리를 돌아보았다.

"무게 13온스에 길이 4인치 반이나 되는 물건이 갑자기 공기 중으로 증발할 리가 없지 않습니까. 당연히 여기 어딘가에 있을 겁니다!"

그러나 사실이 아무리 그렇다지만, 벅 혼을 죽인 25구경 자동 권총은 나타나지 않았다. 수사 훈련을 받은 건장한 남자들이 문제의 물건이 있을 만한 곳과 있을 것 같지 않은 곳까지, 몸을 사리지 않고 아주 철저하고 깐깐하게 찾아보았지만 도무지 발견되지 않았다.

그 사실은 점점 더 사람들의 코앞으로 다가왔다. 모든 것이 문자 그대로 깨끗하게 사라졌다. 겉으로 보이는 곳들뿐 아니라 나무껍질 트랙, 관중석 자리, 들춰볼 수 있는 바닥재, 사무실과 파일 캐비닛, 책상과 금고, 모든 통로들, 말의 안장 밑, 마구간, 말 여물통, 무기고, 대장간, 대장간 풀무, 칸막이 공간, 창고, 포장된 상자들과 트렁크, 구석과 틈새, 복도, 경사로…… **무엇**

하나 할 것 없이 수색의 대상이 되었다. 그러나 완벽한 수색에도 불구하고 아무것도 나오지 않았다. 심지어 혹시 권총을 창문 밖으로 내던진 게 아닌가 하는 헛된 희망을 품고 건물 바깥 길까지 찾아보았을 정도였다.

"답은 하나뿐이군요."

토니 마스가 얼굴을 찌푸리며 말했다.

"여기 있었던 누군가가 어젯밤에 권총을 들고 나간 모양입니다."

"말도 안 되는 소리!"

경감이 벼락같이 소리를 질렀다.

"내 그것만은 보장하리다. 이 건물 밖으로 나간 사람들은 누구나 반드시 주머니며 짐, 가방을 빼놓지 않고 아주 싹싹 깨끗이 조사했소. 당신 말은 틀립니다, 마스 씨. 분명 이 건물 어딘가에 있을 거요……. 마스 씨, 웃지 말고 대답해주십시오. 이 건물은 당신이 직접 지었습니까?"

"뭐라고요? 당연하죠."

"그럼 혹시…… 뭔가 비밀 통로라든가, 뭐 그런 정신 나간 장치를 해놓지는 않았습니까?"

경감이 얼굴을 붉혔다.

마스가 냉혹하게 웃었다.

"경감님, 만약 저 튼튼한 콘크리트에 구멍 하나라도 있다면 내가 그 속으로 기어들어갈 테니 당신은 거기에 방귀탄을 던지든 뭘 하든 마음대로 하십쇼. 원하신다면 설계도를 보여 드릴 수도 있습니다."

"신경 쓰지 마시오."

경감이 얼른 덧붙였다.

"그냥, 지금은 지푸라기라도 잡고 싶은 심정에……."

"그래도 역시 설계도는 보여 드려야 할 것 같군요."

마스가 벽 금고 쪽으로 다가갔다. 지금까지 아무도 몰랐던 곳이었다. 그러고는 건축가가 스케치한 종이 두루마리들을 차례차례 펼쳤다. 경감은 마지못해 그리로 다가가 설계도를 훑어보았다. 다른 사람들은 가만히 앉아 그 모습을 지켜보았다.

삼십 분 후, 마스의 제안에 의해 벨리 경사는 막바지 명령을 받고 혹시 물건을 숨길 수 있을지도 모르는 곳을 찾아보러 갔다. (그리고 빈손으로 돌아왔다.) 경감은 이 생각을 접어버리고 떨리는 손으로 자신의 눈썹 부근을 꾹 눌렀다.

"오늘 밤은 이제 그만 합시다. 아이고, 머리야! 지금 몇 십니까? 누구 아는 사람 없소?"

마스가 어두운 파란색 블라인드를 걷었다. 유리창을 통해 환한 햇빛이 비쳐 들어왔다.

"자, 우리 모두 이제 가서 한숨 자는 게 좋겠습니다. 내 생각에……."

엘러리가 두터운 담배 연기 장막 너머에서 중얼거리는 소리가 들렸다.

"만약에 이 콜로세움 안에서 아직 수색하지 않은, 걸어 다니는 요소가 두 곳 있다면 어디일 거라고 생각하십니까?"

경감이 아들을 노려보았다.

"또 무슨 소리냐?"

엘러리는 토니 마스와 와일드 빌 그랜트를 향해 손을 저었다.

"너무 기분 나쁘게 받아들이진 말아주십시오, 신사 여러분."

"그러니까 지금 마스랑 그랜트를 몸수색하라는 말이냐?"

경감이 짤막하게 웃었다.

"그건 이미 오래 전에 끝났다. 내가 직접 했지."
"다시 한 번 하셔도 좋습니다."
그랜트가 차갑게 말했다.
"그거 좋은 생각이오. 토머스, 그 영광을 받아들이게. 당신을 모욕하려는 의도는 아닙니다, 마스."
벨리 경사는 말없이 그 말을 따랐다. 그러고 나서 같은 의식을 토니 마스에게도 반복했다. 결과는 모든 사람들이 예상했다시피 헛수고였다.
"안녕히 주무십시오."
마스가 지친 목소리로 말했다.
"경감님, 콜로세움은 당분간 폐쇄해두는 게 좋겠습니까?"
"놈을 잡을 때까지는 그래야 하오."
"알겠습니다…… 나중에 또 뵙지요."
마스가 나갔다. 그 뒤에서 문이 천천히 닫혔다.
소령도 일어났다.
"나도 이만 가야 할 것 같습니다. 내가 더 할 일은 뭔가 없습니까?"
"없소, 소령."
경감이 대답했다.
"고생 많았습니다."
엘러리가 웃으며 말했다.
"소령님, 결국 수사진에 남기로 결심하셨군요. 상황이 상황인 만큼 무리도 아닙니다만. 그런데 혹시 잠깐 개인적으로 따로 뵐 수 있을까요?"
소령이 엘러리를 빤히 쳐다보았다.
"물론이네."

엘러리는 소령과 함께 복도로 나갔다.
"소령님 덕분에 아주 큰 도움이 되었습니다."
엘러리가 진지하게 말했다.
"지금까지 이미 해주신 것 외에도 이것저것 말이죠. 혹시 소령님 동료 분들의 힘도 좀 빌릴 수 있을까요?"
"당연하네. 뉴스 거리만 있다면."
"있을지도 모르고, 없을지도 모릅니다."
엘러리가 어깨를 으쓱했다.
"아무튼 어젯밤 소령님 일행이 찍었던 경기장과 관중석의 뉴스 영화 필름을 시청할 수 있도록 상영 준비를 좀 해주실 수 있나요?"
"아! 물론이지. 언제가 좋겠나?"
"음…… 오늘 아침 10시가 좋겠습니다. 저도 몇 시간 정도는 눈을 붙여야 할 것 같군요. 그리고 소령님도 좀 주무셔야겠죠."
몸집이 작은 소령이 미소를 지었다.
"나는 좀 부엉이 같은 체질이어서 말일세. 10시에는 볼 수 있도록 준비해놓겠네, 퀸 군."
소령은 웃으며 엘러리의 손을 따스하게 잡아주고는 굳건한 발걸음으로 계단을 내려갔다.
엘러리는 사무실로 돌아갔다. 문간에서 마침 나오던 그랜트와 딱 마주쳤다. 늙은 흥행사는 잘 자라는 인사말 같은 것을 몇 마디 입속에서 웅얼거리고는 성큼성큼 걸어 아래층으로 내려갔다.
엘러리는 마스의 사무실로 달려 들어갔다. 오버코트의 단추를 채우고 있던 아버지가 깜짝 놀랐다.
"아버지, 빨리요!"

엘러리는 외쳤다.

"빨리 누굴 그랜트한테 좀 붙이세요!"

"그랜트한테? 그러니까 그랜트한테 미행을 붙이란 말이냐?"

노인이 놀라서 눈을 끔벅였다.

"도대체 왜?"

"이유는 묻지 마시고요, 아버지. 어서요! 엄청나게 중요한 일이에요!"

경감은 경사 쪽을 보고 고갯짓을 했다. 벨리가 모습을 감췄다. 그러나 경감은 잠시 거한을 불러세웠다.

"잠깐만 기다리게, 토머스. 엘, 얼마나 철저하게 해야 하겠니?"

"완벽하게 모든 것을 다요. 그랜트의 움직임 하나하나 절대로 놓치시면 안 돼요. 전화도 도청하고, 편지도 중간에 가로채서 읽어보고 그 내용도 메모하시고, 누군가와 접촉할 때마다 전부 보고해주세요."

"들었나, 토머스? 하지만 조심해야 하네. 그랜트가 미행당하고 있다는 것을 눈치채게 하면 안 돼."

"알겠습니다."

벨리가 대답하고 나서 두 번째로 사라졌다.

퀸 부자는 거대한 건물 안에 단둘만 달랑 남았다. 수사진의 주력이 되는 경찰들은 모두 콜로세움 밖의 보도에서 그들이 나오기를 기다리고 있었다.

"이 녀석아."

경감이 툴툴거렸다.

"너는 네가 지금 무슨 짓을 하는지 잘 알고 있겠지만, 유감스럽게도 나는 아니야. 도대체 무슨 생각이냐?"

"그냥 막연해요. 아버지, 키트 혼한테도 똑같은 일을 하셨죠?"

"네가 그러라고 시키지 않았냐. 하지만 내가 그 이유를 알아내면 내일 해가 서쪽에서 뜨겠지."

엘러리는 몸을 버둥거려 코트를 입었다.

"누가 알겠어요?"

그러고 나서 코안경을 단단히 눌러 쓰고서 아버지의 옆구리에 팔짱을 꼈다.

"전진합시다, 프로스페로여! 제가 장담하건대 이 사건을 성공시키는 열쇠는 멋쟁이 와일드 빌 그랜트와 키트 혼에게 그림자보다도 더 가까이 달라붙어야 얻을 수 있을 겁니다!"

경감이 뭐라 투덜거렸지만, 그는 이미 아들의 수수께끼 같은 헛소리가 충분히 익숙했다.

12:
개인 상영회

전도서에서 말하기를, 노동자는 잠을 달게 잔다고 한다. 아마도 이 말은 근육보다 두뇌를 써서 노동하는 사람에게 엄격한 도덕적 교훈을 선사하려는 의도로 추정된다. 그렇기에 그날 밤 뇌세포를 가동하여 굉장한 일을 해낸 엘러리 퀸 씨는 피로는 덜 풀리고, 몸은 뻐근하고, 목은 바짝바짝 마른 채 침대에서 거의 기어 나오는 꼴이 되었다. 눈을 떠보니 커비 소령과의 약속에서 십오 분 지난 시각이었다.

엘러리는 날달걀 두 개와 뜨거운 김이 오르는 커피 한 잔 그리고 어젯밤에 있었던 이벤트에 대해 흥분한 목소리로 말을 쏟은 아내는 주나의 수다스러운 목소리까지 정신없이 먹어치운 뒤 타임스 스퀘어를 향해 다운타운을 쏜살같이 달려 내려갔다.

거대한 영화 제작사에 작게 딸려 있는 뉴스 영화 사무실은 벌통 같은 건물의 12층을 차지하고 있었다. 엘러리가 숨도 쉬지 못하고 엘리베이터에서 튀어나와, 사무실 프런트에 도착했을 때는 사십오 분 지각한 상태였다.

커비 소령이 서둘러 나왔다.

"퀸 군! 나는 또 자네한테 무슨 일이 생긴 줄 알았네. 준비 다 되었어."

소령은 참으로 놀라웠다! 밤을 홀딱 새고도 얼굴에는 피곤한 기색이 전혀 없었다. 옷매무새는 말쑥하고 산뜻했으며 단정하게 면도가 된 뺨은 발그레하니 혈색이 좋았다.

"늦잠을 잤습니다."

엘러리가 끙끙거리며 말했다.

"안녕하셨습니까? 소령님, 혹시 편집 담당하시는 분이 분량이 너무 많아서 힘들어하진 않으셨습니까?"

커비가 킥킥 웃었다.

"전혀 아닐세. 그 친구도 거의 신나서 죽으려고 하던걸. 뉴욕 전체의 그 누구보다도 우리가 제일 앞서나가고 있으니 말이지. 이쪽일세, 퀸 군."

커비 소령은 엘러리를 크고 시끄러운 방으로 데리고 들어갔다. 그곳은 늘어져 쉬고 있는 남자들로 가득했으며 담배 연기가 자욱했다. 마치 중국 폭죽처럼 타자기들이 끊임없이 딸깍딸깍 시끄러운 소리를 내고 있었다. 사람들 한 떼가 희한하게 생긴 자막 뉴스 기계 옆에 달라붙어 무언가를 열심히 하고 있었다. 소년들이 계속 들락날락했다.

"꼭 신문사 같은데요."

서로를 밀어젖히는 사람들을 보며 엘러리가 평했다.

소령이 건조하게 대답했다.

"그보다 더 안 좋지. 이게 바로 뉴스 영화 사무실이라네. 그리고 뉴스 영화 카메라맨들은 1000퍼센트 확률로 신문기자들보다 훨씬 하드보일드하지. 전부 대단히 터프한 친구들이야. 하지만 특종을 잡는 순간 아주 착한 아이가 되지!"

그들은 출구를 통해 복도로 나갔다. 복도 옆으로는 문들이 한없이 줄지어 있었다. 어딘가에서 윙윙 기계 돌아가는 소리가 울렸다. 코트도 걸치지 않은 사람들이 정신없이 뛰어갔다.

"자, 다 왔네."

소령이 말했다.

"영사실이야. 급할 때만 쓴다네. 들어오게, 퀸 군. 이 냄새가 그리 역하지는 않지? 셀룰로이드 냄샌데."

벽 구조가 그대로 드러나 있고, 움직일 수 있는 의자가 두 줄로 늘어서 있는 방이었다. 뒷벽에는 테두리가 쳐진 네모난 구멍이 여러 개 뚫려 있었는데 거기에 영사기 끄트머리가 튀어나와 있었으며, 그 반대편 벽에는 희고 깨끗한 스크린이 넓게 쳐져 있었다.

"앉게나."

소령이 기분 좋은 목소리로 말했다.

"준비가 다 되었으니, 자네가 말만 하면 언제든지……."

"잠깐만 기다려주실 수 없겠습니까? 아침에 제가 일어나기 전에 경감님이 본청으로 가셨는데, 잠깐 시간을 내서 이쪽에 들를 수도 있다고 하셨거든요."

"자네 말대로 하지."

소령은 수많은 스위치가 달리고 작고 환한 램프에 불이 켜진, 벽 옆 작은 테이블에 앉았다.

"뭐 새로운 소식 없나?"

엘러리가 뻐근한 다리를 쭉 뻗었다.

"없는 것 같습니다."

엘러리는 못내 유감스럽다는 듯 말했다.

"소령님도 아시다시피, 우리가 지금 당면한 문제는 극도로 난해한 퍼즐입니다. 현대의 마법이죠! 여기서 문제. 벅 혼을 향해 불을 뿜은 그 자동 권총에 대체 무슨 일이 일어난 걸까요? 그 권총은 콜로세움의 밖을 빠져나갈 수도 없지만, 그 안에 존재하지도 않았습니다. 적어도 겉으로 보기에는. 그러니 그 문제를 해결해야죠."

"《아라비안 나이트》같은 얘기구먼."

소령이 미소를 지었다.

"골치 아픈 문제라는 건 알겠네. 하지만 나는 마스와 같은 의견일세. 그게 가장 이성적인 이론 아니었나? 어떤 방법을 썼는지, 어떻게 했는지, 아무튼 그 살인자가 몰래 권총을 몸에 숨기고 건물을 빠져나간 거야. 혼자 했는지, 아니면 공범이 있었는지 모르겠지만."

엘러리는 고개를 저었다.

"반론의 여지가 없는 증거들을 통해, 우리는 범죄가 일어난 그 순간 이후로 어떤 사람도 몰래 그 장소를 빠져나가지 못했다는 사실을 잘 압니다. 그리고 모든 사람들이 철저하게 몸수색을 받았죠. 누구도 예외는 없었습니다. 이 점 명심해주시기 바랍니다. 소령님, 정답은 그보다 훨씬 교묘하고도 복잡할 겁니다."

엘러리가 얼굴을 찌푸렸다.

"사실 저도 소령님 말씀대로 이게 그렇게 간단한 문제였으면 참 좋겠습니다. 왜냐하면 그 무기에 대체 무슨 일이 일어났는지, 전혀 아무것도 알 수 없다는 사실을 고백해야 하거든요……. 아, 아버지! 이제 오셨어요?"

영사실 문 앞에 나타난 퀸 경감은 평소보다 더 조그맣고 야윈 모습에 머리까지 더 하얘진 것 같았다. 양옆에는 벨리 경사와 헤스 형사가 나란히 서 있었다.

"안녕하시오, 소령. 엘러리, 너도 겨우 침대에서 빠져나온 모양이구나?"

경감은 피곤한 듯 의자에 털썩 주저앉아, 형사들을 향해 다른 의자들을 가리켰다.

"기지개를 켜고 계속 신음하시는 걸 보니 어젯밤에 악몽을 꾸신 모양이로군요……. 좋습니다, 소령님. 저희는 준비 다 되었습니다."

커비 소령이 고개를 홱 돌리고, 뒷벽에 뚫린 네모 구멍들 중 가장 큰 창을 향해 고함을 질렀다.

"조!"

안경 낀 얼굴이 네모난 유리창 너머로 쑥 나타났다.

"예, 소령님?"

"우리는 준비 다 됐네, 조. 영상을 틀어."

갑자기 불이 꺼지고, 마치 손에 만져질 듯 부드러운 어둠이 그들을 휘감았다. 뒤에서 영사기가 웅, 찰칵찰칵 소리를 내며 돌아갔다. 갑자기 스크린에 제목이 떠오르고, 이어서 마치 장송곡처럼 슬픈 가락의 음악이 쿵쿵 울렸다. 제목은 이랬다.

벅 혼, 살해당하다!

뉴욕의 새로운 스포츠 경기장 콜로세움,
그곳에서 벌어진 센세이셔널한 살인 사건!

제목 자막이 깜박거리다 사라지더니 곧 다른 자막이 나타났다. 이번 것은 꽤 길었다.

편집자 주—본 영상은 벅 혼이 총에 맞는 모습을 기록한 최초의 영상입니다. 할리우드에서 가장 사랑받았던 서부극 스타의 충격적인 살해 장

면, 그 앞뒤 모습을 재현한 이 영상은 ×××뉴스사의 기획과 뉴욕 경찰청의 허가 하에 제작되었습니다.

　타이틀 화면이 사라지고 뉴스 영화 아나운서의 목소리와 함께 전날 밤 콜로세움의 모습이 처음으로 등장했다.
　"보시는 바와 같이 콜로세움에는 수많은 관중들이 들어차 있습니다."
　장면이 관중석의 여러 단을 천천히 훑는 가운데 목소리가 쾅쾅 울렸다.
　"문제의 총알이 발사되기 전의 모습입니다. 세계적으로 유명한 스포츠 경기장에서 와일드 빌 그랜트의 뉴욕 로데오가 그 화려한 막을 올리고 있는 현장입니다……. 높이 뛰어오르는 말들과 함성을 지르는 카우보이들의 다채로운 모습을 2만 명의 관중들이 즐겁게 지켜보는 가운데……."
　갑자기 아나운서가 말을 멈추었다. 스피커를 통해 천둥 같은 소리가 울려 퍼짐과 동시에 카메라가 경기장의 한 구석을 비추고, 지난 밤 퀸 부자도 목격했던 이벤트 초반의 모습들을 스크린에 띄웠다. 컬리 그랜트의 얼굴이 짧게 스쳐지나갔다. 그는 작은 유리구슬들을 띄워 총신이 긴 리볼버로 아무렇게나 쏘아 맞히는 묘기를 선보이며, 이를 드러낸 채 웃고 있었다. 갑자기 소리가 잦아들고 경기장 한가운데가 텅 비었다. 카메라가 흔들리더니 거대한 서쪽 게이트를 향했다. 와일드 빌 그랜트가 말을 타고 화려하게 등장했다. 카메라는 그의 뒤를 따라 타원형 경기장의 한복판까지 움직였다. 힘차게 질주하는 모습, 흙먼지를 피우며 미끄러지듯 멈추는 모습, 카우보이모자를 벗어 흔드는 모습, 웃는 얼굴, 사람들의 환호성과 발 구르는 소리, 그랜트가 천장을 향해 신호탄을 쏘아 올리는 모습, 소름 끼칠 정도로 무시무시한 카우보이 특유의 함성을 질러 사람들을 조용하게 만드는 모습들까지 전부 화면에 담겼다. 그러고는 행사의 막을 여는 목소리가 들렸다.

"신사숙녀 여러분. 와일드 빌 그랜트 로데오의 오프닝 행사에 오신 것을 환영합니다! 세계에서 가장 큰……."

고함 소리가 쭉 이어졌다. 이어서 드디어 벅 혼이 당당한 준마, 로하이드를 타고 연극적인 모습으로 등장했다. 그 뒤로 마흔한 명의 기수들이 요란하게 고함을 지르며 달려 나왔고, 신호탄이 울렸고, 모두 함께 나무껍질 트랙을 위를 한 바퀴 질주하기 시작했다……

영상을 보던 사람들이 모두 긴장한 채, 스크린 위에서 지난밤의 광경이 재현될 것을 기다리며 몸을 앞으로 기울였다……. 천둥 같은 일제사격 후 벅 혼이 안장 위에서 몸을 뒤트는 아주 짧은 순간, 누군가가 떨리는 한숨을 쉬었다. 제법 오랫동안 이어져서 한 발 한 발 구분하기 어려운 일제사격이었다. 벅 혼이 말에서 떨어지고, 격렬한 혼란에 빠진 말들이 떼를 지어 그 위를 밟고 지나갔으며 지켜보던 사람들은 비명을 질렀다……. 그들은 가만히 앉아서 카메라가 롱숏으로 관중석의 유명 인사들, 마스의 박스석, 말에서 내린 기수들, 로데오 의사 그리고 담요로 덮인 시체를 하나하나 빠짐없이 비추는 모습을 지켜보았다.

다시 방에 불이 들어왔지만 한동안 아무도 손가락 하나 움직이지 않았다. 이윽고 소령이 낮은 목소리로 말했다.

"좋아, 조. 아주 잘했어."

그리고 마법이 풀렸다.

"일이 참 빠르지 않습니까?"

소령은 음울한 미소를 지었다.

"이 필름은 현재 스테이트 극장에서 바로 지금 상영되는 중입니다."

"매우 사업적인 조처로군요."

엘러리가 멍하니 중얼거렸다.

"헌데 이 필름은 몇 분짜리입니까? 제가 보기에는 평범한 뉴스 영화보다 더 긴 것 같던데요."

"자네 말이 맞네. 그래서 특별 뉴스가 되었지. 중요성으로 따지자면 지진이나 전쟁 속보와 비슷해."

커비가 키득거렸다.

"필름 한 릴을 거의 다 썼지. 십 분 삼십 초 정도 된다네."

경감이 몸을 약간 움직였다.

"특별히 새로 얻은 정보는 없는 것 같군요. 그렇지 않니, 엘러리……."

몽상에 푹 잠겨 있던 엘러리는 대답하지 않았다.

"아니, 뭐가 있었냐?"

"네? 아, 아뇨, 아뇨. 아버지 말씀이 맞아요."

엘러리는 한숨을 쉬고 커비 쪽을 돌아보았다.

"정말 훌륭한 작업을 해주셨습니다, 소령님. 혹시 회사 자금을 더 낭비해주실 수 없겠습니까? 조직을 설득해서 저희가 정지된 사진이나 클로즈업된 장면을 볼 수 있도록 해주시지 않겠습니까? 특히 혼의 몸에 총알이 들어가는 바로 그 장면을요."

커비가 얼굴을 찌푸렸다.

"음…… 못 할 것은 없네만. 자네도 알다시피 상당히 흐릿할 걸세. 필름은 확대하면 뿌예진다네. 게다가 원거리 촬영이었으니까 더욱 그렇겠지. 특정한 피사체에 포커스를 맞추고 클로즈업한 촬영이 아니라……."

"그래도 저는 그게 꼭 필요합니다. 불평은 하지 않겠습니다."

"알았네, 친구."

커비 소령은 일어서서 빠른 걸음으로 영사실을 나갔다.

"저 친구들은 정말로 행동이 빠르군요."

벨리 경사가 굵은 목소리로 말했다.

경감이 투덜거렸다.

"엘러리, 도대체 이 장난질은 다 뭣 때문에 하고 있는 게냐? 애비는 바쁘단 말이다……."

"중요한 거예요."

그리하여 그들은 기다리는 신세가 되었다. 고개를 푹 수그린 사람들도 몇 명 있었다. 한번은 덩치 크고 뚱뚱한 신사 하나가 고압적인 태도로 들어와서는 자신을 뉴스 영화사의 편집장이라고 소개한 뒤, 혹시 퀸 경감이 마이크에 대고 이번 사건에 대해서 '몇 마디' 해줄 수 없는지 물었다. 아래층으로 내려가면 스튜디오가 있는데……. 경감은 고개를 저었다.

"미안하오. 그러려면 청장님의 허가를 받아야 하는데 지금은 뉴욕에 안 계셔서 말이오. 청장님은 우리가 대중들 앞에서 발언하는 걸 대단히 꺼려하신다오."

"아, 그렇습니까?"

편집장은 사무적으로 말했다.

"그 규칙은 청장님 본인에 대해서는 적용되지 않는 모양이지요? 좋습니다, 대중들이 개처럼 물어뜯을 거란 사실은 저도 잘 압니다! 실례했습니다, 경감님. 다음 기회에, 혹 윗선에서 기분이 좋아 허락하게 되면 부탁드리지요. 그럼 안녕히 계십시오."

편집장은 흰 토끼처럼 방을 뛰쳐나갔다.

그들은 계속 기다렸다. 엘러리는 생각의 바다 속에 푹 잠겨 있었다. 헤스 형사는 눈을 감고 두 손을 겹친 채 머리를 시트 등받이에 편하게 기대더니 금세 잠에 빠졌다. 그는 노골적으로 코를 골았다. 벨리 경사는 상관의 눈치를 흘끔 보더니 자기에게도 기회가 왔다는 걸 깨달은 듯, 잠깐 눈을 붙이기로 결심한 모양이었다.

바깥에서는 난리법석이 일어나고 있었으나 이 방 안은 고요했다.

커비 소령이 8×10인치 크기의 사진들을 한 뭉치 들고 흔들면서 개선장군처럼 당당하게 돌아왔다. 벨리 경사가 흠칫 놀라더니 눈을 떴다. 헤스 형사는 여전히 코를 골고 있었다.

퀸 부자는 허리를 굽히고 축축한 사진들을 들여다보았다. 그 눈빛들에는 엄청난 열기가 담겨 있었다.

"최선을 다했습니다."

소령이 미안한 듯 말했다.

"아까도 말했지만 초점이 많이 나갔을 겁니다. 하지만 가능한 한 선명하게 확대하기 위해서 최고의 장비를 동원했습니다."

일련의 사건을 담은 사진이 열 장 있었다. 쭉 이어지는 사진들의 차이점은 피사체의 아주 미세한 자세가 다르다는 점뿐이었다. 영화 필름에서 뽑아냈기 때문에 각 사진들의 테두리에는 필름 프레임 자국이 남아 있었다. 사진들은 하나같이 초점이

나가서 부드러운 회색 물질로 뒤덮인 채 흐릿했다. 어쨌거나 피사체를 식별할 수는 있었다.

사진에는 죽음을 맞은 바로 그 순간, 카메라를 바라보고 있는 벅 혼의 모습이 담겨 있었다. 아주 정확히 정면을 바라보고 있었다. 첫 번째 사진에서는 말의 멋진 머리가 렌즈를 똑바로 응시하고 있었다. 그 뒤로 기수의 몸은 흐릿했지만 마찬가지로 카메라를 정면으로 향하고 있었다. 모든 사진들은 한가운데에 초점이 잡혀 있었으므로 말의 전체 모습이 잘 보였다. 사진을 보니 살인이 일어난 시간 내내 로하이드의 길쭉한 몸뚱이가 나무껍질 트랙과 평행을 유지했다는 사실을 알 수 있었다.

사진들 중 다섯 장은 혼의 죽기 직전 모습을 담고 있었다. 일련의 동작들이 뚜렷하게 보였다. 첫 번째 사진에서 희생자는 등을 꼿꼿하게 펴고 안장에 앉아 있었다. 두 번째 사진에서는 안장에 앉은 채 몸을 왼쪽으로 약간 기울이기 시작했다. 세 번째 사진에서는 그 기울어진 각도가 더욱 두드러졌다. 그리고 다섯 번째 사진에 이르기까지, 계속해서 카메라를 정면으로 응시하고 있던 그의 상반신은, 처음에는 똑바로 서 있다가 점점 왼쪽으로 약 30도 각도까지 기울어졌다. 반대로 로하이드는 다섯 장을 통틀어 전부 같은 자세였다. 말도 왼쪽으로 기울긴 했으나 아주 미세했다. 그 뒤 세 장의 사진들은 혼이 죽음을 맞는 순간의 모습이었다. 나머지 두 장에서 혼은 안장 위에서 허물어지며 바닥으로 미끄러져 떨어졌다. 사진 속에서 모자는 한결같이 그의 머리에 얹혀 있었고 왼팔은 고삐를 쥔 채 치켜든 채였으며 오른팔은 권총을 든 채 머리 위로 흔들고 있었다.

"혹시 기억나시는지 모르겠습니다만……."

엘러리가 축축한 사진에 신경을 집중한 채 중얼거렸다.

"혼은 로하이드가 나무껍질 트랙의 북동쪽 코너를 돌자마자 안장에서 떨어졌지요. 이것은 이 사진에서 혼이 오른쪽(본인이 보기에는 왼쪽)을 향해 넘어지는 모습으로 확인할 수 있습니다. 이건 혹시 원심력 때문에 균형을 잃은 거라고 생각할 수도 있지 않을까요, 소령님? 어떻습니까. 아니면 제가 또 비과학적인 헛소리를 하는 건가요?"

그들은 혼이 죽음을 맞는 바로 그 순간 찍힌 세 장의 사진을 특히 유심히 들여다보았다. 본인이 가장 좋아했다는 흰색 새틴 셔츠를 입고 있던 덕분에 총알의 모습이 대단히 잘 보였다. 세 장의 사진 중 첫 번째 사진에는 팔꿈치를 구부린 채 치켜들고 있던 왼쪽 팔 밑으로, 거의 심장 높이쯤에 지나가는 검고 작은 점이 찍혀 있었다. 두 번째 사진에는 같은 지점에 약간 커진 점이 보였으며, 세 번째 사진의 점은 가장 컸다. 물론 세 사진의 검은 점 크기는 그리 차이가 나지 않았지만. 이 검은 점들은 명백히 총상으로 보였다.

열 장 중 뒤의 다섯 장에 찍힌 혼의 얼굴에는 놀람과 긴장, 일그러짐, 번개 같은 격통의 표정들이 나타나 있었다. 카메라 렌즈가 이글이글 타오르는 죽음의 신의 눈동자이기라도 한 양, 혼은 카메라를 똑바로 쳐다보면서 그들 앞에서 죽어갔다.

엘러리가 고개를 들었다. 눈에는 베일이 드리워져 있었다.

"나는 눈뜬장님이었군."

그는 생각에 잠긴 채 중얼거렸다.

"이 모든 문제들이 얼마나 간단했단 말인가!"

모두 놀라서 아무 말이 없었다. 커비 소령은 입을 딱 벌렸다.

"뭐라고?"

경감이 소리쳤다.

엘러리는 어깨를 으쓱했다.

"제가 모르는 것이 두 가지 있어요."

엘러리는 안타까운 미소를 띤 채 말했다.

"엄청나게 중요한 문제 두 가지예요. 하지만 이 두 개는 사건이 해결되기 전까지는 풀리겠죠. 하지만 한 가지, 제가 아는 게 있습니다. 네, 제가 아는 건 딱 하나예요. 그 진실은 그림자로 가려져 있지도 않죠······."

경감이 입을 꼭 다물고 엘러리를 쏘아보았다.

"그게 뭔가? 도대체 그게 뭔데 그러나, 퀸 군?"

하지만 커비 소령은 열띤 목소리로 물었다.

엘러리는 말에서 떨어지는 모습이 찍혀 있는 마지막 사진을 무자비하게 손가락으로 톡톡 두드렸다.

"전 누가 이 늙고 딱한 과시욕의 화신을 죽였는지 압니다!"

13:
중요한 방문

"누가 벅 혼을 죽였는지 안다고!"

경감이 숨을 헐떡거렸다.

"뭐냐, 그 뭐냐, 그럼 당장 그놈을 잡으러 가야 하지 않겠냐!"

"하지만 저는 모르는걸요."

엘러리가 비탄에 잠긴 목소리로 말했다.

소령과 경감이 그를 응시했다.

"이 녀석, 또 시작이구먼!"

경감은 소리를 버럭 질렀다.

"또 똑똑한 척이냐? 도대체 그게 무슨 말이야, 모른다니? 방금 전에는 안다고 하지 않았어?"

"아버지, 제 얘기 좀 들어보세요."

엘러리가 중얼거렸다.

"아버지를 놀리려는 게 아니에요. 분명 그렇게 말은 했죠. 알지만, 모릅니다. 그런 것들 중 하나예요. 아버지는 당장 범인을 잡으러 가자로 하셨지만, 아주 솔직하게 탁 털어놓고 말해서 만약 제가 이 순간 이 건물에서 밖으로 걸어 나간다 한들 아버지를 살인자가 있는 곳으로 안내하지는 못할 겁니다. 하지만 누가 그 딱한 사람을 죽였는지는 알기도 합니다. 마치 늙은 짐

블루조1917년 방영된 동명 영화의 주인공-옮긴이가 자신의 의무를 다했을 때처럼 말이죠."

경감은 양 손을 내저었다.

"이것 좀 보시오, 소령. 이게 내 평생 참고 견뎌야 하는 일이라오. 이런…… 이런……."

"이런 궤변론자 말인가요?"

엘러리가 슬프게 말했다.

노인은 눈을 번득이며 아들을 쏘아보았다.

"계속 그런 헛소리나 하려거든 나는 본청으로 돌아가련다. 안녕히 계시오, 소령. 고마웠소."

경감은 화가 난 채 성큼성큼 걸어서 밖으로 나가버렸다. 그 뒤를 성실한 벨리 경사와 하품하는 헤스가 따랐다.

"아버지도 참 딱한 분이시죠."

엘러리가 한숨을 쉬었다.

"저는 그냥 약간 완곡하게 표현할 뿐인데, 그걸 못 참고 늘 저렇게 약올라하신단 말입니다. 하지만 소령님, 저는 죽을 때까지 이보다 더 명료하게 말할 수는 없단 말입니다. 정말 진지하게 드리는 말씀입니다."

"하지만 안다고 하지 않았나?"

커비가 당황한 듯 말했다.

"친애하는 소령님, 믿어주십시오. 제가 알고 있는 표면적인 진실은 이 섬뜩한 사건 속에서 아주 작은 일부에 지나지 않습니다. 지금 모르는 두 가지 사실을 알기만 하면 얼마나 좋을까요. 아주 어렵습니다. 그걸 제가 언제 알아낼지는, 뭐, 하느님만이 아시겠지요."

소령이 웃음을 터뜨렸다.

"이것 참, 나한테는 너무 과하구먼. 어쨌거나 나는 일하러 돌아가야 할 것 같네. 명심하게, 퀸 군. 내가 필요하면 언제든지 불러줘야 하네. 특히 그 두 개의 수수께끼를 풀 때는 말이야!"

"언제 어디서건 뉴스가 터지길 기다리시는 거죠? 그나저나 이 사진들 제가 가져가도 될까요?"

"물론이지."

엘러리는 사진이 든 봉투를 팔에 끼고 브로드웨이를 걸어 내려갔다. 이마가 마치 낡은 빨래판 같았다. 입에는 담배를 한 개비 물고 있었지만 불붙이는 것도 잊어버린 모양이었다.

그러다 흠칫 놀라 정신을 차렸다. 도로 표지판을 찾아 두리번거리더니 자기가 어디 있는지를 겨우 깨달았다. 담배에 불을 붙이고는 골목길로 들어가 8번가를 향해 다급히 걸어갔다. 모퉁이에서 30미터 정도 떨어진 곳에 작은 건물이 하나 있었다. 대리석 장식과 깊이 음각된 글자들 그리고 쇠로 된 가로대가 인상적인 건물이었다. 글자는 '시보드 내셔널 은행&신탁 회사'라고 쐬어 있었다. 엘러리는 회전문을 통해 안으로 들어가 매니저를 불러달라고 했다.

"벅 혼 살인 사건을 조사하고 있는 사람입니다."

엘러리는 유쾌한 목소리로 말하면서 특별 경찰 카드를 휙 내보였다.

매니저가 당황한 듯 눈을 껌벅거렸다.

"아! 알겠습니다. 혹시 전화가 오지 않을까 생각은 하고 있었습니다. 솔직히 말해 저희는 혼 씨에 대해서 별로 아는 것이……."

"내 목적을 달성하기엔 충분할 겁니다."

엘러리가 미소를 지었다.

"하지만 당신네 고객들 중 아직 살아 있는 사람들에 대해서도 나는 관심이 아주 많습니다."

"네?"

매니저가 멍청하게 반문했다.

"윌리엄 그랜트 씨 말입니다. 그 사람이 이 은행에서 발행한 수표에 사인을 한 걸로 아는데요."

"그랜트? 로데오 하는 그랜트 씨 말입니까? 와일드 빌 그랜트요?"

"맞습니다."

"흠."

매니저는 손으로 턱을 벅벅 문질러댔다.

"그랜트 씨에 대해서 뭘 알고 싶은 겁니까?"

"사건이 발생한 당일 낮, 혼 씨는 25달러의 수표를 발행했습니다."

엘러리는 차근차근 설명했다.

"그랜트 씨가 그것을 현금으로 바꿔줬지요. 그 수표를 보고 싶습니다."

"아."

매니저가 다시 말했다.

"그러니까…… 그랜트 씨 계좌에서 나갔단 말이죠?"

"네."

"잠시만 기다려주십시오."

매니저는 자리에서 일어나 창살이 붙은 출납 창구 문을 열고 들어갔다. 약 오 분쯤 지난 후 그는 직사각형의 종이를 한 장 들고 돌아왔다.

"여기 있습니다. 혼 씨와 그랜트 씨는 모두 저희 은행의 고객이시기 때문에, 금전출납 담당자가 사본을 만들어 놓은 뒤 간단히 폐기합니다. 아시다시피 저희는 모든 수표들을 사진으로 남겨놓거든요. 그리고 원본은 혼 씨의 월말정산을 위해 파일로 철해서 보관하고 있었죠."

"알았습니다. 다 압니다."

엘러리가 활기찬 목소리로 대답했다.

"어디 봅시다."

매니저에게서 폐기된 수표를 받아든 엘러리는 그것을 꼼꼼히 살펴보았다. 잠깐 동안 수표를 철저하게 검토한 엘러리는 그것을 책상 위에 올려놓았다.

"아주 좋습니다. 이제 혼 씨의 계좌 내역을 한 번 볼까요?"

매니저는 달갑지 않은 눈치였다.

"죄송하지만, 아시다시피 저희도 기밀을 유지해야 하기 때문에……."

"경찰 업무입니다."

엘러리가 딱딱하게 말하자 매니저는 고분고분 허리를 숙이고 나서 다시 나갔다가, 크고 뻣뻣한 재질의 기록 장부를 가지고 돌아왔다.

"혼 씨는 바로 며칠 전에 저희 은행의 고객이 되셨습니다."

그는 불안한 듯 말했다.

"거래 내역은 얼마 안 됩니다……."

엘러리는 장부를 살펴보았다. 다섯 번의 내역이 적혀 있었다. 그중 넷은 아주 소액 거래였다. 자잘한 지출에 사용된 개인 수표 발행임이 분명했다. 그러나 다섯 번째 줄을 본 엘러리는 휘파람을 불었고, 매니저는 한층 더 낯빛이 나빠졌다.

"3천 달러!"

엘러리가 소리를 질렀다.

"맙소사, 이제 막 거래를 튼 계좌에 다 합쳐서 겨우 5천 달러의 예금밖에 없었는데! 이거 재미있군요? 이 수표 그리고 그 거래를 처리한 담당자를 좀 보고 싶은데요."

둘 모두가 도착하기까지는 시간이 약간 걸렸다.

수표에는 현금으로 바뀌었다는 표시로 혼의 서명이 올바르게 들어가 있었다. 자신의 성을 고대의 안개 속에 내줘야만 했던 그는 항상 성 앞에 '벅'이라고 이름을 꼭 써넣었다. 혼 본인에 의한 이서도 제대로 이루어져 있었다.

"혼 씨가 이 수표를 직접 현금으로 바꿔 갔나요?"

엘러리가 현금출납계 담당자에게 물었다.

"네, 물론이죠. 제가 직접 드렸는걸요."

"혹시 그때 혼 씨의 모습이 어땠는지 기억나십니까? 어딘가에 정신이 팔려 있었다든가, 기분이 좋아 보였다든가, 아니면 불안한 것 같았다든가…… 어땠습니까?"

담당자는 잠시 생각에 잠겼다.

"제 상상이긴 하지만, 뭔가 걱정거리를 갖고 계시던 것 같았어요. 마음이 콩밭에 가 있었다고 해야 하나…… 뭐라고 말을 해도 제대로 못 들으시고, 제가 지폐를 꺼내는 동안 뭔가 절망적인 얼굴로 저를 빤히 쳐다보고 계시더라고요."

"흠. 혹시 혼 씨가 구체적인 방법으로 지폐를 달라고 주문하지 않았나요?"

"네, 맞습니다. 소액권으로 3천 달러를 달라고 하시더군요. 20달러 이하의 지폐로요."

"이건 이틀 전…… 그러니까, 살인이 일어나기 전날의 일이군요?"

"네. 아침에요."

"알겠습니다. 두 분 다 고맙습니다. 안녕히 계십시오."

엘러리는 눈살을 찌푸린 채 은행 밖으로 걸어 나왔다. 혼의 몸에서는 겨우 30달러밖에 나오지 않았다는 것, 그리고 바클레이 호텔의 방에서는 한 푼도 나오지 않았다는 사실을 생각하는 중이었다. 엘러리는 잠시 머뭇거렸지만, 담배 가게에 들렀다가 전화박스로 향했다.

엘러리는 경찰 본부에 전화를 걸어 퀸 경감을 바꿔달라고 요청했다. 경감은 본청에 없었다. 아무래도 뉴스 영화사에서 나와서 아직 도착하지 않은 모양이었다.

엘러리는 밖으로 나와서 주위를 둘러보다가 브로드웨이를 건너서는 전신국을 발견하고 안으로 들어갔다. 캘리포니아 주의 할리우드로 보내는 긴 메시지를 작성하는 데 십 분가량 걸렸다. 요금을 지불한 뒤 전신국 안에 있는 공중전화를 발견한 엘러리는 다시 한 번 스프링 3100으로 전화를 걸었다. 이번에는 경감이 전화를 받았다.

"아버지? 엘러리예요. 콜로세움 안에 있는 벅 혼의 의상실에 대한 자세한 보고서 갖고 계세요? ……네, 기다릴게요. ……네? 어, 혼의 방에서는 현금이 하나도 안 나왔다고요? ……전혀 없단 말이죠? 흠. ……아뇨, 뭐 특별한 건 없고요. 그냥 어슬렁어슬렁 돌아다니고 있어요. ……바로 다운타운으로 가겠습니다."

엘러리는 전화를 끊고 나와 지하철 역 쪽으로 걸어갔다.

이십 분 후 엘러리는 아버지의 사무실 의자에 앉아 은행에서 겪었던 일에 대하여 장황한 설명을 늘어놓고 있었다.

경감은 비상한 관심을 보였다.

"이틀 전에 3천이나 빼내 갔단 말이지? 허어, 이런. 그거 굉장한 뉴스구나, 얘야."

경감이 히죽 웃었다.

"혹시 그날이 바로 호텔에 수수께끼의 방문자가 온 날이었다는 사실은 깨달았느냐?"

"당연하죠. 이 일련의 사건들은 다음과 같이 정리할 수 있습니다. 혼은 5천 달러의 예금이 들어 있는 계좌를 만든 지 며칠 지나지 않아 은행을 방문해서 3천 달러를 인출합니다. 그날 밤 그는 수상한 방문자를 맞게 되죠. 그리고 그 다음 날 살해당했습니다……."

엘러리는 얼굴을 찌푸렸다.

"뭔가 있다고 생각하지 않으세요?"

"살인 이야기는 빼고. 하지만 네가 모르는 모양인데 말이다."

경감은 뭔가 곰곰이 생각하는 표정이었다.

"만약에…… 이거 명심해두어라. 나는 분명히 '만약'이라고 말했다. 만약에 3천 달러 인출 건과 그 방문자 건을 하나로 묶어서 생각한다면 뭐, 협박 및 현금 갈취 사건이라고 볼 수도 있겠지. 하지만 그렇다면 살인을 저지르는 이유가 없지 않니? 협박하는 쪽에서 협박당하는 쪽을 죽여? 글쎄, 가끔 그런 일이 있을 수도 있겠지. 물론 대부분은 그렇지 않지만. 아주 바짝 말려서 짜낼 돈이 없어지지 않은 이상……."

경감은 답답한 얼굴로 고개를 흔들어댔다.

"뭐, 꼼꼼히 조사해볼 필요는 있겠지. 그 방문자의 족적을 좇

아볼 예정이긴 하다만, 불가능할 것 같구나. 아무튼 오늘 아침에 샘 프라우티에게서 검시 결과 보고를 받았다."

엘러리는 움찔 놀랐다.

"완전히 까맣게 잊어버리고 있었어요! 뭐라고 하던가요?"

"아무것도 없다더구나. 완전히 깨끗하다고 말이다."

경감이 투덜거렸다.

"우리가 그때 본 것 이상으로 새롭게 나온 건 하나도 없다고."

"아, 참!"

엘러리는 손을 휘휘 저었다.

"그러니까 그거, 어, 배 말이에요. 아버지, 배 속이오. 제가 관심 있는 건 그거예요. 프라우티가 위 속 내용물에 대해서는 뭐라고 말하지 않던가요?"

"말했지."

경감이 우울하게 말했다.

"그럼, 말했고말고. 혼이 죽기 전 여섯 시간 동안 음식물을 전혀 섭취하지 않았다고 하더구나. 아니, 여섯 시간 이상일지도 모르지."

엘러리가 눈을 깜박였다. 그러고는 갑자기 자기 손톱을 유심히 쳐다보기 시작했다.

"그랬단 말이죠?"

엘러리는 중얼거렸다.

"어, 그러니까……."

"그러니까 뭐?"

"네? 아, 아무것도 아니에요. 그것 말고는 없나요?"

"이걸 봐라."

경감은 책상 서랍을 뒤져서 접혀 있던 타블로이드판 신문을 꺼내 펼쳐 보였다. 그 페이지에는 붉은 색연필로 커다랗게 동그라미가 쳐져 있었다.

"이걸 보기 전에 하나만 더 들어라. 박사가 말하길 혼의 배 속에 독약의 흔적은 없다고 했다."

"독약? 독약이라고요? 맙소사. ……그래서 그건 뭔데요?"

"산타클로스가 오늘 아침에 갖다준 선물이지."

"라이언스인가요?"

엘러리는 멍하게 중얼거리며 긴 팔을 뻗었다.

"그래."

경감이 앓는 소리를 냈다.

"그 라이언스인지 하는 친구, 강력계 녀석들을 다 합친 것보다 똘똘한 것 같더구나. 다 지켜보고, 다 알고, 다 듣고 있었어. 그 빌어먹을 모가지를 진작 비틀었어야 하는데!"

당연하다면 당연한 일이지만, 라이언스의 가십 칼럼과 브로드웨이의 호사가들은 혼 살인 사건이라는 작고 맛난 별미에 온 신경을 집중하고 있었다. 구설수에 오르내리지 않는 사람이 없었고 그중에서도 특히 퀸 경감이 가장 심했다. 관계자들의 이름이 전부 칼럼란을 넓게 차지하고 있었다. 키트 혼, 와일드 빌 그랜트, 토미 블랙, 줄리안 헌터, 토니 마스, 마라 게이……. 그중 하나는 아예 우스울 정도였다.

'돌대가리 같은 우리의 퀸 경감은 필자(꼬마 본인 말이다.)가 기저귀에 권총을 차고 있었다는 이유만으로 혹시 위대한 벽을 해코지한 게 아닌가 생각했다. 가서 쉬라고요, 이 노친네야! 아무래도 한숨 자는 게 좋을 것 같은데.'

"아."

엘러리가 낄낄 웃으며 말했다.
"이게 바로 그 유명한 브롱크스식 표현이로군요. 이게 뭐죠?"

엘러리는 눈을 가늘게 떴다. 칼럼란 끄트머리쯤에 천연덕스러워 보이는 문단이 들어 있었는데, 자세히 읽어보니 거기에는 더 자세한 조사를 촉구하는 독설이 신랄하게 퍼부어져 있었다.

테드 라이언스는 계속해서 조롱조로 글을 이어갔다.

'어제 오후 콜로세움에 번개처럼 나타난 검투사가 벽 혼을 날려버린 그 순간, 그 자리에는 기생오라비 같은 클럽 거물이 자리하고 있었다. 그는 깜박깜박 꺼져가는 마지막 촛불 같은 우리의 스타를 재정적으로 지원하여 은막으로 복귀시키려 했을 뿐만 아니라, 콜리플라워 밭에서 새롭게 나타난 하얀 희망을 '배후에서 몰래' 지원하는 다크호스였던 것이다.'

"내가 궁금한 건 도대체 이 라이언스라는 작자가 이런 사실들을 어떻게 알아냈느냐는 거지."

경감이 내뱉었다.

"제 의문은 더 구체적이에요."

엘러리가 중얼거렸다.

"토니 마스가 과연 이 사실을 알았을까 하는 거죠. 헌터가 토미 블랙을 지원하고 있었단 말이군요? 그것도 아주 비밀리에. 가능성은 있네요……. 음, 아버지."

엘러리는 펄쩍 뛰어 일어났다.

"여기서 이러고 있을 시간이 없어요. 놀스를 보러 가야겠는데요."

그러고는 문 쪽으로 걸어갔다.

"잠깐만 기다려라. 오늘 아침에 네가 안다던 그……."

"죄송해요, 아버지."

엘러리는 빠른 말투로 말을 가로챘다.

"제가 괜히 그런 말을 했네요. 금방 알게 되실 거예요. 하지만 지금 제가 뭐라고 하면 분명 아버진 제가 돌아버린 거라고 생각하실 겁니다. 나중에 뵈어요."

엘러리는 다급히 경감의 사무실을 나갔다.

그의 발길은 114호실을 향했다. 놀스 경위가 색색의 카드들을 한 무더기 놓고 바쁘게 일하는 중이었다.

"귀찮아 죽겠군. 파일 철이고 뭐고."

탄도학 전문가는 고개도 들지 않고 투덜거렸다.

"하지만 법정에선 도움이 되니 할 수 없지! 이런, 퀸 선생. 뭐 좋은 소식 없소? 대포라도 나왔나?"

"전쟁에 휴식이란 없는 법이죠."

엘러리가 웃으며, 오버코트 주머니에서 상아로 장식된 45구경 리볼버를 꺼내서 내밀었다. 벅 혼의 호텔 방에서 찾아낸 문제의 총이었다.

"허어, 이걸 내가 전에 본 적이 있었던가?"

놀스 경위가 총을 받아들며 날카롭게 물었다. 엘러리는 고개를 저었다.

"그렇다면 그 총의 쌍둥이인 거로군. 콜로세움에서 한 무더기 가지고 왔을 때 이놈과 아주 똑같이 생긴 총도 하나 들어 있었지!"

"경위님 말씀이 맞습니다. 이건 쌍둥이죠. 둘 다 혼의 소유물이고. 단 이 녀석은 혼이 옷 트렁크 속에 남기고 갔지만요."

"이거 아주 멋진데."

놀스가 감탄했다.

"굉장히 오래된 총이야. 형태로 보나 디자인을 보나, 다소 낡은 게 더 가치가 있을 때가 있지. 마치 우표처럼 말이오. 당신도 알다시피 난 아마추어 우표 수집가라서. 오래될수록 가치가 있는 것. 나는……."

"압니다, 알아요."

엘러리가 움찔 놀라면서 말했다.

"저도 우표 연구하는 분들을 많이 만나 봤습니다. 그러니까 제가 궁금한 건……."

"그래서 이 총이 혼을 죽인 그 총이냐 그 말이오?"

놀스가 고개를 저으며 말했다.

"내가 선생한테 진작 말하지 않았던가? 그건 25구경 자동 권총이었다고 말이오."

"네, 저도 그건 아는데요."

엘러리는 연구실 탁자에 주저앉았다.

"이 녀석의 짝을 가지고 계십니까?"

"전부 태그를 달아서 보관해뒀지."

경위는 커다란 캐비닛 쪽으로 가서 서랍을 열고 첫 번째 총을 가지고 왔다.

"그래, 이번에는 뭘 알고 싶소?"

"두 총을 전부 손에 쥐어보세요."

엘러리가 기이한 주문을 했다.

"한 손에 하나씩 말입니다, 경위님."

전문가는 아리송하다는 표정을 지으면서도 고분고분 시키는 대로 했다.

"그래서?"

"그 둘 중 하나가 다른 하나보다 세 배가량 무겁다는 건 그냥 제 착각인가요? 아니면 정말로 그런 겁니까?"

"허허, 이 놀스는 하루라도 이상한 질문을 받지 않고 넘어가는 날이 없구먼!"

경위는 폭소를 터뜨렸다.

"원 세상에, 퀸 선생. 그게 전부요? 뭘 그리 심각하게 생각하는 거요? 조금만 생각해보면 알 수 있는 일인데. 그래요, 한 쪽이 다른 쪽보다 확실히 무거운 것 같긴 하구려. 어디 한 번 확인해봅시다."

놀스는 두 리볼버를 저울 위에 동시에 올려놓았다. 그러고는 고개를 끄덕였다.

"선생 말이 맞소. 태그 붙은 녀석이 50그램 정도 더 무거운데."

"아."

엘러리가 만족스러운 듯 말했다.

"그거 참 좋군요."

전문가가 눈을 찡그리고 엘러리를 쳐다보았다.

"이 두 리볼버의 진짜 임자에 대해서는 의문의 여지가 없는 거요? 그러니까 두 자루 모두 정말로 혼의 물건이었다는 게 맞느냐는 말이지."

"당연하죠. 물론입니다."

엘러리가 대답했다.

"그야말로 의심의 여지가 없죠. 경위님, 저 저울이 저에게 무엇을 알려주었는지 알게 되면 정말 깜짝 놀라실 겁니다."

그러고 나서 엘러리는 두 손을 문질렀다.

"이것 참, 모든 일이 절묘하고 아름답게 돌아가네요!"

엘러리는 한숨을 쉰 뒤 씽긋 웃었다.

"경위님, 그 두 번째 권총에도 태그를 달아서 보관해두세요. 아마 조만간 전부 다 돌려줘야 하게 되겠지만요. 어쨌든 잘 넣어두세요. 그런데!"

엘러리는 얼굴을 찌푸렸다.

"혹시 그 태그 붙은 리볼버는 일부러 다른 한쪽보다 무겁게 만든 것 아닐까요? 아시다시피 두 자루 모두 동시에 제조된 것 아닙니까. 혼 한 사람을 위해서 특별 주문된 총 말입니다."

"그럴 수도 있겠지."

놀스 경위가 동의했다.

"만약 혼이 쌍권총을 다루는 사나이였다면, 그러니까 권총 두 자루를 한꺼번에 차고 다니는 습관이 있었다면 자기 손에 딱 맞는 총을 원했을 게요. 뭐, 꼭 그렇지 않았을 수도 있고."

경위는 재빨리 덧붙였다.

"그냥 제조 공정에서 문제가 있었을 수도 있지. 그런 구식 권총들은 의외로 대충 만든 게 많거든."

"제 생각에는 굉장히 공들여 만든 총 같은데 말입니다."

엘러리가 말했다.

"아무튼 경위님, 귀중한 십 분을 할애해주셔서 고맙습니다. 그럼 다음에 또 뵙죠."

엘러리는 서둘러 탄도학 부서를 빠져나와서는, 사무실 밖 복도에 잠깐 멈춰 서서 미소를 짓더니 생각에 잠긴 얼굴로 코안경을 벗어서 렌즈를 깨끗이 닦았다.

14:
안건

범죄 수사관들과 범죄자를 뒤쫓는 사람들 사이에 존재하는 느슨하면서도 거대한 유대감은 어느 환상 속의 오후 5차원의 수도에서 회합을 가질 때는 별로 느껴지지 않는다. 그러나 그들이 조직적으로 모여 브라이블루시아_{디즈레일리의 소설 《포파닐라 선장의 항해》에 등장하는 섬. 지상낙원으로 묘사됨.-옮긴이}의 국가적 방패와도 같은 불변의 신조, 즉 '무슨 일인가가 생기겠지.'라고 전장의 함성을 지를 때는 더없는 힘을 발휘한다. 이 말은 붉은색 장식 염료를 사용하고 고대 영어로 표기해서 상징주의적으로 표현하면 더욱 멋지게 보일 것이다. 정확한 통계를 내보진 않았으나 전 세계 탐정들의 절반 정도는 언제나 무슨 일이 생기기를 기다리고 있다고 해도 과언이 아니다. 나머지 반은 이미 생긴 '무슨 일'의 흔적을 따라 코를 킁킁거리며 바삐 뒤쫓고 있는 중이다. 어느 쪽이건 그 신조가 가진 기본 정신은 지켜지고 있는 셈이다.

그러나 기다리는 동안 반드시 속수무책으로 지내야만 할 필요는 없다. 오히려 그 '기다리는' 동안은 아주 눈이 빠지도록 정신없이 바쁘다. 다만 아무런 성과나 눈에 띄는 결과를 내지 못할 뿐이다. 그렇기에 이 활동은 상당히 부정적으로 느껴진다. 하지만 그러는 동안 무언가가 알맞은 때를 기다리다가 뜻밖에 모습을 드러낸다. 그것은 보통 어떤 심리학적 계기가 작용하는 때일 것이다. 근심스럽고 무기력한 시간 속에서도 아주 차분한 철학적 정신을 유지하는 것은 대부분의 탐정들이 가지고 있는 재능이다. 이것은 즉 체념의 철학이다. 사실 기다림 속의 활동들은 관습적으로 요구되는 의무감을 만족시키는 데 쏟아내는 동물적 에너지에 불과하다.

엘러리 퀸은 일찌감치 '기다려야' 한다는 것을 깨닫고는 주저앉았다. 관습적인 요구를 만족시켜야 할 의무감도 없었으니, 금욕적인 평정심을 가지고 기다렸다. 그러나 시 재정에서 매년 5,900달러를 받으며, 도시의 치안을 지키고 있는 경감으로서는 그러고 있을 수가 없었다. 특히 경감을 움직이게 하는 주요한 요인은 보수파 경찰들 중에서도 가장 끔찍한 거물, 즉 경찰 청장이었다. 플로리다의 해변에서 즐겁게 뛰놀다가 혼 살인 사건의 여파 때문에 자석에 붙은 쇠붙이처럼 끌려온 청장은 경감을 향해 유감없이 짜증을 드러냈다. 빼앗긴 휴가에 대한 원한이 대단히 컸음은 말할 것도 없다. 경감은 청장 앞에서는 창백한 얼굴로 아무 말도 하지 않았으나, 강력계로 돌아가서는 얼굴을 시뻘겋게 붉히며 고함을 버럭버럭 질러댔다. 모든 관계부서들에게 시련이 내린 셈이었다.

관습적인 절차는 모두 끝났다. 강력계 형사들은 사건이 터지기 전의 몇 주 동안 벅 혼이 했던 모든 일들을 확인하고 확인하고 또 확인하면서 보고서를 작성하는 데, 다소 지친 기색을 보이기 시작했다.

"하나 작성하는 데 먹지 열두 장은 쓰겠네."

평소 불평 잘 하기로 소문난 리터 형사가 구시렁거렸다. 그리고 안타깝게도 열두 번째 보고서나 첫 번째 보고서나 그리 다를 것은 없었다. 희생자가 땅 위에 발을 붙이고 살았던 지난 몇 주 간의 행적은 덴마크의 마틸다 여왕처럼 아주 깨끗했다. 그가 쓴 모든 서신들을 검토해보았으나 전부 변변찮았고 별 문제가 없었으며 마치 즙을 꽉 짜낸 레몬 찌꺼기처럼 아무 내용도 없었다. 동부에 있던 친구와 지인들에게도 이것저것 물어보았으나 그 대답들도 별 다를 게 없었다. 와이오밍과 뉴욕, 할리우드와 뉴욕 간의 전화선들은 문답이 오가느라 불이 날 지경이었다. 할 수 있는 모든 수단을 동원해보았으나 결과는 없었다.

아무리 보아도 하늘과 땅 사이에 벅 혼의 목숨을 위협할 만한 동기가 있는 사람은 하나도 없는 듯했다. 외팔이 우디는 사정이 달랐으나 신체적인 장애 덕분에 이미 용의자 리스트에서 소거되었다.

혼이 죽기 전날 밤 바클레이 호텔에서 혼이 묵던 방을 찾아온 방문자의 정체는 여전히 수수께끼로 남아 있었다.

또한 콜로세움의 문 역시 닫혀 있었다. 녹초가 된 퀸 경감의 고집과 웰스 청장의 늘어가는 짜증 때문이었다. 콜로세움은 매일같이 반짝반짝 빛이 나도록 청소를 하고 있었지만, 벅 혼의 심장을 멈추게 만든 총알이 발사된 권총의 소재를 아직까지 찾을 수 없었기에 문을 열 수가 없었다. 와일드 빌 그랜트는 머리카락을 쥐어뜯으며 고래고래 소리를 질렀고, 요즘 아주 재미가 한창인 기자들에게 험담을 퍼부었으며, 두 번 다시 뉴욕에서 자신의 로데오 쇼가 열릴 일은 없을 거라고 못을 박았다. 경감은 아주 경건한 태도로 이 말을 되뇌었으며 그 말을 들은 청장은 어깨를 너무 심하게 으쓱한 나머지 관절이 빠질 뻔했다.

혼 사건과 관련된 모든 시민들을 대상으로 아무런 결실 없는 조사와 신문, 재조사가 이루어졌고, 전원이 지쳐 나가떨어진 가운데 빛이 보이는 길이 단 한 줄기 있었다. 혼의 재정 문제였다. 언론계에 종사하는 신사들이 이 문제에 관해 질문을 던졌을 때, 퀸 경감은 아무것도 모르는 척했다. 그는 고집스럽게 아무 말도 하지 않으려고 버텼다. (혹은 어떤 말도 할 수가 없었다.) 어쨌건 리터, 존슨, 플린트, 헤스, 피고트 형사는 베일에 싸인 활동을 계속하고 있었다. 문제는 '혼이 죽기 이틀 전 잔고도 얼마 없는 계좌에서 인출한 3천 달러는 도대체 어디로 갔는가?'였다. 돈의 행적에 관해서는 그 어떤 단서도 없었다.

이것은 매우 좋은 질문이지만, (겉보기에는) 쉽게 대답할 수 없는 난해한 문제였다.

엘러리의 기다림은 사교적인 휴식의 형태를 띠었다. 아마도 대학교를 졸업한 이래 처음으로 일구는 유쾌한 나날이 아니었을까 싶다. 엘러리의 연미복은 좀약 속에서 빠져나와 파티장 위를 변덕스럽게 쓸고 다녔다. 드레스 셔츠와 윙 칼라에 빳빳하게 풀을 먹인 값으로 세탁소에서는 상당한 액수의 청구서를 보내 왔다. 엘러리는 불편한 옷차림으로 하이볼에 잔뜩 취한 채 밤늦은 시각까지 비틀거리며 웨스트 87번가의 아파트로 돌아오곤 했다. 그런 밤에는 알코올의 수면 유도 효과에 육체적 피로가 더해져 거의 혼수상태에 빠질 정도로 푹 잠이 들었다. 아침에는 혀가 잘 돌아가게끔 하기 위해서 블랙커피를 한없이 마셔댔으나 별로 효과는 없었다. 도덕관념이 엄청나게 강한 주나가 불평을 했으나 소용이 없었다.

"이게 다 과학을 위한 일이야."

엘러리가 신음했다.

"그게 인간을 가끔 이렇게 순교자로 만들곤 한다니까!"

그때 달걀을 먹고 있던 경감은 부루퉁한 얼굴로 콧방귀를 뀌었다. 그러고는 아버지다운 얼굴로 아들을 걱정스럽게 쳐다보았다.

"도대체 이렇게 밤마다 나가 돌아다니면서 뭘 하려는 게냐?"

경감이 물었다.

"설마 애비한테 등을 돌리고 플레이보이가 되기로 결심한 건 아니겠지?"

"후자에 대해서는 그렇기도 하고 아니기도 해요."

엘러리가 대답했다.

"전자는…… 아주 굉장한 일이죠. 왠지 제 성격을 새삼스럽게 깨닫게 된 것 같아요. 드라마가 따로 없어요, 아버지! 예를 들면 헌터 부부 말인데요……."

"그 친구들은 네가 알아서 해라. 난 관심 없으니."

경감이 심기가 불편한 듯 투덜거렸다.

아무튼 엘러리가 마스의 박스석에 있던 사람들과 친분을 쌓기 시작한 건 사실이었다. 그중에서도 특히 키트 혼과 많은 시간을 보냈다. 그녀는 부드러운 눈을 반짝이며 생각에 잠긴 얼굴로 사람들과 약간 거리를 두었고, 모든 사교적인 행위를 기계적인 미소로 대신하곤 했다. 엘러리는 키트와 함께 나이트클럽을 다녔다. 대개 그랜트 부자도 함께였고, 또 대개 클럽 마라를 찾는 경우가 많았다. 엘러리는 그곳에서 여전히 당당하나 얼굴이 많이 수척해진 '할리우드의 난초' 마라 게이와 줄리안 헌터를 관찰하는 특권을 누릴 수 있었다. 가끔 토니 마스도 찾아오곤 했다. 그리고 로데오 기수들 몇 명이 잔뜩 들뜬 분위기 속에서 가게의 웨이터가 서빙할 수 있는 한도까지 술을 퍼마시는 모습도 두어 번 목격했다. 이 기간 동안의 밤과 낮에는 묘한 광택이 있었다. 마치 단단하고도 비현실적으로 무언가를 뒤덮는, 인공적인 윤기였다. 엘러리는 마치 꿈속 나라 사람처럼 살고, 호흡하고, 웃고, 떠들고, 움직였다.

그러나 엘러리는 자신의 모든 감각을 황폐화시키지는 않았다. 어차피 모든 시간을 새 친구들과 함께하기란 불가능한 일이었다. 그리하여 엘러리는 매일 아침 경찰청에 나가서 형사들이 올린 키트 혼과 와일드 빌 그랜트의 동향에 대한 조사 보고서를 읽었다. 명심해야 할 것은, 그 조사를 엘러리 본인이 직접 지시했다는 점이다. 그랜트의 경우, 이 늙은 서부 사람이 완전히 결백하다는 것을 알자 엘러리는 다소 짜증을 냈다. 그랜트의 움직임, 타인과의 접촉, 전화 통화 등등을 전부 알아 오도록 스파이를 심었지만 그랜트에게서 뭔가 기대하는 것은 완전히 헛된 일 같았다. 그랜트는 말술을 마시며 자신의 기수들을 계속해서 관리했다. 결코 쉬운 일은 아니었다. 그리고 아들과 키트의 주위를 서성거리며 걱정했고, 그 외의 시간에는 경감과 웰스 청장에게 로데오를 재개하게 해달라고 끈질기게 요청했다.

키트의 보고서에서는 약간의 희망이 보였다. 그녀의 망연자실한 눈빛 뒤에는 뭔가 차가운 목적이 깔려 있는 듯했다. 어느 날 아침, 그녀를 지켜보던 형사 하나가 보고서에 재미있는 사건을 적어서 올려 보냈다.

살인 사건이 터지고 며칠이 지난 후, 어느 날 밤 정보원은 호텔 바클레이에서 나와 클럽 마라로 향하는 키트의 뒤를 쫓고 있었다. 갈색 피부에 늘씬한 키트는 흰 이브닝가운을 입고 종업원의 우두머리에게 차갑게 물었다.

"헌터 씨 안에 있어요?"

"네, 계십니다. 사무실에요. 혼 양, 괜찮으시다면 제가……?"

"아니오, 됐어요. 나 혼자 갈게요."

키트는 가게 뒤, 작은 부스들이 쭉 늘어서 있는 곳으로 향했다. 헌터가 자신의 멋진 응접실로 이용하는 곳이었다. 정보원은 모자와 코트를 맡긴 뒤 가장 뒤쪽 테이블을 달라고 우겨서 앉은 뒤 하이볼을 한 잔 주문했다. 이른 시각이었으나 클럽은 이미 사람들로 가득했다. 헌터가 좋아하는 재즈 오케스트라가 아프리칸 스타일의 야만적인 템포로 캘러웨이의 신곡을 연주하는 중이었다. 댄스 플로어에서 커플들이 서로 몸을 뒤섞고 있었다. 시끄럽고 어두워서 수사를 벌이고 있다는 사실을 덮기에는 딱 알맞았다.

정보원은 천천히 테이블에서 몸을 일으켜 키트 혼의 뒤를 좇았다.

키트는 '개인 사무실/ 헌터'라는 명패가 붙은 문을 노크했다. 잠시 후 문이 열리고 번지르르하게 차려입은 헌터의 실루엣이 사무실 안의 밝은 배경과 대조를 이루며 검은 그림자를 드리우는 것이 보였다.

"혼 양!"

정보원은 헌터가 아주 따뜻한 목소리로 외치는 것을 들었다.

"들어와요, 들어와. 만나서 반가워요. 나는 말입니다……."

그러고는 문이 닫혔다.

정보원은 주위를 둘러보았다. 웨이터들은 전부 어둠에 가려 보이지 않았다. 아무도 그를 지켜보는 사람이 없었다. 정보원은 문에 귀를 바싹 댔다.

아무 말도 들리지 않았으나, 분위기는 파악할 수 있었다. 자, 이 정보원은 아주 고도로 훈련된 엿듣기의 전문가였다. 웅얼웅얼 잘 들리지 않는 말에서 감정을 잡아내는 것이 그의 특기였다. 그러므로 그의 보고서는 다소 조악한 심리학 연구서가 되었다.

'처음에는 사교적인 분위기인 듯했다.'

보고서는 이렇게 시작되었다.

'목소리로 추측하건대 H양은 침착했으며 무엇이든 받아들일 준비가 되어 있었다. 또한 마음을 단단히 먹은 것 같았다. J. H.의 목소리는 들떠 있었다. 상당히 친근하게 이야기하는 것이 들렸다. 그러나 그 기저에는 위화감과 가식이 깔려 있었다. 그가 굵은 목소리로 무슨 말인가를 툭 내뱉었다. 가벼운 논쟁이 시작된 듯했다. 이윽고 H양이 흥분했다. 그녀의 목소리가 점점 더 높아졌다. 그녀는 마치 벽돌을 내던지듯 말을 뱉었다. 헌터를 향해 무언가 강압적인 말을 하고 있었다. 헌터는 친구인 척 가장하는 것을 포기한 듯, 목소리가 얼음장처럼 차가워졌으며 그 말투에는 조소도 섞여 있었다. 헌터는 말을 속사포처럼 쏘았다가 느리게 다시 빠르게 내뱉곤 했다. 마치 그 조소는 자신의 걱정을 감추려는 것 같았다. 그녀가 더욱 화를 냈기 때문에, 그 속임수에 넘어가지 않았다는 것을 알 수 있었다. 나는 잠시 동안 안에서 정말로 싸움이 벌어진 게 아닌가 하는 생각이 들었다. 내가 거의 문을 부수고 들어가려 하는데 안에서 말다툼이 그쳤다. 그래서 나는 구석으로 숨었다. 잠시 후 문이 거세게 열리고 H양이 밖으로 뛰쳐나왔다. 나는 그녀의 얼굴을 확실하게 볼 수 있었다. 안색이 창백하고 눈빛에는 격렬한 분노가 담겨 있었으며 입술은 꼭 다문 채, 어깨를 씩씩거리고 있었다. 그녀는 나를 보지 못하고 지나쳤다. J. H.는 일이 분 정도 문간에 서서 그녀가 어둠 속으로 완전히 모습을 감출 때까지 지켜보았다. 그의 얼굴은 잘 보이지 않았지만 문고리를 쥔 손에는 힘이 들어가 있었으며 손가락 관절은 새하얗게 변했다. J. H.는 문을 닫고 사무실로 들어갔으며 H양은 택시를 타고 바클레이 호텔로 돌아간 뒤, 그날 밤은 그 이상 외출하지 않았다.'

경감은 여러 대의 전화기 중 한 대의 수화기를 집어 들었다.

"드디어 뭔가 나왔군."

경감이 버럭 소리를 질렀다.

"도대체 이 작자들이 무슨 짓거리를 하고 나돌아 다니는지 알아야겠다! 그 귀여운 서부 아가씨가 저지른 짓 좀 봐라!"

몽상에 잠겨 있던 엘러리가 깜짝 놀라더니 전화기 너머로 책상을 쾅 내리쳤다.

"안 돼요, 아버지!"

경감이 놀라서 눈을 끔뻑였다.

"뭐? 왜 그러냐?"

"그러지 마세요."

엘러리가 재빨리 말했다.

"모든 일을 망치게 될 거예요. 제발, 그냥 내버려 두세요. 좀 기다리시란 말입니다. 그러다가……."

퀸 경감이 부루퉁한 얼굴로 의자 등받이에 몸을 기대면서 물었다.

"바짝 뒤까지 추적한 끝에 겨우 뭘 좀 찾아내려는 사람을 그렇게 아득바득 막으려는 이유가 뭐냐? 아무것도 하지 말라니?"

"참 비논리적이죠."

엘러리가 히죽 웃었다. 이 논쟁에서 자신이 이겼다는 것을 잘 아는 얼굴이었다.

"하지만 질문은 논리적이군요. 이유는 이렇습니다. 제가 아버지에게 키트 혼에게 미행을 붙여달라고 했을 때는 미처 몰랐던, 헌터와 키트 혼의 관계가 드러났기 때문이죠."

"별 것 아닐 수도 있을 텐데."

경감이 비꼬듯 말했다.

"어쨌거나 너도 모든 일을 내다볼 수는 없지 않니. 좋다, 아무튼 헌터와 그 아가씨 사이에 뭐가 있다는 건 이제 알아냈는데. 왜 새로운 단서를 얻을 수도 있는 기회를 손가락 빨고 앉아서 놓쳐버리자는 거냐?"

"그 이유를 말씀드리죠. 저는 이 예상치 못했던 키트-헌터 관계의 중요성을 과소평가하지는 않거든요."

엘러리가 말했다.

"두 가지 이유가 있어요. 하나는 아버지가 둘을 추궁해봐야 아무 이야기도 못 들을 가능성이 높다는 것. 그리고 또 하나는…… 이게 아주 중요한 사항은 아니지만, 그건 즉 우리가 가진 최후의 패를 내보이게 되는 일이거든요."

"최후의 패라니?"

"우리가 키트 혼을 미행하고 있다는 것 말입니다."

엘러리가 차분하게 말했다.

"아시다시피 어떤 여자가 지금껏 자기가 끊임없는 감시 하에 놓여 있었다는 사실을 알게 되면, 우리가 잃게 될 것은……."

"그게 뭐냐?"

엘러리가 어깨를 으쓱했다.

"그걸 알아서 어디다 쓰시려고요? 아무튼 무슨 일이 생길 기회가 극히 적다는 사실은 저도 인정합니다. 하지만 만일의 사태란 놈이 걸어 나올 길을 깨끗이 닦기 위해서라면 모든 것을 희생할 수밖에요. 그리고 그게 언제 나올지를 알기 위해서도 요."

"대학씩이나 나온 놈이 꼭 볼거리 걸린 켄터키 산사람 같은 소리나 늘어놓기는!"

경감이 투덜거렸다.

어느 날, 아침 식사를 하고 있던 엘러리에게 한 통의 전보가 도착하여 경감의 짜증은 더욱 커졌다. 상황을 고려해볼 때 그 전보는 이 노인이 가진 모든 정보보다도 월등히 훌륭한 정보를 담고 있음에 틀림이 없었다. 엘러리는 표정 하나 바꾸지 않고 재빨리 읽은 뒤, 활활 타오르는 거실 벽난로 앞에 털썩 앉았다. 자존심에 상처를 입은 경감은 부러 질문하지 않았다. 그리고 엘러리는 아버지가 언짢아하고 있다는 사실을 눈치챘음에도 불구하고 아무런 설명도 하지 않았다. 만일 퀸 경감이 이 전보가 캘리포니아 주 할리우드에서 온 것이라는 사실을 알았다면 그는 자존심도 버리고 내용을 추궁했을 것이다. 하지만 그렇지 않았기에 경감은 사건이 다 끝날 때까지 전보의 내용을 하나도 알 수 없었다.*

---

*간혹 독자들은 퀸 씨가 부친과 함께 사건을 해결할 때, 그 부친에 대한 진심 어린 성의와 협조 정신이 부족하다고 비판하는 경우가 있었다. 정신과 의사라면 이 문제에 대한 답을 아주 간단히 찾아낼 수 있을 것이고, 《그리스 관 미스터리》를 재미있게 읽었던 독자에게 슬쩍 물어보기만 해도 어렵지 않게 이유를 알 수 있을 것이다. 그것은 퀸 씨가 초기에 겪었던 사건 중 하나로, 그때 퀸 씨는 매우 영리한 범죄자의 손바닥 위에서 놀아난 일이 있었다. 스스로는 아주 적절한 해답을 찾아냈다고 생각했지만 알고 보니 완벽하게 틀린 답이었고, 그 경험 때문에 퀸 씨는 완벽하게 납득할 수 있고, 그 어떤 의심의 여지도 없는 정답을 찾아낼 때까지 결코 누구에게도 자신의 생각을 말하지 않겠노라고 맹세했다. – J. J. 맥

테드 라이언스는 혼 사건에 관련된 유명 인사들에 대한 기사를 아주 경쾌하고 자잘하게 써내려갔다.

이 때문에 토니 마스는 흰머리가 늘고 와일드 빌 그랜트의 현란한 욕설은 어휘가 더욱 풍부해졌으며 퀸 경감의 얼굴에는 주름이 늘었다. 그랜트는 토니 마스와 사 주간 콜로세움을 빌리기로 계약을 맺었는데, 그 계약서에 따르면 그랜트는 여전히, 문제의 비극적인 사건이 있었던 날 이후 사 주 동안 하루도 빠뜨리지 않고 콜로세움을 사용할 권리가 있었다. 벌써 삼 주가 속절없이 지나갔고 콜로세움은 여전히 경찰들에 의해 엄중히 출입이 금지되고 있었다. 토니 마스의 다른 사업들도 차질이 전혀 없었던 건 아니었다. 특히 현재 발부리에 걸리는 문제는 도전자 토미 블랙이 나가야 할 헤비급 챔피언십 경기였다. 기사는 이미 몇 달 전에 나갔으며 날짜도 정해져 있었다. 금요일 밤, 와일드 빌 로데오의 마지막 쇼가 끝나면 바로 이어서 콜로세움에서 경기가 개최되는 스케줄이었던 것이다. 경기가 일주일 앞으로 다가오자, 마스는 불안해서 가만히 있을 수가 없었다. 티켓도 이미 오래 전에 인쇄가 다 끝났으며 챔피언의 매니저와 추종자들도 경기 날짜를 목 빠지게 기다리는 중이었다. 그랜트는 그랜트대로 그다지 의논하려는 생각 따위는 없는 듯, 경찰이 콜로세움의 문을 열어주는 날 즉시 로데오 쇼를 재개하자고만 주장했다……. 센터 스트리트에 연결된 강력한 끈이 당겨지기 시작했다.

언론계는 축제 분위기였고, 그 축제를 진두지휘하는 것은 테드 라이언스였다. 마스와 그랜트, 센터 스트리트를 둘러싼 논란을 마지막 한 방울까지 짜낸 뒤 그는 화살을 토미 블랙에게로 돌렸다.

어느 날 아침, 아무런 예고도 없이 라이언스의 칼럼은 폭탄을 떨어뜨렸다.

'젠틀맨 짐과 메너사의 살인자, 그들의 후예! 세월의 무상함이 느껴지는 가운데······. 이 초대형 시합에서 챔피언을 때려눕히고 승자의 타이틀을 손에 넣어야 할 유망한 도전자는 도대체 재즈와 오렌지 꽃, 난초의 낙원에서 무엇을 하고 있는가? 그리고 번화가의 알 만한 사람이라면 누구나 다 난초가 풋내기 권투 선수와 바람났다는 사실을 다 알고 있는데 그 남편은 도대체 지금 무엇을 하고 있단 말인가? 웃음밖에 나오지 않으니, 집주인 양반, 어서 오시란 말이오! 당신 집에 불이 났소.'

신문이 인쇄되어 브로드웨이 곳곳을 퍼져 나간 지 약 삼십 분이 지난 후, 이 폭탄의 첫 번째 반향이 그 본부에서 일어났다. 종업원들이 모두 모여 수군거리고 비웃는 가운데 줄리안 헌터는 라이언스의 타블로이드 신문사로 뛰어들었다. 그러고는 중산모를 벗어 안 쓰는 타자기 위에 내려놓은 뒤, 라이언스의 개인 사무실 문을 발로 차고는 코트를 벗은 후 뼈마디가 굵은 손으로 칼럼니스트의 멱살을 잡았다. 라이언스는 예의에 어긋난 소음을 내면서 기사를 낼 때부터 미리 이런 사태를 예상했던 듯 긴급 버튼을 눌렀다. 잠시 후 헌터 씨는 아마도 경호원으로 추정되는, 근육이 우락부락한 신사들의 손에 의해 사무실 밖으로 끌려 나가 바닥에 내동댕이쳐졌다. 헌터 씨는 코트를 돌려받은 뒤 눈에 살의를 띠며 그 자리를 떠났다. 그리고 그 다음 날도 라이언스의 칼럼에는 아주 얇은 막으로 위장된, 암시적인 말들이 넘쳐났다.

두 번째 반향은 바로 그날 밤, 신성불가침의 구역인 클럽 마라 안에서 폭발하듯 일어났다.

 경감은 폭삭 늙었다. 사건은 산산조각으로 흩어져 현미경으로 들여다보지 않으면 거의 보이지 않을 정도로까지 작아져 있었다. 엘러리는 극도로 신경질을 내며 누구와도 대화를 나눌 생각이 없어 보였다. 언론은 끊임없이 행동에 나서라고 아우성을 쳤다. 사람들은 센터 스트리트에 대해 수군거리며, "벌떡 일어서서 움직이지 않고 뭘 꾸무럭거리는 거야!" 하고 비난했다. 라이언스가 맛있는 오물들을 정신없이 집어먹는 통에 헌터는 제정신이 아니었고, 경감은 차라리 포기하는 심정으로 줄리안 헌터의 수사에 총력을 기울였다.
 "그러니까 내가 전부터 계속 말했지 않니."
 그날 저녁 경감은 엘러리 앞에서 중얼거렸다.
 "헌터는 분명 혼 사건에 대해서 더 많은 것을 알고 있을 거라고 말이다. 엘러리, 이제는 행동에 나서야 할 때다."
 엘러리의 눈빛에는 안타까움이 떠올랐지만, 그 밑에는 여전히 의구심이 깔려 있었다.
 "기다려야 해요. 지금 할 일은 아무것도 없어요. 아버지, 시간만이 트릭을 해결해줄 거예요."
 "오늘 밤에 그 헌터인지 뭔지 하는 클럽에 가볼 생각이다. 너도 같이 가는 거야."
 경감이 으름장을 놓았다.
 "왜요?"
 "왜라니? 당연히 헌터에 대해서 뭐라도 좀 알아내야 할 것 같으니까 그렇지."
 자정이 되기 한 시간 전, 퀸 부자는 클럽 마라의 정문에 당도

했다. 벨리 경사의 산더미 같은 몸집이 건너편 인도에서 희미하게 모습을 드러냈다. 노인은 배 속이 좀 더부룩하긴 했으나 냉정한 상태였다. 엘러리보다 더 냉정할 정도였다. 그들은 안으로 들어갔고, 경감은 헌터를 찾았다. 처음 약간의 문제가 발생했다. 그들의 말에 의하면 신사 분께서는 야회복 차림이 아니었기 때문이다. 그러나 그 신사 분은(엘러리는 제대로 차려입었다.) 반짝반짝 빛나는 작은 방패를 꺼내들었고, 그 이후로는 아무 문제가 없었다.

헌터는 댄스 플로어 근처의 커다란 테이블에 앉아서 아무 말 없이 호밀 위스키를 마시고 있었다. 염소처럼 창백하고 잔뜩 긴장한 얼굴이었다. 눈 밑의 검은 그늘도 한층 짙었다. 헌터가 자신의 유리잔을 빤히 쳐다보자, 웨이터가 자동으로 다가와서 잔을 채워주었다.

헌터는 사람들이 자신을 쳐다보건 말건, 마치 이 장소에서 수천 킬로미터는 떨어져 있는 사람 같았다. 같은 테이블에 난초처럼 청초하게 앉아 있는 마라와 짙은 눈썹의 거한 토미 블랙은 나란히 깔깔 웃으며 친밀하게 무릎을 부딪곤 했다. 털로 덥수룩한 권투 선수의 손등이 여인의 가냘픈 손을 부드럽게 덮었다. 그들은 헌터 앞에서 아무렇지도 않게 서로 희롱하며 놀았다. 헌터가 있으나 없으나 신경 쓰지 않는 것 같았다. 그리고 그 테이블에 앉아 있는 네 번째 사람은 토니 마스였는데, 몸에 잘 맞지도 않는 야회복 차림으로 앉아서 마치 청장처럼 걱정스럽게 시가를 바라보고 있었다. 경감과 엘러리는 잠시 동안 뒤에서 머뭇거리다가 이윽고 그 테이블로 다가가 친근하게 말을 걸었다.

"안녕하시오, 여러분."

마스가 깜짝 놀라 벌떡 일어났다가 도로 주저앉았다. 마라 게이는 반쯤 겁먹은 웃음소리를 터뜨리며 몸집 작은 경감을 쳐다보았다.

"어머나, 무슨 바람이 불어서 여길 다 오셨어요?"

마라 게이는 찢어질 듯한 목소리로 소리를 질렀다. 약간 취한 것 같았으며 눈빛은 이상할 정도로 밝았다. 어깨가 훤히 드러난 그녀의 드레스는 상체의 아름다운 곡선을 아주 잘 살려주었다.

"셜록 홈스도 있네! 어서 와요, 셜록. 앉아요, 할아버지도요. 와우!"

"입 닥쳐, 마라."

줄리안 헌터가 잔을 내려놓고 조용히 말했다.

토미는 두 주먹을 자기 앞 테이블 위에 올려놓았다. 거대한 어깨가 움찔거렸다.

"안녕하십니까, 경감님."

마스가 쉰 목소리로 말했다.

"이럴 수가, 이런 곳에서 뵙게 되다니 참으로 기쁘군요! 매일같이 고생하고 계신다는 소식은 들었습니다. 이제 슬슬 제 건물의 자물쇠를 좀 풀어주셨으면······."

"나중에 합시다, 마스."

경감이 미소를 지었다.

"아······ 헌터 씨, 잠깐 나한테 시간 좀 내주실 수 있겠소?"

헌터가 재빨리 고개를 치켜들었다가 다시 푹 수그렸다.

"내일쯤 다시 오십시오."

"내가 내일은 좀 바쁠 것 같은데."

경감이 부드럽게 말했다.

"끈질기시군요."

"사람들이 다들 날 보고 그렇게 말하곤 하지. 이봐요, 어디 조용히 이야기할 수 있는 곳으로 안내해주지 않겠소? 아니면 여기서 사람들 다 듣도록 떠들어대는 게 나으려나?"

"하고 싶은 말이 있으면 실컷 하시죠."

헌터가 차갑게 말했다.

엘러리가 앞으로 성큼성큼 다가와, 작은 팔을 내미는 경감을 막았다.

"좋아요, 그럼 내가 당신 친구들 앞에서 전부 폭로하죠. 헌터 씨, 나는 당신을 오랫동안 지켜보았습니다. 그리고 당신에 대해서 대단히 중요하고 재미있는 사실들을 알아냈습니다."

헌터가 아주 약간 고개를 움직였다.

"아직도 그 살인 사건 가지고 왈가왈부 떠들어대고 있는 겁니까?"

헌터는 코웃음을 쳤다.

"왜요, 아예 나를 혼 살인 사건의 범인으로 체포해서 기정사실로 만들어버리지?"

"혼을 살인한 용의로 체포하라고? 도대체 왜 그런 생각을 하시오? 그런 문제가 아니오, 헌터."

경감이 꿈꾸듯 말했다.

"더 다른 문제요. 도박 건 말이오."

"뭐라고요?"

퀸 경감이 코담배를 한줌 꺼냈다.

"위층에서 도박장을 운영하고 있지 않소, 헌터?"

헌터가 테이블 끄트머리를 꽉 쥐고 힘들게 몸을 일으켰다.

"다시 한 번 말씀해보시죠."

헌터는 마치 목이 졸린 듯, 아주 낮게 말했다.

"바로 이 위층에, 이 도시에서 가장 멋진 방이 있지. 그리고 아주 괜찮은 덩치들이 그 앞을 떡 버티며 지키고 있고 말이야."

경감이 다정하게 말했다.

"아, 물론 이런 이야기를 대놓고 하면 내 모가지 보존도 어렵다는 걸 잘 알고 있소. 시청에 당신네 도박장을 보호하려는 사기꾼들이 한 떼거리는 될 테니."

"늙어빠진 멍청이……."

헌터가 쉰 목소리로 말했다. 그 눈은 시뻘겋게 이글이글 끓어올랐다.

"게다가 당신, 승부조작으로 꽤 재미를 보고 있지 않았소? 머피-타마라 사기극에서도 당신이 수작을 부렸고 레슬링 경기에서도 풀리에치와 결탁해서 사기를 쳤지. 그리고 댁이 토니 마스를 엄지손가락 하나로 조종하고 있다는 사실은 말할 것도 없겠군. 나는 믿을 수 없지만, 마스는 깨끗하다고 하고. 하커와 블랙의 경기도 이미 조작이 다 돼서 그쪽이 큰돈을 거머쥐게 될 거라는 이야기가 꽤 떠돌고 있던데, 마스라면 절대 그런 짓은 안 할 테니……. 가만히 앉아 있게나, 토미 블랙. 자네 주먹은 여기서는 별 소용이 없을 게야."

권투 선수는 그 작고 검은 눈을 경감의 얼굴에서 떼지 않았다. 마스는 가만히 앉아 있었다.

"뭐요, 이 쥐새끼 같은 늙은 참견쟁이가!"

헌터가 소리를 지르며 삿대질을 하다가 그만 발을 헛디뎠다. 마스가 벌떡 일어나서 그를 뒤로 끌어당겼다. 마라 게이는 창백한 얼굴로 뻣뻣하게 앉아 있었다. 술이 확 깬 모양이었다. 토미 블랙은 눈꺼풀도 깜빡하지 않았다.

"내가 당신을 그 부서에서 끌어내릴 거야…… 이 비쩍 마른 원숭이 같은 자식…… 목 졸라 죽여버릴 거야……."

"술이 많이 취한 줄 알았는데, 이제 보니 그냥 정신이 나간 거였군요. 그 말 당장 취소하지 않으면 내가 여기서 당장 댁을 날려버릴 거요."

엘러리는 미소 짓는 아버지를 자기 쪽으로 끌어당기고는 차갑게 말했다.

일대 혼란과 난전이 벌어졌다. 웨이터들이 테이블로 달려들었다. 오케스트라는 성난 폭풍처럼 격렬한 음색을 연주했다. 사람들은 무슨 일이 일어났나 싶어 고개를 쭉 빼고 쳐다보았다. 소음은 더욱 높아졌다. 토미 블랙이 일어나서 마라의 팔을 잡고 잽싸게 그녀를 군중 속에서 끌어냈다. 그걸 본 순간 헌터의 정신은 흐트러졌다. 한 줄기의 침이 턱을 타고 흘러내렸다. 눈에 불꽃이 튀더니 온 힘을 다해 토미에게 고함을 질렀다.

"너 이 자식, 이 빌어먹을 개 같은 자식! 더러운……."

마스가 헌터의 입을 자기 손으로 틀어막고 의자에서 끌어내렸다.

엘러리는 정신을 차리고 보니 아버지와 나란히 브로드웨이를 향해 보도블록을 걷는 중이었다. 자기 자신, 세상 그리고 모든 것들을 향한 혐오감에 구토가 치밀어 올랐다. 이상하게도 경감은 여전히 웃고 있었다. 벨리 경사가 조용히 그들 뒤를 따랐다.

"폭동 좀 봤나, 토머스?"

경감이 낄낄 웃었다.

"폭동이라고요!"

"저런 게 상류사회라고, 나 참!"

경감은 콧방귀를 뀌었다.

"귀족 혈통인지 뭔지! 저치들의 번드르르한 껍데기들을 전부 벗겨버리면 그 속에 들어 있는 건 냄새나는 오물들뿐이지. 헌터 그놈을 좀 봐라!"

"뭘 좀 찾아내셨습니까?"

경사가 얼굴을 찌푸리며 물었다.

"아니. 하지만 분명 그 사업 어딘가에서 걸려들고 말 거야. 내 장담하네."

엘러리가 신음했다.

"아버지, 그자에게서 뭔가를 끌어낼 수 있을 거라고 생각하신다면 방법이 틀렸어요."

"또 그런 식으로 말하는구나."

경감은 비웃었다.

"너는 이런 일에 대해서 아는 게 별로 없지 않니. 말해두는데 나는 그놈을 아주 홀랑 벗겨버릴 생각이다. 암, 아주 쓴맛을 보여줘야지. 하지만 애비 말 명심하려무나. 그놈은 이 세상에 '조심'이라는 개념이 존재한다는 사실을 얼마 지나지 않아 잊게 될 거다. 그러니 이제 곧 모든 진실이 밝혀질 거야, 엘. 애비 말 새겨들어라, 꼭 기억해두어야 해!"

경감이 운 좋은 예언자인지 명민한 심리학자인지 알 수는 없으나, 기다림의 시간이 막바지에 이르렀을 때 그 말은 현실이 됐다.

아마 사악한 적의에 불타는 헌터가 고집스럽게 어떤 연줄을 조작했을 것이다. 올 것이 온 셈이었다.

그리하여 잇따라 두 가지 일이 벌어졌다. 그중 하나는 바로 다음 날 웰스 청장이 콜로세움의 해금을 풀라는 명령을 내린 것이다.

그리고 나머지 하나는 석간신문에 실린 안내문으로, 돌아오는 금요일 밤, 토미 블랙은 예정된 스케줄대로 헤비급 챔피언 잭 하커와 콜로세움에서 타이틀전을 겨루게 된다는 소식이었다. 그리고 마스는 기자들에게 다음과 같이 전했다. 경기가 끝난 후 '지옥 불보다도 빠르게' 링과 객석 그리고 온갖 권투 설비들을 모두 정리할 것이다. 그리고 다음 날 바로 토요일 밤 와일드 빌 그랜트 로데오-삼 주 전 비극적으로 막을 올렸던 서부의 엄청난 볼거리-의 두 번째 오프닝이 열려 어린이들의 의식을 고양시키고 호기심에 찬 구경꾼들을 만족시킬 예정이라고.

15:
검투사의 왕

"라디오를 청취하고 계시는 신사숙녀 여러분 여기는 뉴욕 시에 있는 토니 마스의 현대적인 대형 경기장, 스포츠의 전당 콜로세움입니다 아주 멋진 금요일 저녁 굉장한 대결이 막 펼쳐지기 직전에 방송을 보내 드리고 있습니다. 세기의 대결이라 해도 과언이 아니겠죠? 하하하…… 이 프로그램은 전국은 물론, 영국, 프랑스, 독일까지에도 연결된 ×××방송사의 도움으로 중계되고 있습니다…….

 이제 곧 경기가 시작될 시간이 다 되어 가는군요. 오 이런 정확히 십이 분 남았습니다. 그야말로 굉장한 타이밍이로군요. 하하하…… 이 함성은 독일에까지도 들릴 거라 생각합니다. 마치 뉴욕 시민들 전체가 다 모여 있는 것 같습니다. 시카고에서 오신 분들도 계시는 것 같군요. 권투 역사에 한 획을 그을 만한 중요한 순간을 지켜보기 위해서 말이죠……. 여기 콜로세움은 현재 구석구석까지 2만 명의 관중들로 꽉꽉 들어차 있습니다. 죽기 직전까지도 권투 시합을 보고 싶어서 안달 낼 분들이로군요. 하하하……. 네, 관중들은 마치 잔칫날처럼 떠들썩하게 들떠 있습니다. 제 뒷줄에 앉아 계시는 분이 방금 저한테 이 멋진 경기를 보기 위해서 미국인으로서 당당하게 백 달러나 냈다고 하는군요. 세상 살기 참 힘들다고 합니다. 하하하…….

 이 신사 분이 꼭 지불한 돈만큼의 즐거움을 얻어 가시길 바랍니다. 아, 이런 농담입니다. 여러분 심각하게 듣지 마시고요. 자 이제 경기 시작까지 팔 분 남았습니다. 여러분 오늘 경기는 헤비급 챔피언의 왕좌를 놓고 도전자 토미 블랙과 현 챔피언 잭 하커가 승부를 겨루게 됩니다. 세계로 뻗어나가는…… 방송으로 한 발 늦게 주파수를 맞추신 분들을 위해 말씀 드렸습니다. 지금 이곳은 굉장한 흥분으로 북적이고 있지만 뭐가 어떻게 돌아가는지는 잘 모르겠군요. 하하하……. 오 저기 보십시오. 두 젊은 연인이 사랑을 나누고 있습니다. 아니 여러분 이게 무슨 식전 예비 행사라는 건 아닙니다. 아 공이 울렸습니다. 총 15라운드로 예정되어 있는 조지아의 블랙 보이 조지 디킨스와 보스턴의 싸움꾼 벤 라일리의 13라운드 경기를 시작하는 종이 울립니다. 이 또한 아주 좋은 시합인데요. 라일리가 계속해서 우세를 점하고 있습니다. 앗, 잠깐만요. 무슨 일이 일어났는지 잘 안 보입니다. 대단한 환성이군요. 마치 민주당 전당 대회 같네요. 하하하…….

 오늘 밤 경기를 보러 온 유명 인사들이 너무 많아서 눈이 부실 정도입니다. 메트로폴리탄이 처음 열린 날의 밤처럼 아주 영예로운 숙녀 분들이 눈부신 라발리에르보석을 박은 고리 목걸이의 일종—옮긴이로 치장하고 와주셨습니다. 마치 파리를 방불케 하는군요……. 저게 누굽니까. 오 맙소사! 아름다운 영화배우 마라 게이로군요. 여러분도 잘 아시는 할리우드의 난초 말입니다. 오늘 밤은 한층 더 아름답군요. 옆에는 유명한 사교계의 제왕이자 브로드웨이 나이트클럽의 소유주 그리고 그녀의 남편인 줄리안 헌터도 함께 링사이드에 나와 있습니다……. 매력적인 마라는 오늘 밤 토미 블랙을 응원할 겁니다. 여러분도 모두 아시다시피 그는 캘리포니아 출신이죠……. 그리고 토니 마스 본인도 헌터 부부 옆에 있군요. 토니 마스는 이 업계에서 대단히 유명한 스포츠 기획자죠. 이 장대한 스포츠의 전당을 지은 장본인이기도 합니다……. 그리고 그 옛날 서부에서 무법자들을 사냥했던 와일드 빌 그랜트도 있습니다. 옆에는 그의 아들 컬리와 유명한 서부영화 스타 키트 혼 양도 있군요……. 죄송합니다. 청취자 여러분 잠깐만요. (빌 저거 누구야? 혼 양 옆에 있는 코안경 끼고 얼굴이 날카로운 젊은이 말이야. 아 그래? 고마워.) 그리고 센터 스트리트의 퀸 부자로 잘 알려진 엘러리 퀸 씨도 있습니다. 오늘 밤 빈틈없이 경찰 측에서도 오신 모양이로군요. 반대편에서 정의로운 경찰청장 웰스 씨가 클라인 경감과 함께 링 옆에 서서 무어라 대화를 나누고 있는 걸 보니…….

공식 발표에 따르면 오늘 오후 체중 측정 결과 블랙은 약 87킬로그램, 챔피언은…….”

"선수들이 링으로 올라가고 있습니다. 무시무시한 함성이 쏟아지는군요. 챔피언입니다. 우리의 챔피언입니다. 잭 하커가 링으로 올라갑니다. 특유의 줄무늬 타월을 두르고 있군요. 매니저 조니 올드리치와 트레이너가 함께 있습니다. 잭은 컨디션이 좋아 보입니다. 구릿빛 얼굴이 아주 약간 핼쑥하네요. 아주 깨끗이 면도를 했습니다. 링에 오르기 전 늘 하는 징크스죠. 토미 블랙입니다. 토미 블랙이 올라옵니다. 박수갈채가 쏟아지고 있습니다. 라디오 앞의 신사숙녀 여러분 이 박수 소리를 좀 들어 보십시오……. 이 천둥 같은 소리가 들리십니까? 이 모두가 토미를 보고 환호하는 소리입니다. 하하하……. 아주 유명한 신인이죠. 체격이 대단히 탄탄합니다. 새로 뽑은 검은색 새틴 가운 차림입니다. 붕대로 둘둘 감은 두 손이 마치 두 덩이의 강철 같습니다. 경기를 코앞까지 앞두고 내기가 한창입니다. 과연 도전자에게 승산은 있을까요? 어이쿠 내기 돈이 오가고 있군요……. 잠깐만요, 잠깐만요. 짐 슈타인케가 무언가 안내 방송을 하려는 모양입니다…….

 자 여러분 선수들이 준비가 다 되었습니다. 링 한가운데 서서 헨리 섬터 심판으로부터 마지막 주의사항을 듣고 있습니다. 모두가 '매의 눈 헨리'라고 부르는 심판이죠. 예, 선수들이 글러브를 끼고 있습니다……. 두 선수 모두 자신감이 넘쳐 보입니다……. 특히 토미가 더욱 그렇군요. 이 친구는 얼굴을 찡그리고 있지만 나날이 잭 뎀프시를 닮아가는 것 같습니다. 그 유명한 뎀프시 스타일의 복장을 하고 있으니 말이죠. 토미의 주먹은 아주 단단하기가…….

 아링위에서공이울린순간토미가먼저달려들어전광석화같은선제공격을날립니다갑니다레프트턱에꽂힙니다라이트가슴을향해날아갑니다커버링합니다……. 그리 심각한 펀치는 아니었던 모양입니다. 잭이 웃고 있네요. 두 선수 링 위에서 펄쩍펄쩍 뛰어다닙니다. 챔피언은 아직 한 방도 날리지 않았습니다. 아직 탐색전 중입니다. 토미가 다시 한 번 달려듭니다……. 갑니다번개처럼번개처럼날아갑니다……. 레프트 두 방이 안면을 강타합니다. 잭이 얼굴을 찡그리는데요. 괜찮아 보여도 저거 꽤 아플 겁니다……. 토미 블랙 대단한 선수예요. 챔피언은 아직 주먹을 날리지 않았고요……. 갑니다무시무시한오른주먹토미의머리로향합니다. 명중했으면 대단한 치명타를 입혔을 텐데요……. 토미 선수 잘 피했어요…….

오오오오오! 잠깐만 기다려보십시오. 잠깐만요, 예…… 오오오오오! 신사 숙녀 여러분 토미 블랙이 방금 레프트 스트레이트 팔 연타를 챔피언의 안면에 꽂았습니다. 짧고 강렬한 라이트 훅을 턱에 작렬시키면서 마무리를 합니다. 아주 정확히 들어갔어요. 정확합니다. 잭이 그로기 상태입니다. 다리가 풀려 쓰러지고 있습니다……. 커버링을 하면서 버티고 있습니다……. 심판이 두 선수를 떼어놓았고요. 토미는 아직도 의욕이 넘칩니다. 마치 킬러 같은 눈빛이에요. 하지만 챔피언은 거머리처럼 버팁니다……. 서로 떨어져서 펀치를 주고받습니다. 토미가 이를 드러내면서 아주 잔혹하게 웃고 있는데요. 멈출 기색이 안 보입니다 아주 냉정하고 무시무시하게 덤벼듭니다……. 그거죠! 레프트! 라이트! 레프트! 라이트! 레프트…….

잭쓰러졌습니다잭넘어갑니다! ……투 스리 포 파이브 식스 세븐 일어나려고 애쓰는데요. 에잇 나…… 잭이 일어났습니다. 비틀비틀 일어나서 토미에게서 떨어집니다. 토미 선수 쫓아갑니다. 헨리 섬터 심판도 바짝 쫓아가고요…….

아아아아 챔피언이 다시 넘어졌습니다. 이 엄청난 소리 들리시나요. 관중들이 흥분해서 광란의 도가니에 빠졌습니다……. 파이브 식스 세븐 에잇 나인…… 텐! 케이오승입니다헤비급챔피언이새롭게탄생하는순간입니다……. 신사숙녀 여러분 새로운 헤비급 챔피언이 세계를 놀라게 했습니다. 단 1라운드 만에 전 챔피언을 녹아웃 시키며 왕좌에 올라앉아 링 위의 역사를 새롭게 썼습니다…….

토미! 토미! 이리 와서 마이크에 몇 마디만 해주시죠! 토미 선수!"

그것은 이벤트의 새로운 라운드를 알리는 아주 상서로운 시작이었다. 작은 사건들이 하나하나 성공적으로 끝날 때마다 상황은 조금씩 나아지고 있었다. 프로 권투 선수의 잔인함을 다소 역겨운 야만성으로밖에 느끼지 못하는 엘러리는 링 위의 지배자보다 그와 함께 온 친구들에게 더욱 주의를 기울이고 있었다. 그렇기에 링 가까이로 몰려드는 수백 명의 사람들 속에서 줄리안 헌터 혼자 씁쓸하게 얼굴을 찌푸리는 모습, 차갑고 계산적으로 빛나는 토니 마스의 눈빛, 황홀한 표정으로 미친 듯 열광하는 마라 게이의 아름다운 얼굴을 보았다. 챔피언은 팔다리를 꿈틀거리며 바닥에 벌렁 누워 있었고, 한층 더 잔혹하고 냉정한 표정을 띤 토미 블랙은 호랑이 같은 시선을 챔피언의 쓰러진 몸에서 끝끝내 거두지 않은 채 펄쩍 뛰어 중립코너로 갔다. 아나운서는 무척이나 수다스러운 말투로 그의 승리를 선언하고 있었다.

엘러리는 기다렸다. 기다려야 할 이유가 있었다. 토니 마스는 상황을 지배하는 자신의 재능을 발휘해 군중들의 아우성을 싹 걷어내고, 승리자 토미 블랙을 위해 그날 밤 클럽 마라에서 대대적인 파티를 열 예정이라고 발표했다. 아마도 마스가 이렇게 관대한 태도를 보이는 이유는, 토미 블랙이 도박사들의 이익을 위해 챔피언에게 승리를 양보할 수 있다는 두려움이 사라졌기 때문인지도 모른다. 이 마스란 남자는 간혹 충동적으로 후한 태도를 보이기도 했으나 기본적으로는 돈이 얽힌 곳이라면 상당히 신중하기로 악명이 높았기 때문이다. 아무튼 그날 밤 클럽은 완전히 개방되었다. 언론 연합의 대표들, 유명한 스포츠 편집자들, 기획자들, 그랜트 부자, 키트 혼, 로데오 기수들 전체(그들도 유혈이 낭자하고 살점이 튀어 오르는 거친 싸움을 보러 왔다.), 모두가 초대를 받았다.

밤이 깊은 시각, 클럽 마라는 기이한 흥분에 사로잡혀 있었다. 문은 모두 닫혔다. 거대한 공간이 꽃다발과 링에서 수여받은 트로피로 장식되었다. 언제나 그랬듯이 차가우면서도 온화한 마스가 파티를 주도했다. 공짜 음료가 쏟아졌다. 중앙 테이블에는 근육질의 실레누스처럼 토미 블랙이 앉아서 완전히 넋을 놓고 환한 얼굴로 웃고 있었다. 야회복을 입은 그 커다란 모습은 마치 거푸집에 석고를 넣어서 굳혀 놓은 것 같았다.

엘러리는 조용히 어슬렁거렸다. 와일드 빌 그랜트를 찾고 있었으나 그는 어디 갔는지 보이지 않았다. 마스에게 슬쩍 물어보니 그랜트가 이 자리를 점잖게 사양했다는 정보를 입수할 수 있었다. 하지만 컬리는 와 있었고, 키트 혼 또한 마찬가지였다. 젊은 아가씨들 중에서 가장 의욕이 없어 보였으나 눈을 밝게 빛내며 미소 띤 얼굴로 사람들과 끝없이 이야기를 나누었다. 그중에서도 키트 혼이 가장 주목한 대상은 줄리안 헌터였다. 그녀는 마치 역겹기도 하고 매력적이기도 한 괴물을 바라보듯 계속해서 헌터를 쳐다보았다.

파티장이 소음으로 끓어올랐다. 코르크 마개가 튀어 오르고 유리잔이 서로 부딪혔으며 사람들이 소리를 질러댔다. 이 모든 활기는 토미 블랙을 중심으로 마라 게이가 이끌었다. 그녀는 몸을 가린 듯 만 듯한 가운 차림이었으며 몹시 우아하고 아름다웠다. 마라는 몹시 취해 있었다. 술보다는 블랙에 대한 애정과 그의 성공, 강건한 체격, 동물적인 매력에 머리끝까지 푹 잠겨 있었을 것이다. 그랜트의 로데오 기수 마흔 명은 와인과 위스키가 강물처럼 흐르는 자유로운 분위기에 깜짝 놀랐지만 곧 기쁨에 들떠 진탕 마시며 이러한 호의에 큰 감사를 표했다. 그들은 뱃가죽이 터질 때까지 마셔댔다. 그러나 그들 누구도 얼굴색이 살짝 붉게 달아오르고 혀가 살짝 꼬인 것 외에 크게 술주정을 부리는 사람은 없었다. 우디는 그 유명한 자신의 외팔을 치켜들고 의자 위에 올라서서 우렁차게 고함을 질렀다.

"카우보이의 만가를 부르세, 친구들이여!"

그리고 밤새 클럽 안은 노래에 우러나는 슬픔을 전달하려는 목쉰 비명과 요란한 소음으로 난장판이 되었다. 비극의 무게에 짓눌린 대늘 분은 바닥에 주저앉아 비통한 눈물을 흘렸다. 신문기자들은 대부분 조용히 술만 마셨다.

엘러리는 계속 어슬렁거렸다.

밤 깊은 시각 파티는 작은 그룹으로 쪼개졌다. 엘러리는 정신이 멀쩡해 보이는 키트가 도저히 못 견디겠다는 듯 기이한 몸짓으로 자리에서 일어나 컬리에게 무어라 말하고는 코트 보관실 쪽으로 향하는 것을 보았다. 컬리는 순순히 그 뒤를 따라갔다. 엘러리는 그들 둘을 다시 보지 못했다.

지긋지긋한 훈련에서 벗어난 토미 블랙은 작고 뚱뚱하며 땀을 뻘뻘 흘리는 매니저의 항의를 무시하고 고급 샴페인을 벌컥벌컥 들이마셨다. 이 운동선수가 얼마 되지도 않는 와인으로 그렇게나 빨리 취해버렸다는 사실은 놀라운 일이었다. 토미는 십 분 동안 줄기차게 마셨다. 그는 더 이상 그날 오후의 용맹스런 사자로 존재할 수 없었다. 거기에는 아주 훌륭한 이유가 있었는데, 그의 숭배자들이 누구 하나 빠지지 않고 바로 삼십 분 전 일조차 기억할 수 없을 만큼 마셔댔기 때문이다. 토미의 매니저는 챔피언이 술을 못 마시게 하는 일을 포기한 듯 팔에 작고 검은 병을 끼고서 구석으로 물러나 사양 않고 조용히 술을 들이켜기 시작했다.

그리하여 엘러리는 토미 블랙의 테이블로 가서 앉았다. 마스도 거기서 차분히 술을 마시고 있었다. 그들 주위로 미친 듯한 소음이 소용돌이를 쳤다.
"허허, 이게 누구야."
토미가 으르렁거리며 흐릿하고 흉포한 시선으로 엘러리를 쳐다보았다.
"경찰 나리 아니신가. 당신네 영감님한테 가서 입 좀 조심하라고 전하는 게 좋을걸. 아무렇게나 떠들고 다니다가 큰코다친다고 말이야. 뭐, 그런다고 이 토미 블랙은 눈썹 하나 까딱하지 않지만. 마시라고, 친구. 마셔."
엘러리가 미소를 지었다.
"나는 이제 마실 수 있는 만큼 다 마셨습니다. 고마워요. 헌데 세계 챔피언이 된 기분은 어떻습니까?"
"째지지!"
블랙이 열광에 찬 목소리로 고함을 질렀다.
"좋아서 입이 째질 것 같구만. 친구! 헤이!"
블랙은 악을 썼으나, 그 목소리는 천둥처럼 시끄러운 파티장의 소음에 묻히고 말았다.
"이런 젠장, 무슨 얘기를 못 하겠네. 당신, 따라와. 그럼 내가 내 인생 얘기를 들려줄 테니."
"물론입니다."
엘러리가 온화하게 대답했다. 주위를 둘러보자 헌터와 마라게이는 어디론가 사라지고 없었다. 엘러리는 그들이 어디로 갔는지 알 것 같았다.
"토미, 저기 조용한 곳으로 자리를 옮겨서 이야기를 나눕시다. 오늘의 영예를 거머쥐기까지 겪은 모든 시련과 우여곡절에 대해서 얘기를 좀 해주시죠. 함께 가시겠습니까, 마스 씨?"
"가겠소."
마스가 멍하니 대답했다. 목소리에서 다소 느긋함이 묻어나오는 것만 뺀다면 정신은 멀쩡해 보였다.

세 사람은 어렵사리 사람들 틈을 빠져나와 왼쪽 벽으로 향했다. 개인적인 대화를 나눌 수 있는 작은 부스들이 쭉 늘어서 있는 곳이었다. 엘러리는 자연스럽게 나머지 두 사람들을 이끌어 그중 한 칸으로 들어갔다. 자리에 앉자 엘러리는 자신이 옳았다는 것을 확신했다. 옆 칸에서 낮익은 목소리가 들려왔다.

토미 블랙이 입을 열었다.

"그러니까 내 얘긴 말이지. 우리 아버지는 패서디나의 땜장이였고 어머니는……"

그때 갑자기 토미가 말을 뚝 끊었다. 바로 옆 칸에서 그의 이름이 언급되었던 것이다.

"도대체 누구야?"

토미는 소리를 지르다 말고 입을 꾹 다물더니, 이번에는 꼼짝도 않고 가만히 앉아서 눈을 가늘게 떴다. 얼근하게 취해 달아올랐던 얼굴에서 핏기가 싹 빠져나갔다.

마스는 긴장한 채 앉아 있었다. 엘러리는 꼼짝도 하지 않았다. 과학자는 관찰할 때면 언제나 평정심을 유지해야 하는 법이다.

"그래, 그리고 다시 한 번 말해주지. 이 빌어먹을 계집!"

줄리안 헌터의 낮은 목소리가 들렸다.

"당신하고 그 고릴라 같은 토미 블랙이란 놈 말이야. 아주 나를 가지고 비웃느라 정신이 없었지! 이 싸구려 창녀 같은 계집, 내가 당신이랑 결혼해서 격을 높였다는 은혜도 몰라? 당신 때문에 내 이름이 온통 타블로이드 신문에 오르내리고 난리도 아니라고, 당신이 고릴라 고기에 침을 흘리면서 쫓아다니고 있다는 얘기 때문에! 모르겠어? 라이언스가 힌트를 줬다고! 당신이 토미하고 놀아나고 있다는 걸 말이야! 맙소사, 그 악당 같은 놈의 말을 믿어야 한다니!"

"거짓말이야."

마라 게이가 비명을 질렀다.

"줄리안, 맹세해. 난 안 그랬어! 그건 그냥 그 사람이 잘해줘서……."

"그래, 그 '잘해줬다'는 말의 뜻을 존중해주지."

헌터는 싸늘하게 말했다.

"줄리안, 그런 눈빛으로 나를 보지 마! 아니야, 정말 안 그랬어……. 꿈도 안 꿨어……."

"당신 지금 거짓말을 하고 있잖아, 마라."

헌터가 메마른 목소리로 말했다.

"블랙에 대해서 거짓말을 하는 걸 보면 그동안 숨겼던 남자들은 수도 없이 많겠군. 이 더럽고 지저분한……."

블랙이 테이블보 위에서 거대한 주먹을 부르쥐었다. 가무잡잡한 피부가 분노로 돌처럼 굳어졌다.

엘러리는 뻣뻣하게 굳었다. 물론 머릿속으로는 열심히 계산 중이었다. 극도로 냉담한 줄리안 헌터의 목소리가 이어졌다. 탁한 공기 속에서 여배우의 애원을 가로막고 그녀의 히스테릭한 목소리를 무시하며 한마디 한마디로 그녀를 매도하고 비난했다.

"마라, 당신이 가슴 털 북슬북슬한 짐승하고 부정하게 놀아났다는 건 사실 나한테 별로 문제가 안 돼."

헌터가 나직이 말했다.

"그보다 더 큰 문제가 있지. 뭐, 당신이 남자 밝힌다는 사실을 가지고 흔들어봤자 별 소용도 없겠지. 어차피 대중들도 그게 당신의 아주 훌륭하고 섬세한 예술가로서의 커리어라고……."

"그만 좀 해!"

마라가 절규했다.

"하지만 다른 문제가 있단 말이야, 여보. 이건 당신의 그 잘난 영화계에서의 명성보다도 더욱 오래갈지도 모르는 문제야. 이래도 되는지 모르겠지만……. 자, 만약 지금 내가 플로어 한복판으로 나가서 기자들 앞에서 할리우드의 난초 마라 게이의 정체는 사실……."

"그만하라고!"

그녀는 쉿소리를 질렀다. 그리고 그 순간 이제부터 저지를 일에 대해 미리 경고라도 하듯 온 몸의 근육에 바짝 힘을 준 토미 블랙은 의자를 박차고 총알처럼 튀어나가 옆 칸으로 향했다.

엘러리와 마스는 재빨리 토미를 쫓아가서 팽팽하게 긴장된 그의 팔을 잡고 말렸다. 그러나 블랙은 별 힘도 들이지 않고 그들을 흔들어 떼어냈다. 너무나도 무시무시한 힘에 마스는 그만 비틀거리며 뒤로 나가떨어져 쓰러지고 말았다. 바닥에 머리를 찧은 듯했다. 엘러리 또한 내팽개쳐져, 기둥에 부딪혔다.

엘러리는 몽롱함 속에서 챔피언이 자세를 낮추고 그의 검은색 야회복 코트가 넓은 등 위에서 갑옷처럼 팽팽하게 당겨지는 모습을 보았다. 토미 블랙은 헌터의 목덜미를 움켜쥐고 의자 위에서 거칠게 끌어내 어린아이처럼 흔들다가 조심스럽게 그를 내려놓았다. 얼굴이 새하얗게 질린 마라 게이는 입을 열었으나 겁에 질린 나머지 고함도 지를 수가 없는 듯했다. 헌터는 망연자실한 표정이었다.

블랙의 거대한 오른 주먹이 휙 소리를 내며 날아가 헌터의 턱 한가운데에 꽂혔다. 헌터는 소리도 없이 바닥에 무너졌다.

아마도 부싯돌로 불을 붙이면 이런 불꽃이 튀지 않을까 싶었다. 그 다음 순간 엘러리는 클럽 마라 전체가 혼란에 빠져 아수라장이 되고 악몽의 소용돌이로 변하는 것을 보았다. 사람들은 비틀거리고 서로 주먹질하며 싸우고 그릇들이 마구 날아다녔으며 의자들이 돌진했다.

그 혼란 속에서 간신히 빠져나와, 겁먹은 코트 보관실 아가씨에게서 코트를 받아든 엘러리는 겨우 신선한 공기를 들이마실 수 있었다.

엘러리는 마치 악취가 콧구멍 속에 남아 있는 양 콧잔등을 찡그렸다. 그의 눈빛이 갑자기 생각에 잠긴 듯 보였다.

16:
차용증서

'……그리고 그날 밤 두 번째로 케이오 승을 거두었다. 이번 경기의 상대는 저 유명한 허풍쟁이 줄리안 헌터, 바로 그 사람이었다. 이 얼마나 우스꽝스러운 꼴이었단 말인가! 샴페인 병들이 마구 굴러다니는 가운데…….'

다음 날 아침 엘러리 퀸 씨는 말없이 아침 식사를 하며 테드 라이언스의 칼럼을 읽고 있었다. 이 타블로이드 칼럼니스트가 전날 밤 클럽 마라에 있었는지는 확실히 알 수 없었으나, 〈더 로다운〉 지에 실린 그의 최신 폭로 기사를 읽으니 그 자리에 있었다는 사실을 알 수 있었다. 라이언스는 떠들썩했던 파티의 상세한 모습과 참석한 사람들의 면면 그리고 그날 밤의 드라마틱한 하이라이트 장면까지 꼼꼼하게 묘사했다. 스타들 하나하나에게 모두 경의를 표했고 누구 하나 빠뜨리지 않고 전부 코멘트를 달았다. 엘러리에 대해서는 '새로운 챔피언의 먹잇감이 된 희생자'라고 씌어 있었다. 엘러리가 눈을 가늘게 떴다. 칼럼 끝부분에 아주 놀라운 암시가 기다리고 있었다. 전기의 근원을 발견했어도 이렇게는 놀라지 않았을 것이다.

그리 길게 말하지는 않았으나 라이언스는 헌터와 그의 유명한 아내 마라 게이 사이의 불화가 '부부 사이에서 흔히 일어날 수 있는 충돌의 범위를 넘어선 것이 아닌가?'라고 의문을 제기했다.

'호사가들에 의하면 (여러분도 이미 들으셨는지 모르겠으나) 이 유명 인사 부부가 실은 개와 고양이와도 같은 사이로 남편은 아주 콧대 높고 허영심 많은 개에 비유할 수 있으며 아내는 수다스러운 암고양이들 중의 여왕이라고들 한다.'

라이언스는 계속해서 의문을 던졌다.

'마라가 그렇게 불안한 얼굴로 예민하게 굴고, 눈빛이 자주 바뀌는 이유가 단순히 가정의 불화 때문이었을까?'

'그들의 작은 둥지에는 TNT가 설치되어 있는 거나 마찬가지다. 그런데 남편은 과연 그 사실을 알고 있을까? 그리고 아내는 그 모든 사실이 백일하에 드러난 순간 그녀의 커리어에 어떤 충격이 몰아칠지 알기는 할까? 암, 두 사람 모두 알고 있음이 분명하다!'

엘러리는 신문을 집어던지고 커피를 더 들이켰다.

"어떻게 생각하느냐?"

경감이 물었다.

"제가 멍청했어요. 라이언스는 마치 설치류 동물처럼 기민하군요. 그 여잔 마약 중독이에요."

"젠장, 그걸 놓쳤다니."

노인이 투덜거렸다.

"어쩐지 그 여자 눈빛이 항상 이상하더라. 소름 끼치지 않던? 코카인이겠지? 그래, 어제 헌터가 자기 마누라를 협박하던 재료가 바로 그거였구먼! 뭘 그렇게 실실 웃고 있는 게냐?"

"실실 웃다니요? 전 지금 얼굴을 찡그리고 있는 겁니다. 가능성들을 생각하느라고요."

"어떤 가능성 말이지? 아, 그 여자가 혹시 도망이라도 칠까

봐 그러는 게냐? 참, 그러고 보니 한 가지 소식이 있단다."

"소식이오?"

"늦은 조간신문에 새 소식으로 실리겠지. 아침에 토니에게서 전화를 한 통 받았는데, 그 친구가 귀띔을 해주더구나. 무슨 일인지 알겠니?"

"전혀 모르겠어요. 도대체 뭔데 그러세요?"

경감은 일부러 뜸을 들이듯 아침의 첫 코담배를 한 줌 집어 들었다. 그러고는 정해진 대로 세 번 들이마시고는 작은 코를 힘차게 닦더니 말했다.

"아주 따끈따끈한 소식이다. 와일드 빌 그랜트의 쇼에 새로운 기수가 합류했어."

"오늘 밤 재개장 쇼에 나온단 말인가요?"

"그래…… 누군지 한번 맞혀봐라."

"전 이 세상에서 짐작하는 게 제일 어렵던데요."

"키트 혼이 나온다는구나."

"네?"

엘러리가 깜짝 놀랐다.

"정말로 로데오 기수들하고 합류한대요?"

"토니 마스가 나한테 전화해서 그렇게 말하더구나. 새로운 홍보거리가 될 거라고 말이다. 그때 살인 사건을 맛봤던 대중들이 몰려올 거라고. 난 그렇게 생각 안 한다만."

"저도요."

엘러리가 얼굴을 찌푸리며 말했다.

경감이 미소를 지었다.

"내 생각엔 그 딱한 아가씨가…… 그, 뭐냐? ……복수 콤플렉스에 물든 게 아닌가 싶다. 그렇지 않고서야 이미 직업이 영화배우인 사람이 갑자기 로데오에 끼어든다는 게 말이나 되니? 불 보듯 뻔한 일이지. 앞으로 새 영화를 계약할 때 이것 때문에 애 좀 먹을 게야."

"제가 만약 그 젊은 여성에 대해서 올바르게 판단하고 있다면, 그런 계약 한두 개가 그녀의 앞길을 가로막을 순 없을 겁니다. 그러니……."

엘러리가 말했다.

"그리고 또 한 가지, 아마 그 그랜트 청년하고도 관련이 있는 문제가 아닐까 싶구나. 분명 그 두 사람 사이에는 프로끼리의 유대감 이상으로 깊은 무언가가 존재할 거다. 왜냐하면……."

경감이 말하는데 초인종이 울렸다. 주나가 현관으로 튀어 나갔다가, 바로 키트 혼을 퀸 가의 거실로 안내하면서 돌아왔다.

엘러리가 벌떡 일어났다.

"친애하는 혼 양!"

엘러리는 소리를 질렀다.

"이것 참 깜짝 놀랐습니다. 어서 들어와요. 저희와 같이 커피 한잔하시죠."

"아니오, 괜찮아요."

키트가 낮은 목소리로 대답했다.

"경감님, 안녕하세요. 잠깐 들렀어요. 저어…… 제가, 드릴 말씀이 있어서."

"그렇군요. 잘 왔어요."

경감은 따스하게 맞이하며 의자를 권했다. 그녀는 의자에 털썩 주저앉았다. 엘러리는 담배를 한 대 내밀었으나 키트는 사양했다. 그는 혼자 담배 한 개비에 불을 붙이고 창가에 서서 연기를 내뿜었다. 길 아래를 내려다보니 그녀를 미행하는 형사가 충실하게 근무 중인 것이 눈에 띄었다. 형사는 길 건너편의 철제 울타리에 기대어 서 있었다.

"무슨 일이죠, 아가씨?"

"정말 이상한 이야기예요."

그녀는 장갑 낀 손가락을 꼬았다. 신경질적인 표정이었다. 눈 주위에 커다란 보라색 그림자가 드리워져 있어서 얼굴이 전체적으로 어두워 보였다.

"사실은 아버지와 함께해야 할 일이었어요."

"혼 씨와 함께 말이지요?"

경감이 동정 어린 목소리로 말했다.

"자, 자, 혼 양. 어떤 자잘한 정보라도 좋으니 전부 다 말해줄 수 있죠? 그래, 그게 뭐였습니까?"

경감의 작고 빛나는 눈이 그녀를 날카롭게 관찰했다. 엘러리는 창가에서 말없이 담배만 피웠다. 자기가 있을 곳을 잘 아는 주나는 주방으로 모습을 감췄지만, 그 직전에 숭배의 눈빛을 한 차례 보내는 것을 잊지 않았다.

"솔직히 말하자면요."

키트가 장갑 낀 손을 만지작거리며 말했다.

"저…… 저도 어디서부터 시작해야 할지 모르겠어요. 굉장히 어려워요."

키트는 손장난을 멈추고 대담한 눈빛으로 경감을 올려다보았다.

"어쩌면 제가 찻잔 안에 태풍을 몰아넣는 건지도 몰라요. 하지만 제가 보기엔…… 아주 특별한 의미가 있는 건 아니지만, 중요한 일이라고 생각했어요."

"그래서요?"

"이건…… 줄리안 헌터와 관련된 일이에요."

그녀가 말을 끊었다.

"아."

"실은 얼마 전에 혼자서 클럽 마라에 그를 만나러 갔어요."

"그래요, 아가씨."

경감이 맞장구를 쳤다.

"그 사람이 불러서 간 거였어요. 저는……."

"헌터가 아가씨에게 전화를 해서 메모를 남겼던가요?"

경감이 날카롭게 물었다. 경솔하게도 정보원에게서 받았던 보고서를 마음속에 떠올린 모양이었다.

"아니오."

키트는 그 질문에서 무언가 의도를 느꼈는지, 다소 놀라는 듯했다.

"어느 날 밤 클럽에 있는데 저를 잠깐 불러내서 그다음 날 다시 와줄 수 있겠느냐고 묻더군요. 혼자서요. 이유는 말해주지 않았어요. 그래서 당연히 갔죠."

"그리고?"

"개인 사무실로 찾아갔어요. 처음에는 무척 예의바르게 대하더니, 금방 가면을 벗었어요. 무시무시한 말을 하더군요. 경감님, 그 사람이 도박장 운영하고 있었다는 사실을 아세요?"

"정말입니까?"

경감이 말했다.

"그래서 그게 지금 일과 무슨 관련이 있죠?"

"음, 아마도 일주일쯤 전이었을 거예요. 아버지가 죽기 전에, 저희가 막 동부로 왔을 때 토니 마스 씨가 저희를 헌터에게 소개시켜 주었어요. 아버지는 헌터가 운영하는 도박장…… 클럽 마라 위층에 있는 그 도박장을 방문해서, 도박을 좀 했어요."

"포커 말입니까? 아니면 크랩스_{주사위 두 개로 하는 도박의 일종—옮긴이}?"

"파로_{프랑스에서 유래된 카드놀이의 일종—옮긴이}요. 그때 돈을 꽤 잃었죠."

"알겠습니다."

경감이 부드럽게 말했다.

"아시다시피 저희는 당신 아버님의 재정 문제에 대해서 검토를 해보았습니다, 혼 양. 여기가 아니라 와이오밍 말입니다. 그리고 혼 씨가 뉴욕에 올 때 가지고 있는 돈을 마지막 한 푼까지 탈탈 털어서 왔다는 사실을 알아냈지요."

"아버지, 그 얘긴 안 해주셨잖아요."

엘러리가 창가에서 날카롭게 말했다.

"네가 안 물었잖니. 혼 씨가 얼마나 잃었습니까?"

"4,200달러요."

부자가 동시에 휘파람을 불었다.

"그거 엄청나군."

퀸 경감이 중얼거렸다.

"허 참, 너무 많이 잃었군요."

"무슨 말씀이시죠?"

엘러리가 캐물었다.

"혼이 와이오밍 주 샤이엔에 있는 은행에서 꺼내 온 잔고는 다 합쳐봤자 1만 1천 달러하고 잔돈 몇 푼밖에 안 되었다, 엘러리."

"그걸 다 꺼내서 왔단 말이죠?"

"동전까지 다. 목장 부동산을 제외하면 그게 이 세상에서 그 친구가 가진 전 재산이었지. 그리 많지는 않지? ……그래서, 혼 양. 당신의 양아버지는 4천 달러도 넘게 잃었단 말입니까?

허허, 무슨 일이 있었는지 대충 알 것 같군요."

"네."

키트가 눈을 내리깔았다.

"그걸 전부 한 번에 잃으신 게 아니에요. 아마 나흘 동안 헌터가 계속해서 부추겼던 것 같아요. 아버진 헌터에게 차용증서를 주셨죠."

"헌터에게 현금으로 돈을 준 게 아니고요?"

경감이 얼굴을 찌푸렸다.

"헌터 말로는 아니랬어요."

"그거 이상하군요? 그럼 칩은 무슨 돈으로 샀단 거죠?"

키트가 어깨를 으쓱했다.

"몇 백 달러 정도는 현금이었다고 헌터가 그러더군요. 나머지는 아버지에게 돈을 빌려줬대요. 그러니까 헌터의 말을 믿자면, 아버지는 일시적인 가난에 시달렸던 것 같아요."

"흠. 뭔가 이상하군요."

경감이 중얼거렸다.

"1만 1천 달러를 가지고 뉴욕에 와서 은행에 5천 달러 넣어두고, 그 며칠 후에 3천 달러를 인출해 갔다……. 헌터에게 현금을 주지 않았다면 도대체 그 돈은 다 어디로 갔을까? 엘러리, 혹시 그 수상한 방문자는 어떠냐?"

엘러리는 말없이 담배를 물고 생각에 잠겼다. 키트는 꼼짝도 하지 않았다. 경감은 방 안을 한 바퀴 휘둘러보았다.

"그래서 헌터가 당신에게 뭘 요구하던가요?"

늙은 경감이 느닷없이 물었다.

"헌터는 이제 벅이 죽어서 그 차용증서가 쓸모없게 되었으니, 제가 아버지의 빚을 갚아야 한다고 말했어요!"

"이런, 더러운 수작을."
경감이 중얼거렸다.
"그래서 따끔하게 한마디 해줬습니까?"
"네, 그랬어요."
키트는 다시 고개를 들었다. 한순간 눈빛에 창백한 번개가 번쩍였다.
"저는 이성을 잃을까 두려웠어요. 그 사람 말을 믿을 수조차 없어서, 그 차용증서를 보여달라고 요구했죠. 금고에서 꺼내와서는 보여주더군요. 정말이었어요! 그래서 저는 헌터에게 당신 도박장에서 사기가 판을 치지 않는 이상 아버지가 오랫동안 즐겨 했던 파로 게임에서 그렇게나 많은 돈을 잃을 리가 없다고 했죠. 게임이 공정했다면 말이에요. 그랬더니 화를 내면서 저를 협박하는 거예요."
"협박했다고요? 어떻게 말입니까?"
"제가 돈을 토하게 만들 거라고 했어요."
"어떻게 그렇게 한답니까?"
그녀는 어깨를 으쓱했다.
"그거야 저도 모르죠."
"그래서 그를 밀치고 뛰어나왔습니까?"
키트는 활기차게 말했다.
"실컷 퍼붓고 나서요! 그리고 아버지의 빚은 갚겠다고 약속했어요."
경감은 충격을 받은 얼굴이었다.
"아가씨가 직접 빚을 갚겠단 말입니까? 하지만 혼 양, 그럴 필요까지는⋯⋯."
"빚은 빚이에요."

키트가 말했다.

"하지만 제 일은 제가 알아서 할 테니까 걱정 마세요, 경감님. 그리고 실은 소맷자락 속에 비장의 카드를 숨겨 놓았거든요. 이렇게 말했죠. '헌터 씨, 아버지가 당신에게 진 빚은 내가 개인적으로 책임을 지고 갚도록 하겠어요.' 그랬더니 잠깐 희색이 만면해지더군요. 나는 계속 말했죠. '하지만 아버지의 살인 사건에 대한 진상이 완벽히 밝혀지고, 당신이 거기에 완벽하게 무관하다는 사실이 드러난다는 조건 하에 말이에요.' 그러고 나서 보란 듯이 방을 나와 버렸죠."

경감이 기침을 했다.

"너무 어려운 주문이네요, 혼 양. 정말로 그 약속을 지킬 만한 경제적 여유가 있습니까? 상당한 액수인데요."

키트가 한숨을 쉬었다.

"상당한 액수, 맞아요. 만약…… 만약 보험금이 나오지 않는다면 못 갚을 거예요. 하지만 아버지는 저를 위해서 오랫동안 보험을 들었거든요. 몇 만 달러는 돼요. 그리고 제가 유일한 상속인인 한……."

"글쎄, 그걸 만약 헌터가 알고 있다면……."

경감이 중얼거리기 시작했다.

"아버님은…… 뉴욕에 도착한 이래로, 도박을 제외하고…… 특별히 불필요한 지출을 하신 적은 없습니까?"

엘러리가 물었다.

"없었어요."

"흠."

엘러리는 선 채로 허리를 숙이고 생각에 잠기더니 갑자기 어깨를 뒤로 확 젖혔다.

"이봐요, 혼 양."

엘러리가 경쾌하게 말했다.

"우리가 진실만 알 수 있다면 이 모든 것들을 의심의 여지없이 설명할 수 있을 겁니다. 주제를 바꿔볼까요. 당신이 그랜트 씨의 쇼에 합류한다고 들었는데요, 혼 양. 갑작스러운 결정을 내렸군요?"

"아, 그거요."

작은 갈색 뺨에 긴장이 돌았다.

"완전히 갑작스러운 건 아니고요. 실은 아버지가 총에 맞은 그날 밤부터 마음속에 생각이 있었던 것 같아요. 하지만 장난 삼아서 그 자리에 앉으려는 건 아니에요, 퀸 씨. 사실 남들에게 널리 알리고 싶지도 않았어요. 하지만 여러 가지 이유 때문에 그랜트 씨가 그러자고 주장을 했고, 또 마스 씨도 그러길 원하는 모양이었어요. 전 그냥 그 기수들 중 하나에 불과해요."

"당신이 궁극적으로 이루고자 하는 목적이 뭔지 물어도 되겠습니까?"

엘러리가 점잖게 물었다.

그녀는 벌떡 일어나 장갑을 끼며 날카롭게 말했다.

"퀸 씨. 나는 절대로 아버지를 누가 죽였는지 알아내는 일을 포기하지 않을 거예요. 진부하고 유치하다고 놀려도 상관없어요. 난 꼭 해낼 테니까."

"아, 그렇다면 당신은 혼 씨의 살인범이 로데오 꽁무니를 따라서 콜로세움으로 어슬렁어슬렁 들어올 거라고 생각하는군요."

"그렇지 않아요?"

키트가 암울한 얼굴에 약간 미소를 띠었다.

"이제 가봐야 할 것 같네요."

그녀는 현관 쪽으로 걸어 나가다가 갑자기 아치형 입구에서 멈춰 섰다.

"아, 맞아요! 완전히 깜박 잊고 있었네. 밤에 행사가 있기 전에, 로데오 기수들이 오늘 낮에 작은 축하 파티를 짧게 연대요. 당신도 오시면 좋을 것 같은데요, 퀸 씨."

"축하 파티요?"

엘러리가 순수하게 깜짝 놀랐다.

"그거 참…… 어…… 좀 악취미 아닙니까?"

"실은 아주 특별한 사정이 있거든요."

키트가 한숨을 내쉬었다.

"오늘은 컬리의 서른 번째 생일이에요. 어머님 유언장에 따르면 컬리는 오늘 상당한 재산을 유산으로 받게 되거든요. 컬리는 이런 상황에서 법석을 떨고 싶지는 않다고 했지만, 와일드 빌이 저한테 괜찮지 않겠느냐고 묻기에 저는 물론 괜찮다고 했죠. 흥을 깨고 싶지는 않았거든요. 특히 컬리가 관련된 일은."

엘러리가 기침을 했다.

"그렇다면 물론 기꺼이 참석하겠습니다. 콜로세움으로 가면 되겠습니까?"

"네. 경기장에 벌써 테이블이랑 이것저것 다 가져다 놓았던데요. 그럼 이따 뵙죠."

키트는 남자처럼 손을 내밀었고, 엘러리는 그녀의 불안감을 없애주려는 듯 미소를 지으며 그 손을 맞잡았다. 그녀는 쾌활한 미소를 지으며 경감과도 악수를 나눈 뒤 아파트를 떠났다. 부자는 키트가 계단을 가볍게 달려 내려가는 모습을 지켜보았다.

"망아지가 따로 없구먼."
경감이 문을 닫으며 말했다.

경감이 코트를 입고 막 센터 스트리트로 나가려는데 초인종이 울렸다. 주나가 달려 나가서 문을 열었다.
"이번엔 또 누구야?"
경감이 툴툴거렸다. 창가에 서서 브로드웨이 쪽으로 걸어가는 키트 혼의 뒤를 재빨리 따라가는 형사의 모습을 지켜보고 있던 엘러리가 몸을 휙 돌렸다.
커비 소령이 현관의 아치형 입구 밑에서 미소를 지으며 서 있었다.
"아, 어서 들어오십시오, 소령님!"
엘러리가 말했다.
"나는 남의 집을 방문할 땐 항상 시간을 못 맞추는 재주가 있지."
소령이 말했다. 그는 깨끗하게 다림질된 새 옷을 갖춰 입고 매무새를 깔끔하게 단장했으며 경쾌한 모양의 지팡이를 들고 구김 하나 없는 벨루어 모자를 쓰고 있었다. 상의에는 치자꽃 한 송이를 꽂았다.
"미안합니다, 경감님. 외출하려던 참이었군요. 제 볼일은 금방 끝날 겁니다."
"괜찮소. 시가 한 대 피우시겠소?"
경감이 물었다.
"아니오, 괜찮습니다."
커비 소령은 자리에 앉아 조심스럽게 바짓단을 끌어올렸다.
"올라오다가 계단에서 혼 양을 만났습니다. 인사차 잠깐 들른 모양이지요? ……실은 혹시 제가 더 도움이 될 수도 있을 것 같아서 찾아왔지요. 어쩌다 보니 경찰에 협력하는 일에 푹 빠지고 말았거든요. 이거 참, 너무 즐겁더라고요!"

"젖먹이 시절부터 양심 교육을 받고 자란 사람이라면 당연히 그렇겠지요."

엘러리가 씩 웃었다.

"오늘 밤 콜로세움에서 다시 직무를 수행할 예정이라네."

커비가 말했다.

"나는 평소대로 뉴스 카메라들을 진두에서 지휘하게 될 게야. 혹시 자네나 퀸 경감님께서 나한테 뭐 특별하게 부탁할 일이 없을까 싶어서 찾아왔지."

"특별한 부탁?"

경감이 얼굴을 찌푸렸다.

"그게 무슨 소리요?"

"저도 모르죠. 뭐, 말하자면…… 한 달 전과 같은 일이 생길지도 모른다는 말입니다."

"혹시 또 무슨 일이 터질 수도 있다고 생각하는 거요?"

경감이 펄쩍 뛰었다.

"모든 곳에 인원을 배치했는데……."

"아, 아닙니다, 아닙니다. 제가 그냥 좀 멍청한 소리를 한 것 같군요. 하지만 만일의 경우 제가 특별한 장면을 찍을 수도 있다는 점을 미리 말씀드리고 싶어서……."

경감은 당황했다. 엘러리가 미소를 지으며 말했다.

"정말 굉장한 분이십니다, 소령님. 하지만 제가 보기에 오늘 밤 행사는 유쾌하고 별 문제 없이 건전하게 끝날 것 같습니다. 어쨌거나 오늘 저녁에 경기장에서 뵙게 되겠군요."

"그건 그렇지."

소령은 목에 두른 작은 스카프를 추스르고 치자꽃 향기를 가볍게 맡은 다음 부자와 악수를 나누었다. 나가는 길에 그는 주나의 머리를 쓰다듬었다. 닫히는 문 뒤로 깔끔한 작은 몸집이 사라질 때까지 소령은 줄곧 미소를 짓고 있었다.

"도대체 저게 다 무슨 소리란 말이냐?"

경감이 신음했다.

엘러리가 키득거리며, 이제 막 불이 타오르기 시작하는 벽난로 앞의 안락의자에 미끄러지듯 앉았다.

"*Que diable alloit-il faire dans cette galère, eh?* 도대체 그 갤리선 안에서 그 남자는 무엇을 하고 있었단 말인가. 몰리에르의 희극 〈스카팽의 간계〉 —옮긴이"

경감이 코웃음을 쳤다.

"아버진 정말 이 세상에서 제일 의심이 많은 원로라니까요. 항상 영국인의 피 냄새를 킁킁 맡고 다니면서 피, 파이, 포, 펌! 하고 으르렁거리시죠.〈잭과 콩나무〉 이야기에 등장하는 거인의 묘사-옮긴이 어서 내려가서 아버지의 바스티유로 가세요. 소령님은 그냥 우리에게 호의를 보이고 싶으셨던 것뿐이에요."

"안 그래도 갈 생각이다."

경감은 딱 잘라 말하고는 밖으로 나가 문을 쾅 닫았다.

17:
축하 파티

늦은 오후 엘러리 퀸 씨는 콜로세움의 타원형 경기장을 빙 둘러싼 콘크리트 벽에 기대어 서서 인간의 슬픔이 얼마나 덧없는지 그 상념에 잠겨 있었다. 비통한 마음은 옅어지고 기억은 지워져 간다. 풍경만이 그대로 남아, 지켜보는 사람에게 그곳에서 일어났던 일(어쩌면 벌어지지 않았을지도 모르는 일)을 아주 고요하고 꺼림칙하게 떠올리게 할 뿐이다. 채 6미터도 떨어지지 않은 곳에서 한 남자가 팔다리가 뒤틀린 채 땅바닥에 내동댕이쳐져 이 세상에 마지막 인사를 보냈던 게 바로 몇 주 전인데, 지금 그곳에는 서빙 복장을 갖춘 남자들이 분주히 커다란 음식 접시들을 나르고 있었다.

"아, 저주받은 장소여."

엘러리는 한숨을 쉬고 나서 사람들이 모여 있는 곳으로 걸어갔다.

온통 먼지투성이인 경기장 한가운데에 식탁보가 덮인 긴 나무 테이블이 놓여 있었다. 테이블 위에는 은 식기와 유리 식기들이 반짝반짝 빛났다. 샐러드와 전채 요리, 수정처럼 깨끗한 햄들이 아주 넉넉하게 차려져 있었다. 엘러리는 주위를 둘러보았다. 지난날 밤의 권투 경기를 나타내는 그 어떤 표시도 남아 있지 않았다. 링과 링사이드의 좌석 전부 사라졌다. 머리 위 높은 곳에 설치되어 있던 신문기자들과 방송업계 사람들의 기자재 또한 마찬가지였다.

출장연회 업체 사람들이 모든 준비를 마쳤다. 와일드 빌 그랜트가 아들의 넓은 어깨에 팔을 두르고 나타났다.

"다 왔나?"

그랜트가 소리를 질렀다.

그날 저녁의 행사를 위해 이미 서부식 복장을 갖춰 입은 기수들이 활기차게 박수를 쳤다.

"그럼 시작하세!"

그랜트가 소리를 질렀다.

"술과 고기는 듬뿍 있으니, 먹고 싶은 대로 먹고 마시고 싶은 대로 마시자고!"

그리고 자신부터 그 말대로 긴 테이블의 상석에 털썩 주저앉아 엷은 갈색의 햄 덩어리에 덤벼들어 마구 먹기 시작했다.

컬리는 아버지의 오른쪽에 앉고, 키트는 왼쪽에 앉았다. 엘러리는 키트 쪽에서 몇 자리 떨어진 곳에 자리를 잡았으며 토니 마스는 엘러리의 맞은편에 앉았다. 컬리의 옆에는 키가 크고 얼굴색이 불그레한 노신사가 앉았는데, 의자 밑에 작은 카우보이모자와 변호사들이 주로 가지고 다니는 서류 가방을 내려놓았다.

로데오 기수들 또한 모두가 자리에 앉았다. 뼛속까지 동부 사람인 엘러리는 그들의 가공할 만한 식욕에 경이를 느꼈다. 음식들이 눈 깜짝할 사이에 사라졌다. 기수들은 입 안 가득 음식을 넣고 힘차게 씹으며 끊임없이 잡담과 농담, 음담패설을 늘어놓았다. 오로지 상석 근처만이 조용했다.

그리고 천천히 짙은 먹구름이 테이블을 덮어, 시끌벅적하던 기수들도 입을 다물었다. 아마도 그것은 와일드 빌의 우울하고 서글픈 분위기와 키트의 암울하고 조용한 모습 때문이었을 것이다. 키트는 애써 사교적으로 보이려고 노력했지만 소용이 없었다. 음식이 사라져 감에 따라 화젯거리도 떨어져 갔다. 모든 사람들이 마지막 한 입을 우물거릴 때까지, 마치 벅 혼의 유령이 음울하게 나타나기라도 한 듯 거대한 고요만이 떠돌았다.

그랜트가 냅킨을 집어던지고 벌떡 일어났다. 그의 굽은 다리가 가볍게 떨리고, 커다란 얼굴은 검붉은 빛이었다.

"친구들!"

그랜트가 쾌활한 태도를 취하려 애쓰며 소리를 질렀다.

"자네들 모두 오늘 이 자리가 무엇 때문에 열렸는지 알고 있겠지. 오늘은 내 아들 컬리의 서른 번째 생일이라네."

가벼운 환호성이 일었다.

"이제 이 녀석도 어른이 되었으니, (웃음) 제 몫을 챙겨야겠지. 이 녀석의 어미는 십구 년 전에 죽어서 깊은 땅 속에 묻혔는데, 죽기 전에 아들을 위해 유언장을 남겨두었다네. 녀석이 서른 살이 되면 1만 달러의 유산을 물려받을 수 있도록 말이야. 오늘로 서른 살이 되었으니 이제 그것을 받을 나이가 되었지. 여기 계신 코머포드 씨는 프랑스 군과 인디언들이 전쟁을 벌일 때부터 우리 가문의 변호사였는데, 뭐 말이 그렇다는 거고, 아무튼 이 유산상속을 위해서 일부러 샤이엔에서 먼 길을 오셨지. 깡패들이 법석을 떠는 서부에서도 경마 내기 한 번 해보신 적 없는 양반이라는데 말씀이야. 여하튼 딱 한 가지만 더 바랄 게 있다면."

미약하지만 분위기를 즐겁게 만들려고 노력하는 그랜트의 모습에 화답하여 모두가 예의 바른 미소를 짓고 있는 가운데,

갑자기 그가 말을 끊고 입을 다물었다. 테이블에는 팽팽한 긴장과 무언가를 기대하는 듯한 침묵이 감돌았다. 사람들 사이에 갑자기 파문이 일어났다. 아무도 꼼짝하지 않았으나, 뼈에 사무칠 만큼 무시무시한 순간이 긴 테이블 위로 번쩍이고는 수많은 눈동자들 뒤로 사라졌다.

"딱 한 가지만 더 바랄 게 있다면."

그랜트는 떨리는 목소리로 되풀이했다.

"내 오랜 친구 벅 혼이…… 여기에 함께 있어만 줬다면, 얼마나 좋을까."

그랜트는 자리에 앉아, 식탁보 앞에서 얼굴을 일그러뜨렸다.

키트는 무표정한 얼굴로 테이블 맞은편의 컬리를 응시했다.

키가 크고 나이든 서부 사람이 자리에서 일어나 몸을 숙이더니 서류 가방을 집어 들고는 허리를 똑바로 폈다. 그는 손짓을 하여 사람들을 주목시키고 말하기 시작했다.

"나는 여기에 현금으로 총 1만 달러를 1천 달러 묶음으로 가지고 왔습니다."

코머포드는 서류 가방을 열고 손을 깊숙이 집어넣어, 고무줄로 묶은 누런 벽돌 같은 종이뭉치를 꺼냈다.

"컬리, 나는 친애하는 네 어머니의 마지막 바람을 받들어 이렇게 유산을 네게 전달하게 된 것을 대단히 큰 영광으로 생각한단다. 네 어머니께서는 이 돈을 슬기롭게, 좋은 곳에 쓰기를 바라셨지."

컬리는 자리에서 일어나 다소 뻣뻣한 동작으로 지폐 뭉치를 받아들었다.

"고맙습니다, 코머포드 아저씨. 아버지도요. 저는…… 어, 젠장! 무슨 말을 하면 좋을지 모르겠어요!"

그러고는 거칠게 자리에 앉았다.

사람들은 유쾌하게 웃음을 터뜨렸다. 마치 마법이 깨진 듯 유쾌한 분위기가 돌아왔다.

그러나 그것도 잠시, 와일드 빌 그랜트가 말했다.

"자네들, 마지막으로 로데오 장비들 잘 봐두라고. 오늘 밤 또 그런 재난이 일어나서는 안 되니까 말이야."

그러고는 출장연회 업체 사람들을 향해 고갯짓을 했다. 카우보이들은 즉시 의자를 뒤로 빼고 자리에서 일어나 다른 곳으로 향했고 업체 사람들이 접시를 치우기 시작했다.

모든 일이 아주 간단하고 별 문제없어 보였다. 그렇지만 주위에 앉아 있는 갈색으로 그을린 정직한 얼굴들에는, 손에 잡히지 않는 이 세상 것이 아닌 존재, 마치 유령을 목격하기라도 한 표정이 깃들어 있었다. 엘러리도 비슷한 느낌을 받았지만, 그저 군중심리가 드러난 것에 불과했다. 미신을 믿고 귀가 얇은, 각기 다른 곳 출신의 남녀들은 무서운 일이 일어날 징후라는 속삭임을 허공에 남긴 채 음침한 얼굴의 외팔이 우디 뒤를 따라 의상실로 향했다. 대부분은 말에게서 위안을 얻거나 장비를 재점검하기 위해 마구간으로 갔으며, 또 다른 사람들은 행운의 부적을 조심스럽게 어루만졌다.

테이블은 금세 정리되고, 축제의 흔적들은 마치 거짓말처럼 사라져 경기장에는 부스러기 하나 남지 않았다. 일꾼들 한 무리가 여러 개의 입구를 통해 원형 관람석으로 들어가 저녁에 있을 행사의 마지막 점검을 시작했다.

엘러리는 혼자서 한구석에 잠잠히 서서 지켜보았다.

3미터쯤 떨어진 곳에서 그랜트가 아들과 키트에게 애써 명랑하게 말을 걸고 있었다. 키트는 창백했으나 얼굴에는 미소를 띠었다. 컬리는 이상할 정도로 말이 없었다. 나이든 변호사가 한쪽에서 그들을 보며 활짝 웃고 있었다. 그랜트는 계속해서 무어라고 활달하게 떠들어댔다. ……그러던 중 열심히 수다를 떨던 늙은 인디언 전사이자 연방보안관이 갑자기 말을 멈췄다. 그는 얼굴이 새하얘지더니 멀리서 들릴 정도로 마른침을 크게 꿀꺽 삼키고는 무어라고 입 속에서 중얼거렸다. 그러고는 곧 경기장을 반쯤 가로질러 자신의 사무실로 곧장 이어지는 출구를 통해 나가버렸다.

컬리와 키트는 깜짝 놀라 굳었으며 코머포드는 멍청하게 자신의 얼굴을 문질렀다.

엘러리의 머릿속에 마치 개처럼 본능적인 경고가 울렸다. 뭔가가 일어났다. 하지만 그게 무어란 말인가? 그는 그랜트가 말을 갑자기 뚝 멈춘 순간이 어떤 상태였는지, 그 장면을 되살리려고 머릿속을 헤집었다. 하지만 그것은 예기치 못한 상황이었고 그리 주의 깊게 관찰하지 않았기 때문에 그때 흥행사가 컬리의 어깨 너머, 몇 분 전 기수들이 술렁거리며 빠져나갔던 동쪽 메인 게이트 방향을 빤히 쳐다보고 있었다는 것만 떠올릴 수 있었다.

토니 마스가 고용한 일꾼들이 바쁘게 일하는 옆에 홀로 서 있던 엘러리가 그 어두운 게이트 쪽에서 흥행사가 이상한 얼굴을 발견한 게 아닐까, 라는 생각을 떠올린 것은 그로부터 몇 분이 지난 후였다.

18:
또다시 죽음이 오다

바이런은 어딘가에서 역사란 '분량은 방대하나 오로지 한 페이지밖에 존재하지 않는 것'이라고 했다. 이 말을 더 점잖게 표현하자면 역사는 스스로를 되풀이하는 습관이 있다는 뜻이다. 아마도 고대인들은 역사의 신을 여성형으로 창조하면서 이 사실을 염두에 두고 있었던 모양이다.

사건은 토요일 밤 엘러리 퀸 씨가 경감과 함께 지난번과 같은 박스석에 지난번과 같은 사람들(한 사람만 빼고)과 함께 앉아 거의 같은 공연을 보고 있을 때 일어났다. 역사는 단순히 같은 일을 되풀이할 뿐 아니라 더욱 심한 일을 만들어냈던 것이다. 인간 본성의 보편성을 잘 아는 누군가의 말에 따르면 인간이 무언가를 성취해낸 시대들의 기록을 쭉 훑어보면 크건 작건 비슷한 양상을 띤다고 한다. 그러나 그렇다고 해서 마치 같은 틀에 찍어낸 석고상처럼 완전히 똑같은 모습을 기대할 수는 없는 법이다.

와일드 빌 그랜트의 로데오가 재개장하는 날 저녁, 역사가 하려던 일은 그러했다. ……평범한 공연에서 한 발 더 나아간 무엇이었다.

호기심에 가득 차 통제가 되지 않는 군중들로 콜로세움이 꽉꽉 메워져 있는 모습, 그 장면이 예전과 똑같았다는 사실은 상황을 재현하는 데 중요한 열쇠가 되었다. 키트 혼을 제외하면 마스의 박스석에 앉은 사람들 모두가 한 달 전의 구성원 그대로였다는 사실도 장면의 재현에 지대한 역할을 했다. 커비 소령이 부하들을 이끌고 그때와 같은 나무 단 위에서 같은 방식으로 촬영 준비를 하고 있었다는 사실 역시, 소소하기는 하나 주목할 만했다. 와일드 빌 그랜트가 나오기 직전, 함성을 지르며 말을 타고 나타난 남녀 기수들이 수천 명의 관중들을 즐겁게 한 것도, 컬리가 나타나 투석기로 작은 유리구슬들을 쏘아 맞히는 묘기를 선보인 것도 그때와 똑같은 순서대로 진행됐다. 기수들이 사라진 뒤 와일드 빌 그랜트가 말을 타고 나타나 경기장 한복판에 섰다. 그는 리볼버를 뽑아들고 허공에 한 발 쏴서 사람들을 주목시킨 후 시작을 선언하는 우렁찬 고함을 질러서 사람들을 긴장과 흥분 속으로 몰아넣었다. 이것 역시 똑같았다.

그러나 가장 중요한 건, 그 후에 일어날 일에 대하여 어떤 경고도 없었으며 작은 징후조차 보이지 않았다는 사실이었다. 그리고 여기서 역사는 스스로를 되풀이한다.

경찰 또한 비극을 다시 한 번 완벽하게 되풀이하는 데 한몫했다. 벅 혼 살인 사건이 터진 뒤 압수되었던 총들은 전부 주인을 찾아 되돌아갔다. 따라서 두 번째 연극이 시작되었을 때는 그때와 똑같은 리볼버들이 지나칠 정도로 똑같은 사람들의 손에 들려 있었다. 다만 상아 조각이 박힌 벅 혼의 45구경 쌍둥이 총만이 그 장면 속으로 돌아오지 못했다. 키트 혼이 부득부득 고집을 피워 바클레이 호텔에 있는 트렁크 속에 넣어두었던 탓이다. 그리고 또한 테드 라이언스와 그의 자동 권총도 그 자리에는 없었다. 신출귀몰하기로 명성이 높은 이 언론계의 신사도 이번만큼은 그 명성에 흠을 새겼다. 경찰과 와일드 빌 그랜트가 손을 썼기 때문이었다.

그 분위기는 마스의 박스석에서 절정을 이루었다. 토니 마스는 한 달 전보다 더욱 신경이 날카로워 보였으며, 차가운 시가를 거칠게 물어뜯었다. 마라 게이는 언제나 그렇듯 생기가 넘치고 아름다웠으며 변덕스러웠다. 그녀의 시선은 한 점에 내리꽂혀 있었다. 그리고 그녀는 이제 세계 헤비급 챔피언이 된 건장한 권투 선수에게 전과 마찬가지로 귓속말을 하고 있었다. 줄리안 헌터가 지난번과 마찬가지로 박스석 가장 뒷자리에 혼자 앉아 냉소적인 표정을 짓고 있었다. 그는 징벌의 주먹으로 의식불명에 빠지거나, 움푹 들어간 눈을 한 짐승과 서로 속삭이는 부정한 아내를 비난한 일은 이제껏 한 번도 없었다는 듯이, 자신의 아내와 토미 블랙이 속닥거리는 모습을 지켜보고 있었다.

그리고 시작되었다! 그랜트가 시작을 알리는 한 발을 쏘자 동쪽 게이트에서 기수들이 넓게 펼친 대형으로 달려 나왔다. 이번에는 벅 혼 대신 로데오의 베테랑 외팔이 우디가 얼룩덜룩한 말을 타고 돌진했다. 먼 곳에서 보니 마치 승리의 기쁨에 도취된 듯한 모습이었다. 그 뒤를 컬리 그랜트와 비극의 페가수스 로하이드를 탄 키트 혼 그리고 다른 기수들이 천둥 같은 소리를 울리며 따랐다. 기수들이 탄 말들의 발굽이 나무껍질을 채운 트랙을 힘차게 박차는 소리, 날카로운 권총 소리가 요란한 음악처럼 울릴 때마다 군중들은 우레와 같은 함성을 질렀다. 그들은 타원형 경기장의 남쪽 부근에서 멈춰 섰다. 우디는 마스의 박스석에서 몇 미터정도 떨어진 곳에 있었고 다른 기수들은 두 줄로 선 채 그 뒤를 쉬지 않고 달려 멀리 있는 서쪽 모퉁이를 향하고 있었다. 와일드 빌이 두 번째로 크게 소리 질렀다! 관중석 쪽에서 말 위에 앉은 상이용사 같은 우디를 향한 조롱이 희미하게 들려왔다. 총신이 긴 그랜트의 리볼버가 마지막으로 신호탄을 쏘아 올렸다. 우디의 근육질 오른팔이 아래를 향하더니 권총을 쥔 채 다시 올라왔다. 우디는 천장을 향해 한 발 쏜 후 총을 총집에 꽂았다……. 전부 마흔한 명의 기수들, 우디와 멀리 떨어져 서 있는 마흔 명의 기수들 사이로 부글부글 끓는 파도가 한바탕 휩쓸고 지나갔다. 우디가 요오오오오오! 하고 멀리까지 들리는 긴 함성을 지르면서 동시에 말을 달려 앞으로 뛰쳐나가자, 바로 뒤에 위치한 기수들 역시 사나운 동작으로 앞을 향해 쏜살같이 튕기듯 나갔다.

우디는 경기장의 동쪽 모퉁이를 돌아 바람처럼 달렸다.

기수들이 마스의 박스석 바로 밑을 번갯불처럼 달렸다.

카메라들이 빙글 돌았다.

군중들이 아우성을 쳤다.

퀸 일가는 끔찍한 예감에 사로잡혀 꼼짝도 못 하고 앉아 있었다. 그럴 이유는 없었으나 그것이 이 세상에서 가장 정당한 이유이기도 했다. 예상치 못한 상황이었고 또 불가피한 상황이었다.

원형 관람석에 앉아 있는 2만 명의 사람들은 무시무시한 경악 속에 빠져버렸다. 살아 있는 육체는 돌로 변하고 심장이 멈추었으며 시선은 대리석처럼 굳고 말았다……. 마스의 박스석 근처를 스쳐 지나가면서 기수들이 우디의 총성에 화답하여 리볼버를 치켜들고 일제사격을 울리는 도중, 정확히 경기장 건너편에 있었던 우디는 발작적으로 몸을 움찔거리더니 안장 위에 앉은 채 몸이 와르르 무너졌다. 그리고 마치 톱밥으로 만든 인간처럼 말들의 발굽 아래로 떨어지고 말았다. 한 달 전 벅 혼이 죽음을 맞이한 바로 그 자리에서!

19:
앞에서 언급한 바와 같은

모든 일이 다 끝나고 정신적인 구토를 유발하는 독기가 다소 가라앉은 한참 뒤, 엘러리 퀸은 모든 것을 고려해볼 때 지금이 자신의 탐정 역사상 가장 괴로운 시련을 겪는 시기라는 사실을 깨달을 수밖에 없었다. 물론 여러 이유로 다소 모호하게 말할 필요는 있었다. 하지만 무자비하게 첫 번째 희생자를 죽이고 마법처럼 흉기를 감춘 뒤, 투명 망토라도 뒤집어 쓴 것처럼 모습을 감춰버린 그 사람이 누구인지 안다고 고백했던 것 때문에 시련은 더욱 커졌다.

놀란 사람들 마음속에서 자연스럽게 비난이 일기 시작했다. 커비 소령의 마음속에는 비난이 틀림없이 존재했을 것이다. 그리고 사납게 분노한 퀸 경감의 말 속에서 비난은 최고조에 달했다.

'만일 정말로 네가 알았다면……'

날뛰는 말들의 모습을 보고 몸이 굳어버린 퀸 부자가 처음으로 시선을 교환했을 때, 당황해서 커진 경감의 두 눈에는 이런 말들이 씌어 있었다.

'어째서 사실을 빨리 말하고 두 번째 범죄를 막지 않았던 거냐?'

그 순간 엘러리는 자신이 그 대답을 언어로 엮어낼 수 없다고 느꼈다. 그는 우디가 살해당하는 일을 예지하지도 못했을 뿐더러 막을 수도 없었다는 사실을 가슴으로는 알고 있었다. 엘러리가 이 두 번째 유혈 사태를 미연에 방지할 수 있는 방법은 없었다. 또한 침묵을 지킨 것도 다 타당한 이유가 있었다. ……특히 그 어느 때보다도 지금 더욱 그랬다.

이러한 생각들이 엘러리의 머릿속을 마구 휘저었다. 그는 순교자를 자처하는 것에 약간의 씁쓸함을 느꼈다. 그의 섬세한 뇌 속에 들어앉아 있는 냉정한 세입자들은 마치 고타마 싯다르타처럼 내면의 구석진 곳에서 차분하게 앉아 사납게 요동치는 회색 뇌세포들 사이에서 오로지 이렇게만 말했다.

"기다려. 이 남자의 죽음은 네 머리로 어떻게 할 수 있는 일이 아니야. 기다려."

한 시간 후, 한 달 전 벅 혼의 시체를 둘러쌌던 때와 같은 한 떼의 사람들이 외팔이 기수의 시체를 둘러쌌다. 너덜너덜하게 짓밟히고 피범벅으로 일그러진 우디의 사지 위로 조심스럽게 담요가 덮였다.

경찰과 형사들은 군중들을 몸수색했다.

경기장은 엄중하게 폐쇄되었다.

커비 소령의 부하들은 소령의 지시에 따라 열에 들뜬 듯 그 모든 장면들을 카메라에 담았다.

기수들은 어쩔 줄 모르고 갈팡질팡했다. 말들은 분의 관리하에 차분하게 물통에 머리를 박고 물을 마셨다.

아무도 입을 열지 않았다. 키트 혼은 당혹감에 빠져서 거의 정신을 잃은 채 서 있었다. 그랜트 부자는 뻣뻣하게 굳고 얼굴이 창백한 상태였다. 토니 마스는 거의 히스테리를 일으키기 직전이었다. 마스의 박스석에서 헌터와 챔피언 토미 블랙은 가로대 너머로 경기장을 골똘히 응시했다.

뉴욕 시의 부검시의인 새뮤얼 프라우티 박사가 무릎을 꿇고 앉아 죽은 사람의 몸 위에 덮여 있던 담요를 획 젖혔다.
"심장을 맞았습니다, 경감님."
"같은 곳인가?"
경감이 쉰 목소리로 물었다. 마치 어처구니없는 악몽 속에서 가장 끔찍한 에피소드를 현실로 겪고 있는 사람 같았다.
"다른 시체하고요? 예, 거의 비슷하군요."
프라우티 박사는 가방을 닫았다.
"총알이 잘린 왼쪽 팔 아래쪽의 가장 두툼한 부분을 뚫고 들어가서 심장에 박혔습니다. 만약 팔이 온전하게 있었다면 아직까지는 살아 있었을지도 모르겠습니다. 목숨을 건질 수는 있었을 겁니다. 위치가 2, 3센티미터만 높았으면 총알은 그냥 잘린 팔의 단면에 박혔을 테고요."
"단 한 발인가?"
경감이 떨리는 목소리로 물었다. 그는 살인자가 사격의 명수라고 떠들어댔던 엘러리의 장광설을 떠올린 듯했다.
"단 한 발입니다."
프라우티 박사가 대답했다.

형식적인 일들이 이루어졌다. 과거의 씁쓸한 경험에서 학습한 대로 퀸 경감은 범죄자의 가능한 도주로와 흉기 소실에 대비하여 모든 만반의 준비를 했다.
"이번에도 25구경 자동 권총인가?"

프라우티 박사는 금세 탄두를 적출해 냈다. 작은 탄두는 원형을 그대로 유지한 채 피가 가득 묻어 있었다. 의심의 여지없이 25구경 자동 권총의 탄두였다.

"각도는 어떤가, 샘?"

경감이 나지막이 물었다.

프라우티 박사가 음울한 미소를 지었다.

"어처구니가 없군요. 혼 사건 때의 총알 각도와 똑같습니다."

모든 사람들이 몸수색을 받았다. 기수들은 다른 사람들과 따로 구분돼, 무장이 해제됐고 몸수색도 당했다. 벨리 경사는 또다시 경기장을 이 잡듯 뒤져, 또다시 탄피를 찾아냈다. 누가 봐도 인간의 발과 말발굽에 수십 번 밟혀 짓뭉개진 것이 분명한 탄피였다. 발견된 장소 역시 첫 번째 탄피가 발견된 바로 그곳에서 1미터 정도 떨어진 곳이었다.

그러나 25구경 자동 권총은 여전히 상상 속의 개념이었다.

경찰 소속의 탄도학 전문가 놀스 경위는 이번에는 현장에 참가했다. 2만 명의 사람들이 다시 한 번 꼼꼼하고 면밀하게 몸수색을 받았다. 25구경 자동 권총들이 또다시 몇 자루 나왔다. 이 모습도 전과 마찬가지였다! 놀스는 경기장 옆 긴 방에 임시 실험실을 꾸렸다. 그는 커비 소령을 끌고 들어가서는, 탈지면을 대충 말아서 즉석에서 만든 표적으로 한참 동안 사격 실험을 했다. 경위가 직접 가지고 온 현미경을 통해 관중석에서 발견된 25구경 자동 권총에서 나온 탄두와 죽은 사람의 몸에서 적출된 탄두를 비교하는 작업이 이루어졌……. 이렇게 조사를 하는 동안 퀸 경감은 머리 끝까지 화가 난 채로 현장을 종횡무진 오갔다. 경찰청장도 나타났으며 시장의 가까운 측근이라는 사람도 모습을 드러냈다.

모든 일이 마무리되었다. 아무것도 발견되지 않았다.

전부 끝났을 때, 살인이 이루어졌다는 사실 이외에 명확한 것은 단 한 가지뿐인 듯했다.

지친 얼굴의 놀스 경위가 구부정한 자세로 보고서를 들고 나타났다. 커비 소령은 말없이 그의 곁에 서 있었다.

"모든 총들을 다 조사했나?"

경감이 날카롭게 물었다.

"예, 경감님. 피해자의 심장을 관통한 총알이 발사된 자동 권총은 이 안에 없습니다."

경감은 아무 말이 없었다. 너무나 놀라워서 아무 말도 할 수가 없었다.

"하지만 제가 지금 이 자리에서 딱 한 가지만은 긍정적으로 말씀드릴 수 있습니다. 비록 지금부터 제 연구실로 돌아가서 평소에 쓰는 장비들을 가지고 점검해볼 생각이긴 하지만 말입니다."

놀스 경위가 말을 이었다.

"이것은 커비 소령님도 전적으로 동의하신 사항입니다. 우디를 죽인 총알은 혼을 죽인 총알과 완벽하게 똑같은 탄조흔을 보입니다."

"그러니까 두 총알이 모두 같은 자동 권총에서 발사되었다는 말인가?"

청장이 물었다.

"네, 그렇습니다. 그 점에 대해서는 의심의 여지가 없습니다."

엘러리 퀸은 옆에 서서 집게손가락의 손톱을 물어뜯으며 깊은 생각과 어쩔 수 없는 수치심에 잠겨 있었다. 아무도 그를 신경 쓰지 않았다.

섬뜩한 희극이 이어졌다. 군중들은 한 명 한 명 자리에서 뽑혀 나와 밖으로 내보내졌다. 경찰은 경기장 안을 샅샅이 뒤졌다. 관람석, 사무실, 마구간 등 콜로세움의 내부는 윗사람의 불신 어린 눈빛 앞에 더욱 신속하게 점검되었다.
 그러나 자동 권총은 여전히 찾을 수 없었다. 이제는 그저 백기를 들고 완벽히 실패했노라고 인정할 수밖에 없는 것 같았다……
 청장, 시장 대리인, 퀸 경감, 놀스 경위, 커비 소령이 모두 불쾌한 진실을 직면하기 싫어 서로서로 곁눈질을 하고 있는, 기묘한 긴장 속에서 컬리 그랜트가 새로운 발상의 전환을 제시했다. 상당히 급진적인 전환이었다. 혼 사건의 모습을 거의 비슷하게 본 듯 우디 사건 속에서 유일하게 동떨어진 특별한 사건이었다.
 컬리는 머리가 잔뜩 헝클어진 채 눈을 커다랗게 뜨고서는 야생마처럼 사납게 나무껍질 트랙 위를 성큼성큼 걸어 아버지 쪽으로 다가갔다. 그랜트는 자신의 부츠 끄트머리를 내려다보며 멍하니 경기장에 홀로 서서 생각에 잠겨 있던 참이었다.
 모든 사람들이 뭔가 좋지 않은 일이 일어났다는 것을 감지하고 다급히 고개를 돌려 쳐다보았다.
 컬리 그랜트가 뭐라 말하는지, 모든 사람들이 똑똑히 들을 수 있었다. 그의 목소리는 당황과 억울함, 분노로 가득 차 있었다.
 "아버지! 돈이 없어졌어요!"

와일드 빌 그랜트가 천천히 고개를 들었다.
"뭐라고? 얘야, 지금 뭐라고 했니? 돈이······."
"돈이 없어졌다고요! 그 1만 달러 말이에요! 오늘 낮에 제 의상실에 있는 휴대용 금고 속에 잘 넣어두었는데, 지금 보니 그게 없어졌다고요!"

20:
녹색 상자

컬리 그랜트의 의상실은 벽장보다 조금 더 큰 정도였는데 테이블과 거울, 옷장, 의자로 꽉꽉 차서 발 디딜 틈도 없었다. 테이블 위에는 평범한 녹색의 금속 상자가 놓여 있었다. 그 상자는 열려 있었으며, 텅 빈 상태였다.

경감은 평소보다 더욱 신경이 날카로웠다. 경기장을 떠나기 전 그는 청장과 시장 대리인에게 불려가 몇 마디 '잡담'을 함께 나누었다. 그러고 나서 두 사람은 발을 구르며 자리를 떴다. 이 작은 해프닝은 퀸 경감의 짜증을 더욱 북돋웠다.

"그러니까 이 상자 속에 돈을 넣어뒀단 말인가?"

경감이 으르렁거리듯 물었다.

컬리가 짧게 고개를 끄덕였다.

"아버지의 변호사인 코머포드 씨가 제게 전해주신 돈이었습니다. 오늘 낮에 경기장에서 치렀던 작은 파티에서요. 경감님도 얘기 들으셨을 텐데요. 여하튼 저는 이리로 와서 돈을 이 휴대용 금고 속에 넣고 잠갔습니다. 그리고 여기 서랍 속에 넣었죠. 그런데 지금 와서 서랍을 열어보니 상자가 이렇게 돼 있었던 겁니다."

"이봐, 그랜트. 돈이 이 속에 확실히 들어 있던 걸 마지막으로 본 게 언젠가?"

노인이 쉰 목소리로 물었다.
"낮에 여기다 넣어뒀을 때요."
"자네 오늘 밤 공연을 하기 전에 여기 들어왔었나?"
"아뇨. 그럴 필요가 없었거든요. 쇼 복장은 이미 낮에 미리 갈아입었습니다."
"문은 잘 잠갔나?"
컬리가 턱에 힘을 주었다.
"아뇨. 말도 안 됩니다! 이 사람들은 전부 신용할 수 있는 사람들이란 말입니다. 전부 제 친구들이라고요. 그런 더러운 속임수를 제게 쓸 리가 없어요."
"여긴 뉴욕일세."
경감이 건조하게 말했다.
"그리고 이 쓰레기 더미 속을 떠다니는 작자들 전부가 자네 친구가 될 순 없어. 원 세상에, 문도 잠그지 않은 방에 1만 달러나 놔두고 밖을 어슬렁거렸으니 도둑맞을 만도 하지!"
 그는 테이블 위의 상자를 낚아채서 신중하게 들여다보았다.
 엘러리 퀸 씨로 말하자면, 살짝 놀란 대구 같은 모습이었다. 살인, 허사로 끝난 자동 권총 찾기 그리고 이제는 컬리 그랜트의 유산 도난 사건. 그중에서도 컬리 그랜트의 유산 도난 사건은 특히 어안이 벙벙했다. 엘러리는 뇌에 크나큰 충격이라도 받은 양 정신이 나간 얼굴로 입만 벌리고 서 있었다. 아주 정밀하고 아름다운 이론을 만들었는데, 완벽하게 예상치 못한 사건 때문에 그 이론이 엉망진창으로 망가져버린 듯한 모습이었다. 그러나 습관과 탄성(彈性)이 그를 도왔다. 엘러리의 눈에는 기지의 빛이 되돌아왔다. 엘러리는 앞으로 걸어 나와 눈을 깜박이며 아버지의 어깨 너머로 활짝 열린 상자를 주시했다.

그것은 아주 평범한 휴대용 금고였다. 뚜껑은 위로 열렸고 그 뒤쪽에는 경첩이 두 개 달려 있었다. 그러나 보통 자물쇠 구멍이 앞쪽에 있는 것에 반해 이 금고의 자물쇠 구멍은 상자 양 옆으로 두 개가 튀어나와 있었다. 뚜껑을 덮으면 뚜껑 양옆에 달린 고리가 내려와 자물쇠 구멍에 끼워지고, 그 사이로 자물쇠를 넣어 잠그는 구조였다. 양옆에 자물쇠가 하나씩 있으므로 이중으로 보호가 된다.

컬리 그랜트의 금고 자물쇠 고리에는 양쪽 모두 자물쇠가 달려 있었지만, 각각 자물쇠는 손댄 흔적 없이 굳건하게 잠겨 있었다. 누군가 자물쇠를 부수는 대신 더욱 난폭한 방법을 동원하여 억지로 열었던 것이다. 도둑은 자물쇠를 비틀어서 뚜껑에 달린 자물쇠 고리를 힘으로 뜯어버렸다. 고리들은 여전히 잠긴 자물쇠와 뒤엉켜 테이블 위에 놓여 있었다. 구깃구깃 찌그러진 그 모양새를 볼 때 범인이 상자 뒤쪽을 향해 고리를 비틀었다는 사실은 명백했다.

경감은 상자를 내려놓고 벨리 경사를 향해 우울하게 말했다.

"토머스, 권총 수색할 때 이쪽 의상실들도 전부 찾아보지 않았던가?"

"맞습니다, 경감님."

"자, 그럼 다시 한 번 그 친구들을 불러와야겠구먼. 이번에는 총이 아니라 장물을 찾아야겠지만. 자네 아랫사람들 중에서 어젯밤 수색 때 누가 1만 달러 본 사람은 없겠지?"

벨리가 신음했다.

"없을 겁니다."

"허허, 그럼 25구경 때와 마찬가지로 현금이 어디로 사라졌는지 아무도 모르겠군. 토머스! 이쪽 의상실들을 뒤져보라고!"

벨리 경사는 말없이 사라졌다. 엘러리는 깊은 생각에 잠겨 옷장에 기대어 서 있었다. 보아하니 여태까지의 혼란과 망연자실함은 벌써 새롭고 활기찬 생각으로 바뀐 모양이었다.

"시간 낭비하시는 겁니다."

컬리가 반항적으로 말했다.

"아무리 이 방들을 뒤져도 제 1만 달러는 절대로 안 나올 거라고요!"

경감은 대답하지 않았다. 그들은 기다렸다. 키트는 하나밖에 없는 의자에 앉아 팔꿈치를 무릎에 대고 양 손으로 뺨을 감싼 채 무표정하게 바닥을 내려다보았다.

잠시 후 벨리 경사가 승리에 찬 발걸음으로 쿵쿵거리면서 매머드처럼 문을 통과했다. 그는 방에 들어와서는 무언가를 테이블 위에 탁 내려놓았다. 그것은 가볍게 툭 소리를 내면서 떨어졌다.

모든 사람들이 놀란 얼굴로 쳐다보았다. 그것은 누런 종이에 싸인, 고무줄로 묶은 돈뭉치였다.

"하!"

경감이 심술궂은 만족감에 차서 소리를 질렀.

"어쨌거나 한 가지 수수께끼는 해결되었군 그래! 토머스, 자네 이걸 어디서 찾았나?"

"여기 쭉 늘어서 있는 의상실 중 한 곳이었습니다."

"가세."

경감이 말했다. 사람들은 모두 묵묵히 그의 뒤를 따랐다. 엘러리를 제외한 모두가 놀라움을 감추지 못하는 표정이었다.

벨리 경사가 열린 문 앞에서 걸음을 멈췄다.

"여기 있었습니다. 이 방에 말입니다."

경사가 작은 테이블 하나를 가리켰다. 테이블 서랍이 열려 있어서 그 속의 잡동사니들이 전부 다 보였다. 남자의 소지품인 것이 명백했다.

"서랍이 잠겨 있지 않아서 열어보니 나왔습니다. 열자마자 바로 보이더군요. 멍청한 도둑은 훔친 물건을 숨기는 수고조차 하지 않았던 모양입니다."

벨리가 으르렁거렸다.

"흠. 여긴 누구 방인가, 그랜트?"

경감이 물었다.

컬리가 목쉰 소리로 웃어젖혔다. 퀸 부자는 깜짝 놀랐다. 와일드 빌조차 흉측하게 웃고 있었다. 키트는 지쳐서 다 포기하고 싶다는 듯 고개를 흔들었다.

"멍청한 도둑은 절대로 못 잡을 겁니다. 당신네들이 놓친 거예요."

컬리가 느릿느릿 말했다.

"놓쳤다고? 도대체 누구 말이야?"

"이 방은 외팔이 우디 방이라고요!"

"우디!"

경감이 소리를 질렀다.

"이제야 알았군. 외팔이 곡예사가 돈을 훔쳐서 도망치려다가 그전에 당한 거야. 하지만 이상하지 않나? 이해가 안 가는데……. 살인과 절도가 서로 아무런 상관없이 일어나다니! 세상에, 이게 웬 난장판이지!"

경감은 신음하며 고개를 휘저었다.

"이거 보시오, 그랜트 씨. 이 돈이 오늘 낮에 변호사가 아드님한테 건네준 그 돈이 정말 맞소?"

늙은 흥행사가 돈뭉치를 받아들고 지폐를 세어보았다. 전부 1만 달러였다.

"맞는 것 같습니다. 확신은 못 하겠군요. 코머포드가 샤이엔에서 직접 현금을 가지고 온 게 아니거든요. 제가 은행에 신탁해놓았던 돈을 마스가 현금으로 바꿔줬습니다. 덕분에 은행에 가는 수고를 덜었죠. 저는 그 친구한테 제 은행의 수표를 줬고요."

"토머스, 가서 토니 마스 데려와."

경사는 금세 초췌한 얼굴의 스포츠 기획자를 데리고 왔다. 마스가 지폐들을 훑어보았다.

"잠시만 기다려주십시오. 위층에 있는 금고에 항상 현금을 넉넉히 넣어두고 있는데, 어딘가에 그 일련번호들을 적어 놓았을 겁니다……."

마스는 중얼거리며 자신의 지갑을 뒤적거렸다.

"여기 있군요! 확인해보게, 빌."

그는 번호들을 천천히 소리 내어 읽었다. 그리고 그랜트는 번호 하나하나마다 고개를 끄덕였다.

"좋소!"

경감이 말했다.

"그러니까……, 끔찍한 일이군. 전보다 더 엉망진창이 되었구먼. 컬리 그랜트 씨, 당신 돈 가져가시오. 그리고 제발 다음부터는 잃어버리지 않도록 잘 간수하고. 내 말 알겠소?"

밤늦은 시각, 거의 새벽이 가까워져서야 다정한 아버지와 아들, 퀸 부자는 87번가의 아파트로 돌아올 수 있었다. 주나는 이미 잠들었으므로 그들은 아이를 깨우지 않도록 조심했다. 노인은 부엌으로 들어가 뜨거운 커피를 끓였다. 부자는 말없이 커피를 마셨다. 그러고 나서 엘러리는 거실 카펫 위를 어슬렁거렸으며 경감은 다 죽어가는 얼굴로 난롯가에 앉았다. 부자는 한참 동안이나 그러고 있었다. 이윽고 해가 떠오르고 아래쪽 거리에서는 차들이 오가기 시작했다.

어두운 골목길에 나타난 막다른 벽……. 콜로세움에 있던 사람들은 누구 하나 빠짐없이 몸수색을 했다. 단 1제곱센티미터도 놓치지 않았다. 그리고 여전히 아무런 성과가 없었다. 총알이 발사된 후 우디 몸에 파묻히기라도 한 것처럼 자동 권총은 발견되지 않았다. 총을 쏜 살인자는 대마법사 멀린처럼 생각만으로 물건을 사라지게 만든 것이다.

경감은 가만히 앉아 있었고 엘러리는 이리저리 서성거렸다. 그동안 부자는 한 마디도 하지 않았다.

그러나 충격에서 회복되고 천천히 원래의 지성이 돌아옴에 따라 엘러리의 핼쑥한 얼굴에는 안도의 빛이 퍼지기 시작했다. 그는 혼자서 킬킬거리며 모호한 인용구를 하나 입에 담았다.

이윽고 주나가 나타나 두 사람을 모두 침대로 밀어 넣었다.

21:
스크린에서

누군가가 기운차게 흔들어대는 통에 엘러리는 잠이 깼다.

"일어나요! 손님 왔어요."

주나가 귀에다 소리를 지르고 있었다.

엘러리는 아직 졸음에 겨운 눈을 껌벅이면서 실내용 가운을 찾아 더듬더듬 손을 내밀었다.

손님이란 커다란 마닐라 봉투를 들고 온 젊고 자신만만한 한 청년이었다.

"커비 소령님이 보내신 겁니다, 퀸 씨. 인쇄한 거라고 말씀드리면 알 거라던데요."

그는 테이블 위에 봉투를 던지듯 내려놓고는 휘파람을 불며 가버렸다.

엘러리는 갈색 봉투를 뜯어 열었다. 안에는 둥글게 말린 자국이 남은 축축한 사진들이, 프린트된 채 한 뭉치 들어 있었다. 애도하는 사람 하나 없는, 외팔이 우디의 마지막 장면을 찍은 사진들이었다.

"아."

엘러리는 만족스러운 한숨을 토했다.

"소령님은 정말 귀중한 인재다, 주나. 그분은 왕자님이야. 내가 무엇을 기대할지 전부 예측하고 계시는구나."

엘러리는 세심한 주의를 기울여, 아주 조금씩 차이가 나는 일련의 사진들을 꼼꼼히 살펴보았다. ……이 사진들이 벅 혼의 죽음 당시와 얼마나 일치하는지, 놀라울 정도였다. 피사체가 우디였기 때문에 왼쪽 팔이 뭉텅 잘려나간 독특한 음영이 찍힌 것을 제외하면, 한 달 전 소령의 영사실에서 퀸 부자가 나란히 검토했던 그 사진들과 거의 동일하다고 할 수 있었다.

카메라는 총알이 와서 박히는 그 순간 말과 기수의 모습을 다시금 잡아냈다. 우람한 말의 동체가 트랙과 거의 평행을 이루었으며, 우디는 타원형 경기장의 북동쪽을 돌던 도중 말에 앉은 채 아주 미미한 각도로 조금씩 말 왼쪽으로 몸이 기울었다. 그 연속된 모습이 예전 사진과 마찬가지로 똑같았다.

"특별한 건 없군."

엘러리는 혼잣말을 중얼거렸다.

"상태가 완벽하게 똑같아. 그러니 현상이 자연스럽게 되풀이된 셈이지. 기수는 자연의 법칙을 따른다……. 그랬으면 좋겠군."

엘러리는 시간을 더 들여 가장 중요한 장면이 찍힌 사진을 열심히 들여다보았다. 우디가 죽는 바로 그 순간이었다. 사진의 정면에서 경기장의 남쪽을 향하는 외팔이 기수의 몸은 본래 직각이었다가 예각 30도까지 기울어졌다. 벅 혼과 마찬가지였다. 우디가 입은 망아지가죽 조끼의 얼룩무늬와 잘려나간 왼팔 밑동 때문에 총알구멍이 어디에 생겼는지는 잘 보이지 않았다. 그러나 모든 사진에서 드러난 얼굴 표정으로 볼 때 피사체가 죽어가고 있는 상태라는 사실은 잘 알 수 있었다.

엘러리는 조심스럽게 사진을 잘 넣어두고 기계적인 작업, 즉 주나가 차린 아침 식사를 소비하는 일에 열중했다.

"아버진 언제 나가셨지?"

엘러리가 쉬레드 에그를 한 입 가득 우물거리며 물었다.

"한참 전에요."

주나가 버럭 소리를 질렀다.

"도대체 그놈은 언제 잡을 거예요?"

"그놈이라니?"

"살인자 말이에요! ……막 사람들을 죽이고 돌아다니고 있잖아요."

주나는 어두운 목소리로 말했다.

"잡아서 통구이를 만들어야 해요."

"통구이?"

"전기의자에 앉혀야 한다고요! 그러지 않고 그냥 살려 보낼 생각이에요?"

"내가 신이냐?"

엘러리가 쏘아붙였다.

"주나, 넌 내 연약한 두 어깨 위에 너무 크고 무거운 책임을 올려놓는구나. 그리고 내 생각에…… 아니, 내가 알기로는 아직 이 경주는 한참이나 더 달려야 한단다. 주나, 커피 좀 주렴. 아버지가 오늘 오후에 영사실에 갈 예정이라고 하시든?"

이른 오후 엘러리는 커비 소령이 소속된 뉴스 영화 사무실 안 영사실에 아버지와 나란히 앉아 있었다. 경감은 눈가에 시커먼 그림자가 드리워져 있었으며 주름이 여남은 개는 늘어난 듯했다. 커비 소령은 잠시 동안 모습을 보이지 않았다.

"저 친구들이 어젯밤에 찍어놓았던 뉴스 영화 영상을 보면 뭘 좀 찾아낼 수 있을지도 모르지."

경감이 심각한 좌절에 빠진 채 신음했다.

"25구경은 아직도 안 나왔나요?"

노인은 흰 스크린을 응시했다.

"내 생각에 이젠 가능성도 없는 것 같다…… 안 나왔다."

"저도 그게 지금 당장 직면한 가장 큰 문제라는 사실은 인정하겠습니다."

엘러리가 중얼거렸다.

"그러면 설명이 간단해지죠. 저는 확신합니다. 사람의 힘으로 할 수 있는 모든 일들을 다 해보았는데도, 아직까지……. 프라우티 박사님이 우디의 몸에 맞은 총알의 각도에 대해 내린 성급한 소견은 제대로 확인이 되었나요?"

"오늘 아침에. 그 친구 말로는 아래쪽을 향해 내리꽂힌 것이고, 혼 때와 거의 동일하다고 볼 수 있다더구나."

커비 소령이 웃는 얼굴로 나타났다.

"준비 다 되셨습니까, 신사 분들?"

경감은 음울하게 고개를 끄덕였다.

"조, 시작해."

그러고는 소령 자신도 엘러리 옆에 앉았다.

방은 금세 어두워지고, 스크린 옆의 스피커에서 소리가 울려퍼지기 시작했다. 화면에는 먼저 소령이 소속된 회사의 로고가 번뜩이며 나타났다가, 사 주일 전 콜로세움에서 벌어졌던 것과 '완벽히 동일한 조건 하에서' 두 번째 사건이 일어났다는 사실을 알리는 안내 문구가 떴다.

그들은 말없이 영상을 관람했다. 장면과 소리들이 흘러갔다. 그랜트가 나타나 우렁차게 소리를 지르는 모습, 동쪽 게이트가 열리고 우디와 기수들이 나오는 모습, 트랙을 짧게 도는 모습,

멈춰 서는 모습, 그랜트가 다시 무어라 외치고 신호탄을 쏘는 모습, 우디가 화답하는 총성을 울리는 모습, 기수들이 땅을 박차고 달려 나가는 모습……. 모든 것이 너무나 선명하면서도 너무나 희미했다. 우디가 트랙으로 떨어지는 모습뿐 아니라 그 몸 위로 말들이 짓밟고 지나갈 때의 혼란스러운 모습 그리고 이어지는 무시무시한 장면들조차도 그들을 무기력 속에서 끌어내지는 못했다.

그리고 영상이 전부 끝나고 다시 불이 켜졌을 때 일행은 검은 스크린을 빤히 노려보며 한껏 지친 채 생각에 잠겨 있었다.

"자."

경감이 신음했다.

"도무지 이 성에를 긁어낼 수가 없구먼! 뭘 좀 알아낼 수 있을 줄 알았는데. 미안하오, 소령. 당신을 너무 귀찮게 굴었구려. 우리는 이제 그만 물러나야 할 것 같은데……."

그러나 엘러리의 눈빛에는 갑자기 기이한 동요가 떠올랐다. 그는 커비 쪽을 휙 돌아보았다.

"소령님. 이 필름이 혼 사건 이후 상영해주셨던 것보다 조금 더 길다고 느껴지는 건 제 착각인가요?"

"엉?"

소령이 멍하니 쳐다보았다.

"아! 훨씬 길지, 퀸 군. 적어도 두 배는 될걸."

"왜 그렇게 됐죠?"

"음, 자네도 알다시피 한 달 전 여기서 봤던 혼 사건의 필름은, 뉴스 영화를 극장에서 상영하기 위해 완벽히 준비된 영상이었다네. 즉 필름을 자르고 편집하고 타이틀을 달고 모아 붙이고 뭐 그런 작업을 했던 거지. 하지만 이건 손대지 않은 촬영

당시 그대로의 필름이라네."

엘러리는 허리를 펴고 똑바로 앉았다.

"혹시 괜찮으시다면 설명 좀 해주시겠습니까? 사실 그게 어떻게 다른지 세부적인 차이점을 잘 모르겠거든요."

"그걸 알아서 도대체 어쩌려고 그러냐?"

경감이 심기가 불편한 목소리로 물었다.

"어차피 우리가……."

"잠깐만요, 아버지. 어, 소령님?"

"괜찮네."

소령이 말했다.

"우리가 어떤 장면을 카메라에 담을 때는 사실상 그 자리에서 일어난 모든 일들을 찍는다고 할 수 있지. 이때 상당한 양의 셀룰로이드 필름을 소비하게 되는데, 이것은 필름 한 릴에 들어갈 수 있는 양을 훌쩍 넘게 되지. 보통 한 릴에는 여섯에서 여덟 가지의 이야기가 들어갈 수 있거든. 그래서 필름을 현상해서 여기서 건조를 시키고 나면 우리 필름 편집자가 바빠지지. 필름 편집자는 필름을 프레임 단위로 검토한 다음 필요 없거나 다른 부분보다 덜 중요하다고 판단되는 부분을 잘라내는 친구라네. 그러니까 쓸모없는 장면을 가위로 싹둑싹둑 잘라낸다는 거야. 그리고 남은 부분, 그러니까 필름에서 중요한 부분들을 짧고 간결하게 편집해서 단편적인 영상들로 만들어 상영하게 된다네."

엘러리는 흰 화면을 보며 눈을 깜박거렸다.

"그렇다면……."

엘러리가 몹시 불안한 목소리로 말했다.

"우리가 이 방에서 보았던 혼 사건의 영상은 소령님의 부하들이 그날 밤 찍었던 영상들을 전부 상영했던 건 아니란 말인가요?

"뭐, 그렇게 볼 수 있겠지."

소령이 놀라면서 말했다.

"세상에, 맙소사!"

엘러리가 머리를 부둥켜안으며 신음했다.

"인간이 과학적으로 행동하지 않으면 이런 결과가 나온다니까요. 이럴 수가, 이 일은 저를 기술자들의 통치하에 지배당하는 백성으로 만들고 말았습니다. 앞으로는 필름 편집자의 일반적인 역할 같은 아주 기초적인 기술 지식을 일반 상식으로 만들어야 하겠군요……. 아버지, 아버지는 아셨나요? 소령님, 모세의 이름을 걸고 그 원본 필름에서 잘라낸 여분의 조각 필름들은 그 후 어떻게 됩니까?"

"글쎄."

소령이 당황해서 얼굴을 찡그리며 말했다.

"뭐가 뭔지 통 모르겠군……. 아마 편집실에 남아 있지 않을까 싶은데. 전부 버리지 않고 보관해두니까 말일세. 우리 도서관에 있는 잘라낸 조각들을 전부 모으면 수십 킬로미터는 될 거야. 그게……."

"충분합니다, 충분해요!"

엘러리가 벌떡 일어나며 소리쳤다.

"나는 얼마나 무지했단 말인가……. 소령님, 그 삭제된 장면들을 꼭 봐야겠습니다!"

"알았네."

소령이 대답했다.

"그럼 여기서 잠깐만 기다려야겠는데. 그 장면들을 다시 이어 붙여야 하니까. 화면이 좀 불안정하긴 하겠지만······."

"필요하다면 밤새라도 기다릴 수 있습니다."

엘러리가 음울하게 말했다.

그러나 영사실에서 기다리는 시간은 채 한 시간도 되지 않았다. 경찰청에 아무 말도 하지 않고 나와 있던 경감은 그 시간 내내 전화통에 매달려 있었다. 엘러리는 담배를 피우고, 정신없이 날뛰는 맥박을 진정시키느라 애를 먹으며 시간을 보냈다. 이윽고 소령이 돌아와 영사 기사에게 신호를 보내자 작은 극장은 다시 몇 초간 어두워졌다.

이번에는 소리가 없었다. 장면들도 소령이 미리 경고했던 대로 다소 흔들리고 서로 간에 연속성이 없었다. 그러나 퀸 부자는 이 놀라운 필름이 마치 영화 예술의 절정인 양 지켜보았다.

처음에는 어느 정신 나간 사람이 자기 자신의 혼란스러운 정신세계를 반영해 편집한 듯 산만하고 혼란스러웠다. 관중석에 일어난 일대 혼란 상태······. 수천수만의 관중들이 허둥지둥 뛰어다니는 장면들이 화면에 자주 나타났다. 관중들은 하나같이 목을 쭉 빼고 호기심 어린 눈빛을 하고 있었으며, 이 거대한 인원들로 악몽 같은 혼란을 연출하려는 미친 연출자의 손짓에 이끌리듯 그들은 불규칙적이고 집단적인 움직임을 보였다. 경찰들이 그 속에서 질서를 잡으려 애쓰는 모습이 먼발치에서 보였다. 컬리 그랜트가 리볼버로 멋진 묘기를 보이는 모습이 잘려나갔던 장면 속에 꽤 길게 들어 있었다. 그리고 갑자기 마스의 박스석이 원거리에서 잡혔다. 사람들이 하나하나 구분이 되는 것을 보니 망원 렌즈로 촬영한 것이 분명했다. 엘러리와 경감은 자신들이 얌전히 앉아 있는 모습을 보았다. 주나, 키트 혼, 마라 게이와 토미 블랙, 토니 마스 그리고 맨 뒷줄에는 줄리안 헌터. 혼의 죽음이 일어나기 전 모습이었으므로 모두가 평화스러웠다……. 그리고 잠시 후 그들의 모습이 다시 비쳤을 때는 방금 전과 명백하게 달라서, 사건이 터진 후의 장면이란 것을 알 수 있었다. 토니 마스가 흥분한 듯 자리에서 일어났고, 일이 초 후에는 자리에 앉아 있던 줄리안 헌터의 모습이 화면을 메웠다. 그리고 마스가 움직였으며 헌터는 여전히 그 자리에 가만히 앉아 있었다……. 장면들 중 일부에서는 단순한 '분위기'만이 보였다. 아마도 필름 편집자가 이런 장면은 불필요하다고 생각해 잘라냈을 것이다. 걸출한 초원의 아들, 안짱다리 행크 분이 살인 사건 직후 말들의 뒤를 따라 종종걸음을 치는 모습도 보였다. 분은 말들을 하나하나 물통 쪽으로 데리고 갔다. 그 모습이 마치 마법처럼 고요했다. 말 한 마리가 물을 먹지 않으려고 고집을 부렸다. 앞다리를 들어 올리며 껑충껑충 뛰고 다른 곳으로 가려고 발버둥 쳤다. 그 말은 영리한 눈빛의 늙고 멋진 준마였다. 분이 그 말의 옆구리를 채찍으로 날카롭게 때리자, 카우보이 한 사람이 카메라의 시야 안으로 달려 들어와 분의 손에서 채찍을 빼앗고 말을 다독거리며 무어라 말을 걸어 진정시켰다. 한 형사가 화면 안으로 쿵쿵 걸어 들어와 카우보이에게 뭐라고 말했다. 몸짓으로 보아하니 어서 다른 사람들 있는 곳으로 돌아가라고 지시하는 모양이었다. 잠시 휘청거리던 분은 잠시 후 하던 일을 계속했다……. 살인이 벌어진 바로 그 순간 와일드 빌 그랜트의 깜짝 놀란 모습이 카메라에 들어왔다. 트랙의 한가운데에서, 먼지 사이로 굴러떨어진 남자의 몸뚱이를 짓밟아 으깨고 앞발을 들며 날뛰는 말들 쪽으로 자신의 말을 몰고 가려고 재촉하고 있었기에 그의 모습은 반신만 잡혔다. 그 외에도 '유명 인사'들의 모습이 간간이 보였다. '당혹스럽고 경솔한 매스미디어' 속에서 자신들의 모습이 찍힌 필름을 삭제해달라고 간청하고 설득했던 듯했다. 그리고 수사 다음 단계에 이뤄지는 대단히 많은 일들이 담겨 있었다.

퀸 부자는 거의 사십오 분가량 영사실에 앉아 있었다. 갑자기 불이 켜지고 화면이 꺼졌을 때 부자와 소령 모두 아무 말도 없었다. 엘러리의 제안도 별다른 소용이 없는 것 같았다. 그리고 귀중한 시간을 한 시간 이상이나 억지로 낭비해야만 했던 경감은 자리에서 벌떡 일어나 지나치게 많은 양의 코담배를 움켜쥐어 콧구멍에 들이밀었고 결국 얼굴이 시뻘게지고 눈물까지 흘리며 재채기를 하게 됐다.

"에취!"

경감은 마지막으로 한 번 거세게 재채기를 하고는 난폭하게 코를 문질렀다. 그러고는 엘러리를 노려보았다.

"그럼 그렇지. 엘러리, 나는 간다."

엘러리는 눈을 감고, 길고 가는 다리를 앞좌석 밑에 쭉 뻗은 채 편안히 앉아 있었다.

"애비 간다니까."

경감이 퉁명스럽게 다시 한 번 말했다.

"처음에 말씀하실 때 다 들렸어요, 존경하는 아버님."

엘러리가 맑은 목소리로 말한 뒤 눈을 떴다. 그러고는 천천히 일어나, 마치 꿈에서 깨어난 사람처럼 몸을 부르르 떨었다. 아버지와 소령이 그를 빤히 쳐다보았다.

엘러리는 씩 웃으며 커비를 향해 손을 내밀었다.

"소령님, 당신이 오늘 무슨 일을 하셨는지 아십니까?"

소령은 당황한 얼굴로 그 손을 맞잡았다.

"내가 뭘 했는데?"

"소령님은 영화에 대한 제 믿음을 회복시켜 주셨습니다. 오늘이 무슨 요일이죠? 일요일인가요? 믿음이 돌아온 날이로군요! 항상 늙은 야훼, 모세의 하느님을 믿게 되는 날이죠. 그래서 '안식일'이 되었던가요? 아, 모든 것이 뒤죽박죽이네요. 뭐, 당연한 일입니다!"

엘러리는 활짝 웃으며 깜짝 놀란 소령의 손을 마치 손잡이처럼 잡고 위아래로 마구 흔들어댔다.

"소령님, 좋은 하루 되십시오. 그리고 누군지는 모르겠지만 영화를 발명한 사람에게 신의 축복이 깃들었으면 좋겠군요. 그 사람이 큰 복을 받기를 진심으로 기원합니다. ……아버지, 그렇게 넋 놓고 서 계시지 마세요! 할 일이 있어요. 아주 굉장한 일이오!"

22:
사라진 미국인

"어디 가는 게냐?"

브로드웨이를 가로질러 서쪽으로 향하는 길에 경감이 엘러리에게 마구 떼밀리면서 물었다.

"콜로세움이오……. 맙소사, 마치 무슨 동화 같군요. …… 이제야 알았어요!"

그러나 경감은 바쁘게 성큼성큼 걷는 엘러리의 넓은 보폭을 따라 종종걸음 치는 것도 벅차서 아들이 도대체 뭘 아는 건지 물을 수조차 없었다.

콜로세움은 일요일인데다 경찰 금지선 때문에 이중으로 폐쇄되어 있었으나, 그러한 단점에도 생기를 띠고 있었다. 엄격한 명령을 받은 형사들이 문 앞을 지키고 있었지만 출입이 금지되지는 않았다. 퀸 부자는 즉시 기수들 대부분이 건물 안 어딘가에 있다는 것, 그랜트 본인은 바로 몇 십 분 전에 왔다는 이야기를 들었다. 엘러리는 경감을 재촉하여 아래층으로 내려갔다.

그리고 부자는 거대한 관람석으로 나갔다. 좌석들은 텅텅 비어 있었다.

부자는 의상실들도 한 바퀴 돌아보았다. 잘 차려입은 사람들 대부분이 어슬렁거리면서 담배를 피우거나 잡담을 나누고 있었다.
 엘러리 퀸은 행크 분이 어떤 의상실 안에서 위스키 냄새를 풍기며 구름처럼 담배를 피우고 있는 것을 발견했다.
 "분 씨!"
 엘러리가 문간에 서서 불렀다.
 "잠깐 시간 있습니까?"
 "뭐요?"
 몸집이 작은 카우보이가 목쉰 소리로 대답하며 흐릿한 눈빛으로 돌아보았다.
 "아. 경찰 나리 오셨구먼……. 드, 들어오십시오. 한잔하실랍니까?"
 "다녀와, 대늘."
 카우보이들 중 하나가 험상궂은 목소리로 말했다.
 "그리고 이제 술은 좀 작작 마시지."
 그리하여 분은 고분고분 자리에서 일어나 문 쪽으로 비칠비칠 걸어왔다.
 "나리, 시키시는 대로 뭐든 하겠습니다요."
 그는 심각하게 말했다.
 "중요한 일인가요?"
 "그럴 것 같습니다."
 엘러리가 미소를 지었다.
 "같이 가시죠, 분 씨. 당신한테 묻고 싶은 것이 많거든요."
 분은 고개를 흔들면서 휘청휘청 엘러리의 옆을 걸어갔다. 경감은 복도 모퉁이에서 그들이 오기를 기다리고 있었다.
 "벅 혼이 총을 맞은 날 밤의 일을 얼마나 기억하고 있습니까?"
 엘러리가 차분하게 물었다.

"아이고 하느님!"

분이 소리를 질렀다.

"또 그 얘기 시작할 참입니까요? 나리, 난 평생 죽을 때까지 그 일은 못 잊을 거요!"

"한 달만 기억해도 나한테는 충분합니다. 자, 혼 씨가 총에 맞은 뒤 퀸 경감님이 당신한테 말을 돌보라고 했던 일 기억나죠? 경기장에서 말입니다."

"기억납니다."

분의 얼굴에 경계심이 떠올랐다. 그의 작고 핏발 선 눈동자가 엘러리에게서 경감으로 옮아갔다가 다시 돌아왔다. 상당히 불안한 듯했다.

"그때 무슨 일이 있었는지 정확히 기억합니까?"

분은 떨리는 손가락으로 떨리는 턱을 문지르며 중얼거렸다.

"그런 것 같습니다요. 말들을 물통 있는 데로 데리고 갔죠. 그리고…… 어……."

"그리고 뭘 했습니까?"

"뭐, 그냥 말들한테 물을 먹였습죠."

"아, 그거 말고요."

엘러리가 미소를 지었다.

"뭐 다른 게 더 있을 텐데요."

"그때요?"

분이 턱을 긁었다.

"글쎄요. 뭐더라……. 아! 그렇지, 맞습니다요! 말 한 마리가…… 얼룩무늬 준마였는데, 그놈 아주 성미 고약한 놈이어서! 제 주둥이를 물통에 처박지 않으려고 얼마나 난리를 피웠는지. 그래서 옆구리를 후려쳤죠."

"아. 그러고 나서 무슨 일이 있었습니까?"
"와디들 중 하나가, 나한테로 달려와서 채찍을 뺏어가더구먼요."
"왜 그랬죠?"
"제가 술에 취해서 그랬던 겁니다요."
분이 중얼거렸다.
"말한테는 절대로 채찍을 휘두르면 안 됩니다요, 나리. 그것도 그놈은 끝내주게 좋은 짐승이라…… 벅 혼의 옛날 영화에 나왔던 말입니다. '인전'이라는 놈이었죠. 그래서 밀러 그 친구가……."
"아, 당신한테서 채찍을 빼앗아간 게 밀러라는 카우보이였습니까?"
"예, 벤지 밀러 말입니다. 얼굴에 무시무시한 화상 흉터가 있는 친군데 이번에 새로 들어왔습니다. 그날 밤 그 친구가 인전을 탔거든요. 벅은 키트 혼의 로하이드를 탔고요. 나는 마치 풀밭에 클로버 두 무더기를 앞에 놓고 어느 쪽이 더 맛있을지 몰라 헤매는 멍청한 소 같은 짓을 한 셈입니다. 나리, 난 전에는 한 번도 그런 적 없습니다요. 그렇게 좋은 말에 채찍을 휘두르다니……."
분이 마음 아파했다.
"알았습니다, 알았어요."
엘러리가 성급하게 끼어들었다.
"당신도 당황했던 겁니다. 짐승들한테는 잘 해줘야지요. 그런데 그 로데오에 나가는 말들은 항상 이 건물의 마구간 안에서 지내는 겁니까?"
"뭐라고요? 아닙니다. 쇼 때문에 온 겁니다요. 쇼 시작하기 직전이랑 쇼를 하는 동안, 그리고 쇼가 끝난 직후에만 이 안에 있지요. 말굽에 편자를 박고 반짝반짝하게 손질하고 뭐 그러느라고요."

분이 말했다.

"쇼가 끝난 다음에는 10번가에 있는 커다란 전세 마구간에 말을 맡겨서 쉬게 하죠."

"알겠습니다. 그런데 밀러는 지금 어디 있습니까? 오늘 그 사람 봤나요?"

"이 근처 어딘가에 있을 겁니다요. 한두 시간 전에 봤거든요."

"좋습니다, 고참 양반. 아주 고맙습니다. 아버지, 가시죠."

엘러리는 경감을 재촉하여 나갔다. 혼자 남겨진 행크 대늘 분은 말없이 그들의 뒤를 지켜보았다.

기수들 중 여러 사람들이 그날 밀러를 봤고 대화도 나눴다고 진술했으나 정작 어디 갔는지 통 보이지 않았다. 다른 사람들과 함께 콜로세움에 온 모양이었지만, 시간이 좀 흐른 뒤에는 시야에서 사라졌다고 한다.

퀸 부자는 와일드 빌 그랜트의 사무실로 올라갔다. 흥행사는 책상에 발을 올리고 앉아서 얼굴을 찌푸린 채 생각에 잠겨 있었다. 부자가 들어오자 씁쓸한 얼굴로 그들을 쳐다보았다.

"이것 참. 오늘은 또 뭐 하러 왔습니까?"

그가 고함을 질렀다.

"약간의 정보에 굶주렸기 때문입니다, 그랜트 씨."

엘러리가 싹싹하게 말했다.

"혹시 요 몇 분 동안 밀러라는 사람 못 보셨습니까?"

그랜트가 멍하니 있다가 의자에 깊숙이 앉아 시가를 한 모금

빨았다.

"누구요?"

"밀러, 벤지 밀러 말입니다. 얼굴에 흉터 있는 사람이오."

"아, 그 친구."

그랜트가 굵은 팔을 뻗어 천천히 기지개를 켜면서 무심하게 말했다.

"오늘 보긴 봤는데. 왜 찾는 거요?"

"지금은 어디 있는지 아십니까?"

엘러리가 물었다.

그랜트는 무관심한 척하기를 포기하고 자리에서 벌떡 일어나 본격적으로 인상을 썼다.

"도대체 무슨 생각이오? 왜 갑자기 내 기수들한테 그렇게 관심을 갖게 된 거요, 퀸 씨?"

"내가 관심 있는 건 밀러 한 사람입니다."

엘러리가 미소를 지었다.

"자, 자. 그래서 그 사람 지금 어디 있죠?"

그랜트가 머뭇거렸다. 시선이 이리저리 허공을 헤맸다.

"나는 모릅니다."

끝내 그가 말했다.

엘러리는 아버지 쪽을 쳐다보았다. 경감의 얼굴에 흥미가 피어오르고 있었다.

"당신은 모른단 말이죠."

엘러리는 중얼거리면서 의자에 편히 앉아 다리를 꼬았다.

"실은 당신한테 물어볼 게 꽤 많았는데요, 갑자기 몇 분 전 뭔가 생각이 떠오르더군요. 그랜트 씨, 밀러는 벅 혼을 얼마나 잘 압니까?"

"뭐요? 뭐라고?"

그랜트가 소리를 질렀다.

"그걸 내가 도대체 어떻게 알겠소? 내 평생에 그 작자를 본 적이 한 번도 없는데. 벅이 나한테 그 친구를 추천했소. 내가 할 수 있는 말은 그것밖에 없다고요."

"벅이 그 사람을 추천했다는 건 어떻게 알았습니까? 밀러 본인이 그렇게 말하던가요?"

그랜트가 사납게 웃어댔다.

"이보쇼, 내가 무슨 풋내긴 줄 아쇼? 그 친구가 나한테 벅이 써준 편지를 보여줬지. 그래서 알았소."

경감이 움찔 놀랐다.

"혼이 쓴 편지라고!"

경감이 날카롭게 고함을 질렀다.

"원 세상에, 그 말은 왜 도대체 한 달 전에 안 했던 거요? 당신이……."

"왜 말을 안 했냐고요?"

그랜트가 덥수룩한 눈썹을 치켜 올렸다.

"경감님이 묻지도 않았잖습니까. 난 분명 그 친구가 벅이 보낸 사람이라고 말했고, 거짓말은 안 했습니다. 나한테 편지 같은 거 없느냐고 안 물으셨잖습니까? 그래서……."

"자, 자."

엘러리가 성급하게 끼어들었다.

"그런 것 가지고 말다툼하지는 말자고요. 그래서 그 편지 갖고 계십니까, 그랜트 씨?"

"주머니에 쑤셔 넣었는데."

그랜트가 자기 주머니를 뒤지기 시작했다.

"여기 어딘가에…… 아, 여기 있군! 자, 읽어보쇼."

그랜트는 사납게 고함을 지르며 책상 너머로 구겨진 종이 한 장을 내던졌다.

"그리고 내가 뭐 거짓말한 거 없는지 확인해보시오."

부자는 함께 편지를 읽었다. 바클레이 호텔의 비품인 종이에 지저분한 잉크로 큼직큼직하게 갈겨 쓴 편지였다.

친애하는 빌,

이 사람은 벤지 밀러라네. 내 오랜 친구지. 일이 필요하다고 하는군……. 남서부 어딘가에서 큰일을 겪었다고 들었네. 이리로 흘러 들어와서 어렵게 나를 찾아왔지. 그러니 자네가 그 친구한테 일거리를 줬으면 좋겠어. 밧줄 던지기도 잘 하고, 말도 참 잘 타는 친구야.

내가 몇 달러 찔러주긴 했지만 그 친구에게 정말로 필요한 건 일자리일세. 그 친구는 말 한 마리도 없으니 내가 할리우드 시절에 타던 인전을 타게 해주면 좋겠군. 나는 행운이 따르기를 바라면서 키트의 말을 타겠네. 고맙네.

벅

"이게 혼의 필체가 맞소, 그랜트 씨?"

경감이 수상하다는 듯 물었다.

"그렇습니다."

"확신하오?"

"직접 확인하게 해 드리죠."

그랜트가 차갑게 말하고는 일어서서 파일 캐비닛 쪽으로 걸어갔다. 그러고는 어떤 법적 문서를 꺼내서 돌아왔다. 그것은 그랜트와 혼 사이에 계약이 성립했다는 것을 증명하는 서류였다. 문서의 가장 아래쪽에 두 사람의 서명이 들어 있었다. 경감은 서류에 갈겨 쓴 '벅 혼'의 서명과 손으로 쓴 편지의 서명을 비교해보았다.

그는 말없이 서류를 되돌려주었다.

"똑같나요?"

엘러리가 물었다.

경감은 고개를 끄덕였다.

"그래서 당신은 지금 밀러가 어디 있는지 모른단 말이죠? 그랜트 씨."

엘러리가 붙임성 있게 말했다.

그랜트는 일어나서 의자를 걷어차며 소리를 버럭 질렀다.

"이런 젠장, 빌어먹을! 내가 무슨 그 사람들 기저귀 갈아주는 유모라도 되는 줄 아쇼? 지금 누가 어디 있는지 내가 일일이 어떻게 안단 말이오?"

엘러리가 쯧쯧 혀를 찼다.

"화를 가라앉히시지요."

그러고는 일어서서 성큼성큼 걸어 방을 나갔다. 경감은 잠시 동안 와일드 빌 그랜트 씨와 몇 마디 더 대화를 나누느라 남아 있었다. 무슨 말을 나눴는지는 몰라도, 경감은 매우 만족스러운 듯, 방 밖에 나올 무렵에는 요새 며칠간 전혀 보이지 않던 미소까지 짓고 있었다. 그리고 엘러리는 와일드 빌 그랜트 씨가 방 안에서 토니 마스의 가구를 발로 걷어차는 소리를 들었다.

부자는 보초를 서고 있던 형사들에게 질문을 던졌다. 누구 얼굴에 심한 흉터가 있는 카우보이가 콜로세움 밖으로 나가는 걸 본 적 있나? 한 형사가 보았다고 진술했다. 두 시간쯤 전에 밀러가 건물을 나갔다는 것이다. 형사는 그가 어디로 가는지는 못 보았다고 말했다.

퀸 부자는 급히 기수들이 다함께 묵고 있는 바클레이 호텔로 향했다.

밀러는 그곳에 없었다. 아무도 그날 오후 밀러가 호텔로 들어오는 걸 본 사람이 없다고 했다.

이쯤 되자 경감은 안절부절못했으며 엘러리도 대단히 불안한 것 같았다.

"이거 아무래도……."

하릴없이 로비에 나란히 선 채 경감이 중얼거렸다.

엘러리는 혼자 휘파람을 불었다.

"예, 예. 저도 압니다. 아무래도 밀러가 우리 손가락 사이를 빠져나간 것 같죠. 이상해요, 굉장히 이상합니다. 왠지……. 아버지, 저기 말이죠! 지금부터 뭘 하실 생각이세요?"

"난 본청으로 돌아가야겠다."

경감이 우울한 목소리로 말했다.

"그리고 일을 시작해야겠구나. 내 무슨 일이 있어도 밀러를 찾아내서 아주 탈탈 털어버려야지 안 되겠다. 그 친구가 그냥 죄 없는 카우보이일 뿐이라면 지금 여기서 내뺄 이유가 없지 않겠니?"

"잠깐만요, 아버지. 누군가가 겨우 세 시간 정도 없어졌다고 해서 벌써 사냥개를 푸는 건 합당하지 않아요. 잠깐 술집에 갔거나 영화 보러 갔을지도 모르죠. 뭐, 아무튼 아버지가 생각하시기에 최선이라고 여겨지는 일을 하세요. 전 여기 있을게요……. 아니, 콜로세움으로 돌아갈게요."

저녁 6시 경, 땅거미가 어스름하게 지는 가운데 퀸 부자는 콜로세움에서 다시 얼굴을 맞댔다.

"아버지, 여기서 뭐 하시는 거예요?"

엘러리가 소리쳤다.

"너랑 같은 일을 하고 있다."

"전 그냥 빈둥빈둥 돌아다니고 있었는데……. 뭘 좀 찾으셨어요?"

"글쎄."

경감이 신중하게 말했다.

"아무래도 뭔가에 부딪힌 모양이다."

"뭐라고요?"

"밀러가 사라졌어."

"확실한가요?"

"지금 봐서는 그런 것 같구나. 내 그자가 뉴욕에 온 이후 모든 행적을 샅샅이 뒤져봤는데 별로 많이 나오진 않았다. 밀러 말고 나머지 기수들한테 물어봤는데, 아무도 그자가 어디서 왔는지 아는 사람이 없더라고. 건물 근처에서 마지막으로 목격된 건 오후 2, 3시쯤이었던 것 같고. 그 후로는 완전히 자취를 감췄어."

"뭐 짐 같은 건 없었답니까?"

"애초에 입고 있던 옷을 빼면 변변한 짐도 없었다더구나. 지금 곳곳에 모두 전신을 보냈다. 수배중이야. 전원 비상사태다. 금방 잡을 수 있을 게야."

엘러리는 입을 열려다가, 아무 말도 하지 않고 입을 다물었다.

"밀러라는 양반에 대해서 조금 더 깊이 캐보았는데, 내가 뭘 찾았는지 알겠니?"

경감이 말했다.

"뭔데요?"

엘러리가 놀라서 물었다.

"아무것도 없었다. 완전히 깨끗해. 그 작자에 대한 자료가 전혀 없어. 수수께끼 같은 인물이다. 뭐, 그리 오래 도망 다닐 순 없을 게다. 이제야 제대로 된 트랙을 달리고 있는 것 같구먼."

경감이 소리 내어 웃었다.

"밀러! 그리고 그랜트도 어딘가에서 분명 관련이 있을 거다. 내 말 명심해라."

"전 지금 제 말을 명심하는 데만도 머리가 꽉 차 있는걸요."

엘러리가 의미심장하게 씩 웃었다.

"두 사람의 목숨을 빼앗은, 아래쪽 방향으로 발사된 총알은 어떻죠?"

경감의 얼굴에서 웃음이 싹 사라지고 다시 음울한 표정이 돌아왔다.

"아, 그거 말이다. 그래, 꼭 목구멍에 뭐가 걸린 것처럼 그것 때문에 신경이 쓰여서 견딜 수가 없구나."

경감은 절망적으로 양손을 치켜들었다.

"뭐, 일이 해결될 때까지는 공연한 걱정을 계속 할 수밖에 없지 않겠느냐? 나는 그만 센터 스트리트로 돌아가야겠다."

23:
기적

엘러리는 그 뒤로도 계속 콜로세움 안을 배회했다. 별 목적은 없었다. 그저 머릿속에서 거대한 정신적 지그소 퍼즐을 맞추는 데 동물적 에너지를 소모하고 있을 뿐이었다. 그러던 중 엘러리는 문득 퀸 경감의 오른팔, 말이 적고 금속으로 만들어진 것 같은 덩치 큰 신사와 마주쳤다. 벨리 경사는 자신만의 고지식한 방식으로 소금 광산에서 사실 덩어리들을 채굴하는 중이었다. 그러나 그가 캐낸 것은 사실이 아니라 그저 공상에 불과했다. 만일 땅 속에 사실이 묻혀 있다면 대단히 교묘하게 숨겨져 있는 게 분명했다.

와일드 빌 그랜트의 기수들은 모두 침통한 얼굴로 앉아, 벨리의 한마디 한마디에 고분고분 고개를 끄덕이며 시간을 죽이고 있었다.

"누가 입 다물고 있으라고 명령이라도 했나!"

참다못한 벨리가 표정도 바꾸지 않고 나직하게 내뱉었다.

"네놈들에게는 자기 자신의 의지라는 게 없지? 주인이 말해도 된다고 허락을 내려줄 때까지 한 마디도 안 할 생각인가? 이 안짱다리 패거리들아, 그 밀러라는 쥐새끼 어디 갔어? 허파에 허세만 가득한 허풍선이 서부놈 어디 갔냐고!"

그들의 눈에 불꽃이 튀었다.

강한 호기심이 생긴 엘러리는 잠시 멈춰 서서 그 모양새를 흥미롭게 지켜보았다.

마치 무언가의 전조라도 되는 양 그들 사이에서 한숨 소리가 일었다. 분화하기 직전의 화산이 희미하게 우르릉거리며 진통을 앓는 소리 같기도 했다. 벨리 경사는 차갑게 웃으며 카우보이들을 계속해서 몰아세웠다.

그는 카우보이들의 은어를 조롱했다. 태생의 정통성에 의문을 제기하고 모친의 순결을 의심했다. 그들의 도덕관념에 코웃음을 쳤으며 말을 학대한다고 비웃었다. 그들을 '구역질나는 양치기'라 칭하여 하늘을 찌를 듯한 분노를 샀다. 그들의 긍지를 비난하고, 심지어는 남자들의 남성성과 여자들의 여성성을 불신했다.

그에 뒤따른 대혼란 사태 속에서 엘러리는 그 무엇보다도, 벨리 경사가 코요테처럼 매우 날카로운 후각을 발휘하고 있다는 사실을 깨달았다. 경사는 독액을 가득 머금은 방울뱀이었으며 지저분한 잡종과 암염소를 두 번 증류해 얻은 아들이었으며 물웅덩이에 독약을 푼 독살자였다. 그의 심장은 온통 선인장 가시로 이루어졌고 그 입은 알칼리처럼 건조했다. 때로는 기름 바른 머릿결처럼 매끄러운 말과 뱀의 뱃가죽처럼 비굴한 자세를 동원하기도 했으나, 결국 '스테이크 아웃'에 처해질 운명이었다. '스테이크 아웃'이란 서부 특유의 오락 중 하나로 술래의 눈썹을 뽑거나 손발을 땅바닥에 고정시키고, 나머지의 신체 부분은 이글이글 타오르는 태양을 마주하게 한 채 개미집 위에 올려두는 놀이다.

엘러리는 유쾌한 미소를 지으며 귀 기울여 듣고 있었다.

꿈쩍도 하지 않는 경사의 머리 위로 한층 더 모독적인 비난이 퍼부어지는 가운데 엘러리는 카우보이들이 벤지 밀러를 잘 알지는 못한다는 것, 그들이 보기엔 그냥 '인상 좋은 친구'였다는 것, 그러나 벤지 밀러가 어떻게 되든 자기들과 별 상관은 없다는 것, 또한 벨리 경사와 벤지 밀러가 혼자 가든 둘이 같이 가든 아무래도 좋으니 지옥에나 떨어져버리기를 원한다는 사실을 알게 되었다.

엘러리는 한숨을 쉬고 복도 쪽으로 올라갔다.

신중하게 주위를 둘러보며 소리 없이 배회하던 도중 엘러리는 문득 사라진 밀러의 의상실을 발견했다. 그곳은 다른 곳과 마찬가지로 방이라기보다는 그냥 벽에 뚫린 구멍에 가까울 정도로 작았으며 테이블, 거울, 의자, 옷장이 있는 간소한 방이었다. 엘러리는 의자에 앉아 테이블 위에 담뱃갑을 올려놓고 한 개비 꺼내 불을 붙인 뒤 생각에 잠겼다.

여섯 대를 피운 뒤 엘러리는 혼자 중얼거렸다.

"이제야 좀 뭐가 보이는군. 그래……. ……사건 때의 특수한 심리 작용과 같은 모습을 보이고 있어……."

엘러리는 입술을 핥았다.

"하지만 이런 수색은……."

엘러리는 벌떡 일어나 담배꽁초를 바닥에 내버리고 문 쪽으로 향했다. 주위를 둘러보니 약 3미터 정도 떨어진 곳에 키 큰 카우보이 하나가 화난 목소리로 낮게 읊조리며 터벅터벅 걸어가는 게 보였다.

"거기, 이봐요!"

엘러리가 불렀다.

카우보이는 고개를 돌리며 불쾌한 얼굴로 눈을 가늘게 뜨고 엘러리를 쳐다보았다. 다운스라는 이름의 신사였다.

"뭐요?"

"잠깐만요, 하나 물어볼 게 있는데요. 혹시 그 밀러라는 사람이 이 의상실을 혼자 썼습니까?"

다운스가 느릿느릿 말했다.

"절대 아니오. 뭐 그 사람이 무슨 와일드 빌이라도 되는 줄 아쇼? 대늘 분이랑 같이 나눠 썼지."

엘러리가 눈을 깜박였다.

"아, 분 말이군요. 그 땅딸보 같은 사람은 무슨 운명의 여신의 아들이라도 되나 봅니다. 혹시 괜찮다면 그 사람을 이리로 좀 데려다주시지 않겠습니까?"

"자기 일은 자기가 알아서 하지."

다운스는 한마디 내뱉고 다시 터벅터벅 제 갈 길을 갔다.

"거 참, 사람하고는."

엘러리는 중얼거리며 분을 찾으러 갔다. 그 몸집 작은 사람은 또 다른 빈 방에서 슬픔에 젖은 채 바닥에 주저앉아 있었다. 분은 마치 인디언 추장처럼 짧은 다리로 책상다리를 하고 앉아 몸을 앞뒤로 천천히 흔들었다. '통곡의 벽' 앞에서 그의 수염이 무의식적인 리듬에 맞춰 흔들렸다. 손에 돌로 된 화살촉 조각 같은 것을 들고 있었다.

"징조가 있었지."

분은 비통한 목소리로 신음하듯 크게 혼잣말을 했다.

"이 난장판이 벌어지기 전에 그 빌어먹을 팔로미노가 인전의 화살촉을 밟아 부러뜨렸을 때부터…… 누구요?"

분은 마치 놀란 새끼부엉이처럼 고개를 들어 쳐다보았다.

엘러리는 방 안으로 뛰어 들어가 분을 잡아 일으켜 세우고는, 그를 떼밀다시피 복도로 나가서 조금 전에 자신이 한참 생각에 잠겨 있던 방으로 데리고 갔다.

"무…… 무슨 일입니까요……?"

분이 더듬더듬 물었다.

엘러리는 그를 하나밖에 없는 의자에 앉히고는 긴 손가락으로 덜덜 떨고 있는 그의 몸뚱이를 가리켰다.

"밀러랑 방 같이 썼죠?"

"뭐라고요? 네, 그랬습죠, 그랬습니다! 퀸 나리!"

"오늘 그 사람 보지 못했습니까, 분 씨?"

"뭐라고요? 네, 그랬습죠. 제가 말 안 했던……."

분의 눈이 메스칼 선인장의 꼭지처럼 휘둥그레졌다. 입은 금붕어처럼 뻐끔거렸다.

엘러리는 만족스러운 듯 입맛을 다셨다.

"밀러가 오늘 이 방에 들어온 적 있습니까?"

"당연합지요, 퀸 나리!"

"혼자서요?"

"암요!"

엘러리는 '라크메'_프랑스의 오페라 중 하나-옮긴이_의 복잡한 멜로디를 휘파람으로 불면서 한참 동안 복잡한 생각에 잠겨 있었다. 또 그러는 동안 방 안을 아주 주의 깊게 살펴보고 있었다. 엘러리는 계속 휘파람을 불면서 테이블 서랍을 열어보았다. 안에는 잡동사니들이 한 움큼 들어 있었으나, 한바탕 수색이 휩쓸고 간 후였기 때문에 그다지 시선을 끄는 물건은 없었다. 분은 당황한 채 그 모습을 지켜봤다.

엘러리는 옷장 문을 열었다. 그 안에는 색색의 화려한 복장들이 걸려 있었고, 대부분은 분의 소유품인 듯 사이즈가 작았다. 그러나 그 속을 꼼꼼히 살피던 엘러리의 눈에 커다란 옷 한 벌이 보였다. 사라진 밀러가 로데오를 할 때 입었던 옷인 듯, 치수가 큼직했다.

"그 사람 이것도 안 가져갔군."

엘러리가 중얼거리면서 청바지의 주머니를 뒤집어 깠다.

"그 친구 게 아닙니다. 로데오 물건입죠."

분이 열심히 말했다.

엘러리는 갑자기 몸이 굳었다. 주머니 속에 뭔가 딱딱한 물건이 들어 있었기 때문이었다. 날카로운 지성의 빛이 엘러리의 얼굴을 스쳐 지나갔다. 엘러리는 갑자기 몸을 돌려 분에게는 여기 있으라고 말하고는 문 밖으로 뛰쳐나갔다.

"경사님! 벨리 경사님!"

엘러리가 소리를 질렀다. 그 이름이 복도 안에서 메아리를 쳤다.

"뭔가? 무슨 일이야, 퀸 군?"

선량한 경사가 의상실 중 한 곳에서 긴장과 놀람에 찬 목소리로 대답했다.

경사도 고함을 지르면서 쿵쿵 걸어 복도로 나왔다. 방방마다 사람들이 머리를 내밀었다. 엘러리는 잽싸게 벨리를 끌고 분과 밀러가 공동으로 쓰던 의상실로 들어가 문을 닫았다.

벨리는 굳어버린 분의 모습과 열려 있는 옷장을 보았다.

"무슨 문제라도 있나?"

"경사님, 어젯밤에 이 방 찾아보셨습니까?"

엘러리가 부드럽게 물었다.

"당연하지."

"옷장 안에 들어 있는 옷들도요?"

"그럼."
"오늘 오후에 다시 찾아보셨습니까?"
벨리의 눈가에 주름이 잡혔다.
"아니. 나중에 하려고 했는데. 시간이 없어서 말이지."
엘러리는 말없이 옷장 쪽으로 가서 좀 전에 살펴봤던 청바지를 가지고 와서는 높이 치켜들었다.
"어젯밤에 이 바지 보셨습니까, 경사님?"
벨리의 눈이 번쩍였다.
"아니, 어젯밤에는 없었네."
"밀러가 어젯밤에 그 바지를 입고 있었으니까요!"
분이 갑자기 소리 질렀다.
"아하."
엘러리가 팔을 내리면서 말했다.
"그거 대단히 납득이 가는 설명이로군요. 경사님, 누가 밀러의 몸수색을 했습니까?"
"내가 직접 했네. 그리고 나머지 기수 놈들도."
경사가 파충류 같은 눈을 가늘게 떴다.
"도대체 왜?"
"밀러한테서 아무것도 나오지 않았습니까?"
엘러리가 차분하고 집요하게 물었다.
"없었는데!"
"그렇게 호전적인 말투 쓰지 마십시오, 경사님."
엘러리가 중얼거렸다.
"저는 경사님이 수색 작업에 아주 노련한 형사라는 것을 충분히 잘 압니다. 만약 경사님이 밀러에게서 아무것도 찾아내지 못했다면 찾아낼 만한 게 없었기 때문이겠지요. 훌륭합니다!

그렇다면 누군가가 이것을 이 방에 가지고 와서, 밀러가 버린 바지 속에 넣어뒀단 말이군요."

"도대체 밀러의 바지 주머니 속에 들어 있는 그게 뭔데?"

벨리가 으르렁거렸다.

마치 전지전능한 신의 확신을 지닌 듯, 엘러리가 침착하게 자신의 오른손을 손수건으로 감싸고 밀러의 청바지 속으로 손을 집어넣었다. 그러나 엘러리는 그 물건을 단번에 꺼내지는 않았다. 엘러리가 날카롭게 말했다.

"경사님, 여기서 본래 일하는 사람들과 그랜트를 제외하고 오늘 콜로세움 안에 있었던 사람은 누굽니까?"

벨리가 입술을 핥았다.

"그랜트의 아들, 키트 혼. 내 생각엔 마스하고 그 권투 선수 블랙도 있었던 것 같군."

"헌터나 마라 게이는 없었습니까?"

"없었네."

엘러리는 밀러의 바지 주머니에서 손을 끄집어냈다.

그리하여 진정한 기적이 일어났다. 엘러리의 손에 들린 명백한 현실의 물증은 엘러리 자신은 물론, 벨리 경사, 퀸 경감 그리고 뉴욕 시 경찰청 전체가 몇 주에 걸쳐서 찾아다녔던 바로 그 물건이었다. 이것이 지금까지 분의 방에서 발견되지 않았던 이유는 단 하나, 기존의 수사가 이루어졌을 때는 분의 방에 없었기 때문이었다. 따라서 이것이 분의 방 안 밀러의 바지 주머니에 들어 있었던 것은 마지막 철저한 수색이 끝난 뒤부터였다는 것이 확실해졌다.

그리고 그 마지막의 철저한 수색은 벨리 경사의 지휘 하에 이뤄졌고 우디가 죽은 바로 그날 밤 일이었다.

  적어도, 이것만은 명백한 사실이었다.

  대늘 분은 헐떡거리며 울음을 터뜨렸다. 벨리 경사는 뻣뻣하게 굳고 말았다.

  엘러리의 손에는 작고 납작하고 평범한 소형 25구경 자동 권총이 가뿐하게 들려 있었다.

24:
평결

"이럴 수가. 내가…… 어떻게 저걸…… 제기랄."
 벨리 경사가 폭풍처럼 숨을 몰아쉬었다.
"도대체 자네는 그걸 어떻게 알았나!"
"그렇게 다혈질적인 면모를 보이시진 마시고요."
 엘러리는 자애로운 눈길로 작은 무기를 바라보며 말했다.
"이게 그 문제의 물건이 아닐 가능성도 수학적으로 존재하죠. 반면에……."
 엘러리는 입을 다물고, 자동 권총을 조심스럽게 손수건으로 싸서 주머니에 넣었다.
"자, 여러분."
 엘러리가 다정한 목소리로 말하며 아무 말 없는 분 쪽을 쳐다보았다.
"지금 당장 한 가지 양해해주셨으면 하는 게 있는데요."
"네?"
 분이 입술을 적시며 작은 목소리로 물었다. 벨리 경사는 아무 말도 하지 않았다.
"말들의 선량한 친구인 분 씨. 당신도 자신의 목숨이 소중하겠죠?"
"예에?"

엘러리는 성큼성큼 걸어가서 작은 카우보이의 어깨에 손을 얹었다.

"비밀을 지켜줄 수 있겠습니까?"

"아…… 예, 그러겠습니다요, 퀸 나리."

"어디 한번 두고 봅시다."

분은 눈을 휘둥그렇게 뜨고, 입을 천천히 다물었다.

"시작치고는 아주 훌륭하군요."

엘러리가 상쾌하게 말했으나 눈에는 웃음 한 조각 찾아볼 수 없었다.

"분 씨, 내 말 명심해요. 만약 당신이 이 권총, 우리가 지금 찾아낸 이 자동 권총에 대해 한 음절이라도 내뱉으면 감옥에 처넣을 겁니다. 알겠죠?"

분은 다시 입술을 핥았다.

"알겠습니다요, 퀸 나리."

"좋아요."

엘러리가 허리를 폈다.

"그럼 다른 사람들 있는 곳으로 가 있어요."

분은 일어나서 뒤뚱뒤뚱 문 밖으로 나갔다.

"내 말 잊으면 안 돼요, 분 씨."

엘러리가 말했다.

작은 카우보이는 한 번 고개를 끄덕인 뒤 사라졌다.

"제가 경사님한테까지 경고할 필요는 없겠죠?"

엘러리가 빠른 말투로 말했다.

"이 일이 밖으로 번지면 안 됩니다."

벨리는 마음이 상한 모양이었다.

"아무한테도 말하시면 안 돼요."

"경감님한테도?"

"안 됩니다, 안 돼요."

엘러리가 얼굴을 찌푸렸다.

"제 생각엔 그게 최선입니다. 이야기는 제가 하지요. 이 작은 사건은 경사님과 저만의 비밀로 해두자고요. 분도 아마 입을 다물 테니까요……. 그런데 오늘 콜로세움의 방문자 몸수색 절차는 어떻게 되지요? 들어올 때는 수색을 받지 않는 것 같던데요?"

"밖으로 나갈 때만 수색한다네."

"알겠습니다. 예, 물론 그렇겠지요. 대단히 편리한 방법이군요."

엘러리는 벨리 경사의 단단한 가슴 옆으로 팔꿈치를 찔러 넣고 애정 어린 동작으로 팔짱을 낀 후 함께 의상실을 나왔다.

엘러리는 즉시 그랜트의 사무실로 향했다. 늙은 흥행사는 여전히 짙은 우울 속에서 벽만 쳐다보며 앉아 있었다.

그랜트가 고개를 들었다.

"허어, 또 왔구먼. 무슨 일이오?"

"만인이 인정하는 최전선으로 돌아온 거죠."

엘러리가 키득거렸다.

"자꾸 방해해서 죄송합니다. 전화 좀 쓸 수 있을까요?"

"마음대로 하쇼."

엘러리는 전화번호부를 뒤적이더니 어떤 번호로 전화를 걸었다.

"커비 소령님 좀 연결해주십시오. ……소령님? 또 엘러리 퀸입니다. ……아뇨, 영화 상영은 이제 됐습니다, 소령님.

……하하, 네! ……어, 소령님, 지금 많이 바쁘세요? ……알겠습니다. 그럼 시간 맞춰 오실 수 있겠군요. 경찰청 본부 로비에서 삼십 분 후에 뵈었으면 하는데요……. 감사합니다, 이따 뵙죠!"

엘러리는 희미하게 미소를 지으며 전화를 끊었다. 와일드 빌 그랜트의 의자가 살짝 삐걱거렸다.

"고맙습니다, 그랜트 씨."

엘러리는 가장 기운차게 말하고는 사무실을 나갔다.

삼십 분 후 엘러리는 경찰청의 탄도부서 연구실에서 두 명의 말 없는 남자들을 마주했다. 커비 소령은 정신없이 걸어오느라 숨을 몰아쉬고 있었다. 놀스 경위는 호기심 어린 눈길로 엘러리를 쳐다보았다.

"늦지 않게 와주셨군요. 감사합니다."

엘러리가 소령에게 말했다.

"사실 굳이 소령님까지 오실 필요는 없었지만, 소령님은 처음부터 이 사건에 참여했던 분이시고 저도 이걸 독차지하고 싶진 않았거든요. 이제부터 벌어질 이 사건의 절정, 가장 재미있는 부분은 전적으로 소령님 덕분에 완성된 겁니다."

엘러리는 주머니에서 손수건에 싼 물건을 꺼내들고 아주 조심스럽게 포장을 풀었다.

"그 25구경인가!"

커비 소령이 헉 하고 숨을 들이켜며 외쳤다.

"그냥 25구경일 뿐입니다."

엘러리가 부드럽게 정정했다.

"소령님, 이번 비밀회의의 목적은 바로 이 '그냥' 25구경 자동 권총이 '그' 25구경 자동 권총인지 확인하는 일입니다."

"이거 놀랍군."

놀스 경위가 히죽 웃었다.

"도대체 어디서 찾아온 거요?"

"전혀 생각지도 못하던 곳에서죠, 경위님."

엘러리도 킬킬 웃었다.

"망설이지 말고 만지셔도 됩니다. 이미 지문은 다 확인해봤거든요. 깨끗하더군요."

엘러리가 어깨를 으쓱했다.

"시작하죠, 동지 여러분. 흔적을 찾아봅시다. 지긋지긋한 긴장감을 이걸로 날려버리자고요."

엘러리도 필요 이상으로 호흡이 가쁜 모양이었다.

놀스 경위는 권총을 집어 들어 이리저리 꼼꼼히 살펴본 뒤 탄창을 꺼냈다. 사실 그렇게 신중할 필요는 없었다. 이 작은 콜트 권총 안에는 수동 안전장치가 부착돼 있어 탄창을 꺼내면 방아쇠와 단발자 사이 연결이 끊어지게 돼 발사되지 않는다. 탄창은 비었고 약실에도 총알은 없었다. 경위는 미심쩍은 얼굴로 고개를 들었다.

"네, 제가 찾아냈을 때도 장전은 되어 있지 않았습니다."

엘러리가 중얼거렸다.

"이빨을 다 뽑았더군요. 아시다시피 별로 중요한 문제는 아닙니다."

놀스 경위는 자동 권총에 총알을 장전한 뒤 과녁을 조정하고는 갑자기 방아쇠를 당겼다. 권총에서 탄피가 튀어 오르자 엘러리는 몸을 피했다. 경위는 과녁 쪽으로 다가가서 발사된 총알들을 주워 가지고 왔다. 각각의 총알에는 까만 가루와 기름이 덕지덕지 묻어 있었다.

 놀스는 자신이 쏜 일곱 발의 총알들을 꼼꼼히 살펴서 그중 하나를 골라 연구용 테이블로 가져가서 깨끗하게 닦았다. 그러고는 파일 캐비닛을 열고 잠시 그 안을 뒤진 뒤 총알을 두 개 꺼내 왔다.

 "혼과 우디 때의 총알이라오."

 놀스가 총알에 대해 설명하고는 비교 현미경 앞에 자리를 잡고 앉았다.

 "선생도 알다시피 소령님의 도움을 받아서 두 발 모두 같은 총에서 발사되었다는 사실을 알아냈지. 그러니 이 총알들과도 비교를 해봐야 하지 않겠소. 뭐, 결과는 금방 나오겠지."

 커비 소령도 테이블 가까이로 갔다.

 놀스 경위는 캐비닛에서 꺼내 온 두 총알 중 하나를 현미경 렌즈 밑에 놓고, 방금 연구실에서 발사했던 총알을 다른 쪽 렌즈 밑에 놓았다. 그러고는 온 신경을 집중하여 장비를 조작했다. 두 총알에 초점이 만족스럽게 맞춰지자 그는 현미경에 붙어 있는 다이얼을 돌려 두 개의 화상을 하나로 합쳤다. 이 작업이 끝나자 현미경 렌즈 너머에는 하나의 이미지만이 떠올랐다. 총알 한 개의 이미지였다. 사실은 두 총알의 왼쪽 부분을 겹친 모습이었으나 두 개가 워낙 정확하게 들어맞아서 하나처럼 보였다.

 경위는 한참 그 화상을 골똘히 들여다보다가 고개를 들더니 손짓하여 소령을 불렀다. 커비는 렌즈 너머를 열심히 들여다보았다.

 엘러리는 얼굴에 불안한 기색을 띠며 그들 둘을 지켜보았다.

 "자, 직접 보게나."

이윽고 커비 소령이 고개를 들고 엘러리를 불렀다. 엘러리는 장비 앞에 자리를 잡았다.

크게 확대된 총알의 모습이 시야에 들어왔다. 엘러리는 현미경으로 보이는 총알이 너무나도 상세해서 크게 놀랐다. 아마 티코 브라헤가 강력한 천체망원경으로 별을 관찰했을 때도 이런 기분이었으리라. 총알에는 계곡과 언덕, 크레이터들이 존재했다. 마치 달 표면을 관찰하는 듯했다. 그러나 정말로 놀라운 것은 두 이미지의 왼쪽 부분이 정확히 일치한다는 사실이었다. 크레이터에는 크레이터, 계곡에는 계곡, 언덕에는 언덕. 두 화상은 완전히 똑같았다. 총알 본연의 윤곽이나 발사 당시의 상태 때문에 아주 극미한 차이가 존재했을지 모르나, 엘러리의 눈에는 구별이 가지 않았다.

엘러리가 허리를 펴고 천천히 물었다.

"같은 총이군요?"

"그런 것 같소."

놀스 경위가 말했다.

"솔직히 말해 난 그렇다고 보는데. 만일 그 두 총알이 서로 다른 권총에서 발사되었다면 정말로 놀라운 우연의 일치가 아닐 수 없군. 거의 불가능해요!"

"유니버설로 한 번 보는 게 어떻겠소?"

커비 소령이 제안했다.

"그럴 생각입니다. 유니버설 분자 현미경이라는 건데."

놀스가 엘러리에게 설명해주었다.

"의심스러운 부분은 단 하나도 빠뜨리지 않고 증명해줄 거요. 버니어가 달려 있거든. 아, 버니어라는 건 아주 세밀한 단위를 재는 데 쓰는 눈금이지. 잠시만 기다리시오."

놀스 경위는 비교 현미경에서 총알 하나를 꺼내 다른 현미경의 렌즈 밑에 내려놓았다. 그는 렌즈를 통해 총알에 파인 홈들을 차근차근 살펴보면서, 총알의 한가운데를 축으로 해서 홈이 파인 각도를 계산했다. 그러고는 몇 도 몇 분인지 꼼꼼히 메모했다. 계곡처럼 보이는 긁힌 자국들의 깊이를 재고, 총알에 난 여러 가지 흔적들 사이의 거리를 측미계로 알아보았다. ……이윽고 첫 번째 총알의 작업을 모두 마치자 놀스는 그것을 옆으로 치우고, 작업하기 편하도록 메모지를 자신의 앞에 놓고 두 번째 총알을 가지고 똑같은 일을 시작했다.

'잠시만'이라고 했지만 생각보다 꽤 시간이 걸렸다. 한 시간이 훌쩍 지났다. 엘러리는 이 세심한 과학적 조심성에 넌더리가 나서 담배를 피우며 이리저리 걸어 다니기도 하고 혼잣말을 중얼거리기도 했다. 그러다 한참 깊은 생각에 푹 빠진 탓에 커비 소령이 부르는 소리를 듣고 화들짝 놀랐다.

정신을 차리자 두 전문가들이 자신을 향해 웃고 있었다.

"성공일세."

커비 소령이 차분하게 말했다.

"퀸 군, 세상에 이 사실을 부정할 탄도학 전문가는 아무도 없을 걸세. 자네가 찾아낸 그 자동 권총에서 혼과 우디를 죽인 총알이 발사된 게 맞네."

엘러리는 잠시 아무 말 없이 그들을 빤히 쳐다보다가 긴 한숨을 내쉬었다.

"여행이 끝났군요."

마침내 엘러리가 말했다.

"아니면…… 이제 일정의 끝에서 두 번째 지점에 도착했다고 할 수도 있겠네요. 자, 신사 여러분……."

엘러리는 테이블로 성큼성큼 걸어가 자동 권총을 집어 들고는, 한동안 그것을 다정한 눈길로 바라보다 얼굴 표정 하나 바꾸지 않고 권총을 주머니에 쑤셔 넣었다. 놀스 경위가 살짝 놀란 듯했다.

"제가 두 분께 아주 기묘한 부탁을 하나 드려야 할 것 같습니다. 아무한테도, 정말 문자 그대로 아무한테도 두 분의 이 작은 실험 결과를 발설하지 말아주셨으면 합니다."

엘러리가 태연한 얼굴로 말했다.

놀스 경위가 헛기침을 했다.

"흐음! 그것 참, 이유를 모르겠군. 퀸 선생, 나한테도 경찰 내에서 내 의무라는 게 있소. 선생 말을 따르자면……."

"이 총이 우디와 혼을 쏜 바로 그 자동 권총이라는 사실을 알리지 말라는 게 아닙니다. 그냥 이 총이 '발견되었다는' 사실이 밖으로 새어나가지 않았으면 하는 겁니다. 제 말 이해하시겠습니까, 경위님?"

엘러리가 물었다.

전문가는 턱을 문질렀다.

"뭐, 시키는 대로 해야지 별 수 없구먼. 지금껏 온갖 힘든 일들을 도맡아 해온 건 선생이니까. 헌데 내 기록은 남겨야겠는데……."

"아, 기록은 얼마든지 하십시오. 그건 아무래도 상관없습니다."

엘러리가 재빨리 말했다.

"아…… 그리고, 소령님도요."

"물론 자네가 입 다물고 있으라고 하면 그 말대로 입 다물고 있겠네."

커비 소령이 말했다.
"소령님과 함께 일할 수 있어서 참 기쁩니다."
엘러리는 미소 지으며 말하고는 빠른 걸음으로 연구실을 나왔다.

독자에의 도전

이리하여 내 소설 속에서 '세븐스 이닝 스트레치' 야구 경기에서 행운의 숫자 7회에 좋은 일이 일어나기를 기대하면서 7회가 시작되기 전에 관중들이 일어서서 잠시 동안 스트레칭하는 것-옮긴이를 다시 한 번 맞을 때가 되었다. 신사숙녀 여러분, 휴식 시간입니다.

나는 사 년 동안 같은 주제에 대한 질문을 여러 모양으로 바꾸어 계속해서 던져왔다. 자, 콜로세움에서 두 명의 기수들을 죽인 것은 과연 누구인가?

모르겠다고? 아, 하지만 당신은 분명 알고 있을 것이다. 이야기는 전부 당신 앞에 펼쳐졌다. 내 말을 믿으라. 단서는 수없이 많다. 그리고 그 모든 단서들을 모아 올바른 순서대로 배치하면 아주 자연스럽게 추론이 이어지고, 그 전체가 단 하나뿐인 범인을 확고하게 가리키게 되리라.

나는 항상 영광스러운 마음으로 한 가지 신조를 충실히 고수해왔다. '독자에게 모든 것을 보이고 무엇 하나 감추지 않는 페어플레이 게임'에 대한 신조다. 당신은 이제 모든 단서들을 소유하고 있다. 다시 한 번 반복하지만, 이 모든 것들이 무시할 수 없는 범죄의 전체 그림을 가리킨다.

그 모든 퍼즐 조각들을 모았을 때, 눈앞에 나타난 그림을 해독할 수 있겠는가?

작가가 매번 희희낙락하면서 도전을 걸 때마다 인생을 비관하곤 하는 소수의 방해꾼들께 한 말씀. 이야기 속에서 내가 할리우드에 보낸 전보와 그 답장의 내용은 논리적인 정답을 도출하는 데 아무런 필요가 없다. 독자 제현께서는 그 두 전보의 내용을 전혀 몰라도 충분히 해답을 알아낼 수 있다. 그 전보들은 단순히, 분석해낸 논리적 결론을 확인하는 도구일 뿐이다. 즉 여러분은 충분히 전보에 무어라고 썼는지 내게 말해줄 수 있다는 뜻이다!

E. Q.

25:
진실이 드러나기 전

일요일 저녁, 퀸 일가는 평화로운 시간을 보내고 있었다. 퀸 경감은 일요일 저녁에는 항상 완벽히 긴장을 풀고 느긋한 태도였고, 이 시간에 그들 사이에는 범죄 이론, 실제 사건에 대한 고민, 그간 읽었던 추리소설 등에 대한 이야기를 하지 않기로 암묵적인 합의가 존재했다. 어쨌든 이 분위기를 깨는 그 어떤 세속적인 이야기도 금지되어 있었다.

그리하여 그날 저녁 식사 후 엘러리는 아무 말 없이 자기 침실로 아주 조용히 전화기 연장선을 가지고 들어갔다. 그는 바클레이 호텔의 전화번호를 누르고 혼 양을 연결해달라고 부탁했다.

"엘러리 퀸입니다. 네……. 이 저녁 시간에 뭐 하고 있었습니까, 혼 양?"

그녀는 약간 웃었다.

"무슨 초대라도 하시는 건가요?"

"그것도 괜찮군요."

엘러리가 동의했다.

"제가 지금 상정한 의제에 명확한 답변을 해주실 수 있겠습니까?"

"죄송하지만, 이미 선약이 있어서요."

키트가 딱딱한 목소리로 말했다.
"그 말이 무슨 뜻인지 번역해주실 수 있을까요?"
"어떤 신사 분이 이미 오늘 저녁 식사에 저를 초대하셨거든요."
"곱슬곱슬한 머리의 신사 분 말인가요?"
"참 똑똑하시네요, 퀸 씨! 맞아요, 곱슬곱슬한 머리의 신사 분이에요. 비록 이 문제의 정답을 맞히는 데 그리 대단한 추론이 필요하진 않겠지만요."
키트의 목소리가 갈라졌다.
"갑자기…… 무슨 바람이라도 불었나요? 기다리다 지쳐 죽을 지경이에요……. 그러니까, 오늘 밤 저를 만나는 일이 당신에게 정말로 중요한 일인가요, 퀸 씨?"
"어떤 날 밤에 만나든, 당신을 만나는 건 언제나 중요한 일이지요."
엘러리가 정중하게 말했다.
"하지만 제가 생각할 때 그토록 성스럽게 잘 말린 머리칼과 멋진 총 솜씨를 지닌 젊은이가 경쟁자일 때, 당신의 저녁 식사 상대 후보 리스트에 이름을 올리는 것은 참으로 어리석고 헛된 일인 것 같군요. 괜찮습니다, 혼 양. 그리 중요한 일은 아닙니다. 다음으로 하도록 합시다."
"아."
키트는 잠시 동안 말이 없었다.
"있잖아요, 컬리가 오늘 밤 같이 영화 보러 가자고 해서요. 컬리는 영화를 참 좋아하거든요. 그리고 저는…… 너무 오랫동안, 그때부터 오랜 시간 너무 외로워서……. 아시겠죠?"
"물론입니다."

엘러리는 부드럽게 말했다.
"와일드 빌도 같이 가나요?"
"그 사람도 최소한의 눈치는 있어요."
키트가 깔깔 웃었다.
"마스랑 다른 기획자들과 모여서 저녁 식사가 있다나 봐요. 아마 비밀 계획이라도 숨겨 놓고 있는 모양이에요. 가엾은 빌! 전 정말로 몰랐어요……."
"오늘 밤 운이 따르기를 바랍니다."
엘러리가 안타까운 목소리로 말하고는 잠시 후 전화를 끊었다.
그는 침실에 가만히 서서 생각에 잠긴 채 코안경의 렌즈를 문질러 닦았다. 그러고는 이리저리 돌아다니기 시작했다.
오 분 후 엘러리는 거리에 나갈 채비를 끝내고 거실에 모습을 드러냈다.
"어디 가려고 그러냐?"
일요신문의 만화 면을 훑어보던 경감이 고개를 들고 물었다.
"잠깐 산책 갑니다."
엘러리가 가볍게 말했다.
"약간 운동이 필요한 것 같아서요. 왠지 배가 좀 나온 것 같아요. 금방 돌아올게요."
경감은 그 서투른 변명을 듣고 코웃음을 치고는 다시 유쾌한 만화 쪽으로 시선을 돌렸다. 엘러리는 나가는 길에 주나의 머리를 헝클어뜨리고는 잽싸게 사라졌다.

한 시간 정도 후 엘러리가 돌아왔다. 얼굴은 잔뜩 상기되어 있었으며 다소 초조한 기색이었다. 엘러리는 침실로 곧장 들어가서는 잠시 후 오버코트를 벗고 나와, 경감 옆의 안락의자에 몸을 푹 묻었다. 시선은 벽난로를 향한 채였다.
 경감이 보고 있던 과학 면을 내려놓았다.
 "산책은 잘 했니?"
 "네, 아주 좋았어요."
 퀸 경감은 슬리퍼 신은 발을 난롯가로 쭉 뻗고는 코담배를 한 줌 들이마신 뒤 고개도 돌리지 않은 채 말했다.
 "난 정말이지 이 사건을 어떻게 다뤄야 할지 알 수만 있다면 이 자리에서 지그 춤이라도 추겠구나, 애야. 솔직히……."
 "사건 이야기는 금지예요."
 원숭이처럼 의자에 올라앉아 있던 주나가 펄쩍 뛰어오르며 화를 냈다.
 "좋은 지적이야. 고맙다, 주나."
 엘러리가 말했다.
 "문제는 내가 지금 꼭 버펄로에게라도 홀린 기분이라는 거다. 아이고, 도대체……. 이 녀석아, 넌 대체 뭘 알고 있는 거냐?"
 엘러리는 난롯가에 털썩 주저앉은 채 평화롭게 배 위에 두 손을 겹쳐 올렸다.
 "전부 다요."
 "그게 무슨 소리냐?"
 경감이 어처구니없다는 목소리로 물었다.
 "저는 전부 다 압니다."
 "아."
 경감이 긴장을 풀었다.
 "또 농담하는 게로구나. 그래, 너는 항상 모든 걸 다 알고 있고말고. 너는 신에게서 부름을 받은 4백 명의 선지자들 중 하나가 아니냐. 네가 전문가가 아닌 분야란 없지. 마치 책 속의 탐정들처럼…… 모든 것을 꿰뚫어보고, 모든 것을 알고 있겠지……. 하!"

"저는 혼과 우디 사건의 모든 것을 다 알고 있습니다."

엘러리가 차분하게 말했다.

경감은 그 순간 투덜거림을 뚝 그쳤다. 손가락 하나 꼼짝하지 않고 가만히 있던 경감은 이윽고 콧수염을 잡아당기며 물었다.

"정말로…… 정말로, 다 안단 말이냐?"

"맹세할 수 있습니다. 절대로 어리석은 생각이 아닙니다. 이 사건은 끝났습니다. 완벽하게요. 더는 없습니다. 이런 젠장, 완전히 다 끝났다고요. 파트너 양반……. 진실은."

엘러리가 한숨을 내쉬고 말을 이었다.

"진실이 얼마나 아름답고 간단한지 아신다면 아버진 정말 깜짝 놀라실 거예요."

퀸 경감은 한참 동안이나 아들을 쳐다보았다. 엘러리의 날카로운 얼굴에 장난기라고는 요만큼도 없었다. 반대로 경감 자신의 피까지도 휘저어 끓어오르게 할 정도로 몹시 억제된 흥분과 긴장감이 감돌았다. 그의 눈이 빛나기 시작했다.

"그래, 언제 발표할 생각이냐?"

경감이 성마르게 물었다.

"언제든 아버지 원하실 때요."

엘러리가 천천히 대답했다.

"듣고 싶으시다면 지금 당장에라도 말씀드릴 수 있어요. 사실 수수께끼를 지키는 것도 점점 지치기 시작했거든요. 제…… 양심의 가책을 털어버리고 싶어요."

"그럼 옹알이 그만하고 당장 나가자."

경감이 침실로 달려 들어갔다.

엘러리는 말없이 그 뒤를 따라가서 아버지가 슬리퍼를 벗고 신발을 꺼내는 모습을 지켜보았다.

엘러리 본인도 여유롭게 오버코트를 걸쳤다. 눈빛은 형형하게 빛나고 있었다.

"이제 어디로 가면 되지?"

경감이 옷장에서 모자와 오버코트를 꺼내면서 으르렁거리듯 물었다.

"바클레이 호텔로 갑니다."

경감은 깜짝 놀랐다. 엘러리는 스카프를 힘주어 매고 있었다.

"바클레이 호텔의 어디로?"

"방이 여러 개 있으니까, 그중 하나로 가면 되죠."

"아! 그래, 참 고맙구나."

부자는 아파트를 나와 87번가를 똑바로 걸어 내려가 브로드웨이로 향했다.

그들은 브로드웨이의 모퉁이에 서서 신호등이 녹색으로 변하기를 기다렸다. 경감은 손을 주머니에 쑤셔 넣었다.

"그런데 말이다."

경감이 다소 빈정거리는 목소리로 말했다.

"이게 너무 무리한 부탁인지는 모르겠다만, 도대체 우리가 바클레이 호텔의 어떤 방으로 가서 무얼 해야 하는지 알려주지 않겠니?"

"뒤져봐야죠. 곧 알게 되실 거예요."

엘러리가 중얼거렸다.

"우리가 간과한 게 있어요."

"바클레이 호텔을 수색하면서 간과한 게 있다고?"

경감이 날카롭게 물었다.
"도대체 무슨 헛소리를 하는 게냐?"
"아, 지금 당장 보시기에는 아무런 의미 없는 짓 같을지도 모릅니다. 맞아요, 혼의 방도 보고 우디가 묵었던 방도 보고, 다 봤죠……. 하지만……."
엘러리는 시계를 보았다. 자정을 약간 넘긴 시각이었다.
"흠. 아버지, 지원 부대를 불러야 할 것 같아요. 벨리 경사님이 좋겠네요. 참 좋으신 분이죠. 잠깐만요, 연락 좀 하고 올게요."
엘러리는 아버지를 재촉해 길을 건너게 한 뒤 어느 약국으로 뛰어 들어가더니, 오 분쯤 후 웃는 얼굴로 나왔다.
"경사님이 거기서 우릴 기다리실 거예요. 가시죠, 우리 불평꾸러기 영감님."
경감은 그 말을 따랐다.
십오 분 후 부자는 바클레이 호텔의 로비를 위풍당당하게 걷고 있었다. 사람이 제법 북적거렸다. 엘리베이터 앞에서 엘러리가 말했다.
"3층 부탁합니다."
부자는 3층에서 내렸다. 엘러리는 아버지의 팔을 잡고 긴 복도를 걸어가다 어떤 방의 문 앞에서 걸음을 멈췄다. 벨리 경사의 그림자가 드리워졌다. 세 사람 모두 아무 말도 하지 않았다.
엘러리는 손을 들어 가볍게 노크했다. 문 너머로 작게 웅얼거리는 소리가 나더니, 누군가가 손잡이를 잡고 돌렸다. 잠시 후 문이 열리고 얼굴이 드러났다. 음침한 얼굴에 순간적으로 놀란 표정을 띤, 와일드 빌 그랜트의 얼굴이었다.

26:
진실

세 사람은 아무 말 없이 그랜트의 방 안으로 걸어 들어갔다. 잠시 후 그랜트가 당황한 기색으로 그들 뒤에서 문을 닫았다.

안에서는 두 의자에 앉아 있던 컬리 그랜트와 키트 혼이 창백한 얼굴로 그들을 쳐다보고 있었다.

"무슨 일입니까? 이 시간에 웬일입니까?"

그랜트가 화를 냈다.

테이블 위에는 검은 병 하나와 아직 물기가 남아 있는 잔이 세 개 있었다.

"잠들기 전에 한잔하고 계셨군요."

엘러리가 유쾌하게 말했다.

"자, 뭐 좀 당황스럽긴 하실 겁니다. 하지만 보시다시피 경감님한테 생각이 있으신 모양이고, 저는 만류할 수가 없었거든요."

엘러리는 천연덕스럽게 미소를 지어 보였다. 경감은 이마에 새 주름이 생길 정도로 무시무시하게 아들을 쏘아보았다.

"경감님이 그랜트 씨 방을 좀 수색해보고 싶다고 하셔서 말이죠."

경감의 얼굴이 시뻘게졌다. 벨리 경사는 흥행사의 건장한 체구 옆으로 천천히 다가갔다.

"내 방을 뒤져?"
그랜트가 목쉰 소리로 되뇌었다. 당황한 얼굴이었다.
"도대체 왜요?"
"시작해, 토머스."
경감이 지친 목소리로 말했다. 경사는 무표정한 얼굴로 작업을 시작했다. 그랜트는 커다란 두 갈색 주먹을 꽉 쥐고 잠시 동안 그 사생활 침해 행위를 물리적으로 막아보려 했으나, 곧 어깨를 으쓱하더니 포기했다.
"두고 봅시다, 경감."
그랜트가 천천히 말했다.
컬리는 벌떡 일어나서 책상 맨 위 서랍을 열려는 벨리를 거칠게 막았다.
"거기서 손 떼요!"
컬리는 버럭 큰 소리를 지르며 경감의 얼굴을 똑바로 노려보았다.
"도대체 이게 다 무슨 짓입니까? 여기가 무슨 러시아입니까? 영장 가지고 왔습니까? 당신들이 도대체 무슨 권리로 남의 방을 수색하겠다는 겁니까?"
와일드 빌이 아들의 팔을 살며시 잡고서 방 한가운데로 끌고 갔다.
"컬리, 성질 내지 마라. 당신은 하던 일 계속 하시오. 그리고 하는 김에 그 머리통도 싹싹 비워버리고 지옥에나 떨어지쇼."
벨리 경사는 재미있다는 표정으로 눈을 껌벅이며 컬리를 쳐다보았지만, 경감이 고개를 끄덕이자 다시 서랍 수색으로 돌아갔다.
컬리는 야단맞은 어린애 같은 얼굴로 키트의 옆자리에 털썩 주저앉았다. 키트는 아무 말도 하지 않고 그저 놀란 얼굴로 엘러리를 바라보고만 있었다.

엘러리는 평소보다 훨씬 힘찬 동작으로 코안경을 닦았다.

벨리 경사는 철저하게 무례한 태도로 행동했다. 경사는 마치 마음이 급한 도둑처럼 서랍장을 뒤졌다. 서랍들을 차례차례 열고 눈앞에 드러난 내용물들을 무자비하게 유린한 뒤 엉망진창이 된 상태 그대로 난폭하게 서랍을 밀어 넣었다. 그쪽이 끝나자 다음에는 옷이 들어 있는 트렁크 쪽으로 주의를 돌렸다. 옷짐을 잔뜩 초토화시키고 난 뒤 이번에는 침대를 난장판으로 만들었다.

그러는 동안 그랜트 부자와 키트, 퀸 부자는 아무 말 없이 지켜보고만 있었다.

붙박이 옷장……. 경사는 옷장 문을 열고 투박한 두 손바닥을 한 번 비빈 뒤 안에 걸려 있는 옷들을 향해 뛰어들었다. 조심성 없이 아무렇게나 집어 들고는 내던지는 통에 옷들이 전부 형태를 잃고 구겨졌다. 아무것도 없었다……. 경사는 옷장 안에서 쪼그리고 앉아 신발들을 살펴보았다.

자리에서 일어난 경사의 얼굴에서 동요하는 기색이 엿보였다. 벨리는 아주 살짝 당혹감이 깃든 시선으로 엘러리를 쳐다보았다. 엘러리는 여전히 코안경을 닦고 있었으나, 그 두 눈은 명백히 날카로워져 있었다. 엘러리는 그랜트 쪽으로 아주 약간 다가갔다.

벨리 경사는 선반 위를 더듬었다. 그 손에 동그란 흰색 상자가 하나 잡혔다. 그는 상자를 끌어내려 뚜껑을 열어보았다. 챙이 넓은 회갈색 카우보이모자가 당당하게 모습을 드러냈다. 새 것 같았다. 경사는 모자를 집어 들었고…… 눈을 휘둥그렇게 떴다.

 그러고는 상자를 손에 든 채 느린 걸음으로 옷장 밖으로 나와, 경감 앞 테이블에 상자를 내려놓았다. 그는 엘러리를 향해 잠시 기묘한 시선을 던졌다.

 상자 안, 카우보이모자 밑에 얌전히 놓여 있던 것은 납작하고 칙칙한 색깔의 작은 권총, 25구경 자동 권총이었다.

 그랜트의 몸이 부들부들 떨렸다. 험상궂은 얼굴에서 핏기가 빠져나가, 마치 흙 묻은 대리석 같은 모습이 되었다. 키트는 작은 소리로 목멘 비명을 지르다 스스로 입을 막았다. 공포로 가득한 그녀의 눈은 늙은 서부 사람에게 고정되어 있었다. 컬리는 믿을 수 없다는 얼굴로 망연자실한 채 돌처럼 앉아 있었다.

 경감은 아주 잠깐 권총을 쳐다보다가 이윽고 상자에서 낚아채듯 꺼내 자기 주머니에 집어넣었다. 그러고는 번개처럼 뒷주머니로 손을 뻗어 38구경 콜트 리볼버를 한 자루 꺼냈다. 권총은 무심하게 밑을 향하고 있었다.

 "자, 뭐 할 말 없소? 그랜트 씨."

 경감이 차분하게 말했다.

 그랜트는 초점 없는 눈으로 리볼버를 보았다.

 "마…… 맙소사, 말도 안 돼……."

 그는 온몸을 잔뜩 긴장시킨 채 깊은 숨을 몰아쉬었다. 눈빛은 마치 죽은 사람 같았다.

 "나는……."

 경감이 부드럽게 말했다.

 "설마 당신에게는 25구경 자동 권총이 없다고 말하려는 건 아니겠지요, 그랜트 씨?"

"없습니다."

그랜트가 혼란에 빠진 목소리로 느릿느릿 말했다.

"허허, 이 작은 친구의 존재를 부정하려는 게로군."

경감은 주머니를 톡톡 쳤다.

"당신 게 아니란 말이오?"

"내 것이 아닙니다."

그랜트가 맥없이 대답했다.

"전에 본 적도 없는 물건입니다."

컬리는 아버지를 빤히 쳐다보며 비틀비틀 자리에서 일어났다. 몸이 계속 흔들리고 있었다. 벨리 경사가 침착하게 컬리를 밀어 다시 자리에 앉힌 뒤 그 옆에 떡 버티고 섰다.

눈앞에서 벌어진 일의 의미를 깨달은 키트가 마치 목 졸린 듯한 비명을 지르고는 호랑이처럼 포효하면서 자리를 차고 일어나 그랜트에게로 달려들었다. 그녀의 손가락이 그랜트의 목에 얽혀들었다. 그랜트는 꼼짝도 하지 못했고, 자신을 지키려 하지도 않았다. 엘러리가 두 사람 사이에 끼어들어 목청을 높였다.

"혼 양! 제발 부탁이니 그런 짓은 그만둬요!"

그녀는 뻣뻣하게 뒤로 물러섰다. 갈색으로 그을린 얼굴에는 형언할 수 없는 증오가 불타올랐다.

"무슨 일이 있어도 당신을 죽여버리고 말겠어, 이 유다 같은 위선자."

그랜트의 몸이 다시 떨렸다.

"토머스."

경감이 약간 갈라진 목소리로 불렀다.

"이 사람들은 내가 알아서 할 테니 내 주머니에서 권총 꺼내가지고 본청에 가서 놀스한테 맡기게. 연구실에서 실험을 해봐야 하니까. 우리는 여기서 기다리고 있을 테니……."
벨리가 고분고분 떠나자 경감이 날카롭게 말했다.
"당신들 아무도 허튼 수작 할 생각 마시오. 그랜트, 앉아. 혼양, 당신도. 그리고 자네, 젊은이, 거기서 꼼짝도 하지 말게."
경찰 리볼버의 총구가 작은 포물선을 그렸다.
엘러리는 한숨을 쉬었다.

한 세기쯤 지난 후 방 안의 전화가 울렸다. 그랜트와 키트가 발작하듯 움찔 놀랐다.
"두 사람 다 가만히 앉아 있어요."
경감이 부드럽게 말했다.
"엘러리, 전화 받아라. 분명 놀스일 게야. 아니면 토머스겠지."
엘러리가 전화 쪽으로 걸어가, 수화기를 귀에 대고는 한동안 아무 말 없이 듣기만 하다가 전화를 끊었다.
"뭐라더냐?"
경감이 그랜트의 손에서 눈을 떼지 않고 물었다.
그랜트는 손가락 하나 꼼짝하지 않았다. 극도로 고통스러운 표정으로 오로지 엘러리의 입술에 시선을 고정시키고 있었다. 마치 법정의 한 장면 같았다. 판사가 들어오고 자리에 앉은 죄수가, 삶과 죽음 중 하나를 선사해줄 배심원 평결이 발표될 그 입술을 빤히 쳐다보는 것처럼.
엘러리가 중얼거렸다.
"경사님 보고에 따르면 그 자동 권총이 혼과 우디를 죽인 총과 같은 물건이라고 합니다."

키트가 몸서리를 쳤다. 그녀의 눈 속에 도사린 야생의 감정이 광포하게 타올랐으나 또한 혼란스러움도 엿보였다. 마치 갑작스러운 밝은 빛에 잠시 시력을 잃고, 신변의 위협을 느껴 잔뜩 긴장한 동물 같은 눈이었다.

"손들어, 그랜트."

경감이 재빨리 말했다.

"너를 벅 혼과 외팔이 우디 살인 사건의 범인으로 체포한다. 또한 내 의무로서 미리 경고해두는 바, 이제부터 당신이 하는 말은 당신에게 불리한 증거로 작용할 수 있으며……."

27:
아킬레스의 발뒤꿈치

엘러리 퀸은 어엿한 신사로서 언론이라는 예술에는 결코 열렬한 후원자가 되려 하지 않았다. 그는 웬만하면 신문을 읽지 않았다. 본인의 말에 의하면 보수적인 논조에는 금세 싫증이 나며 충격적인 보도에는 그저 욕지기가 치밀어 오를 뿐이라 했다.

그럼에도 불구하고 월요일 아침 엘러리는 경찰청 앞 보도에서 신문 파는 소년에게 서로 다른 네 종류의 조간신문을 사고는 고개를 갸웃거리는 소년에게 동전 몇 개를 건네주었다.

이토록 갑작스럽게 습관이 변화한 이유를 소년에게 설명해 줄 필요는 느끼지 못했기에, 엘러리는 그저 소년에게 고개만 끄덕이고 커다란 회색 건물 안으로 서둘러 들어갔다.

퀸 경감이 수많은 전화기들을 붙잡고 고래고래 소리를 질러대고 있었다. 엘러리는 그 옆에 앉아서 방금 구입한 신문들을 읽었다. 물론 그날의 헤드라인 기사는 와일드 빌 그랜트의 체포 사건이었다. 흥행사의 주름 가득한 얼굴이 두 부의 타블로이드 신문 1면에서 엘러리를 쏘아보고 있었으며, 일반 신문 두 부의 1면에서는 더욱 무시무시했다. 기사 제목에는 그랜트를 '사기꾼'이니 '친구 살해범'이니 '서부의 무법자'니 하는 식으로 다양하게 묘사했다.

기묘하게도, 엘러리는 헤드라인과 기사의 서문만 읽고 신문을 옆으로 치워둔 뒤 평화롭게 두 손을 겹친 채 아버지를 쳐다보았다.

"음, 오늘 아침에 새로 벌어진 일 없나요?"

엘러리가 활기차게 물었다.

"많다마다. 그랜트란 놈 가타부타 말도 않고 침묵을 지키고 있는데."

경감이 투덜거렸다.

"그래도 얼마 있으면 입을 열겠지. 중요한 건 총을 찾았다는 거야. 놀스 말로는 그랜트의 방에서 나온 그 자동 권총이 두 건의 살인 사건에 이용되었다는 사실에는 의심의 여지가 없다더구나."

경감이 잠시 말을 쉬었다. 그의 날카로운 두 눈에 무언가 생각이 떠오른 듯했다.

"거 참 이상하단 말이야. 왠지 놀스 그 친구가 나한테 뭐 숨기고 있는 것 같거든. 놀스!"

경감이 느릿느릿 말하다 어깨를 으쓱했다.

"뭐 내 착각이겠지. 그 친구 참 대단한 친구야. 엘러리, 애비한테 더 설명해줄 수는 없니? 청장이 아침 내내 전화기 앞에서 텐트 치고 앉아 나를 볶아대는데."

"그분이 설마 '이유'에 관심이 있겠어요?"

엘러리가 중얼거렸다.

"그냥 결과만 내놓으라고 짖어대는 거겠지요. 안 그래요? 아버진 그냥 범인을 잡아서 뉴욕 F.O.B.(연방 오피스 빌딩)에 넘겨주면 되는 거잖아요. 증거도 명확하고. 도대체 그 양반은 뭘 더 바라는 건가요?"

경감이 대답했다.

"청장도 사람이잖니. 일이 어떻게 돌아가는지, 왜 그렇게 되는지 알고 싶은 게 인지상정 아니겠느냐. 그리고 생각해봤는데 말이다."

경감은 엘러리를 수상쩍은 눈빛으로 훔쳐보며 덧붙였다.

"나도 좀 궁금해졌다. 도대체 그랜트가 흉기를 그렇게 아무 데나 질질 흘리고 다닌 이유가 뭘까? 내가 보기엔, 능란한 사기꾼이라는 놈이 한 짓 치고는 너무 멍청한 것 같은데. 콜로세움에서 우리를 두 번이나 속이고 총을 밖으로 가지고 나갔던 걸 생각하면 더더욱……."

"그만하세요, 아버지."

엘러리가 말했다.

"컬리는 찾아오지 않았던가요?"

"시영 교도소의 하트가 나한테 세 번이나 전화를 해서 말이다. 그 젊은이가 어찌나 집요하게 구는지 죽겠다고 하소연을 하더라. 와일드 빌 그랜트가 변호사도 필요 없다고 완강하게 거부하고 있다는 거야. 참 이해할 수가 없어. 아들이 그렇게 제정신이 아닌데 말이지. 그리고 키트는……."

"네, 그리고 키트는요?"

엘러리가 갑자기 덤벼들듯 물었다.

경감은 어깨를 으쓱했다.

"오늘 아침에 나를 만나러 왔는데, 그랜트를 최대한으로 고소하고 싶다고 하더구나."

"당연한 일이죠."

엘러리는 중얼거리며 담배가 대단히 맛이 없다는 듯 얼굴을 찌푸렸다.

엘러리는 하루 종일 경찰청 안에 죽치고 앉아 있었다. 무슨 일이 벌어지기를 기대하는 낌새였으며, 누군가가 경감에게 보고할 거리를 가지고 강력반 사무실 문을 열고 들어올 때마다 고개를 쭉 빼고 쳐다보곤 했다. 수도 없이 뻐끔뻐끔 줄담배를 피우다, 아래층 로비로 내려가 공중전화로 여기저기 몇 번 전화를 걸기도 했다.

엘러리는 오후 동안 사건 해결에 관해 설명해달라는 요청을 세 번 받았으나, 매번 미소로 거절했다. 그는 지방검사 샘슨과 연합뉴스에서 나온 신문기자 세 명 그리고 청장에게까지도 고개를 저었다. 그저 고개를 빳빳이 쳐든 채, 한시도 방심하지 않고 무언가를 기다리는 듯했다.

그러나 하루 종일 특별한 일은 아무것도 일어나지 않았다.

6시가 되자 엘러리와 경감은 본청을 나가 시 외곽으로 향하는 지하철을 탔다.

6시 반, 부자는 함께 앉아 식사를 했다. 그 무엇도 엘러리의 왕성한 식욕을 방해할 수는 없을 것 같았다.

7시에 초인종이 울리고 엘러리가 자리에서 벌떡 일어났다. 찾아온 사람은 얼굴이 창백하고 완전히 넋이 나간 듯, 불안하고 초조한 기색이 역력한 키트였다.

"들어오십시오."

엘러리가 정중하게 말했다.

"앉으시죠, 혼 양. 여기까지 찾아올 결심을 해주셔서 정말 고맙습니다."

"사…… 사실은 제가 뭘 어떻게 해야 할지 아무것도 모르겠어요."

그녀는 낮은 목소리로 말하며 천천히 안락의자에 앉았다.

"정말 갈피를 못 잡겠어요. 완전히…… 완전히…….."
"아무도 아가씨를 비난하지 않아요."
경감이 동정 어린 목소리로 말했다.
"가까운 친구인 줄 알았던 사람이 갑자기 가식을 벗고 본모습을 드러냈을 때는 누구나 받아들이기 힘든 법이지요. 하지만 만약 나라면, 그렇다고 해서 다른 사람에 대한 마음까지 흔들리게 내버려 두진 않을 겁니다."
"컬리 말씀이신가요?"
키트는 고개를 흔들었다.
"너무 힘들어요. 아, 물론 컬리 잘못은 아니에요. 하지만……"
초인종이 다시 울리고 주나가 팔짝 뛰어 현관으로 나갔다. 잠시 후 컬리 그랜트의 커다란 그림자가 문간에 나타났다.
"도대체 저는 왜 부르신……?"
입을 열던 컬리는 키트를 발견했다. 두 사람은 한동안 아무 말도 없이 서로를 쳐다보았다. 그러다 키트가 얼굴을 붉히며 자리에서 반쯤 일어났다. 컬리는 비참한 얼굴로 고개를 푹 수그렸다.
"잠시만 기다려요."
엘러리가 날카롭게 속삭였다. 키트가 놀라서 그를 쳐다보았다.
"여기 있어요, 혼 양. 당신이 여기 있어야만 하는 특별한 이유가 있습니다. 가엾은 컬리에게 화풀이하지 말아요. 제발 앉아요, 혼 양."
키트는 자리에 앉았다.
주나가 앞서 지시받은 대로 쟁반을 하나 들고 나타났다. 거북한 분위기는 얼음이 유리에 부딪혀 짤랑거리는 경쾌한 소리로 많이 사그라졌다. 마치 암묵적인 동의라도 얻은 듯, 화제는 밝은 이야기로 전환되었다. 십여 분 후 엘러리는 모든 사람들의 얼굴에서 희미하게나마 미소를 끌어내는 데 성공했다.

그러나 한 시간이 지나고 두 시간이 흐르자 이야기는 점점 시들해졌다. 경감 본인조차도 가만히 있지 못하고 몸을 들썩이기 시작했다. 엘러리는 열의에 차 있었다. 그는 이 사람 저 사람 참견하고 빠르게 말을 퍼붓고 미소를 짓고 얼굴을 찌푸리고 담배를 피우며 남들에게 담배를 권했다. 평소 엘러리의 모습에서는 전혀 상상할 수 없는 행동이었다. 그러나 그 모든 노력에도 불구하고(어쩌면 그 노력 때문에 더욱 그랬을지도 모르지만) 우울한 분위기는 점점 더 짙어졌다. 이젠 일 분이 일 년 같았다. 엘러리가 다른 사람들에게 활기를 퍼뜨리려는 기특한 노력도 소용없다는 것을 깨닫게 되자, 이젠 아무도 그 어떤 말도 하지 않았다.

9시쯤 되었을 무렵, 초인종이 세 번째로 울렸다.

아무런 전조도 없었다. 그 소리는 묵직한 침묵 가운데 갑자기 끼어들었다. 경감은 콧수염을 움찔했으며 키트와 컬리는 깜짝 놀라 굳어버렸다. 엘러리는 누군가가 홱 잡아챈 밧줄처럼 자리에서 풀쩍 뛰어 일어났다.

"주나!"

엘러리는 평소처럼 현관으로 나가려는 소년을 서둘러 말렸다.

"내가 직접 갈게. 잠시 실례하겠습니다."

엘러리는 현관으로 달려 나갔다.

문이 열리는 소리가 들렸다. 남자의 굵은 목소리와 엘러리의 낮고 침착한 목소리도 들려왔다.

"아, 들어오세요. 어서 들어오시지요. 당신을 기다리고 있었습니다."

엘러리의 실루엣이 현관의 아치형 입구 너머로 드러났다. 얼굴이 마치 리넨처럼 창백했다. 잠시 후 엘러리보다 더 키가 큰 사내 하나가 문턱 뒤로 따라 들어왔다.

마치 영원과도 같은 순간이었다. 인생이 평범한 시간의 흐름을 따라 흐르다 간혹 마주치곤 하는, 그런 순간. 그때 시간은 모든 에너지를 긁어모아 펄쩍 뛰어올라서는 머릿속으로 뛰어들어 폭발을 일으킨다.

모두가 아치형 입구에 나타난 남자를 빤히 쳐다보았으며, 남자 또한 그들을 마주 보았다.

뺨에 무시무시한 화상 흉터가 있으며 지저분한 서부식 누더기 옷을 몸에 걸친 그 사내는, 바로 얼마 전 콜로세움에서 수수께끼처럼 자취를 감췄던…… 벤지 밀러였다. 갈색 피부 밑 멀쩡한 오른뺨에는 죽은 사람 같은 창백한 기색이 떠올랐다. 비틀거리며 옆에 있는 기둥을 꼭 쥔 그의 손가락 관절 또한 새하얗고 핏기가 없었다.

"밀러!"

경감이 당황한 채 말했다.

"밀러잖아!"

그러고는 의자에서 일어났다.

키트 혼의 비명에 모두의 시선이 쏠렸다. 그녀는 밀러를 뚫어져라 쳐다보고 있었다. 문간에 서 있던 사내는 키트와 눈이 마주친 순간 고개를 휙 돌리고 빠른 걸음으로 방 안으로 들어왔다. 키트는 입술을 깨물고 주위를 둘러보며 마치 발작을 일으킨 듯 숨을 헐떡거렸다. 눈에는 도저히 억제할 수 없는 공포로 가득했다.

"도, 도대체 어떻게……."

컬리가 기겁을 하고 중얼거렸다.

엘러리는 꺼질 듯한 목소리로 입을 열었다.

"직접 말씀하시죠."

밀러는 아치형 입구에서 1미터가량 떨어진 곳에 멈춰 서서는 커다란 손을 움켜쥐었다. 그러고는 입술을 한 번 핥고 말했다.

"퀸 경감님, 내가 죽였습니다. 내가……."

"뭐라고!"

경감이 자리를 차고 일어서며 호통을 쳤다. 엘러리를 쳐다보는 경감의 눈에는 사나운 불길이 타올랐다.

"당신…… 지금 무슨 소리요? 당신이 벅 혼과 우디를 죽였다고?"

컬리 그랜트가 작은 목소리로 욕설을 내뱉었다.

밀러는 주먹을 폈다가 다시 한 번 꾹 쥐었다.

키트는 낮은 소리로 흐느끼기 시작했다.

그리고 엘러리가 말했다.

"이 사람이 우디를 죽이긴 했지만, 벅 혼을 죽이진 않았습니다!"

경감은 분노에 못 이겨 테이블을 마구 내리쳤다.

"이런 빌어먹을, 지금 당장 진실을 밝히지 않으면 난 미쳐 돌아버리고 말 거다! 도대체 이게 다 무슨 짓거리냐? 그게 무슨 소리야? 밀러가 우디는 죽였지만 벅 혼은 죽이지 않았다고? 같은 총이 사용되었다면서!"

"그리고 같은 손으로 쏘았죠."

엘러리가 지친 목소리로 말했다.

"하지만 밀러가 벅 혼을 죽일 수는 없었습니다. 보시다시피 밀러가 벅 혼이니까요!"

최종 장: 스펙트럼 분석

엘러리 퀸이 말했다.

"요는 불필요한 색깔들이 전부 우리의 상상 속 바퀴에서 제거되었다는 거죠. 그리고 뭐가 남았겠습니까? 의심의 여지조차 없는 스펙트럼의 선들이 마치 홍채처럼 펼쳐져, 전체 이야기를 설명해주는 겁니다."

나는 약간 짜증이 났다.

"자네의 그 난해한 비유를 들어도 내 머릿속에는 아무런 생각도 떠오르지 않는걸. 솔직히 말해 내 시원찮은 뇌로서는 계속 더 깊고 어두운 수수께끼 속으로 빠져들 뿐이야. 모든 사실들을 다 알긴 했지만 그걸 가지고 뭘 어떻게 엮어야 하는지 모르겠단 말일세."

엘러리가 미소를 지었다. 그것은 혼 사건이 해결되고 나서 몇 주 지난 후의 일이었다. 그 사건은 잊힌 다른 범죄들 속으로 숨어버린 지 오래였다. 이 놀랍고도 안타까운 대단원은 그저 전문가적 관심사 중 하나로 전락했다. 나로서는 짐작하기 어려운 여러 가지 이유들 때문에 열성적인 언론들마저도 그리 많은 이야기를 보도하지 않았다. 벅 혼은 두 건의 살인을 저지른, 대단히 영리한 사내였다. 왜, 그리고 도대체 어떻게 살인을 했는지는 여전히 수수께끼로 남아 있다. 그러나 경찰 측의 부단한 노력으로 사건은 해결되었다. 혼 사건에 대해 신문에서 다루어진 내용은 이 정도에 불과하며, 나는 그 이유조차 몰랐다.
"무엇 때문에 그렇게 머리를 썩이는 겁니까?"
엘러리가 물었다.
"이 빌어먹을 사건 전체 다! 하지만 그중에서도 특히 자네가 도대체 어떻게 문제를 해결했는지가 궁금하군. 그리고 한마디 덧붙이자면 말이야."
나는 약간 비아냥거리면서 말했다.
"그렇게나 오리무중 속에서 헤매던 두 개의 사소한 문제를 자네가 정말로 풀기는 했는지 궁금해. 예를 들어 그 두 번의 범죄에서 문제의 자동 권총은 도대체 무슨 역할을 한 건가?"
엘러리가 웃음을 터뜨리며 담배 연기를 내뿜었다.
"이런, J. J. 내가 그간 어설픈 잔재주를 부려온 경력을 뒤돌아볼 때 이 단계에 이르면 이미 나를 비난해도 소용없다는 사실을 당신도 잘 알 텐데요. 물론 나는 사람이 바뀌었다는 사실을 알고 있었습니다. 그것도 첫 번째 시체가 발견된 몇 시간 후에 이미……."
"뭐?"
"예, 그렇다고요. 아주 기초적인 추론의 단계를 밟아서 내린 결론이었죠. 솔직히 말해 그때 같이 일하던 사람들이 얼마나 장님이었는지, 나는 정말 놀랄 지경이었습니다."
엘러리는 한숨을 내쉬었다.
"가엾은 아버지! 아버진 참 훌륭한 경찰관이시지만, 관찰력도 없고 상상력도 없어요. 이런 일을 하려면 상상력이 필요한데 말입니다."
그는 어깨를 으쓱하고 자세를 고치고는 편안하게 앉았다. 주나가 커피가 든 주전자와 맛있어 보이는 브리오슈가 든 접시를 가지고 들어왔다.

엘러리가 말했다.

"그럼 처음부터 하나하나 다 이야기해보죠.

물론 사건 자체가 참 독특하고 기묘한 상황에서 벌어진 일이긴 합니다만, 아시다시피 사건 현장에는 수많은 사람들이 있었습니다. 그러니 그들 중 누군가는 살인자를 보았을 가능성도 있었습니다. 저는 지금 '혼 사건'에 대해서만 이야기하고 있는 겁니다. 거기에는 아주 뚜렷하게 드러난 여섯 가지 사실이 있었는데……."

"여섯 가지라고? 엘러리, 그렇게나 많은 단서들이 있었던가?"

"물론입니다. 나는 이번 사건에서는 단서가 너무 과도하게 많이 쏟아졌다고 봅니다, J. J.. 방금 내가 말했던 대로 그날 밤 첫 번째 사건의 수사가 이루어지는 동안 여섯 개의 단서들이 명확하게 드러났어요. 그중 두 개는, 하나는 물리적 단서였고 하나는 심리적 단서였는데, 그 둘을 결합해본 후 수사 시작 시점부터 나는 혼자서 어떤 사실을 알게 되었던 겁니다. 그것들을 마치 벽돌 쌓듯 차례차례 순서대로 쌓아올렸더니, 모든 사실들을 아우르는 단 하나의 이론만이 가능하다는 결론을 내렸던 거죠."

엘러리는 벽난로를 바라보며 의미심장한 미소를 입가에 반쯤 띠었다.

"첫 번째는, 죽은 사람이 허리에 차고 있던 가죽 허리띠였습니다. 재미있는 일이죠, J. J. 정말로 확실한 근거가 되지 않습니까! 허리띠에 버클 구멍이 다섯 개 있었고 그중 두 번째와 세 번째 구멍에 깊이 갈라진 자국이 있었어요. 구멍을 가로질러 가죽에 팬 흔적 말입니다. 구멍에 버클을 자주 끼우다보면 당연히 생기게 되는 흔적이죠. 그리고 그 딱한 키트 혼이 내게 말하길, 최근 벅은 건강이 나빠져서 살이 많이 빠졌다고 했습니다. 이 점을 유념해두시죠!

체중 감소. 허리띠의 버클 구멍에 남은 자국. 흥미로운 단서들이죠? 나는 단번에 이 사실들의 중요성을 깨달았습니다. 도대체 최근 혼의 체중이 줄었다는 사실과 버클 구멍 두 개에 팬 흔적은 무슨 관계가 있을까요? 정답은 이렇습니다. 보통 때 혼은 두 번째 구멍에 버클을 채웠겠지요. 두 번째 구멍의 쓸린 자국을 보면 명백하게 알 수 있는 사실입니다. 그러다 살이 빠지면서 혼은 점점 세 번째 구멍에 버클을 채울 수밖에 없게 되었던 겁니다. 허리둘레가 줄어들면 허리띠를 더욱 바짝 매는 건 당연한 일이죠. 그런데 그날 밤 우리가 벅 혼 사건에서 발견한 것은 어땠나요? 희생자는 허리띠의 첫 번째 구멍에 버클을 채웠던 겁니다. 그것도 아주 딱 맞게요!"

엘러리는 새 담배를 꺼내 불을 붙이느라 잠시 말을 멈췄다. 나는 예전부터 엘러리의 관찰력이 아주 비범하고 날카로웠다는 사실을 되새겨보았다. 이 얼마나 사소하고 작은 사항이란 말인가! 전에도 분명 이와 비슷한 이야기를 했던 것 같다.

"흠."

엘러리는 미간을 좁혔다.

"허리띠 버클 구멍의 문제가 아주 하찮은 사실이란 건 명백한 진실입니다. 겉보기만 그런 것이 아니라 중요한 실질적인 문제에서도 마찬가지죠. 그건 그냥 암시에 불과합니다. 그 무엇도 증명할 수는 없어요. 하지만 방법은 제시해줬죠.

자, 이제 저는 혼이 평소에 바지 허리띠의 두 번째 구멍에 버클을 채우다 살이 빠진 뒤로는 세 번째 구멍을 이용하게 되었다는 사실을 가정했습니다. 그런데 죽은 채 발견된 그 남자는 첫 번째 구멍에 버클을 채우고 있었단 말입니다. 낡고 팬 자국이 두 번째와 세 번째 구멍에만 있다는 사실을 미루어볼 때, 그 점은 상당히 이상해 보였습니다. 바꿔 말하면 죽은 사람이 버클을 채운 첫 번째 구멍에는 어떤 눌린 자국도 없었습니다. 참 이상한 사실들이 아닐 수 없죠. 평소 두 번째 구멍에 버클을 채우는 습관이 있었다가 모종의 이유로 세 번째 구멍에 버클을 채우게 된 혼이, 갑자기 살인이 일어난 그날 밤 첫 번째 구멍에 버클을 채웠다는 현상을 도대체 어떻게 설명할 수 있을까요? 갑자기 구멍 두 개만큼 허리띠를 느슨하게 매야 했던 이유가 뭘까요? 자, 보통 사람이 허리띠를 느슨히 매는 이유가 뭐죠? 뭐, 갑자기 과식이라도 한 걸까요?"

나는 순순히 털어놓았다.

"내 생각에 그런 격렬한 공연을 앞둔 사람이 갑자기 저녁을 거하게 먹었을 것 같지는 않군. 만약 그랬다 하더라도 갑자기 허리띠 구멍을 두 개나 앞으로 당겨 맬 만큼 많이 먹지는 않았을 거라고 생각하네."

"저도 동의합니다. 하지만 논리적인 가능성은 존재하죠. 그래서 저는 논리적인 단계를 밟기로 했습니다. 부검을 담당한 프라우티 박사님에게, 시체의 배 속에 무엇이 들어 있었느냐고 물어보았죠. 박사님의 보고에 의하면 시체의 위장 속에는 아무 것도 없었다고 합니다. 게다가 고인은 죽기 전 최소한 여섯 시간가량 아무것도 먹지 않았다고 했습니다. 그러니 갑자기 첫 번째 버클 구멍을 사용한 이유 중 그 가능성은 자연스럽게 소거되죠.

 그러고 나면 뭐가 남을까요? 하나뿐입니다. 부정할 수 없는 사실이죠. 그 죽은 사람은 그날 밤 '자기 것이 아닌' 허리띠를 맸다는 결론을 내릴 수밖에 없는 겁니다. 아, 하지만 그건 벽 혼의 허리띠였죠. 허리띠에 이니셜이 있기도 했고, 가장 친한 친구인 그랜트가 혼의 물건이란 걸 입증해줬으니까요. 그렇다면 도대체 어떻게 된 걸까요! 그 허리띠는 하고 있던 사람의 소유물이 아니지만, 벽 혼의 것이다. 그렇다면 벽 혼은 허리띠를 맨 그 남자가 아니다. 따라서 그 남자는 벽 혼이 아니다! 이보다 간단한 논리가 어디 있겠습니까, J. J.?"
"그래서 전체 이야기는 어떻게 된 건가?"
 나는 웅얼웅얼 물었다.
"어쨌거나 대단히 불확실하고 근거가 부족한 것 같은데."
"네, 부족하죠."
 엘러리가 미소를 지었다.
"불확실합니다. 맞아요. 인간은 누구나 사소한 사실에서 커다란 설명을 끌어내기를 두려워하기 때문이죠. 하지만 대부분의 과학적 과정은 그리 중요하지 않은 관찰의 결과들을 모은 귀납법을 바탕으로 하지 않습니까? 그 순간 저 또한 정신적 비겁자들의 무리에서 자유롭지 못했다는 사실은 인정하지요. 결론을 도저히 믿을 수가 없었습니다. 그래서 거기서 도망치려 했습니다. 말도 안 되는 이야기라고 생각했거든요. 전혀 예상치도 못했던 사실이었죠. 하지만 도대체 그 외에 어떻게 설명할 수 있었겠습니까?"
 엘러리는 벽난로를 빤히 쳐다보았다.
"그리고 의심을 더욱 굳건히 해주는 근거들이 나타났죠. 증언에 따르면 '혼'은 그날 늦은 시각에 콜로세움을 찾아왔던 바람에 로데오 기수들과 그리 오랜 시간 접촉하지 못했습니다. 그리고 혼으로 추정되는 기수가 죽은 뒤 혼의 수양딸-이 사실을 잘 기억해두시기 바랍니다.-인 키트는 시체 위를 덮고 있던 담요를 들춰 얼굴을 확인함으로써 희생자의 얼굴을 똑똑히 보았죠. 혼의 평생 친구인 그랜트 역시 마찬가지였고요. 게다가 죽은 사람의 얼굴은 별로 훼손되지 않았습니다. J. J.. 망가진 건 두개골과 몸통뿐이었죠. 이러한 사실들은 고인이 벅 혼이 아니라는 제 추론을 흔들었습니다. 그러나 나는 이 결론을 버리지 않았습니다. 왜냐하면 그 상황에서 무언가 다른 것이 나를 유혹했기 때문입니다. 반대로 나는 이렇게 생각했죠. '자, 확실하건 불확실하건 간에 문제는 만약 내 첫 추론이 가리키는 대로 이 죽은 사람이 혼이 아니라면, 이 사람은 얼굴과 신체적 조건이 혼과 놀라울 만큼 닮았다는 말이 된다.' 만일 당신이 내 첫 번째 주장을 받아들인다면 무시할 수 없는 추론이죠, J. J.. 어쨌든 나는 만족하지 못하고 상당히 불편한 기분이었습니다. 그래서 결론을 확인하기 위해 주위를 둘러보았습니다. 그러다 단번에 알아보았죠. 아까 말한 여섯 개의 단서들 중 두 번째 사항을 말입니다."

"죽은 사람이 혼이 아니라는 결론을 확신시켜주는 단서 말인가?"

나는 멍하니 물었다.

"……"

"원 세상에, 나는 도저히……."

"그렇게 쉽게 세상을 걸고넘어지지 말아요, J. J.."

엘러리가 키득키득 웃었다.

"놀라우리만큼 간단한 사실입니다. 문제는 죽은 사람의 오른손에 들려 있던, 상아 조각이 된 리볼버와 관련이 있습니다. 오른손이라는 사실 잘 기억해두세요. 그 총은 제가 혼의 호텔방에서 추후에 발견했던 총의 쌍둥이였죠.

자, 혼은 두 총을 오랜 세월 동안 애용했습니다. 키트는 그 두 자루의 권총이 양아버지가 가장 아끼는 무기라고 증언했습니다. 그랜트와 컬리 역시 마찬가지였고요. 그러니 그 소유자에 대해서는 의심의 여지가 없죠. 이 점도 기억해두세요. 손잡이에 새겨진 이니셜 그리고 키트와 그랜트 부자가 한눈에 보자마자 알아보았다는 것. 그러니 이 두 자루의 총은 혼의 것입니다. 그 이상의 증거가 필요 없을 정도죠.

자, 이 새로운 사실들이 암시하는 바는 뭘까요? 첫 번째 총은 말에서 떨어진 뒤에도 죽은 사람의 손, 오른손에 꼭 쥐인 채 들려 있었습니다. 저 자신도 그 사람이 오른쪽 총집에서 총을 뽑아들고, 오른손을 흔들면서 말을 달려 경기장 트랙을 도는 모습을 보았고요. 하지만 리볼버를 살펴보니 아주 이상한 사실이 발견되었죠."

엘러리는 가볍게 고개를 흔들었다.

"잘 들어보세요. 자루인지 손잡이인지 그립인지, 전문 용어로는 뭐라고 하는지 잘 모르겠지만 아무튼 그 부분에는 양쪽 모두 상아로 조각된 무늬가 새겨져 있었고, 그 상아 부분은 세월의 흔적과 사용한 자국 때문에 노란색으로 변색되고 닳아 있었습니다. 그 손잡이 오른쪽의 아주 작은 한 부분을 제외하면 말입니다. 제가 총을 왼손으로 들면 이 밝은 색의 상아 부분은 제 구부린 손가락 끝과 손바닥 아래쪽, 손목 가까운 곳의 사이에 남게 되죠. 그 후에 제가 오른손으로 그 총의 쌍둥이 총을 들어보고 깨달은 건데, 상아 조각이 닳고 변색되어 있는 건 첫 번째 총과 마찬가지였지만 비교해보았을 때 확연히 다른 점이 있었습니다. 이번에는 제 구부린 손가락과 손바닥 아래쪽 사이의 부분에 손잡이의 왼쪽 면이 왔다는 거죠. 이게 도대체 무슨 뜻일까요? 호텔방에서 발견된 두 번째 총은 벅 혼이 습관적으로 오른손으로 들고 다닌 총이라는 겁니다. 제가 그 총을 오른손으로 들어보았을 때 깨끗하고 닳지 않은 부분의 상아 조각은 총 왼쪽에 위치했으니까, 오른손으로 드는 총이 맞죠. 다른 총, 그러니까 첫 번째 총은 죽은 사람이 오른손으로 꼭 쥐고 있었지만, 아무리 보아도 혼이 오랜 세월 동안 왼손으로 쥐고 다닌 총이 명백합니다. 닳지 않고 깨끗한 부분의 상아 조각은 총의 오른쪽이었으니까, 왼손용 총이었다는 말이 되죠."

엘러리는 깊은 한숨을 내쉬었다.

"바꿔 말하자면, 가장 간단히 말해 쌍권총을 들고 다니던 벅 혼은 항상 한 자루는 오른손용, 한 자루는 왼손용 하는 식으로 들고 다녔으며 결코 바꿔 들지 않았다는 겁니다. 만약 그가 구별 없이 아무렇게나 들고 다녔다면 상아 조각은 전체가 다 닳아서 지저분했을 테니까요. 이 점 유념해두세요.

게다가 혼은 양손잡이 사수였습니다. 거의 비슷한 정도로 닳은 총구와 조준기, 손잡이 등을 볼 때 혼이 어느 손으로든 비슷한 횟수로 총을 쏘았다는 것을 알 수 있습니다. 솜씨도 양손이 거의 비슷했다고 추정할 수 있지요. 벅이 양손에 각각 사용하는 무기가 확실하게 달랐다는 것은 나중에 작은 조사를 통해 확인할 수 있었습니다. 놀스 경위님이 두 총을 양손에 들어본 결과 한쪽이 다른 한쪽보다 약 50그램 정도 가볍다고 하시더군요. 따라서 습관적으로 나눠 쥐는 양손의 힘과 아귀의 힘 그리고 '느낌'의 균형을 맞추기 위해 일부러 권총을 좀 손봤다고 받아들여도 되겠죠.

자, 그럼 가장 중요한 차이점으로 돌아가도록 하겠습니다. 살해당한 사람은 오른손으로 벽 혼이 늘 왼손에 쥐고 다니는 총을 들고 있었습니다. 저는 직감적으로 혼이 결코 그 총을 잘못된 손에 쥘 리가 없다는 사실을 깨달았습니다. 그래서……."

내가 말을 가로챘다.

"하지만 콜로세움에서 공연이 있었던 그날 밤만 우연히 왼손용 총을 들고 나갔을 확률도 있지 않겠나?"

"그렇다고 해서 제 추리가 크게 흔들리지는 않습니다. 습관과 무게, 느낌 등을 고려해볼 때 총 주인이라면 왼쪽 총집에 들어 있어야만 하는 왼손용 총을 오른손으로 뽑아든 순간 잘못되었다는 것을 느끼고 바로 왼손으로 바꿔 쥐었을 테니까요. 생각해보세요. 그날 밤 공포탄을 쏠 때 그가 반드시 오른손을 사용해야만 한다는 요구조건은 없었습니다. 그는 왼손으로는 고삐를 쥐거나 모자를 흔드는 등의 행동만 했을 뿐입니다. 어느 쪽 손으로든 자신이 수행해야 하는 활동을 해치우면 그만이었지요.

그래요! 그래서 죽은 사람은 혼의 왼손용 권총을 오른손에 들고 있었습니다. 심지어 그 총을 오른쪽 총집에서 뽑아들기까지 했죠. 혼이었다면 그 권총을 왼손에 들었을 테고, 왼쪽 총집을 사용했을 텐데 말입니다. 그러므로 그날 밤 살해당한 건 벽 혼이 아니라는 사실을 여기서 확인할 수 있단 말입니다!"

엘러리는 말을 멈추고 커피를 한 모금 마셨다. 그의 말대로 이 얼마나 간단한 설명이란 말인가!

"그러니까 저는 말이죠."

엘러리가 침착하게 말했다.

"서로 완벽하게 들어맞는, 혹은 상호 보완적인 이 두 개의 사실들로 인하여 희생자의 정체에 의문을 품게 되었습니다. 그들 중 하나만 가지고서도 진실을 추정할 수는 있었겠지만, 두 사실을 결합하니 제 마음속에서는 의구심이 깨끗이 사라지게 되더군요. 죽은 사람은 벅 혼이 아니었습니다. 여전히 그 이상한 결론이 너무나 당혹스럽기는 했지만, 저로서는 받아들일 수밖에 없었습니다.

하지만 그날 밤 나무껍질 트랙 위로 굴러떨어진 것이 벅 혼이 아니라면, 자비로우신 신의 이름을 걸고 그건 도대체 누구의 시체란 말입니까? 제가 이미 앞서 말했듯 그것은 유별나게 눈에 띌 만큼 차이가 나는 허리둘레를 제외하면, 혼의 몸과 물리적으로 대단히 닮은 누군가의 시체라는 사실은 분명했습니다. 겉보기에도 혼과 대단히 닮았으며 말 타기와 사격 실력도 거의 전문가에 필적하고, 목소리도 혼과 거의 비슷한 사람 말이죠. 뭐 마지막 조건 말입니다만, 그날 밤 목소리의 유사성은 별로 중요치 않았습니다. 벅 혼은 거의 공연이 시작되기 직전에 아슬아슬하게 도착했을 뿐더러, 그랜트의 말에 따르면 자기한테는 그냥 손만 흔들어 인사했다고 하더군요. 그러고는 의상실로 직행했다가 즉시 로하이드를 타고 나타났다고 합니다. 그러니 그 누구와도 대화를 나눌 일은 없었겠죠. 말을 했다고 해도 한두 마디에 불과했을 테고요."

"지금까지는 잘 알아들었네, 엘러리."

내가 말했다.

"하지만 나는 여전히 뭔가 자꾸 목구멍에 걸리는 게 있군. 예를 들어 나는 첫 번째로 살해당한 남자의 진짜 신원을 신문을 보고 알았네. 하지만 도대체 자네는 어떻게 그렇게 빨리 해답을 끌어낼 수 있었단 말인가?"

"그거 말이군요."

엘러리가 안락의자에 더욱 깊숙이 파고들듯 앉으며 중얼거렸다.

"아픈 곳을 찔렀네요. 저도 모르겠습니다. 정확히는 모르겠어요. 하지만 제 이론을 대략적으로 진행하다 보니, 대강 알 것 같더군요. 설명을 들으면 당신도 알 겁니다.

나는 자문해보았습니다. '도대체 이 남자…… 죽은 남자는 어떻게 이렇게 벅 혼과 생김새와 몸집이 닮을 수 있단 말인가?' 먼저 본능적으로 떠오른 게 쌍둥이 형제였죠. 하지만 혼양과 그랜트 모두가 벅에게는 살아 있는 피붙이나 친척이 아무도 없다고 했습니다. 그래서 나는 혼이 살아온 생애를 곰곰이 생각해보았고, 답을 얻었죠. 전직 영화배우인 벅 혼과 그 이름 모를 남자가 왜 그렇게 닮았는지, 거기에는 완벽하고 필연적인 이유가 있었습니다. 벅은 야외 촬영에 특화된 배우였고, 그런 촬영은 상당히 힘들고 격렬하며 때로는 위험을 무릅쓰고 곡예에 가까운 묘기까지도 선보여야 합니다. 서부영화를 본 적 있는 사람이라면 누구나 주연 배우가 창문에서 뛰어내려 말안장에 착지하는 모습이나, 말을 타고 절벽으로 돌진하는 멍청한 짓거리를 하는 걸 본 적이 있을 겁니다. 하지만 영화 제작사들도 스타에게 그런 무시무시한 액션을 직접 시킬 수는 없죠. 뭐 더 정확히 말하자면, 프로듀서들도 아주 소중한 재산인 서부극 스타가 크게 다쳐서 생명에 지장이 있거나 팔다리가 부러지기라도 하면 큰일이니 그런 사태를 미연에 방지해야 하지 않겠습니까? 요즘 세상에는 '팬' 잡지니 신문이니 하는 것들을 통해 쇼킹한 뉴스를 접하는 게 상당히 익숙한 일이 되었으니까요. 그러니 대역배우를 써야죠."

나는 숨을 깊이 들이마셨고 엘러리는 다시 키득거렸다.

"입 좀 다무세요, J. J. 무슨 물 밖에 나온 물고기도 아니고, 보기 흉합니다……. 도대체 무엇 때문에 그렇게 놀라는 거죠? 완벽하게 이성적인 논리 전개 아닙니까? 지금까지 드러난 사실들과도 멋들어지게 착 들어맞잖아요. 프로듀서들은 만일의 위험을 대비하여 대역배우를 기용했습니다. 이 대역배우들은 주로 두 가지 조건에 따라 선별되었겠지요. 먼저 가장해야 하는 스타와 꼭 닮아야 합니다. 그리고 스타들이 무릅써야 하는 위험뿐 아니라 그보다도 더 위험한 상황에 노출되게 됩니다. 실질적으로 묘기를 선보이는 건 그들이니까요. 서부극 스타의 대역인 경우 말도 잘 몰아야 하고, 밧줄도 잘 던져야 하며, 사격술도 아주 뛰어나야 하죠. 자, 대부분의 경우 얼굴은 별로 안 닮아도 상관이 없습니다. 어차피 대부분의 액션 장면에서 대역배우의 얼굴은 카메라에 잡히지 않으니까요. 하지만 가끔은 액션도 잘할 뿐만 아니라 얼굴도 대단히 비슷하게 생긴 대역이 존재합니다……. 네, 그러니까 경기장에서 살해당한 그 사람은 바로 그런 부류의, 벅 혼의 옛 대역배우가 아닐까 생각했던 거죠. 저는 그 사실을 확인해보기 위해 로스앤젤레스에 있는 믿을 만한 정보원에게 전보를 보내 그러한 대역배우를 고용했던 적이 있는 스튜디오가 있는지 알아보게 했습니다. 그리고 며칠 후 답신을 받았죠. 제 생각이 맞았던 겁니다.* 분명 그런 스튜디오가 존재하긴 했는데, 그 스튜디오도 벅이 삼사 년 전에 마지막으로 영화를 찍은 뒤로는 그 대역배우와 접촉한 적이 없으며 지금 어디 사는지도 모른다고 하더군요. 전보로 알려

준 대역배우의 이름은 아무리 봐도 영화에서 사용된 예명이었기 때문에 제게는 아무런 소용이 없었습니다. 하지만 할리우드 쪽을 체크하지 않았더라도 저는 도덕적 원칙에 따라 그 희생자의 정체가 대역배우였다는 올바른 사실을 끌어냈을 겁니다."

*퀸 씨는 이 점을 다시 한 번 강조한다. 할리우드에 전보를 보낸다는 발상은 자기 생각의 직접적인 결론이었다는 것이다. 즉 전보는 단순한 확인 작업이었을 뿐 반드시 필요한 요소는 아니었으므로, '독자에의 도전'에서 말한 사실은 타당하다. —J. J. 맥

나는 두 손을 들었다.
"그만할까요?"
엘러리가 물었다.
"아니, 천만에! 나는 그냥 논리의 신 앞에 경배를 하고 있을 뿐이야. 여기서 그만뒀다간 내가 자네 머리통을 부숴놓을 거야. 제발 부탁이니 계속 얘기하게."
엘러리는 당황한 듯했다.
"계속 그런 말도 안 되는 소리를 하면 정말로 그만할 겁니다."
엘러리가 정색을 하고 말했다.
"내가 어디까지 말했죠? 아, 그래요! 그러니 그 다음 의문은 필연적으로 떠올랐던 거죠. 어째서 벅 혼은 옛날의 대역배우에게 다시 연락해서 로데오 공연을 대신하게 했을까요? 그것도 그랜트나 키트에게는 언질 한마디 주지 않고 말이죠. 그 두 사람이 혼으로 추정되는 시체 앞에서 보였던 당황과 슬픔은 연기가 아니었어요. 자, 여기에는 금방 생각할 수 있는 두 가지의 '순진한' 이유가 있습니다. 먼저 벅이 갑자기 병이 났거나 사고

를 당했다고 생각할 수 있죠. 하지만 기다리는 관중들을 실망시킬 수는 없었고, 무엇보다도 그런 상황을 키트나 친한 친구 그랜트, 공연 기획자인 마스에게 밝히기에는 너무 자존심이 셌다는 거죠. 또 하나는 그 공연에 나섰을 경우 어떠한 위험에 노출될 수 있기 때문입니다. 하지만 벅은 결코 갑작스럽게 병이 나지 않았습니다. 공연 당일 로데오 의사에게 검진을 받아본 결과 아무 이상 없다는 진단이 나왔다고 했거든요. 이것은 키트 혼과 그 의사 본인이 한 증언입니다. 그렇다면 의사의 검진과 공연 시작 사이에 갑자기 몸이 안 좋아진 걸까요? 그럴 경우 벅 혼은 이 모든 속임수 준비를 공연이 시작되기 전 아주 짧은 시간 동안 완벽히 해내야만 한다는 난관이 존재합니다. 하지만 모든 사실들로 미루어볼 때 이 속임수는 공연 당일이 아니라 이미 그전부터 준비되어 왔다는 것을 알 수 있죠. 그중 한 가지, 전날 밤 벅 혼의 호텔 방에 수수께끼의 남자가 찾아왔다는 것. 또 한 가지는 전날 은행 계좌에서 상당한 액수의 돈을 인출했다는 것. 따라서 공연 전날 밤 찾아온 남자가 바로 그 대역배우였으며, 벅 혼은 그에게 쌍둥이 총 한 자루와 함께 보수로 꽤 큰돈을 주었다는 사실이 명백해지죠. 그날 혼이 인출했던 3천 달러 전부를 줬거나, 전부는 아니더라도 꽤 넉넉히 줬겠죠. 또 만일을 대비해서 자기 복장들도 넘겼을 거고요. 오프닝 행사 직전 마지막 리허설 때, 남들은 다 옷을 갈아입었는데 혼만 복장 준비가 덜 됐다고 그랜트가 말했던 것을 떠올려보세요……. 그 사실은 모든 것이 최소한 의사 검진이 있기 하루 전에는 준비되었다는 것을 말해줍니다. 즉 의사의 검진 후에 혼이 병이 나서 갑자기 대역을 부르게 되었다는 가능성은 소거되는 거죠."

"합리적인 전개인 것 같군."

내가 중얼거렸다.

"'인 것 같은' 게 아니라 합리적인 전개죠. 자, 로데오 도중 벅의 행동에 대해서 말해보자면 참 고생스러웠을 겁니다. 옹호할 수는 없겠지만요. 오후에 진행된 오프닝의 마지막 리허설 때 나섰던 것은 혼 본인이라는 사실이 틀림없습니다. 왜 제가 리허설 때 있었던 게 대역배우가 아니라 혼이라고 말하는 걸까요? 왜냐하면 그때는 너무나 많은 사람들과 실제로 대화를 나눴기 때문입니다. 우디, 그랜트, 키트. 이 사람들은 대역이 아무리 혼을 닮았다 한들 그렇게나 오랫동안 이야기를 나누면서 뭔가 이상하다는 사실을 눈치채지 못할 리가 없거든요. 게다가 그는 그랜트가 보는 앞에서 리허설이 끝난 직후 수표를 발행했고, 그랜트가 그걸 현금으로 바꿔다주었습니다. 그리고 제가 은행으로 찾아가서 그런 수표가 있는지 확인을 해봤죠. 따라서 그 사인도 진짜였습니다. 이 모든 사실들로 미루어볼 때 리허설 내내 있었던 사람은 혼 본인이 맞습니다. 하지만 리허설은 진짜 쇼와 완전히 똑같이 진행되었고, 혼은 아무런 문제도 없이 그 모든 리허설을 해냈습니다. 그랜트와 컬리 두 사람이 모두 증언해주었죠. 따라서 혼이 갑자기 공연을 할 능력을 잃었다거나 그런 건 명백히 아니라는 겁니다.

자, 만약 혼이 갑자기 병이 난 것도 아니고 로데오의 쇼 순서를 소화하는 데 무슨 문제가 있거나 본인이 자신감을 잃은 것도 아니라면, 도대체 그가 과거에 영화를 촬영했을 때 자신의 대역을 했던 배우를 불러 돈까지 쥐어주면서 자신의 대리를 시켰던 이유가 뭘까요? 또 그 문제를 차치하고서라도, 대역배우가 살해당했을 때 혼은 왜 앞으로 나와서 자신이 살아 있음을 밝히고 사람들에게 설명한 뒤 경찰을 부르지 않았던 걸까요? 만약 그가 이 범죄에 연루되지 않은 무고한 사람이라면, 분명 책임감을 느끼고 사람들 앞으로 나왔을 텐데 말이죠.

만일 혼이 결백할 경우, 모습을 드러내지 않은 이유는 두 가지로 설명할 수 있습니다. 첫 번째는 혼이 사전에 적의 의도를 알고, 대역배우를 고용해서 자신의 자리를 대신하게 했던 거죠. 누군가가 그의 목숨을 해칠 것이라는 사실을 이미 알면서도 대역을 일종의 희생양으로 내세웠던 겁니다. 그리고 살인 사건이 벌어진 뒤 혼은 자신의 안전을 지키기 위해 사람들 앞으로 나서지 않았죠. 적 쪽에서 혼이 죽었다고 믿고 있는 한 그의 생명은 안전하니까요. 하지만 이 경우 혼이 과연 자신의 가장 가까운 혈육인 키트와 제일 친한 친구에게까지도 비밀을 지킬 수 있을까요? 그래서 내가 그랜트와 키트를 한시도 빠뜨리지 않고 미행하게 했으며 편지를 중간에서 가로채고, 전화를 도청하게 했던 겁니다. 하지만 아무것도 나오지 않았습니다. 인간이 할 수 있는 최대한의 노력을 기울였지만 혼에게서는 어떤 메시지도 오지 않았죠. 혼이 수양딸과 절친한 친구에게 아무런 접촉을 하지 않았다는 사실 때문에 나는 혼이 이미 알고 있는 적으로 인해 모습을 감췄다는 가설을 버렸습니다. 그리고 혼이 결백할 경우 그가 실종되고 다른 사람이 혼으로서 죽게 된 사건의 나머지 이유를 제시해보았죠. 오프닝 전날 밤, 모종의 이유로 인해 혼은 자신의 적들에게 납치를 당하고 그 자리를 대역배우가 대신하게 되었던 겁니다. 그리고 그 일을 알게 된 혼의 동료나 친구가 대역배우를 살해했던 거죠. 하지만 그것 너무나 허술하고 엉터리 같은 이론이었으며 뒷받침될 만한 근거도 빈약했습니다. 납치범들에게서 어떤 연락도 오지 않앉으며, 딱히 그럴 만한 동기도 없었으니까요. (만약 혼의 딸이나 친구들에게서 금품을 갈취할 목적으로 혼을 납치했다면 납치범 쪽에서도 어떤 접촉을 시도하지 않았겠습니까?) 제가 이 가설을 완벽히 버리는 건 불가능했지만, 근거가 너무 빈약했기 때문에 저는 이것을 좀 더 그럴듯해 보이는 방향으로 전환시켰습니다. 동시에 이 이론이 진실일 어렴풋한 가능성이나 혹은 그렇지 않을 가능성 때문에 저는 이 남자에 대해 제가 아는 것들을 폭로할 수가 없었죠. 사실에 대한 완벽한 해답 없이 너무 일찍 터뜨려버렸다가 만약 제가 틀리면 그 때문에 혼이 죽을 수도 있다는 것을 깨달았거든요. 물론 우디의 사건도 미리 내다볼 수가 없었습니다."

엘러리는 한참 동안이나 말이 없었다. 그 찌푸린 얼굴에서, 우디의 사건 전체가 엘러리에게 있어서 상당히 씁쓸한 기억이었다는 것을 읽을 수 있었다. 탐정소설 작가들이 자신의 탐정들에게는 여유롭고 재치 있는 태도를 유지하게 하면서 태평스럽게 자리에 앉혀 놓고는 다른 등장인물들은 픽픽 죽게 했을 때, 엘러리가 그 모습을 보고 얼마나 분노했는지 나는 잘 알고 있었다.

엘러리는 한숨을 내쉬었다.

"이 단계에서 저는 적절한 의문을 하나 떠올렸습니다. 혼의 실종과 그의 대역배우 살인 사건에 관한 '순진한' 설명이 소거되었으니, 그렇다면 그날 밤 대역을 죽인 건 혼 자신이 아니었을까 하고 말이죠. 그리고 저는 이제야 수사 첫날 밤 명백히 보였던 네 개의 주요한 단서들의 존재를 깨달았던 겁니다. 그들은 단순히 가능성의 영역을 좁혀줄 뿐 아니라 살인자가 될 수 있는 두 개의 구체적인 조건을 제시해줬어요. 혼이 살인자라면 정확히 만족될 수 있는 조건이었죠.

처음 두 가지는 콜로세움 원형 관중석의 지형도와 치명상의 상태였습니다. 당연한 말이지만 원형 그릇 모양의 콜로세움 안에서 경기장은 가장 바닥에 있습니다. 관중석의 맨 앞줄과 박스석들은 경기장 바닥에서 적어도 3미터는 위에 있죠. 두 건의 살인에서 사용된 총알은 희생자의 상체를 관통했습니다. 프라우티 박사님의 말에 따르면 위에서 아래를 향하는 방향으로 내리꽂혔다고 하더군요. 얼핏 보기에 이 사실은 두 경우 모두 총이 위에서 아래로 발사되었다는 사실을 가리키는 것 같습니다. 즉 관중들이 앉아 있는 관람석 쪽에서 경기장을 향해 발사되었다는 겁니다. 하지만 모든 사람들이 이것을 진실이라 받아들이는 가운데, 살인자가 높은 곳에서 아래를 향해 권총을 쏘았다는 이론이 완전히 정설로 정착되기에 앞서 나는 한 가지 의문을 제기했습니다. 총알이 희생자의 육체를 관통한 그 순간 희생자의 정확한 위치는 어디였는가? 총알이 '위에서' 내려왔다는 결론을 내리려면 총알을 맞은 바로 그 순간 희생자가 몸을 완전히 꼿꼿이 세우고 있어야만 가능합니다. 즉 바닥에서 직각으로, 몸을 반듯하게 세운 채 말을 타고 있어야 합니다. 몸을 비스듬히 뒤로 젖히거나 옆으로 기우뚱하고 있어서는 안 된다는 겁니다."

나는 눈썹을 찌푸렸다.

"잠깐만, 거기서부터는 좀 따라가기 힘든데."

"알았습니다. 그림으로 그려서 보여 드리지요. 주나, 착하지. 가서 종이랑 연필 좀 가져다줄래?"

옆에 앉아서 눈을 커다랗게 뜬 채 시종일관 대화를 듣고 있던 주나가 팔짝 뛰어 일어나서는 재빨리 엘러리가 말한 것들을 가지고 왔다. 엘러리는 한참 동안 종이에 무언가를 휘갈겨 낙

서하고 나서 고개를 들었다.

"좀 전에 말했던 대로, 총알이 박히는 순간 정확한 희생자 몸 위치를 알지 못하는 한 총알의 각도를 알아내는 건 불가능합니다. 구체적인 예시를 들어 명확히 보여 드리겠습니다. 필름을 확대해보니 두 희생자들의 상체는 모두 총알이 박히는 순간 안장에서 오른쪽으로, 직각에서 30도가량 기울더군요. (희생자 입장에서는 왼쪽이지만 관찰자나 카메라가 보기에는 오른쪽입니다. 혼란을 피하기 위해 저는 오른쪽이라고 해두겠습니다.) 자, 이 그림들을 봐주세요."

나는 자리에서 일어나 그의 의자 쪽으로 걸어갔다. 엘러리는 다음과 같은 네 개의 작은 그림들을 그려두었다.

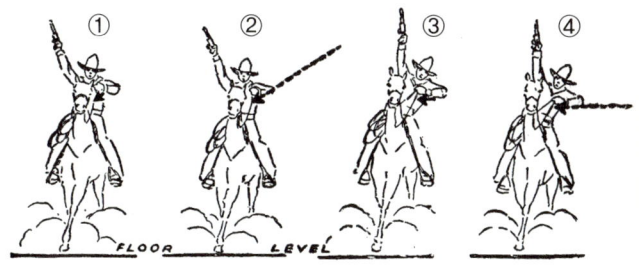

"첫 번째 그림은 프라우티 박사가 말했던 대로 희생자가 정상적으로 몸을 직각으로 곧추세우고 있을 때를 나타냅니다. 심장 쪽을 향하고 있는 작은 화살표는 총알이 몸을 관통하는 통로를 가리키죠. 프라우티는 총알이 바닥에서 30도가량의 각도로 아래를 향해 꽂혀 들어갔다고 했습니다. 그림 ②에서도 희생자는 역시 같은 자세를 취하고 있습니다. 상체는 말 위에서 직각으로 서 있죠. 총알이 발사된 궤적을 명확히 보이기 위해 화살표를 점선으로 늘려보았습니다. 보시다시피 이 선은 위에서 아래를 향해 내려오고 있어서, 총알이 위에서 발사되었다는 사실을 뒷받침해주는 듯 보입니다. 자, 만약 그림이 보여주는 대로 희생자가 말안장 위에 똑바로 앉아 있었다면 이 결론이 맞겠지요. 하지만 희생자는 안장 위에 직각으로 앉아 있지 않았습니다. 영화 필름을 확대해본 결과 그는 그림 ③이 보여주는 대로, 안장에서 30도가량 몸을 기울이고 있었던 겁니다!

그림 ③에서는 실제처럼 희생자의 몸을 기울여보았습니다. 화살표의 궤적 또한 그대로 따라갑니다. 총알은 이미 몸에 꽂혔으므로 상체가 앉아 있든 앞으로 숙이든 뒤로 자빠지든 옆으로 기울든 총알이 꽂힌 모양은 변하지 않겠지요. 상체가 흔들리면 총알도 함께 흔들리는 겁니다. 그것만큼은 변하지 않는 요소인 거죠……. 그리고 그림 ④에서는 오른쪽으로 기울어진 상체에 박힌 총알이 날아온 궤적을 연장해보았습니다. 자, 그럼 어떻게 될까요? 총알이 날아온 방향은 바다과 '평행'을 이루지 않습니까! 바꿔 말하자면 대역배우의 상체와 우디의 상체(둘 다 거의 비슷하긴 하지만요.)는 오른쪽을 향해 30도가량 기울어진 상태였으며 총알로 인해 난 상처는 아래쪽 사선이 아니라 수평으로 난 직선이었던 겁니다! 따라서 총알은 위에서 발사된 게 아니라 거의 옆에서 날아왔던 거죠!"

나는 고개를 끄덕였다.

"그리고 물론 프라우티가 아래쪽 30도 각도로 내리꽂혔다고 말한 이유 역시 희생자가 안장에 똑바로 앉아 있었다고 생각했기 때문이었던 거로군. 그러니까 몸이 30도 기울어 있었기 때문에, 총알이 30도 방향에서 날아온 걸로 보였다는 거지."

엘러리가 웃었다.

"그것 참 복잡하게도 표현하시네요. 하지만 대충 맞습니다.

자, 이 사실을 알았으니 저는 즉시 두 부류의 용의자들을 소거할 수 있게 되었습니다. 마치 시원하게 싹쓸이하듯 지워버렸지요! 하나는 첫 번째 줄과 박스석에 있던 사람들을 포함하여 관중석에 있던 사람들 전부였습니다. 박스석이 있는 맨 앞줄조차 경기장에서 3미터 높이에 있었으니 거기 있던 사람들은 적어도 경기장에서 4미터 이상의 높이를 유지하고 있었다고 볼 수 있겠죠. 이 높이에서 말에 탄 채 몸을 옆으로 30도 기울이고 있는 사람에게 총을 쏜다면 총알은 거의 60도 이상의 사선 궤적을 그리게 되겠죠. 수학적으로 생각해보세요. 얼핏 보기에는 총알이 천장에서 발사된 줄 알 겁니다. 그리고 소거된 두 번째 부류는 경기장의 뉴스 영화 나무 단 위에서 일하던 사람들이었습니다. 그 나무 단 또한 경기장 바닥에서 3미터 이상의 높이에 위치해 있었으니까요. 이 위치에서 총을 쏘면 총알이 오른쪽에서 날아오는 게 아니라 정면에서 날아왔겠죠. 정면 카메라의 존재가 그것을 뒷받침해 줍니다. 게다가 그 높이에서 쏘았다면 마찬가지로 궤적은 30도보다 큰 각도를 그렸겠죠.

하지만 제가 방금 증명한 대로 총알은 측면에서 직선을 그리며 날아왔습니다. 따라서 바닥에서 평행하게 말을 타고 달리는 기수의 가슴께를 똑바로 쏘려면 살인자 역시 마찬가지로 말을 타고 달리고 있어야 합니다! 제 말 아시겠습니까?"

"나도 바보는 아닐세."

내가 항변했다.

엘러리는 씩 웃었다.

"그렇게 민감하게 굴지 마세요. 사실 저도 이게 금방금방 이해될 만한 이야기인지 확신이 안 가거든요. 하지만 명백한 추론이라는 건 확실합니다. 만약 살인자가 경기장 바닥에 서 있었다면 총알은 약간 위쪽을 향한 대각선을 그리며 날아들었겠지요. 살인자가 관중석 안에 있었다면 총알은 아래쪽을 향한 급격한 사선을 그렸을 테고요. 헌데 총알이 희생자의 몸에 완벽한 직선으로 꽂혔기 때문에, 범인은 분명 희생자와 같은 높이에 있었다는 이야기가 됩니다. 그때 희생자가 말을 타고 있었으므로, 그의 심장 높이를 향해 총알을 발사하려면 범인 또한 말을 타고 있어야만 하죠.

그러므로 저는 유일하게 논리적으로 의심할 수 있는 용의자들은 바로 그 순간 희생자의 뒤를 따라 말을 타고 있던 기수들 무리라고 생각했습니다. 기수들 이외에 말에 타고 있던 사람이 한 명 더 있긴 했죠. 와일드 빌 그랜트 말입니다. 하지만 그랜트가 권총을 쏘았을 확률은 매우 낮습니다. 왜냐하면 살인이 일어난 두 번 모두 그는 경기장 한가운데에 있었기 때문입니다. 카메라가 찍은 희생자의 정면 모습은, 희생자의 몸 오른쪽에서 총알이 날아왔다는 사실을 잘 보여주죠. 정확히 희생자 오른쪽에 있던 마스의 박스석 방향에서 말입니다. 하지만 그랜트는 카메라들과 마찬가지로 희생자의 바로 정면에 있었어요. 따라서 그랜트는 권총을 발사했을 리가 없죠. 하지만 다른 기수들은 총알이 발사된 그 순간 전원 마스의 박스석 바로 밑에 있었습니다. 따라서 기수들 중 살인자가 있었을지도 모른다는 제 추론과 딱 들어맞습니다. 총알의 방향과 박힌 각도 등 모든 점을 고려해볼 때 저는 제 주장을 긍정적으로 검토할 수 있었습니다."

"좋아, 이제 다 알겠네."

내가 말했다.

"하지만 아직도 내가 이해할 수 없는 점이 있어. 도대체 관중들 중 누구도 범인이 될 확률이 없다는 사실을 알고 있는 그 시점에서, 굳이 흉기를 찾겠다면서 2만 명의 무고한 사람들을 몸수색하도록 시켜서 난리 법석을 만들어 놓은 이유가 뭔가?"

엘러리는 의미심장한 표정으로 눈을 가늘게 뜨고 난롯불을 노려보았다.

"J. J., 당신도 역시 올바른 정답을 혼란에 빠뜨리는 일반적인 오류를 범하게 되는군요. 권총을 운반하는 사람이 반드시 범인 본인일 필요는 없습니다. 세상에는 공범이라는 생명체가 존재하죠. 두 건의 살인이 발생하여 현장이 대단히 혼란스러운 가운데 기수들 중 한 명이 머리 위의 가로대 너머로 관중석 속에서 지켜보고 있던 공범에게 흉기를 던져주면 일은 비교적 간단해지지 않겠습니까? 그리고 물론 살인에 이용된 무기를 찾아내는 건 대단히 중요한 일이고요. 따라서 꼭 필요한 조치였던 겁니다.

자, 이제 범인이 경기장에 있던 기수들 중 하나였다면 혼이 범인이라는 가설에 따라, 혼은 기수들 중 하나인 척 하고 그들 사이에 숨어들었다고 볼 수 있겠습니다! 그럼 혼은 어떻게 그렇게 했을까요? 간단한 일이죠. 그는 지금 '벅 혼'이 아니라 다른 누군가의 이름을 쓰고 있다고 말입니다. 당연히 변장을 했겠지요. 전직 배우에게는 별로 어려운 일도 아닙니다. 혼은 어떻게 생겼죠? 나는 그 사람이 백발이었다는 사실을 압니다. 따라서 그가 다른 누군가로 변장하려 했다면 우선 머리를 염색했을 겁니다. 그리고 옷을 바꿔 입고, 자세, 걸음걸이, 목소리 등도 바꿔서 '벅 혼'으로서의 자신을 피상적으로 알고 있는 사람들을 어렵지 않게 속였습니다. 그리고 얼굴에 무시무시한 흉터를 그려놓기까지 했죠. 심리학적으로 대단히 영리한 사람입니다. 그렇게 커다란 특징이 딱 하나만 있으면 사람들은 다른 요소들을 전부 제쳐놓고 그 하나에만 시선을 집중하게 되니까요. 그리고 저 자신 또한 그랬듯, 불행한 사고를 입은 사람을 모욕하지 않으려는 마음에 흉터 입은 얼굴에서 시선을 피하게 됩니다. 혼의 그토록 기민한 판단력에는 박수를 보내고 싶을 정도로군요."

"잠깐만."

내가 소리를 질렀다.

"거기서 자네가 끔찍한 실수를 저질렀다는 사실을 지적해야겠군. 자네가 일부러 방치한 게 아니길 바라네. 혼이 그 기수들 무리 속에 끼어들어 있었다고 확신했다면 왜 진작 그들을 쭉 세워 놓고 다시 한 번 조사해보지 않았던 건가? 응?"

"논리적인 질문입니다."

엘러리가 동의했다.

"하지만 그 해답 또한 논리적입니다. 내가 기수들을 줄 세워 놓고 변장한 사람을 찾아내지 않았던 이유는 혼이 일종의 게임을 하고 있다는 사실이 보였기 때문입니다. 살인자가 계속해서 범죄 현장 근처를 어슬렁거리는 모습은 사실 흔치 않은 일이죠. 혼은 왜 그런 짓을 하고 있던 걸까요? 만약 작정하고 범죄를 저지르려 했다면, 이렇게 복잡하고 위험한 방법을 택했을까요? 어두운 골목에 숨어서 총을 쏘아 한 방에 보냈을 수도 있었을 텐데 말이죠. 그렇게 평범한 방법으로 희생자를 죽이는 일은 혼에게 그리 어려운 일도 아니었으니까요. 하지만 그는 일부러 어려운 방법을 골랐습니다. 이유가 뭘까요? 그걸 알아내야 했습니다. 나는 그에게 스스로를 목매달 충분한 밧줄을 주고 싶었습니다. 알고 봤더니 혼은 기다리고 있었던 겁니다.

할일이 남아 있었던 거죠. 바로 우디를 살해하는 일 말입니다. 그에 대해서도 짧게 설명하겠습니다."

엘러리는 얼굴을 약간 찌푸리며 말했다.

"사실 제 호기심과 지성을 자꾸만 가로막는 문제는 수도 없이 많았습니다. 동기에 대해서도 전혀 알 수가 없었지만, 도대체 그 자동 권총은 또 어디로 간 걸까요? 이거야말로 정말로 곤란한 문제였습니다. 그리고 또한, 모든 일들을 완벽히 끝내지 않고서는 내 손에 가면이 벗겨지는 한이 있어도 그는 아무 말도 하지 않았을 겁니다. 마음 놓고 유죄 선고를 내릴 수는 없었던 상황이었습니다.

그래서 나는 혼을 방해하지 않고 잠시 내버려 두기로 했습니다. 딱히 방해할 만한 그럴듯한 이유도 없었지요. 그랬더니 두 번째 살인 사건이 일어났습니다."

엘러리가 한숨을 내쉬었다.

"J. J., 나는 그 문제 때문에 정말로 괴로워 미칠 것 같았습니다. 동시에 그때 내가 할 수 있는 유일한 일은, 혼을 수상하게 생각하지 않는 척하면서 그 기수들 주위를 맴도는 것뿐이었습니다. 뭐, 일이 쉽지는 않더군요. 그들은 대단히 배타적인 무리들이었기에, 나는 거의 아무것도 알아내지 못했습니다. 한 사람의 개성은 무리의 커다란 특징 속에 묻혀버렸습니다. 나는 혼이 딸과 접촉할지도 모른다는 실낱같은 희망을 안고 키트 혼과 사교적인 만남을 가졌습니다.

하지만 우디의 사건이 있은 후 그 바로 다음 날 기수들 중 한 사람이 자취를 감췄습니다. 이름은 벤지 밀러라고 하며, 한 달 전 공연이 있기 바로 전날 혼 본인으로부터 '자필로 쓴 소개장'을 받아 가지고 와서 고용된 사람이었습니다! 만일 그의 머리카락 색깔과 얼굴의 상처를 제외한다면, 거의 혼 본인이라 해도 무방한 사람이었습니다. 그리고 이건 제가 순간적으로 느낀 결정적인 사실인데, 이 사람은 편지 속에서 혼이 가장 아끼는 말인 '인전'을 타도 좋다는 허가를 혼 본인으로부터 받았습니다. 심지어 혼은 그날 밤 오프닝 행사에서 자신이 가장 아끼는 말을 타지 않겠다고 했으며, 거기에는 타당한 이유조차 없었습니다. 이러한 사실들로 미루어볼 때 나는 사라진 벤지 밀러가 바로 벅 혼이라는 사실을 의심조차 할 수 없게 되었습니다. 그러므로 벅 혼은 제가 내건 범인의 첫 번째 조건에 들어맞게 됩니다. 그는 두 번의 사건 모두 경기장 안에서 말을 타고 있었으니까요."

나는 한숨을 쉬었다.

"범인이 되기 위한 두 번째 조건은 앞서 말한 여섯 개의 단서들 중 다섯 번째와 여섯 번째 것들을 통해 추론할 수 있었습니다. 다섯 번째는 제가 관찰자 입장에서 깨달은 것이었는데, 커비 소령님의 부하들이 찍은 뉴스 영화 영상과 놀스 경위님의 보고서를 통해 확인할 수 있었습니다. 그랜트가 공포탄을 쏘아 공연의 시작을 알린 뒤, 가짜 혼의 뒤에 서 있던 카우보이들은 모두 단 한 번 일제사격을 했죠. 그러고 나서 몇 초도 지나지 않아 그 사람은 시체가 되어 트랙 위로 굴러떨어졌습니다. 그들의 일제사격에는 거의 흐트러짐이 없었고, 그 직후 사람이 탄 말들이 빠른 속도로 달려 나갔기 때문에 일제사격 직후에 한 발을 더 쏠 시간적 여유는 없었습니다. 일제사격으로 모두가 딱 한 발만을 쏘았다는 데에는 의문의 여지가 없죠. 그 증거로 우리가 기수들의 모든 리볼버들을 조사해보았지만 모든 총에서 한 발만 발사됐고요.

이제 여섯 번째, 즉 마지막 단서 차롄데 이건 바로 그 기수들의 총과 혼과 그랜트 그리고 그 정신 나간 친구 테드 라이언스의 리볼버들이었습니다. 이 모든 총들은 문제의 총알을 발사할 가능성이 없었죠. 놀스 경위는 그 문제의 총알을 발사한 것은 25구경 자동 권총이라고 단언했지만 카우보이들이 갖고 있던 모든 총들은 하나같이 38구경이거나 그 이상이었습니다. 그리고 탄도학 테스트를 해본 결과 라이언스의 25구경은 그 총알을 발사한 총이 아니었습니다.

이 두 가지 사실들을 늘어놓았을 때, 우리가 알 수 있는 사실은 무엇이겠습니까? 자, 기본적으로 생각해보았을 때 살인자가 기수들 사이에 있었고 그 기수들이 갖고 있던 총을 전부 검사해보았지만 문제의 총알을 발사한 총이 나오지 않았다면, 살인자는 우리가 확인하지 못한 총을 가지고 있다는 말이 됩니다. 하지만 이것이 과연 가능한 일일까요? 사람들을 모두 철저히 몸수색했으나 살인 흉기는 발견되지 않았는데요. 그렇다면 정답은 이것뿐이군요. 살인자가 흉기를 어딘가에 감췄다는 겁니다. 잠깐만, 그 이야기를 좀 해보겠습니다. 지금 당면한 문제는 살인자가 25구경 자동 권총을 사용했다는 겁니다. 그리고 일제사격은 딱 한 번밖에 하지 않았으므로, 범인 역시 기수들이 총을 쏘는 그 타이밍에 맞춰 발사를 했음이 틀림없습니다. 바꿔 말하자면 살인자는 이미 실탄이 장전된 두 번째 총을 가지고 있다가, 공포탄을 발사하는 동시에 실탄을 쏘았다는 거죠. 양손에 하나씩 들고 발사했단 말입니다. 그렇다면 이 사실은 살인자가 양손 총잡이라는 걸 의미하지 않겠습니까?"

"나는 확신할 수가 없는데."

내가 이의를 제기했다.

"굳이 살인자가 동시에 두 자루를 한 번에 쏘았다고 할 수는 없잖나. 아무리 흐트러짐 없는 일제사격이라 해도 총성들 사이에 약간의 차이는 있었을지도 모르고."

"네. 하지만 기수들이 모두 손을 번쩍 들고 총을 쏘았다는 사실을 생각해 보세요. 모두가 천장을 향해서 공포탄을 쏘았단 말입니다. 이때 살인자는 혼자서만 눈에 띄는 짓을 할 수는 없었을 겁니다. 그러니 다른 사람들과 마찬가지로 천장으로 총을 쏘아야 했습니다. 그리고 실제로도 그렇게 했지요. 하지만 단 한 번의 일제사격이 있은 뒤 아무도 총을 쏘지 않았다는 점에서, 나는 그가 다른 손에 들고 있던 실탄이 장전된 총을 공포탄과 동시에 발사했다는 점이 이치에 맞는다고 생각합니다.

하지만 다시 양손잡이 문제로 돌아가 보겠습니다. 사소해보이면서도 재미있는 문제점이죠. 과연 그런 일이 가능할까요? 뭐, 필연적이라고 할 수는 없겠지만 가능하긴 하겠죠. 하지만 이게 가능하다면 이 단서는 다시 벅 혼으로 돌아가게 됩니다. 몇 년 동안이나 쌍둥이 권총을 사용해왔던 남자, 벅 혼 말입니다. 쌍권총을 쓰는 사람은 적어도 총격을 할 때는 양손잡이여야 하죠. 벅은 다른 문제에 있어서는 그리 논리적인 용의자가 되지 못했지만, 적어도 범인이 되기 위한 두 가지 조건은 충족시켰습니다. 단순히 쌍권총을 쓰는 사람일 뿐만 아니라 아주 놀라운 사격술의 달인이라는 증언도 있었죠. 문제의 총알을 쏜 사람은 대단히 놀라운 특등 명사수였습니다. 단 한 발로 표적을 정확히 맞혔을 정도였으니까요. 뭐, 일제사격의 반향이 완전히 가시기도 전에 자동 권총의 탄창에 들어 있는 총알들을 전부 쏘아버리는 것도 그에게는 일도 아니었을지도 모르지만요. 아무튼 유념해두세요.

하지만 도대체 얼마나 두 번째 권총을 꼭꼭 감추었기에, 우리가 이 잡듯 경기장을 뒤졌는데도 나오지 않았던 걸까요? 흉기가 사라졌다는 건 양쪽 사건에서 모두 가장 불가해한 사실이었습니다."

엘러리는 잠시 말을 멈췄다.

"나는 그 비밀을 외팔이 허풍선이 우디가 죽은 바로 직후에야 깨달았습니다."

"나도 그것 때문에 대단히 당황스럽더군."

내가 열성적으로 말했다.

"내가 아는 한 어떤 신문에서도 그 문제를 다룬 적이 없어. 도대체 그 친구는 뭘 어떻게 한 건가? 아니면 자네가 아직까지도 흉기를 못 찾아낸 건가?"

"정답은 우디가 죽은 다음 날 알 수 있었습니다."

엘러리가 음울하게 말을 되풀이했다.

"얼마 전으로 돌아가 보죠. 두 건의 살인이 동일 인물의 손에 이루어졌다는 사실은 명백했습니다. 상황이 똑같았고, 악착같이 찾았는데도 흉기가 끝까지 나오지 않았다는 점도 두 번째 살인 사건에 처음 사건과 같은 방식이 사용되었다는 점을 암시하고 있었죠. 우디 살인 사건에서 흉기가 사라졌다는 사실은 바로 우리가 같은 범인을 마주하고 있다는 것을 가리켰습니다.

자, 어째서 혼은 완전히 자취를 감추기 전에 로데오의 간판 스타인 우디를 죽였을까요? 그 두 사람이 서로 감정의 차이는 있을지언정 프로로서의 라이벌 사이였다는 사실은 이 행위를 설명하기에는 너무 근거가 빈약합니다. 게다가 겉보기에는 오히려 우디가 혼을 죽였으면 죽였지 혼이 우디를 죽일 동기는 없는 것 같았거든요. 지금까지는 우디가 혼자 스포트라이트를 독차지하고 있었는데 혼이 나타나는 바람에 그걸 빼앗겼으니 우디가 마음이 상한 것도 당연한 일이었겠죠. 설명할 수 있는 방법은 딱 하나뿐입니다. 우디가 혼의 속임수를 눈치채고, 거기서 첫 번째 사건을 저지른 범인이 혼이라는 사실까지 알아냈던 겁니다. 만일 우디가 사실 밀러는 혼이라는 사실을 알고서 '밀러'를 협박했다면, 혼으로서는 자신의 변장을 지키기 위해 우디를 죽일 수밖에 없었겠죠."

"가능성만으로 따져볼 때는 이론을 세우기 쉬운 이야기야."

나는 날카롭게 말했다.

"하지만 나는 지금까지 자네가 입증할 수 있는 근거가 있을 때만 움직이는 줄 알았는데."

엘러리가 중얼거렸다.

"당연한 말입니다. 이제부터 제가 이 이론을 어떻게 확인했는지 이야기하면 당신도 납득할 겁니다, 의심 많은 환전상 양반. 확인을 어떻게 했을 것 같습니까? 컬리 그랜트의 녹색 돈 상자에서 도둑맞았다가, 얼마 지나지 않아 우디의 방에서 발견된 1만 달러가 근거였지요."

"그게 어떻게 근거가 되나?"

나는 당황해서 물었다.

"이렇게요. 그 상자를 뒤져서 조사해본 결과, 우디는 그 돈을 훔치지 않았다는 사실을 알았습니다. 아, 당신이 보기에는 너무 비약적인 결론 같겠지요. 하지만 전혀 그렇지 않습니다. 상자에 달린 두 개의 자물쇠는 경첩이 찌그러진 채 비틀려 있었습니다. 두 개 모두 같은 방향으로 비틀려 있었습니다. 구체적으로 말하자면, 상자 뒤쪽을 향해서 비틀려 있었죠. 잘 기억해 두세요. 자물쇠는 앞에는 없고, 양쪽으로 두 개가 달려 있었습니다. 이제 아시겠습니까?"

"전혀."

나는 솔직하게 말했다.

"굉장히 합리적인 이야긴데요."

엘러리는 안타까운 듯 말했다.

"인간은 습관적으로 무언가를 비틀 때 자기가 주로 쓰는 손으로 같은 방향으로 비틀곤 합니다. 특히 근육을 써야 할 때는 더욱 그렇죠. 비틀어 돌려야 하는 걸쇠가 두 개 있을 때 사람은 오른쪽에 있는 것을 오른손으로 먼저 돌리고(그 사람이 오른손잡이라는 가정 하에 말입니다.) 그러고 나서 상자를 돌려서 왼쪽에 있는 걸쇠를 돌립니다. 상자를 돌려서 왼쪽 걸쇠를 오른쪽에 놓고 오른손으로 돌리게 됩니다. 그러한 경우 두 자물쇠가 돌아간 방향은 컬리 그랜트의 현금 상자처럼 같은 방향이 아니라 서로 다른 방향으로 비틀리게 됩니다. 하지만 지금까지의 이야기는 평범하게 양손이 다 있으면서 한 쪽 손을 더 즐겨 쓰는 사람들에 대한 이야기였죠. 그런데다가 우디는 어떻습니까. 다 합쳐서 팔이 하나밖에 없지 않습니까! 우디라면 오른쪽 걸쇠를 먼저 비튼 다음 상자를 돌려서 왼쪽 걸쇠를 비튼다는 선택지밖에 없으니까, 당연히 걸쇠가 서로 반대 방향으로 비틀렸겠죠. 그러나 비틀린 방향은 둘 다 같은 방향이었습니다. 그러니 이 걸쇠는 우디가 망가뜨린 것이 아닙니다. 그러므로 우디는 돈을 훔치지 않았습니다.

게다가 만약 우디가 도둑이었다면 설마 돈 상자를 자기 의상실 서랍 속에 잠그지도 않고 아무렇게나 넣어두었을까요? 경찰이 조금만 찾아봐도 금방 들통 날 텐데요. 만일 우디가 그 돈 상자를 서랍에 넣어둔 장본인이라 해도, 서랍을 잠그지 않았다는 것은 그가 이 돈이 장물이라는 사실을 몰랐다는 것을 증명해줍니다. 만약 서랍 속에 돈을 넣은 사람이 우디가 아니라면 그는 이 절도 행위 자체와 도둑이 서랍 속에 돈을 넣었다는 사실을 전부 몰랐다는 말이 됩니다.

그러면 그 상자로 한번 돌아가 보겠습니다. 걸쇠가 서로 반대 방향이 아니라 둘 다 같은 방향으로 돌아갔다는 사실은 두 걸쇠가 '동시에' 비틀렸다는 사실을 알려줍니다. 따라서 도둑은 걸쇠를 한 손에 하나씩 쥐고 같은 방향, 즉 상자 뒤쪽을 향해 비틀었다는 말이 되겠습니다. 자, 여기서 필요한 건 뭘까요? 튼튼한 손 두 개라는 거죠! 걸쇠는 금속입니다. 뭐 좀 연약하고 힘없어 보이긴 하지만 어쨌든 금속이라는 건 틀림없는 사실이죠. 둘 중 하나만 비틀려고 해도 상당한 힘이 필요합니다. 그런데 이 도둑은 '양쪽' 손으로 동시에 같은 힘을 가해서 걸쇠를 부숴버렸습니다. 이게 무엇을 암시할까요? 도둑은 양손잡이였던 겁니다. 네, 네, 저도 압니다."

엘러리는 내가 무어라 말하려는 것을 눈치채고 재빨리 말을 이었다.

"그래요, 그리 쉽게 단정 내릴 만한 결론이 아니라는 사실은 저도 안단 말입니다. 아마 그렇겠죠. 그러니까 제가 암시라고 했잖습니까. 이것만은 부인하지 못하시겠지요. 만약 도둑이 양손잡이고, 살인자 벅 혼 역시 양손잡이라면…… 굉장한 우연이지 않습니까? 그래서 저는 벅 혼이 컬리 그랜트의 돈을 훔쳤다는 가설이 얼마나 타당한지 깨달았습니다.

그러나 혼, 혹은 밀러 또는 이름이 뭔지 아무튼 그 사람이 컬리의 돈을 훔친 이유는 뭘까요? 가장 친한 친구의 아들인데 말이죠. 절망? 금전적인 곤경? 우정을 넘어선 탐욕? 하지만 만약 혼이 돈을 훔쳤다면 도대체 그 돈이 왜 그날 우디의 방에서 나왔을까요? 어떻게 된 건지 모르겠지만, 여하간 혼이 그 돈을 탐욕에 눈이 멀어 훔치지 않았다는 것만은 확실합니다. 사건의 전말을 재구성하는 일은 그리 어렵지 않을 것 같군요. 우디는 밀러가 혼이라는 사실을 눈치챘습니다. 아마도 변장을 꿰뚫어 보았겠죠. 그러고 나서 혼에게 자신이 다 알고 있다는 사실을 밝혔습니다. 우디 같은 사람은 그럴 때 어떻게 할까요?"

"뭐, 공갈협박을 했겠지. 입막음조로 돈을 요구했거나."

"그랬을 겁니다. 어쨌든 우디를 영원히 침묵하게 하기 전까지는, 돈을 줘서 달랬겠지요. 혼은 그랜트가 컬리에게 유산을 선물하는 기회를 잡았습니다. 그는 그 돈을 훔쳐서 우디에게 가져다줬습니다. 우디는 그 돈이 컬리 것인 줄도 몰랐을 테니 돈을 굳이 숨길 이유도 없었습니다. 혼은 도둑질이 드러난 시점에서 우디는 이미 죽어 있을 테고, 돈이 발견되어 컬리에게 돌아가면 아무에게도—물론 우디만은 빼고요!—폐가 되지 않을 거라고 생각했겠지요. 혼 이 사람 얼마나 똑똑합니까! 만일 혼이 우디에게 자기 돈을 줬다면, 그 돈은 우디의 테이블 서랍 속에서 발견되었다고 하더라도 결코 돌려받지 못했을 테죠. 밀러에게는 그럴 자격이 없었으니까요. 하지만 자기 돈은 아껴두고서 컬리의 돈을 일시적으로 사용했기 때문에, 컬리는 돈을 되찾았습니다…… 모든 사실들이 벅 혼이 범인이라는 것을 가리킵니다. 그는 겉보기로만 범인이라고 추정되는 게 아니라, 모든 논리적인 조건을 충족시킵니다."

"엄청난 위험을 무릅쓴 셈이군."

나는 몸을 떨며 말했다.

"만약 자기가 혼이란 게 들통 났으면 어쩌려고 그랬을까?"

"그건 잘 모르겠습니다."

엘러리가 생각에 잠긴 채 대답했다.

"하지만 당신 생각보다는 그리 큰 위험은 아니었을 겁니다. 우디를 제외하면 혼을 잘 아는 사람은 단 두 명, 키트와 와일드 빌 그랜트밖에 없으니까요. 심지어 키트는 본인 증언에 따르면 양아버지를 요 몇 년 동안 그리 자주 보지 못했다고 했고요. 하지만 만약 키트가 밀러의 변장을 알아보았다고 해도 혼은 그녀가 충실하게 침묵을 지켜줄 것을 알았을 겁니다. 물론 소년 시절부터의 친구였던 그랜트 역시 마찬가지였겠죠. 사실 나는 첫 번째 살인이 터진 지 얼마 되지 않아 그랜트가 그 모든 사실들을 다 알고 있던 게 아닐까 의심했습니다. 굉장히 초조하고 불안해하는 눈치였거든요. 우디의 사건이 터진 후 그랜트는 누군가의 얼굴을 보고 유령처럼 얼굴이 창백해졌습니다. 아마도 거기서 밀러의 얼굴을 발견했던 거겠지요. 그리고 밀러가 혼이었다는 사실을 다시 떠올렸을 겁니다."

엘러리는 다른 담배에 불을 붙이고 천천히 연기를 내뿜었다.

"혼이 밀러라는 사람으로 가장하고 모습을 숨긴 건, 아마도 그랜트의 우정을 전적으로 믿었기 때문일 겁니다. 그러므로 그를 다시 끌어내는 방법은 하나뿐이었습니다. 가장 친한 친구인 그랜트와 수양딸인 키트가 범죄에 휘말려 위험에 처하는 것 말입니다."

엘러리는 잠시 말을 멈추었다.

"솔직히 비열한 방법이라는 건 알고 있었지만, 그건 나도 어쩔 수 없었습니다. 나는 그랜트를 미끼로 쓰기로 했습니다. 오랜 동안 서로에게 충실한 우정을 바쳤던 친구 사이였으니, 혼이 그랜트가 무고하다는 걸 알면서 잡혀가는 것을 방관하지는 않을 것이 자명했으니까요. 하지만 그랜트를 체포할 그물은 어떻게 짜야 할까요. 유일한 방법은, 흔들리지 않는 증거를 제시하고 그 자리에서 재빨리 체포하는 것뿐이었습니다. 특히 용의자가 문제의 무기를 소지하고 있다는 사실을 밝혀내면 더할 나위 없는 증거가 되지요. 그랜트가 경기장에서의 위치상 범죄를 저지를 수 없었다는 사실은 별 문제가 되지 않았습니다. 총알의 방향과 각도를 연구한 사람은 저 하나뿐이었으니까요. 그리고 나는 그랜트가 체포된 직후 무슨 일이 일어날지 다 알고 있었습니다.

아무튼 나는 자동 권총을 찾아야만 했습니다. 그리고 찾아냈습니다. 우연 같아 보이겠지만, 결코 우연이 아닙니다. 자, 보세요. 밀러는 왜 모습을 감췄을까요? 음, 범죄를 성공시키고 난 뒤 그는 앞으로도 안전히 살 길을 찾아야 했습니다. 하지만 밀러는 밀러가 아니라 사실 벅 혼이지요. 밀러는 일시적으로, 구체적인 목표를 가지고 만들어낸 가짜 신분입니다. 딱한 우리 아버지는 왜 자기가 벤지 밀러라는 신사의 과거를 캐내지 못했는지 모르셨겠죠! 그런 건 없었으니까요. 그래서 나는 혼 쪽으로 시선을 돌렸습니다. 만약 '밀러'가 사라졌다면 경찰은 누구를 찾을까요? 당연히 '밀러'를 찾겠죠. 따라서 '밀러로서 행방불명된' 뒤 할 일은, 밀러로서의 변장과 신분을 당장 처분하는 것입니다. 경찰은 영원히 한 점의 성공 확률도 없는 밀러 수색에만 열중하겠죠. 만약 존재하지도 않는 사람을 경찰이 영원히 찾게 만든다면, 사라진 밀러가 벅 혼과 우디를 죽인 살인범이라는 경찰의 믿음은 더욱 공고해질 겁니다. 무기도 사라졌는데 사람까지 실종되었으니 아주 충분하고도 남죠. 그래서 나는 밀러인지 혼인지, 아무튼 그 사람이 '사라지고 나서' 남은 자리 어딘가에 무기가 있을 거라 생각했습니다. 어디에 남겨둘까요? 두 군데가 있겠죠. 호텔방이든가, 아니면 콜로세움 안의 의상실이든가. 나는 확신을 갖고 먼저 의상실을 찾았고, 거기서 자동 권총을 발견했습니다.

흉기를 찾아낸 바로 그 날, 나는…… 그런 눈으로 쳐다보지 마세요, 생판 모르는 사람도 아니고! ……아무튼 나는 그가 방에 없다는 사실을 먼저 확인하고 나서 내 손으로 그랜트의 방에 자동 권총을 숨겨놓았습니다. 나머지는 아시겠죠. 나는 경감님과 함께 그 방을 찾아가서 총을 발견하고, 그랜트를 체포했습니다. 신문들은 아주 친절하게도 나를 위해 그 뉴스를 보도해줬습니다. 그리고 계획대로 자신의 친구를 지키기 위해 혼이 모습을 드러냈습니다. 자기가 유죄 선고를 받을 거라는 사실을 알면서도요. 아마도 밀러로 변장하고 나타났던 이유는 그간 자신이 밀러 노릇을 했다는 사실을 증명하기 위해서였을 겁니다."

엘러리가 비꼬는 듯한 미소를 띠며 말했다.

"이게 끝입니다. 멋진 흐름이었죠?"

주나가 커피를 새로 채워주었다. 우리는 아무 말 없이 잠시 동안 커피를 마셨다.

"아주 멋지군."

잠시 후 내가 말했다.

"굉장히 멋진걸. 하지만 완벽하지는 않아. 자네는 혼이 첫 번째 범죄를 저지른 뒤 어떻게 무기를 그렇게 감쪽같이 숨겼는지에 대해서 말해주지 않았잖아."

엘러리가 몽상에서 깨어난 듯 움찔 놀랐다.

"아, 그거요!"

엘러리는 마치 사과하듯 손을 가볍게 흔들며 말했다.

"그건 마지막에 얘기하려고 했는데, 그만 깜박 잊고 말았군요. 물론 흥미로운 일이죠. 하지만 어린애 눈속임이나 마찬가지였습니다."

내가 툴툴 불평했다.

"아, 그래요. J. J., 그건 방금 전 이야기나 마찬가지로 대단히 간단한 이야깁니다. 항상 제일 복잡해 보이는 수수께끼일수록 제일 별 것 아닌 법이죠. 우리의 오랜 친구 체스터튼은 그런 간단한 수수께끼의 심리학을 참 영리하게 잘 활용했지 않습니까? 브라운 신부님이 거기 계셨다면, 그분께 보이기는 참 부끄러웠을 겁니다……."

엘러리는 웃음을 터뜨리며 의자에 앉은 채 몸을 꾸물거렸다.

"자, 문제가 뭐였죠? 문제는 이겁니다. 첫 번째 살인 사건과 두 번째 사건이 터진 뒤, 자동 권총은 도대체 어디로 갔는가? 밀러, 아니면 혼은 도대체 그 권총을 어디에 어떻게 감췄기에 수십 명의 형사들이 물샐 틈 없이 조사했는데도 권총이 나오지 않았는가?

나는 두 번째 사건, 그러니까 우디 사건이 터진 뒤 커비 소령님 사무실의 영사실에 찾아갔다가, 혼 사건 때 상영되었던 첫 번째 필름이 사실은 그날 밤 콜로세움의 모든 장면을 찍은 게 아니라는 사실을 알았습니다. 극장 상영을 위해 짧게 편집된 영상이었던 겁니다.

그래서 소령님께 잘려나간 장면들을 보여달라고 부탁했죠. 덕분에 우리는 사건이 터진 당일밖에는 볼 수 없었던 모습들을 볼 수 있었습니다. 그리고 물론 물리적으로든 심정적으로든 관찰이 불가능했던 파노라마 장면들도 볼 수 있었죠. 사건이 터진 직후 카메라가 잡은 어느 장면에서 몸집 작고 술 좋아하는 카우보이 분이, 기수들이 모두 내린 말들을 이끌고 경기장 구석으로 가는 모습이 눈에 띄었습니다. 한 마리가 유독 말을 안 듣고 물을 안 마시려 하더군요. 평소보다 더욱 술에 취해 있던 분은 채찍을 휘둘러 동물학대를 하고 말았습니다. 용서받을 수 없는 죄였죠. 하지만 이때! 카우보이 한 사람이 화면 구석에서 뛰어 들어와 분에게서 채찍을 빼앗고 고집부리던 말을 달랬습니다. 나중에 분이 말하길, 멀찍이서 달려와 화를 내면서 말을 달랜 이 카우보이는 다름 아닌 우리의 친구 밀러였다고 하더군요! 그리고 말은? 말은 인전이라는 이름의 늙고 영리한 짐승이었습니다. 그리고 인전은 누구 말이죠? 벅 혼의 말이 아닙니까! 이 상황에 함축된 의미를 아시겠습니까? 성난 말을 잘 달래는 밀러의 모습이 벅 혼과 겹쳐진다는 것은, 밀러가 혼이라는 이론을 더욱 강화해줍니다. 그리고 말의 이상한 반응 말입니다만, 다른 말들이 전부 목이 말라 물통을 향해 덤벼드는데 인전 혼자서만 물 마시기를 거부했다는 건 제 눈에는 참 기이하게 보였습니다. 더구나 '밀러'가 경기장 건너편에서 달려와 분을 막았다는 것도요. 밀러는 분의 어떤 행동을 말린 걸까요, J. J.?"

"채찍질하는 걸 막은 게 아닌가?"

내가 말했다.

"아닙니다. 말에게 억지로 물 먹이는 걸 막은 겁니다."

내가 깜짝 놀라는 모습을 보고 엘러리가 키득키득 웃었다.

"자, 생각해보세요. 문제의 자동 권총은 경기장 어디에서도 발견되지 않았습니다. 지붕 꼭대기에서부터 지하실 구석까지 샅샅이 뒤졌고, 사람들은 모두 몸수색에 지쳐 구토가 날 지경이었죠. 말에 달려 있던 마구들까지 빠짐없이 찾아보았고요. 하지만 지금 듣기엔 좀 이상하겠지만, 단 한 가지 수색당하지 않았던 게 있었습니다."

엘러리가 잠시 말을 멈추었다.

"말들 그 자체 말입니다."

나는 뇌세포가 꼬이는 듯한 기분을 맛보았다.

"미안한데 무슨 말인지 잘 모르겠군."

나는 마침내 고백했다.

엘러리는 유쾌하게 손을 흔들었다.

"그래요, 말도 안 되는 소리 같겠죠. 하지만 한 번 잘 생각해 보세요. 만약 그 자동 권총을 말 등에 감춘 게 아니라 말 '안'에 감췄다면 어떨까요?"

나는 수상쩍다는 눈빛으로 엘러리를 쳐다보았다. 엘러리가 활짝 웃었다.

"그래요, 이제야 무슨 말인지 깨달았나 보군요. 인전은 보통 말이 아니었어요. 그럼요, 아니고말고요. 분도 그렇고, 키트도 말하길 인전은 벅과 함께 오랫동안 영화의 속임수에 단련되어 온 말이었다고 했죠. 그겁니다. 물 마시기를 거부한 인전은, 사실 그 순간 그 지긋지긋하게 안 나오던 작은 무기를 감추고 있었던 겁니다. 길이는 4인치 반밖에 안 되고, 또 납작한 모양의 작은 권총을 '입 안에' 넣어두고 있었던 거죠."

"원, 이런 세상에."

나는 숨이 턱 막혔다.

"놀라는 것도 당연합니다."

엘러리가 중얼거렸다.

"결론을 알고 나서 사건을 재구성해보면 대단히 간단하죠.

대역배우를 쏜 뒤 혼은 몸을 앞으로 기울여 인전의 입 속에 권총을 슬그머니 밀어 넣으면 그만이었던 겁니다. 당연히 인전은 자기 등 위에 누가 탔는지 알았겠죠! 뺨에 장난을 좀 치고 머리를 물들였다 한들, 말처럼 노련하고 날카로운 감을 가진 탐정을 속일 수는 없었을 테니까요. 그 뒤로는 모든 수색이 끝나기를 기다리면서 인전의 입 속에 얌전히 총을 넣어둔 채 혼 본인도 아무 말 안 하고 있기만 하면 되었던 겁니다. 그 뒤 말들이 전부 10번가에 있는 대여 마구간으로 가서 자는 동안 인전의 입에서 권총을 꺼냈겠지요. 그 계략이 성공적으로 끝났으니, 혼은 두 번째 범죄에서 같은 권총을 이용하여 똑같은 방식을 수행하는 데 아무런 망설임도 없었을 테고요."

"하지만 만약 인전이 입에 총을 물고 있다가 지쳐서, 살인 현장에서 바로 떨어뜨렸으면 어쩌려고 그랬을까? 그랬다간 대단한 낭패가 아닌가!"

내가 말했다.

"글쎄요. 제 생각에는 혼이 이런 식으로 권총을 처리하려는 계획을 세우면서 문제의 소지가 생길 만한 점은 전부 없애버렸을 것 같습니다. 아마 어떤 권총을 입 안에 집어넣든 간에, 인전은 망아지일 때부터 혼과 함께 속임수를 훈련해왔으니 혼 본인이 입을 열어도 좋다고 할 때까지 입을 꼭 다물고 있는 훈련도 받지 않았을까요. 개한테 시켜보면 아실 겁니다. 그리고 말은 개보다 똑똑했으면 똑똑했지 덜하진 않거든요……. 그래서 나는 혼이 왜 평소에 손에 익은 권총이 아니라 25구경 자동 권총을 굳이 택했는지 그 이유를 알게 되었습니다. 살인에 사용할 총은 가능한 한 크기가 조그마해야 했던 거겠지요. 너무 크고 무거우면 말의 입 안에 들어가지 않을 테니까요."

엘러리가 자리에서 일어나 기지개를 켜고 하품을 했다. 하지만 나는 여전히 난롯불을 쳐다보면서 의문에 잠겨 있었다. 엘러리가 재미있어 하는 얼굴로 나를 내려다보았다.

"이번에는 뭐가 문젠가요, '얼굴에 내리는 비'*미국 인디언 라코타 족의 추장 이름-옮긴이*? 뭐가 그렇게 마음에 걸립니까?"

엘러리가 물었다.

"이 사건에 관련된 모든 것들이 수수께끼야. 도저히 알 수가 없군."

나는 불평했다.

"도대체 왜 신문들은 이야기의 전모를 자세히 실어주지 않는 것이며, 아무도 진실을 아는 사람이 없는 거야? 혼이 권총으로 자살하고 나서 벌써 몇 주일이나 지났는데……."

"그래요, 바로 이 방에서 말이죠."

엘러리가 가볍게 말했다. 그러나 눈빛에는 고통이 떠올라 있었다.

"정말 끔찍한 일이었습니다. 딱한 주나는 기절하고 말았죠. 주나, 너는 태어나서 그렇게 피가 많이 흐르는 모습이나 천둥 같은 소리를 경험한 적이 없었지?"

주나의 뺨 아랫부분이 약간 창백해졌다. 주나는 살짝 웃으며 살금살금 걸어 방을 나가버리고 말았다.

나는 짜증이 난 채 말을 계속했다.

"그러니까 내 말은 말일세, 온 도시 신문을 다 뒤져보아도 살인 동기에 대해 적혀 있는 신문은 한 장도 없었단 말이야."

"아, 동기요."

엘러리가 생각에 잠긴 채 말하다가 갑자기 책상 쪽으로 가서는 잠시 얼굴을 찌푸리고 책상 위를 훑어보았다.

"그래, 동기."

나는 끈질기게 되풀이했다.

"도대체 거기에 감춰진 비밀은 뭔가? 혼은 왜 오래 전에 자기 대역을 맡았던 배우를 죽여야 했던 거지? 분명히 이유가 있었을 텐데. 그냥 장난삼아 그렇게 복잡한 범죄를 저지르고 자신의 올바른 신원까지 박탈당하진 않았을 것 아닌가. 그리고 혼은 미친놈이 아니고."

"미친놈이라고요? 아, 그럴 리가요."

엘러리는 놀랍게도 자기 생각을 표현하는 데 애를 먹고 있는 것 같았다.

"음…… 아시겠지만, 사람이 누군가를 죽이겠다고 일단 마음을 먹으면 그 다음에는 수단과 방법을 모색하게 됩니다. 대역배우 살인을 당당하게 저질렀다면 혼은 잡혀서 재판을 받고 처형당했을 겁니다. 혼은 스스로를 보호해야 했고, 또 키트가 짊어져야 할 수치심과 죄과를 가능한 한 피해야만 했습니다. 대역배우를 죽이고 자살했다면요? 같은 이유로 안 되겠지요. 그래서 혼은 자신의 지혜에 의지하여 이 모든 복잡한 방법을 짜낼 수밖에 없었습니다. 아마도 당신은……."

"'아마도'가 아닐 것 같군."

나는 엄한 목소리로 말을 가로챘다.

"당신은 혼이 그런 짓을 저질러서 '벅 혼'으로서의 신분을 잃게 된 일을 어리석다 말할지도 모르겠지요. 하지만 그게 정말로 어리석은 짓일까요? 여기서 그가 잃는 게 뭡니까? 돈이오? 돈은 이미 탈탈 털리지 않았습니까! 직업적 경력? 아, 하지만 마지막으로 유쾌한 활극 하나 벌이고 가는 것도 나쁘진 않을 거라 생각했을 겁니다. 이 노인은 시간이 흘러가는 것을 단호히 거부하면서 그에 굴복하지 않고 꿋꿋이 버텼지만, 이윽고 머지않아 자신은 더 이상 영화를 찍을 수 없다는 사실을 직시하게 된 거죠. 자신은 늙고 쓸모없는 짐에 불과했으며 그랜트가 자신의 귀환에 큰돈을 투자해줬던 것은 친구로서의 의리에 불과했을 뿐, 그 이상은 아니었다는 사실을요. 다시 한 번 말하지만, 벅 혼이 수많은 사람들이 보는 앞에서 자기 자신을 죽임으로 인해 잃을 것이 뭐가 있겠습니까?"

"알겠네. 하지만 얻는 건 뭔가?"

내가 메마른 목소리로 말했다.

"그 사람 입장에서 봤을 때는 꽤 큰 것을 얻었다고 봐야죠. 마음의 평화, 남들이 좀 이해하긴 힘들지만 여하간 자신의 공명심을 만족시킨 것, 그리고 키트를 위해서도 희생한 겁니다. 키트가 경감님과 제게 말해줬는데, 혼이 죽은 뒤 10만 달러의 보험금을 수령했다고 하더군요. 수령자는 그녀 하나밖에 없었고요. 이걸 기억해두세요. 혼은 헌터네 도박장에서 도박을 하다가 엄청난 빚을 졌습니다. 4,200달러의 빚 말입니다! 이걸 도대체 어떻게 갚으려고 그랬던 걸까요? 그 사람 성격으로 미루어볼 때 빚지고는 못 견디는 성품이었을 텐데 말입니다. 더 이상 찍을 영화는 없는데, 지금 가진 재산으로는 그 빚을 다 갚을 수가 없었을 테죠. 목장이라도 팔아넘기지 않는 이상. 그리고 그 빚을 자기 손으로 갚았으면 갚았지 키트에게까지 떠넘기고 싶진 않았을 겁니다. 그럼 어떻게 헌터에게 빚을 갚을까요? 문자 그대로, 그는 살아서보다 죽어서 훨씬 가치가 있는 사람이었습니다. 아무튼 혼으로서 모습을 감춘 뒤, 그는 10만 달러의 돈을 마련하여 도박 빚을 갚게 되었습니다. (자신이 죽은 뒤 키트가 그 일을 알아서 잘 처리해줄 거라 생각했겠지요.) 그리고 남은 액수는 키트의 미래를 보장해줄 거라 생각했을 겁니다. 이 모든 일들을 전부 성취한 뒤 남은 몇 년 간, 비록 익명으로나마 살아갈 수 있다면 혼은 혼으로서 죽어야 했던 거죠. 그리고 자신의 대역을 죽이기에 앞서, 혼은 마치 자기가 죽을 것인 양 모든 복잡한 일들을 계획했을 테고요."

"그래, 알겠네."

나는 성마르게 말했다.

"그 모든 말들이 다 진실일 수 있겠지. 하지만 여전히 제일 중요한 부분은 계속 회피하고 있지 않나. 왜 그렇게 멀리 빙빙 돌아가는 건가, 이 친구야! '사람이 일단 누군가를 죽이겠다고 마음을 먹으면'이라고 했지? 나는 그런 마음을 먹어본 적이 한 번도 없네! 그래서 자꾸 신경이 쓰이는 거야. 왜 혼이 누군가를 죽여야만 했던 건가? 특히 자기 자신을 죽여야 했던 구체적인 이유가 뭐야?"

"아, 거기에도 이유가 있겠죠. 전 상상할 수 있습니다."

엘러리가 고개를 돌리지도 않고 중얼거렸다.

"상상한다고? 알고 있는 게 아니라?"

내가 소리를 질렀다.

엘러리는 나를 쳐다보았고, 나는 그 얼굴에서 대단히 엄숙한 분위기와 뭔가를 결심한 듯한 눈빛을 보았다.

"네, J. J. 나는 압니다. 나도 혼이 말해주기 전까지는 몰랐습니다. 나와 경감님에게……."

"뭐? 하지만 그 자리에 혼 양과 그랜트라는 친구도 같이 있었다면서?"

"혼이 그들을 잠시 밖으로 내보냈습니다."

엘러리가 잠시 말을 멈췄다가 이어 말했다.

"그리고 자살하기 전에 우리한테 말해줬죠."
"그랜트는 알았나? 그러니까 늙은 그랜트 말이야."
내가 불쑥 물었다.
엘러리는 손톱 끝으로 담배를 톡톡 쳤다.
"그랜트는 알고 있었습니다."
"딸을 밖으로 내보냈단 말이지……. 흠. 수양딸이긴 하지만 딸자식 하나가 인생의 전부였을 테니, 어떻게든 그 애를 보호해야만 했을 거야. 앞으로의 안전과 사회적 평판을 확보해주고 싶었겠지……. 만약 키트의 혈통에 뭔가 문제가 있었고, 그 대역배우가 그 사실을 알고서 키트에게 말해버리겠다고 협박했다면……. 엘러리, 키트는 고아라고 하지 않았나?"
나는 중얼거렸다.
엘러리는 아무 말이 없었다. 한참 동안, 나는 엘러리가 내 말을 듣지 않고 있는 줄 알았다. 마침내 그는 사뭇 날카로운 목소리로 말했다.
"J. J. 이번 노벨문학상 수상작에 대해 어떻게 생각합니까? 내가 보기엔……."
하지만 그는 나의 공허하고 천박한 추측에 대해서는 입을 꼭 다물고 아무 말도 하지 않으려 했다.
침묵, 그것은 벅 혼의 묘비명으로 너무나도 잘 어울렸다.

역자 후기

《미국 총 미스터리》는 1933년 발간된 엘러리 퀸 국명 시리즈의 여섯 번째 작품으로, 1951년 《로데오에서의 죽음Death at the Rodeo》이라는 제목으로도 다시 출간된 적이 있다. 앞서 나온 국명 시리즈 다섯 권에서는 줄곧 유라시아 대륙 언저리를 떠돌다 드디어 모국으로 돌아온 작품이니만큼(물론 한 번도 무대가 미국을 떠난 적은 없었지만.) 이 작품에는 힘찬 문장과 공들인 묘사가 가득해, 작가가 야심을 가지고 썼다는 의도가 엿보인다.

《미국 총 미스터리》는 당시 선배격인 S. S. 밴 다인이 일궈놓은 길을 그저 답습했다는 혹평을 받던 엘러리 퀸 시리즈에서 일종의 터닝 포인트가 되는 작품으로, 밴 다인의 영향에서 천천히 벗어나 퀸 본연의 색깔을 띠기 시작하는 지점에 위치해 있다. 단서가 발생하기를 기다렸다가 떨어진 단서들을 긁어모아 사건을 재조합하던 기존의 수동적인 방법 대신, 엘러리는 익숙지도 않은 턱시도로 무장하고 이른바 '상류사회' 속으로 뛰어들어 적극적으로 사건을 조사한다.

전작 《이집트 십자가 미스터리》에서 정황상 아버지와 떨어져 단독 행동을 해야 했던 엘러리지만, 그의 추리는 역시 지극히 인간적인 아버지 퀸 경감이 옆에서 울고 웃고 역정을 내고 기뻐해주어야 한층 더 생기가 도는 듯하다. 늘 퀸 일가의 집안일만을 담당하면서 사건에는 크게 개입하지 못했던 주나 역시 이번 사건에서는 큰 역할을 맡았다. (작중에서 주나 소년을 정식으로 '주나 퀸'이라고 지칭하는 문장도 최초로 등장한다. 어느 페이지에 나오는지는 독자 여러분들이 직접 찾아보시길.) 시리즈 초반에 심심찮게 얼굴을 내밀었던 샘슨 검사님이 《이집트 십자가 미스터리》 뒤로는 거의 작품에 등장하지 않는 것은 아쉽지만 퀸 부자의 좋은 친구 벨리 경사와 휘하 다섯 형사들 그리고 '마키아벨리의 유령' 같은 샘 프라우티 박사의 활약은 여느 때와 다름없이 눈여겨볼 만하다. 또한 앞선 시리즈에서 지문 전문가 지미, 필적 감정사 우나 램버트 등 센터 스트리트의 전문가들이 등장했듯 《미국 총 미스터리》에서는 그간 띄엄띄엄 이름만 더러 나왔던 탄도학 부서의 켄 놀스 경위가 등장하여 커비 소령과 좋은 콤비를 이루는 모습도 재미있다.

2만 명의 목격자들이 지닌 4만 개의 눈동자로 둘러싸인 중인환시의 거대 '밀실'에서 벌어진 어느 로데오 기수의 죽음이라는 소재도 더할 나위 없이 독특하고 미국적이지만, 그보다 이 작품에서 중요하게 다뤄지는 소재를 두 가지 꼽자면 제목에도 등장하는 총과 커비 소령으로 대표되는 뉴스 영화이다. 총이야 1930년대의 시점에서 지금과 크게 다른 것도 없고 달라질 것도 없지만 '뉴스 영화(newsreel)'라는 소재는 귀에 설게 느껴지는 독자들이 있을 것이다. 뉴스면 뉴스고 영화면 영화지, 뉴스 영화는 도대체 무어란 말인가? 단적으로 말하자면 옛날 우리나라에서도 극장에서 상영하던 '대한 늬우스' 풍의 노이즈 낀 짤

막한 흑백 영상을 떠올리면 된다.

  미스터리 팬덤 사이에서는 보통 1920~1930년대를 미스터리의 황금기라 칭송하며 일종의 신격화를 하는 경향이 있지만 기술 발전의 역사로 따져 보면 그야말로 영화를 '활동사진'이라고 부르던 오랜 옛 시대의 일이다. (여담이지만 역자는 반쯤 농담 삼아 이 작품에 등장하는 'Motion Picture'라는 단어를 '활동사진'으로 옮겨도 큰 위화감이 없을 거라는 생각도 했다.) 그 옛날 벌써 이렇게 정교한 논리와 텍스트의 향연을 엮어 장르를 완성해버린 작가들을 생각할 때마다 긴 수식어가 무색하게 그저 대단하다고밖에 말할 수 없다.

  담당 편집자와도 이와 비슷한 이야기를 잠시 나눈 적이 있지만, 번역가는 때때로 탐정과 닮았다는 생각이 든다. 탐정이 단서를 찾아 사건을 해결하듯 역자는 단어와 문장들을 긁어모아 '작가의 속뜻'이라는 문제를 푼다. 오랜 시간 한 명의 미스터리 팬으로서 엘러리 퀸을 곁에 두고 경애하며 지냈지만 역자 입장에서 마주한 《미국 총 미스터리》는 결코 녹록치 않은 '텍스트=문제'였다. 그러나 그만큼 즐겁고 애정을 담을 수 있는 작업이기도 했다.

  엘러리 퀸의 국명 시리즈는 총 아홉 권이라고 전설처럼 전해져 왔지만 번역서로는 언제나 그중 여섯 권밖에 접할 수 없었던 슬픈 운명의 국내 독자들에게, 그간 비어 있던 세 권 중의 첫 번째 권을 보내는 막중한 임무를 짊어졌기에 어깨가 무겁다. 부디 이 '모든 탐정들을 굽어보시는 신께서 내려주신 정교

옮긴이 김예진
한국외국어대학교 영어학부 영어통번역학 전공. 양질의 미스터리 작품을 널리 소개하는 데 힘쓰고 있다.

The American Gun Mystery
미국총미스터리

2012년 5월 17일 초판 1쇄 인쇄
2012년 5월 23일 초판 1쇄 발행

지은이 | 엘러리 퀸
옮긴이 | 김예진
발행인 | 전재국

본부장 | 이광자
단행본개발실장 | 박지원
책임편집 | 윤영천 문유진
마케팅실장 | 정유한
책임마케팅 | 정남익 노경석 조용호
제작 | 정웅래 박순이

발행처 | (주)시공사
출판등록 | 1989년 5월 10일(제3-248호)
브랜드 | 검은숲

주소 | 서울 서초구 사임당로 82(우편번호 137-879)
전화 | 편집 (02)2046-2814 · 영업 (02)2046-2800
팩스 | 편집 (02)585-1755 · 영업 (02)588-0835
홈페이지 | www.sigongsa.com

ISBN 978-89-527-6430-0 04840
　　　 978-89-527-6337-2(set)

검은숲은 (주)시공사의 브랜드입니다.
본서의 내용을 무단 복제하는 것은 저작권법에 의해 금지되어 있습니다.
파본이나 잘못된 책은 구입한 곳에서 교환해 드립니다.

하고 아름다운 선물'을 마음껏 편안하게 즐겨주시기를.

2012년 5월
김예진

국명 시리즈 Country Series

로마 모자 미스터리 The Roman Hat Mystery
로마 극장, 가장 인기 있던 연극의 2막이 끝나갈 무렵 발견된 한 남자의 시체. 두 사촌 형제의 역사적인 첫 공동 작업.

프랑스 파우더 미스터리 The French Powder Mystery
프렌치 백화점 전시실에서 튀어나온 시체. 용의자를 모으고 소거한 후 범인을 지적하다. 미스터리 역사상 가장 멋진 결말.

네덜란드 구두 미스터리 The Dutch Shoe Mystery
네덜란드 기념 병원, 이동식 침대에서 발견된 시체. 흰색 바지와 흰색 신발 한 켤레를 바탕으로 펼쳐지는 놀라운 추리.

그리스 관 미스터리 The Greek Coffin Mystery
미술품 중개업자의 죽음, 사라진 유언장. 최강의 적과 맞닥뜨린 엘러리 퀸의 당혹. 미국 미스터리를 대표하는 걸작.